汉语言文学新文科一流专业博雅书系

中国
现当代文学
思想史论丛

王本朝　著

重庆大学出版社

图书在版编目（CIP）数据

中国现当代文学思想史论丛 / 王本朝著 . -- 重庆：
重庆大学出版社，2023.3
（文学中国）
ISBN 978-7-5689-3917-1

Ⅰ . ①中… Ⅱ . ①王… Ⅲ . ①中国文学—现代文学—
文学思想史②中国文学—当代文学—文学思想史 Ⅳ .
①I209.6

中国国家版本馆 CIP 数据核字（2023）第 095897 号

中国现当代文学思想史论丛

ZHONGGUO XIANDANGDAI WENXUE SIXIANGSHI LUNCONG

王本朝　著

策划编辑：张慧梓

责任编辑：张慧梓　　版式设计：张慧梓
责任校对：邹　忌　　责任印制：张　策

*

重庆大学出版社出版发行
出版人：陈晓阳
社址：重庆市沙坪坝区大学城西路 21 号
邮编：401331
电话：（023）88617190　88617185（中小学）
传真：（023）88617186　88617166
网址：http : //www.cqup.com.cn
邮箱：fxk@cqup.com.cn（营销中心）
全国新华书店经销
重庆市正前方彩色印刷有限公司印刷

*

开本：720mm×1020mm　1/16　印张：24.75　字数：300 千
2023 年 9 月第 1 版　　2023 年 9 月第 1 次印刷
ISBN 978-7-5689-3917-1　定价：78.00 元

目录

上 编

中国现当代文学思想史的对象、理念及方法

中国现当代文学思想史是文学史研究的深化，是思想史的重要内容，也是古代文学思想史的接续和创新。它以社会思想、作家创作、文学作品和理论批评为对象，关注作家与作品、理论与批评、内容与形式的思想内涵和历史演进，体现思想史与文学史互动共生的述史理念。在方法论上，它将文学体制、观念认知、生命体验和文本形式结合起来，并加以立体化和复杂化阐释，特别将文学体制、文学观念和语言形式纳入研究视野，力求还原历史，呈现复杂的思想场域，建构中国现当代文学思想史的学术体系和话语体系。

中国文学思想史研究已取得丰硕成果，但主要集中在中国古代文学领域，它以求真求实的历史还原为目的，将理论批评与创作实

践结合起来，注重历史环境和文人心态的中介要素，重视主体感悟和文学本体的交叉与融合，形成了独特的学科特点。"中国现当代文学思想史"是一个有待开拓和深化的重大课题。尽管中国现当代文学研究早已进入历史化和学科化阶段，各种类型的文学史亦有上千种，如"文学史""思潮史""文体史""流派史"和"社团史"等，不一而足，但迄今却没有出现全面完整的中国现当代文学思想史研究。

一、问题的提出：
文学思想史的背景及资源

中国现当代文学思想史命题的提出并非空穴来风，而是拥有厚实的学术基础和学科背景。中国古代文学思想史与中国现当代文学史和思想史是其基础和背景，只是相对于中国古代文学思想史，中国现当代文学思想史研究却具有相当难度，中国现当代社会及思想本身非常复杂，自不待言，就是中国现当代文学思想及表现方式也多种多样，驳杂而零散。目前，学术界对中国现当代文学思想史进行整体性、系统性研究的成果还比较少见，直接标名为中国现当代文学思想史的著述仅有杨春时的《百年文心——20世纪中国文学思想史》、刘忠的《思想史视野中的中国现当代文学》和胡传吉的《未完成的现代性：20世纪中国文学思想史论》等三种。杨春时"以现代性为经，以文学思潮为纬"[1]，将百年文学思想分为"五四

1　　杨春时：《百年文心——20世纪中国文学思想史》，哈尔滨：黑龙江人民出版社，2000年，第1页。

文学""革命文学""左翼文学""战争文学""社会主义文学""文革文学""新时期文学"以及"后新时期文学"等几个时段，分别从它们与传统文学思想、西方文学思想、苏联文学思想和毛泽东文艺思想的传承关系描述其思想特点。名为文学思想史，实为文学思潮史，侧重的还是20世纪文学批评理论的描述，虽"力图突出文学思想自身的历史"，但对作家作品的思想分析却非常薄弱，无法展现中国现当代文学思想的复杂性及其历史进程。刘忠认为："作为思想的承载物，文学既感应、宣传着思想，又生成、建构着思想，从而为'新民'、'启蒙'、'革命'等社会使命提供可能"[1]，于是，他采取审美与思想互渗互融的视角，关注社会思想和思潮的文学表达，以及文学文本对社会整体思想状况的建构和参与，并以同情、理解的眼光审视中国现当代文学的非文学性，呈现了中国现当代文学与社会思想的互动关系，凸显文学审美与社会思想的共振性，但他对作家生命体验和观念认知却没有深入细致的讨论，忽视了文本审美化、形式化的思想构成。胡传吉主要将文学作为思想媒介方式，分析中国现当代文学思想中"牺牲""群治""人的发现""新道德"和"理想主义"等观念[2]，采用了近似文学观念或文学关键词的描述方式。这样的思维路径，在李怡主编的《词语的历史与思想的嬗变——追问中国现代文学的批评概念》中也有着扎实而丰富的展现，只是它更偏重于对文学批评和理论概念的清理和阐释。

事实上，中国现当代文学史研究已涉及中国现当代文学思想史问题，只是文学思想常常被文学思潮、文学批评、文学理论等观念

1　刘忠：《思想史视野中的中国现当代文学》，上海：上海人民出版社，2006年，第2页。

2　胡传吉：《未完成的现代性：20世纪中国文学思想史论》，广州：中山大学出版社，2019年，第1-20页。

所笼罩或遮蔽，掩藏于与之相关的各种观念和概念之中，而没有获得应有的独立性，没有确立自己的阐释理论和方法论，这也为中国现当代文学思想史留下了充足的阐释空间。如孔范今主编的《二十世纪中国文学史》（上下）（山东文艺出版社，1997年版），注重20世纪中国文学思想、文学范式生成的相关因素，在描述文学思潮的同时也关注文学思想的生成与发展轨迹。丁帆主编的《中国新文学史》（上下）（高等教育出版社，2013年版）以历史、人性和审美的价值立场架构起"人的文学"的历史描述，对文学的经典化品质进行了全面梳理，对百年中国文学的思想变迁也有勾勒和呈现。洪子诚的《中国当代文学史》（北京大学出版社，2010年版）通过对中国当代文学史料的深入分析，描述文学历史背后的意识形态张力及其绵延和断裂，特别关注左翼文学传统与当代社会政治文化的转型与重组，丰富地呈现了当代文学发展之历史缝隙和思想细节。顾彬的《二十世纪中国文学史》"借文学这个模型去写一部20世纪思想史"[1]，以文学思潮、作家和文体为中心，从思想史角度勾勒了20世纪中国文学的演变历史，当然也涉及中国现代性发生的许多重要问题，尤其是揭示出中国现代文学文化中文学形象和社会现实的紧张关系。应该说，中国现当代文学思潮史、批评史、文体史与中国现当代文学思想史都存在一定的亲缘关系，文学思潮、文学批评、文学概念的历史叙述也或多或少包含着社会思潮、作家观念和文本思想的诸多内容，它对文学思想史的书写显然会有镜鉴意义。

1　　［德］顾彬：《二十世纪中国文学史》，范劲等译，上海：华东师范大学出版社，2008年，第3页。

与中国现当代文学思想史密切相关的则是中国古代文学思想史研究的成熟。1936年，日本汉学家青木正儿的《中国文学思想史》以文学内部和外部双重视角展开考察，从文学发展的内在逻辑出发，描述中国文学思想的历史演变和总体规律，将中国文学思想总结为"达意主义""气格主义"和"修辞主义"，将中国文学思想演进规律归纳为"仿古主义"的"创造主义"，认为中国文学思想经历了"实用娱乐""文艺至上"和"仿古低徊"三个发展阶段。他还关注了中国文学发展的外部环境，特别是儒家、道家和玄学等哲学思潮对文学思想观念的影响，留意到传统美术、绘画、音乐、书法等艺术形式与文学观念的渗透与互动关系。青木正儿继承了日本中国学京都学派的学术理念，坚持"杂文学"概念，采取内部研究和外部研究相结合，既注重文学思想和时代精神的外部关系，又注重文本文学思想的独特性，开创了中国文学思想史研究方法论。真正将中国古代文学思想史研究推向学科化和体系化的，应是南开大学罗宗强先生的倡导和实践。罗宗强较早地将中国古代文学思想研究作为一个学科化论题加以讨论，撰写了《隋唐五代文学思想史》《魏晋南北朝文学思想史》和《明代文学思想史》等论著，系统地阐述了中国古代文学思想史，建立了系统的学术思想和研究范式。他将文学批评、文学理论、文学创作以及历史环境和士人心态都纳入中国古代文学思想考察体系，重视文学思想发展的具体过程和演变原因考察[1]。他所建立的研究范式影响了一大批中青年学者，贡献了系列学术成果，如张毅的《宋代文学思想史》、左东岭的《明

1　　左东岭：《中国文学思想史的学术理念与研究方法——罗宗强先生学术思想述论》，《文学评论》2004年第3期。

代文学思想研究》、吴崇明的《班固文学思想研究》、赵建章的《桐城派文学思想研究》等，他们都基本上沿用了罗宗强的研究范式和阐释逻辑，也更为具体而丰富地呈现了中国古代文学思想史内容。

中国现当代文学思想史不同于中国古代文学思想史，它拥有中国现当代思想史与文学思想史相融共生的研究思路和资源。文学史和思想史本来就有着"剪不断、理还乱"的惆怅和暧昧，中国现当代文学与中国现当代思想文化的联系紧密而复杂，五四新文学的发生，就脱胎于新文化运动，从此，新文学就与现代社会和思想文化如影随形，互相缠绕，相伴而生。中国现当代文学既受现当代社会思潮的影响，又以独特的文学形式参与现当代思想文化的建构。这也是中国现当代文学史包括文学思想史的宿命。这样，中国现当代思想史研究也极大地拓展了中国现当代文学研究视野，为理解现代作家创作所面临的社会现实，把握作者的观念认知和生命体验提供了思想依据。同时，思想史研究也不断为现当代文学研究注入活力，特别是对审美体验和现实观照相对突出的思想研究，更会为文学思想史提供思维空间和知识背景。事实上，中国现当代思想史研究也曾为文学史研究开启了新视角，提供了新论题。如李泽厚就曾提出"启蒙与救亡的双重变奏""救亡压倒启蒙"等命题，开创了20世纪中国思想史中"启蒙"与"救亡"关系话题的先河，也对中国现当代文学之思想启蒙和民族国家话语产生了重要影响。许纪霖、罗志田、启良和张宝明等学者也接续了李泽厚的思想命题[1]，

---

1   许纪霖：《启蒙如何起死回生：现代中国知识分子的思想困境》，北京：北京大学出版社，2010年；罗志田：《权势转移：近代中国的思想、社会与学术》，武汉：湖北人民出版社，1999年；启良：《20世纪中国思想史》，广州：花城出版社，2009年；张宝明：《启蒙中国：近代中国知识精英的思想苦旅》，北京：中国社会科学出版社，2015年。

并对中国思想启蒙的意义和困境进行了深入讨论，有助于人们理解中国现当代文学的思想与审美难题，包括文学的现代性和社会性等价值。金观涛和刘青峰的现代中国思想研究[1]，特别是对中国社会结构的梳理和思想核心概念的辨析，都给学术界带来了不少启示。汪晖在从事鲁迅研究的同时一直关注现代中国思想悖论性问题的考辨[2]，在反思"现代化"叙事基础上提出了新的思想范畴和研究范式，如"反现代性的现代性"等概念，也影响到人们对激进主义思潮的反思，并为左翼文学、延安文艺以及"十七年文学"研究打开了新视角。因其学科背景和学术理路主要还是中国现当代文学，其转向思想史研究，虽曾引发不少讨论，也有助于人们深入思考中国现当代文学思想研究的边界、本体和方法论问题。

伴随中国思想史研究的科学化诉求，它也不断征用现当代作家作品作为分析案例，特别是海外汉学家对中国思想史、文学史和历史学的穿越与打通，鲁迅小说和杂文、周作人散文、胡适日记和茅盾小说等也常成为中国思想史研究的文献材料，中国现当代文学被作为中国现当代思想的表征及内容。当然，文学思想绝不仅仅是社会思想的单纯载体，它有自己的思维方式、想象逻辑与情感特质，虽与社会思想有着不少重合之处，也有思想史不能替代的地方。因此，中国现当代文学思想史研究，不能简单地将文学作为思想史研究的材料和工具，以概念化和逻辑化的思想观念代替文学思想史，而应将其看作审美化的思想，具有鲜明的主体性和独立性，只有这样，才能抓住文学与思想，文学史与思想史的历史关系，呈现文学

1　　金观涛、刘青峰：《观念史研究：中国现代重要政治术语的形成》，北京：法律出版社，2009年；《开放中的变迁：再论中国社会超稳定结构》，北京：法律出版社，2011年。
2　　汪晖：《现代中国思想的兴起》上卷第一部，北京：三联书店，2004年，第3页。

思想史的内在逻辑。总之，中国现当代文学史、中国古代文学思想史以及中国现当代思想史等都可作为中国现当代文学思想史不可或缺的学术资源和背景，具有某种启示性和方法论意义。

二、研究对象：
文学思想史的内部与外部

顾名思义，中国现当代文学思想史，是中国现当代文学思想事实的历史，它不仅是中国现当代文学观念史、文学创作主题史，不纯粹是文学思潮史，而是社会思想、作家观念、创作心态、文本内容、语言形式、文学理论批评的融合及演进的历史。它不是古代文学思想的简单延续，也不等同于西方文学思想，但同时又转换了古代文学思想，移植了西方文学思想，内化了现代社会思想，更为重要的是，它创造了现代中国的文学思想。所以，中国现当代文学思想史，是中国现当代文学思想的历史，是中国现当代文学思潮、作家作品和文学理论批评所蕴含的文学思想历史，包括文学制度、观念认知、生命体验、语言文本和理论批评等多重内涵。如果做一个区分的话，社会思想和文学理论批评属于文学思想史的外部结构，作家观念、创作心态、文本内容和语言形式属于文学思想史的内部问题。

文学制度是文学思想生产的平台与河床，包括文学与社会政治和人生的联系。中国现当代文学思想不同于古代和西方文学思想的地方，正是在于它拥有自己独特的文学思想生成机制，或者说文学思想生长的社会土壤，甚至可以说，如果没有这样的生产机制，没有这样的思想土壤，也就没有这样的文学思想产生。就中国文学史而言，没有哪个时期，像中国现当代文学这么密切地参与现当代社会生活，被充分融入现代个人、阶级、民族和国家的思想诉求。至于作为文学语境的社会思想如何生成文学思想还需要有深入分析和精准拿捏。思想史与文学史之间有着密切的联系，二者从来就是密不可分的统一体。研究文学史不可能剥离其思想内涵，研究思想史也不能离开文学这一重要的表现形式，这是中国文学史和思想史不同于西方文学和西方思想的地方。中国现当代文学思想史研究，如果隔绝了与现代中国思想文化的整体联系，就难有抽丝剥茧般的深度分析，也就无法描述文学思想史的真实形态。现代中国之所以不同于古代社会，就是因为它具有不同于古代社会的思想预设。作为现代观念，它们固然与古代思想观念有着某种历史联系，但从根本上说，它并不能借助古代思想观念和逻辑来证明和解释自己，只有在现代思想世界中才能建构自己。在某种程度上，中国现当代文学也是现代社会思想的代言方式，当然，文学思想本身有其独特性与独立性，它与思想史既有渗透和融合，也有错位和分裂，还有"观念化"和"艺术化"的冲突和矛盾。除现代思想对文学产生影响以外，现代文学对现代社会和思想也产生着重要影响，乃至成为社会思想的重要载体。如左翼文学不仅是文学史问题，还是一个现代思想史问题，鲁迅、茅盾、瞿秋白和胡风等既是左翼作家，也是左翼思想者。中国现当代文学之所以有别于古代文学，也与现代思想文化的成分和构成有关，与现代思想文化的深度和广度有关。尽管中国传统思想文化的文史哲不分家，但有着板结化的特点，从先秦诸子、两汉经学、魏晋玄学、隋唐佛学到宋明理学和清代朴学，不断推演思想的年轮，但都逃不出儒释道的规范，它们对各个时代、各种体式的文学思想都产生了深刻影响，但总体上是十分清晰而明朗的，有着不出儒释道之外的沟渠化现象。中国现代社会思想有如大江大河中的洄水沱，先锋与常态、主流与暗道、共名与专名呈现流转奔突而又错综复杂的状态。

就文学思想而言，现当代文学有其独特性。柄谷行人认为："现代之前的文学缺乏深度，不是以前的人不知道深度，而仅仅是因为他们没有使自己感到'深度'的装置而已。"[1]文学思想的深度成为现代文学的标准和尺度，这关涉到文学的思想问题和领域。朱光潜也说过类似的话："在现代中国，我们一提到文艺，就要追问到思想。这是不可避免的。在任何时代，文艺多少都要反映作者对于人生的态度和他的特殊时代的影响。各时代的文艺成就大小，也往往以它从文化思想背景所吸收的滋养料的多寡深浅为准。整部的文学史，无论是东方的或西方的，都是这条原则的例证。"[2]文学史就是别样的思想史。周作人五四时期主张"人的文学"，同时也对文学思想的观念性保持高度警觉，担心失去文学的地方性和个人性，认为："我们常说好的文学应是普遍的，但这普遍的只是一个最大的范围，正如算学上的最大公倍数，在这范围之内，尽能容极多的变化，决不是像那不可分的单独数似的不能通融的。这几年来中国新兴文艺渐见发达，各种创作也都有相当的成绩，但我们觉得还有一点不足。为什么呢？这便因为太抽象化了，执着普遍的一个要求，努力去写出预定的概念，却没有真实地强烈地表现出自己的个性，其结果当然是一个单调"[3]，他感觉到五四新文学"太喜欢

---

1 ［日］柄谷行人：《日本现代文学的起源》，赵京华译，北京：三联书店，2003年，第136页。

2 朱光潜：《理想的文学刊物》，《我与文学及其他》，北京：中华书局，2012年，第102页。

3 周作人：《地方与文艺》，《周作人散文全集》第3卷，桂林：广西师范大学出版社，2009年，第101-102页。

凌空的生活，生活在美丽而空虚的理论里"[1]。用今天的话说就是不接地气。自五四新文学开始，中国现当代文学就热衷于表达思想性和哲理性，喜欢追问和反思社会人生中的普遍性问题，这既是现代文学的特点，也许还是其审美缺憾。

相对于古代文学，中国现当代文学缺少一些文人文章趣味，却不断追求现代思想者的身份。观念认知是作为创作主体的作家对文学、思想与社会的认识和看法，包括自我身份的认同及其历史文化和文学素养。文人士大夫在中国古代社会占据重要地位，担负着传承主流文化观念的重要使命，维护着中国道统和文统的中心地位，创造了中国古代文学思想。中国现当代文学的创作主体作家，其身份角色却发生了巨大变化，拥有思想者、革命者、谋生者等多重身份，担负着新的社会责任和历史使命。茅盾认为新文学的责任就是"要把文学与人的关系认得清楚，自己努力去创造"，应"校正一般社会对于文学者身份的误认。'装饰品'的时代已经过去，文学者现在是站在文化进程中的一个重要分子；文学作品不是消遣品了，是沟通人类感情代全人类呼吁的唯一工具，从此，世界上不同色的人种可以消融可以调和"[2]。文学的任务是"改造人们使他们像个人。社会里充满了不像人样的人，醒着而住在里面的作家却宁愿装作不见，梦想他理想中的幻美"[3]。沈从文也认为新文学作家不应是都市里的新文人，他首先"得承认现代文学不能同现代社会分

1　周作人：《地方与文艺》，《周作人散文全集》第3卷，桂林：广西师范大学出版社，2009
　　年，第103页。

2　茅盾：《文学和人的关系及中国古来对于文学者身份的误认》，《茅盾全集》第18卷，北
　　京：人民文学出版社，1989年，第62页。

3　茅盾：《介绍外国文学的目的——兼答郭沫若君》，《茅盾全集》第18卷，北京：人民文学
　　出版社，1989年，第250页。

离，文学家也是个'人'，文学决不能抛开人的问题而来谈天说鬼"；其次对社会不合理处应"毫不含糊"地表达自己的"爱憎"；再次还要"觉得文学作家也不过是一个人。就并无什么比别人了不起的地方，凡作人消极和积极的两种责任皆不逃避。他们从事文学，也与从事其他职业的人一样，贡献于社会的应当是一些作品，一点成绩，不能用其他东西代替"[1]。他们都强调了文学与社会的紧密联系，包括由此而建构的作家身份，拥有现代人的思想感情，并担负社会责任，参与推动现代社会和人的改造。生命体验是作为思想者的作家感受与人生经验，是作家的精神和心理存在方式，也是社会思想进入文学思想的前提条件，只有经由作家感受和心理体验的思想观念才会成为文学思想。语言文本是思想的形式化和审美化，是文学形式所创造和表达的思想，如白话文学的兴起就与五四新文化运动有着密切关系，1980年代出现的先锋文学也与新思潮有联系。文学理论批评也是创造文学思想的重要力量，如朱光潜所说："要想伟大的创作出现，题材与时会必须互相凑合。所谓时会，便是当时思想潮流。"那么，"时会"来自何处呢？主要是文学批评和理论，"创作家只能利用时会，处被动地位，受当时思想潮流之激荡，而后把他所受的时代影响反射到作品上去。假如没有批评家努力传播思想，思想便不能成为潮流，世间纵有天才，也必定因为缺乏营养，缺乏刺激，以至于干枯无成就"[2]。文学批评和文学理论形成文学的观念场域，确立作家作品的历史定位，引导文学思想的价值取向。

---

1   沈从文：《新文人与新文学》，《沈从文全集》第17卷，太原：北岳文艺出版社，2002年，第85-86页。

2   朱光潜：《阿诺德》，《我与文学及其他》，北京：中华书局，2012年，第139页。

三、学术理念：
文学史与思想史的互动共生

    众所周知，中国现当代文学与现代思想文化有着深度融合，出现了思想优胜，文学思潮主导文学创作的倾向。实际上，如果失去现代思想文化的滋养，中国现当代文学就走不出传统文学的老路，也无法回应和满足现代社会思想的诉求。现代社会思想影响中国现当代文学发展的方式和途径多种多样，它不仅渗透在文学之中，成为文学的筋骨和脊梁，而且社会思想变革也推动文学变革，并成为其主要力量。如果没有社会思想变革的支撑，文学变革也只能停留在形式层面，其格局和力度都会受到影响。反过来，中国现当代文学所表达的思想也是丰富多样的，可以说，丰富的思想生成了丰富的文学，文学史和思想史构成互动共生关系。一方面，中国现当代思想史进入了中国现当代文学史，诸如启蒙主义、激进主义、自由主义思想，既是现代社会思想，也是中国现当代文学思想；另一方面，中国现当代文学思想史理所当然属于中国现当代思想史的构成内容，如为人生文学思想，人道主义和个人主义文学观念也是现当代思想史的文学方式。文学与思想以及文学思想史和社会思想史应是各美其美，美人之美，互融共生。五四时期的新文学和新文化都有"思想启蒙"的共同主题，无论是倡导自由、平等、民主和科学观念，还是主张白话文和人的文学，在其背后都有启蒙主义和个性解放的现代性诉求。在1930—40年代，阶级革命、民族救亡、自由主义和爱国主义等思想观念是社会时代主潮，也是现代文学表达的主要内容。到了共和国时期，社会主义文化和文学更是趋于一体化和同质性。1980年代，人道主义思想成为新时期社会思想和文学的共同主题。由此可见，文学史与思想史是相互依存而融合的，文学史是思想史的审美形式，思想史是文学史的资源背景。与此同时，文学思想史也有不可混淆和无法替代的品格，某些思想范畴和观念形态是文学自身发展的结果，而非思想史的简单移植，并且，愈是深入到文学思想史内部，愈能显示文学思想史的独特性和个人化，所以，如果社会思想和范畴要成为文学思想内容，则需要进行思想整合和形式转化。"思想整合"即在社会势力、文学价值和作家身份等方面建立联系，"形式转化"涉及思想如何进入文学。文学思想不是一堆观念材料，不是思想与文学的势均力敌，观念与形式的旗鼓相当，不是作家创作的概念演绎，而是作家认识世界的范围和深度拓展，成为文学中的人物、故事、对话、意象和结构元素，实现文学的语言形式和审美创造。所以，中国现当代文学思想史应融合主题学、思潮史和批评史，打通思想史和文学史的学科障碍，建立互通、互补和立交化的述史策略。

文学思想史应是"诗、思、史"的融合与统一，应将思想的审美化和审美化的思想结合起来，呈现文学与思想，文学史与思想史的互动共融，由此彰显社会思想的光芒，揭示文学的文化内涵和人性意蕴，展现文学的历史品格和诗性内涵。"思"是文学之思想，"史"是文学之历史，"诗"则是文学之艺术。韦勒克曾说："写一部文学史，即写一部既是文学又是历史的书，是可能的吗？应当承认，大多数的文学史著作，要么是社会史，要么是文学作品中所阐述的思想史，要么只是写下对那些多少按编年顺序加以排列的具体文学作品的印象和评价。"[1]文学史有与社会史、思想史和审美史的不同取向，在我看来，文学思想史则应走社会史、思想史和审美史相融合的路子。"纯审美"文学史以审美标准评价作家作品，有"思想"的文学史，则偏重受思想影响的文学因素。如果只关注文学的审美性，一些作家作品就难以进入文学思想史视野，特别是一些文学现象并非文学史叙述中心，却可能成为文学思想史的焦点，如"左翼文学"和"文革文学"，在审美化的文学史中可能会被忽略或被遮蔽，但在文学思想史中却是不可或缺的研究对象。文学思想史是文学思想的存在方式，着重考察文学思想的历史状态和文学形态，无论是关涉文学思想的文学思潮、文学运动、文学创作、理论及批评，还是构成文学思想中的主体、作品、形式和效果，只有它们形成共时性或历时性的合力时，文学思想史才得以被丰富而自由地展开。文学思想史勾连社会史，穿越思想史，而成为文学的思想、文体、形式和审美的历史。

中国现当代文学思想史具有整体性、丰富性与动态性特征。它将文学思潮、文学批评、文学制度等内容纳入研究视野，既明晰文学思想史的内涵与边界，也体现文学思想史的整体性。在结构上，将文学思潮与文学运动，文学思想和人生体验，艺术思潮与审美风尚，文学创作与理论批评结合起来，切近文学历史的真实面貌，呈现文学思想的丰富性；在时空性上，应涵盖自清末以降的近百年文学思想之变迁，以大陆文学为主体，同时包括港澳台地区的文学思想。建立以文学制度、观念认知、生命体验以及语言文本等要素组

1　[美] 勒内·韦勒克，奥斯汀·沃伦：《文学理论》，刘象愚、邢培明、陈圣生等译，南京：江苏教育出版社，2005年，第302页。

成的阐释体系，呈现中国现当代文学思想史的独特性和复杂性。就历史阶段而言，它有短时段、长时段和超长时段，每一时段既有新旧杂陈和新陈代谢，也有时代选择和中西汇通。每一个文学思想都处在不断变化之中，不同文学思想此起彼伏、交错更替。有时某一思想成为主流，独领风骚，有时又是多元思想并存。有的思想只是短暂停留，有的则绵延悠长。各种思想之间互相促进、流传和发展，或者互相对立、矛盾和斗争，构成文学思想不断演进的历史进程。文学思想史有思想的发生和转变、集聚与整合、变化和更改，拥有历史的具体化、动态性和变异性。中国现当代文学之人道主义和个人主义思想，自由主义和革命主义思想，科学主义和民主主义思想，审美主义和功利主义思想，既有各自独立发展的思想空间，也有相互冲突、并行或融合的历史节点。五四新文学以思想启蒙和白话文体开创了中国文学的新纪元，白话文、个性解放、科学精神和人道主义成为五四新文学思想的追求。到了1930年代，阶级意识、民族观念和自由主义、审美主义并驾齐驱，革命文学、左翼文学、自由主义和民族主义文学群峰并峙，延续并拓展了新文学发展空间，也同时因政党政治、民族战争和审美价值的不同选择而使文学出现了区域化和板块化，不同区域有不同创作的思想趋向。中国文化和文学受到民族战争的影响，但新文化和新文学运动并没有中断，而是进入到一个新的历史阶段。如各种抗日文艺社团的涌现，文艺救亡时代性的凸显，强调文艺的战斗性和民族性，文艺的大众化和传统文艺转化。五四新文学的个人现代性和审美现代性发生了转向，民族国家认同成为抗战文学思想生产和再生产的主要动力，民族国家与个人生活实现新的对话与融合，现代个人的生命意识和国家意识，时间体验和空间观念发生了重叠和交织，形成了抗战时期文学思想的混合性和过渡性特征。

文学思想史是文学的思想和思想的文学的统一，体现了文学思想史的历史化和理念性特征。中国现当代文学思想史虽有社会现实的复杂，作家体验的深切以及思想文化的丰富，由此创造了文学思想史的变异和驳杂，也同时存在概念化、空洞化和浅表化等特点。文学思想史研究，不仅需要设身处地地思考作家所处的历史场景，感受他们是如何思想及如何表达思想，而且也意味着一切历史需要联系社会现实才有可能被充分阐释和真实理解。我们正处于一个社会转型期，现代思想文化的积累并不充分，文学及其所面对的社会环境和接受方式也处于不断变化之中。中国现当代文学思想史研究，既需要面对当前的社会现实环境，又需考虑学科发展前景；既与现代思想及其困境相连，又要注意文学史与思想史的不可分割；既要面对全球化和区域化的文学现实，又要关注中国现当代文学思想与古代文学思想的关系。中国文学思想拥有绵延不断的连续性，它在主动变化或被动改变中不断生长。现代中国的生活、制度、思想和艺术都或多或少受到了西方思想文化影响，但它们都常常消融于中国文学的历史传统，成为拥有中国特色的文学现实。我们虽不能说文学思想史就是思想的战场，但至少应坚持中国现当代文学思想史既是中国文学思想史的延续和丰富，也是中国现当代文学史研究的挑战和超越。

四、方法与意义：
文学思想史的综合路径

作为"方法"的"文学思想史"研究，主要是指它观察问题的独特视角和作为一种学科知识的基本原则及其策略选择。它关注文学思想的历史语境，文学思想的内涵及其思想修辞，作家思想的独创性及思想风格的变迁。原来林林总总似乎没有头绪、彼此夹缠的现象，在文学思想史这里，都将由某种具有结构性的"思想框架"和反思性的"思想逻辑"所整合，成为"历史性"和"有机性"的知识体系。讨论中国现当代文学思想史，可按照历史与影响、结构和机制的综合思路行进，一是探究不同历史阶段文学思想的主要内容。包括不同历史阶段所呈现出芜杂纷呈的文学思想面貌，以及复杂多元的思想特质。二是描述不同阶段文学思想的历史轨迹。伴随现代政治和社会变革的介入，作家的美学追求和理论批评的选择，不同历史时期的文学思想有着不同的存在状态和走向。三是考察不同历史阶段文学思想的生成机制。中国现当代文学思想的生成机制和生产主体有别于古代文学和西方文学，它是文学思想与社会思想，作家与社会实现互动的中介性力量，是社会对文学思想发生作用的平台和路径，是创造和生成文学思想的主体性结构。四是阐释不同历史阶段文学思想的历史意义。不同历史阶段的文学思想既有连贯性，也有相对的独立性，它如同大树之根，吸取思想养分，扎入社会土壤，但又盘根错节。它不是空穴来风，同时又承续过往，如同竹之节，变化与承续都同时存在。最终主要解决三个问题，一是中国现当代文学思想的总体和个性特征。中国现当代文学思想的总体走向是在实现文学与现代社会和民族国家的互动融合的同时又不失去文学的独立身份，它有思想和文学的共名，也有审美性和个人性的专名。这些都需要加以仔细辨析和考察。二是中国现当代文学思想的历史生成及演进。文学思想的生成有制度性、社会性因素，有作家的观念认知和思维方式，还有作家个人的人生经历、生命体验、精神特质以及心理状态，它们都或多或少影响文学思想的形成，直至借助文学创作来建构文学思想。文学思想是审美化的思想，是语言化的思想，也是社会组织、社会思潮、理论话语等共同建构的思想。三是中国现当代思想的独特性与复杂性。不同历史阶段的文学思想都存在不断吸收、借鉴、创化的过程，它是文学与社会互通的桥梁，也是文学思想和社会文化的分水岭。

在方法论上，坚持史料中心、思想穿透和文本细读相统一，注重文学体制、观念认知、生命体验、语言文本的生成结构及其历史推进，注重文学的"思想——观念——思潮——语言"的整合和消融。以"文学体制——观念认知——生命体验——文本形式"作为文学思想的阐释框架。首先，从文学体制分析文学思想生成发展的制度性语境，包括时代背景、文学机构、思想渊源、理论前提等，呈现不同时代文学思想与其社会思潮、政治思想和文化思潮之间的关系。其次，从文学思想内在结构讨论其思想观念、思维方式和精神底色等。再次，将作家批评家的生命认知、生存体验、生活情致、文化心态和精神追求等纳入文学思想考察视野。最后，阐释代表性作家及作品思想，呈现其如何与文学批评和文学观念发生共振、感应和冲突，乃至分裂和异变。由此区别于以往的文学思想史研究，成为纵横交错的文学思想史。

文学史的叙述方式多种多样，有以文学思潮和文学运动为中心，有以作家作品为中心，也有以文学文体为中心，还有历史编年体等。文学思想史也是文学史叙述之一种，它不仅关注文学思潮，也关注文学思想，尤其关注作家作品和批评理论；它不仅需要清晰而完整地描述文学思想的历史及其价值，也要考察作家作品和理论批评与外部社会各方面因素的互动关系；既对作家作品加以细密感受和解读，又对文学现象进行社会历史的批评和阐释。中国现当代文学思想史与古代文学思想史有相通之处，在研究方法上可以相互借鉴，如求真求实与历史还原，理论批评与创作实践的结合，文学体悟与回归本位等等方法，具有某种普遍的有效性。但中国现当代文学思想史也有它特殊的地方，如文学思潮、文学批评和文学创作的关系特别紧密，文学思潮不断引领文学创作，文学批评也参与指导作家实践，时常出现先有理论主张后有创作实践的情形，文学思潮的作用尤为突出和鲜明。文学思潮本身也属于文学史考察内容，如唐宋古文运动、明代复古运动，近代的改良主义，但现当代文学思潮如五四新文学运动、左翼文艺运动、文艺大众化运动等，却与文学思想直接发生重叠，可作为一个时期文学思想的代表，只是文学思潮更偏重文学整体性，而文学思想不仅有整体性，还有思想的个体、细节和局部。所以，中国现当代文学思想史研究的整体概括和理性分析力度应更为强劲和凸显。

中国现当代文学思想史，是以文学思想的制度要素，作家主体的观念认知、生命体验，以及语言文本和理论批评而建构的阐释体系，是拥有中国特色的学术体系和话语体系。首先，它拓展了中国现当代文学研究领域，扩大了研究理论和方法视野。从文学思想史角度，重新审视文学现象、形态与规律，其意义远不止于文学对象的扩大，还丰富了中国现当代文学研究视野、理论与方法，为其注入了新的思路与活力。文学史，只有当其还原为时空并置而交融的思想图景时，才有可能充分重现其相对完整的总体风貌，因此，文学思想史就是对文学思潮、文学批评、文学观念研究的拓展与深化。其次，它力争还原中国现当代文学思想的丰富性与独特性。文学思想史是对中国文学进行的"思想还原"和"生产复原"。文学思想是一个具体鲜活、丰富多彩的文学世界，拥有丰富的文学思想"场域"与"过程"，它与社会经济、政治、文化存在十分紧密的关系，也与作家作品有着内在关联，文学思想的生产与流变，是立体而多元的，是个人与社会、传统与现代、理性与感受相互交融的文学世界，这也就是文学思想史研究的精髓所在。再次，它有助于推动中国现当代文学与古代文学和其他学科的互动，建构中国现当代文学研究新方向。中国现当代文学就其性质而言是中国现代社会的文学，它是在中国现代社会的广泛联系中发生和发展的文学，它的存在和影响与整个现代社会的方方面面都有着十分紧密的关系，包括与现代个人、民族、阶级和国家的普遍联系。中国现当代文学不同于西方文学和中国古代文学，不仅是在内容和形式上所显示的现代性和本土性，而且也在于它与中国现当代社会思想和作家思想所建立的内在联系。由此，中国现当代文学思想史研究，需要借鉴或整合其他学科知识，重建"文学与思想""形式与内容"的思想意义，实现中国现当代文学思潮、语言文体和理论批评的整合与互动，使其为中国现当代文学学科及研究提供更加坚实的学术支撑。

我们这一代的任务：百年中国文学思想史研究

　　百年中国文学思想是文学史研究的重要内容，它既是对古代文学思想的承续和发展，也是对西方文学思想的转化和创新，更是中国文学现代性的重要标志。它以百年作家作品、文学理论和批评为中心，同时兼顾社会思想、文化思潮和文学体制，讨论文学体制、文学观念和语言形式的思想与审美的融合，呈现文学思想史的场域、内涵、结构和形式的复杂性与独特性，确立百年中国文学思想史的总体特征及其历史嬗变。

　　中国文学思想史研究成果丰硕，但它主要还是集中在古代文学领域，近百年中国文学思想，或者说中国现当代文学思想史的研究则显得凌乱，多有阙失，亟需进行系统研究和整体推进。这也应是我们这一代的任务。百年中国文学早已进入历史化和学科化研究，各种类型文学史也不下千余种，如思潮史、文体史、流派史、社团史、地方史等等。迄今却没有出现一部完整而系统的百年中国文学思想史，这本身就是一个问题。提出百年中国文学思想史，意在重新认识中国现当代文学。中国自古是一个重视历史经验的国家，史学发达。每逢历史更替，社会转型，必然牵动对历史的重新审视，鉴史而资治。重审文学思想史，虽然不为资治之用，但至少可以总结历史，重塑未来。历史研究永远是现在与过去的对话，这里的"现在"确是怀抱着未来追求的现在。当下的中国现当代文学研究最需要正视的不是缺乏理论，而是没有思想，并且，也不需要一种可以解释历史或文学的标准理论或唯一理论，因为任何理论相对文学历史，都会显出它的贫乏和单调。文学历史，包括文学活动和文学思想，都是丰富多彩而奇诡多变的。理论只是一种假说，它必须与历史事实发生对质，才会产生作用。

一、何谓文学思想史研究

首先，需要解释何谓文学思想史。文学作为审美意识形态，具有思想和审美的双重性。在阿多诺看来，"艺术的本质是双重的：一方面，艺术本身割断自身与经验现实和功能综合体（也就是社会）的关系；另一方面，艺术又属于那种现实和那种社会综合体。这一点接源自特定的审美现象，而这些现象总在同一时刻既是审美的，也是社会事实的"[1]。一句话，文学思想史就是研究文学思想的历史。敏泽认为，文学思想的核心构成，"是一定的文学观念群

1　　［德］阿多诺：《美学理论》，王柯平译，上海：上海人民出版社，2020年，第370页。

中的主要的或主导文学思想观念，它影响着一定时期的价值取向、审美风尚、理念批评范式，以至文体风貌、艺术形式，使其区别于它之前或他之后的其他文学风貌"，"在一定意义上，文学思想史实际上也就是文学观念史"[1]。周群则将中国文学思想史理解为歧出于中国思想史之下，贴近文学理论，主要从思想史立场阐释文学理论，解释其范畴、命题和意蕴，如文道关系、汤显祖"情生诗歌"、晚明"性灵说"，由此，"揭示诸种深植于思想文化土壤之上的文论命题的内涵，比'批评史'更加直接、更加深入，也更适合展示中国文论的神韵风采"[2]。中国文学思想史，就成了思想史视角中的中国文学理论史。也有学者认为，文学思想史研究应以文学语言观念的形成与发展为中心，将文学发展史和文学批评史结合起来，使创作中的语言观念和批评中的语言观念相互映衬、相互阐发，由此描述文学的语言性的认知和实践过程[3]。

在我看来，文学是人们认识和想象世界的一种基本方式，它认识自我，认识生活，认识世界，并给人们以审美感悟、情感体验和思想启迪，从而创造美好生活，推动社会的变化和进步。文学思想，主要是人们在社会思想文化中以文学方式认识和表达生活与世界的观念和意识。它主要有两种存在状态，或者说两条入思路径，一是"文学中的思想"，二是"在思想中创造文学"。文学中的思想，或者说以文学方式表达思想，主要指作家作品和理论批评，它们显现和隐含的文学思想和观念，涉及作家的思想观念和情感体

1　敏泽：《中国文学思想史·序》上卷，长沙：湖南教育出版社，2004年，第3-4页。

2　周群：《中国文学思想史·前沿》，南京：南京大学出版社，2019年，第3页。

3　徐艳：《中国中世文学思想史——以文学语言观念的发展为中心》，上海：上海古籍出版社，2012年，第1页。

中国现当代文学
思想史论丛

验，作品的思想内容，以及文学批评观念和文学理论的价值取向。文学中的思想，甚至是哲学，都要以文学方式出场，包括故事、人物、形象、意象、细节、象征、寓言、隐喻等等，它们可称为文学性或审美性，也就是文学之所以为文学的特征，它"交织着多层意义和关系的一个极其复杂的组合体"[1]。在思想中创造文学，主要涉及思想与文学的关系。一定文学思想的发生发展，总是与一定的哲学、社会和文化有着千丝万缕的联系，它关系着文学思想发生的背景、动因和取向，并参与了文学思想的生长和创造，因为社会政治经济及其文化思潮的更替定会渗入作家的生活体验，影响其人生态度，自然也会影响文学创作、文学批评、文学理论乃至文学形式。刘勰有"时运交移，质文代变"，"诗必柱下之旨归，赋乃棋园之义疏。故知文变染乎世情，兴废系于时序"[2]，以及"江左篇制，溺乎玄风"[3]之论，所说的就是此理。当然，思想进入文学，需要以文学方式，如同韦勒克所说："只有当这些思想与文学作品的肌理真正交织在一起，成为其组织的'基本要素'，质言之，只有当这些思想不再是通常意义和概念上的思想而成为象征甚至神话时，才会出现文学作品中的思想问题。"[4]相对而言，文学作家作品的思想，比较明晰，容易辨识。在思想中生成文学，则不甚清晰，需要细致考察。文学既不能抛开思想去审美，也不能忽略审美去思想，它是以审美方式表达思想。老舍曾深有感触地说到文学传达思想的

1　［美］韦勒克、沃伦：《文学理论》，北京：三联书店，1984年，第16页。

2　刘勰：《文心雕龙·时序》，《文心雕龙解说》，祖保泉，合肥：安徽教育出版社，2009年，第854页。

3　刘勰：《文心雕龙·明诗》，《文心雕龙解说》，祖保泉，合肥：安徽教育出版社，2009年，第98页。

4　［美］韦勒克、沃伦：《文学理论》，北京：三联书店，1984年，第128页。

方式，"文艺作品是具体的表现，借着有骨有肉的人、有情有景的事，去说明一个思想。我们必须有丰富的生活，然后由生活中找出思想来，用活生生的人与事解释思想。用文艺表达思想，思想就不是哲学中的名词与理论，而是人们为什么那样活着、那样说话行事的根儿。根儿埋在地下，生活却是地上的绿叶与红花——要这样理解文艺！没有绿叶红花，而只有一条根子，那就不成为文艺作品。自然，没有一条根儿，红花绿叶也会马上枯萎了的。文艺作品必须要根深、叶茂、花儿好"[1]。文学表达的思想不是逻辑化的、概念性的，而是启示性的、符号化的，它主要以文学方式表达对社会人生的感受和思考，意在唤起人们的同情心和感悟力。于是，文学思想是审美化的思想，是语言化的思想，也是由社会思潮、作家作品和文学理论共同建构而成的思想。

中国传统文学拥有儒释道思想传统，如注重伦理教化，"厚人伦""移风俗"等，这与其宗法制度和伦理社会有关。《尚书》的"诗言志"，《论语》的"诗无邪"，《孟子》的"浩然之气"，都是其标志和特点。中国传统文学思想伦理至上，自成体系，立足于特定的人生境遇，既有普遍性，又有具体性。文学思想、文学形式和文学体制密不可分。晚清以降，随着对传统伦理文化的反思批判，古人说："天地未判，道在天地。天地既分，道在圣贤。圣贤之殁，道在《六经》。"[2]圣贤伦理、传统人格的至上地位被削弱、破损了，特别是随着科举制度的废除，以经为史，经书的中心性也过去了，

---

1   老舍：《关于写作的几个问题》，《老舍全集》第17卷，北京：人民文学出版社，2013年，
     第591页。
2   （明）宋濂：《徐教授文集序》，《中国古代文艺理论专题资料丛刊》第2册，徐中玉主编，
     北京：中国社会科学出版社，2013年，第517页。

百年中国文学转向对民族国家、个人意志和生活欲望的表达，特别关注像启蒙、社会革命、个人解放、集体意志和日常生活的思考和凝视。传统文学的儒家、道家、法家、玄学和佛禅思想，被现代民族主义、爱国主义、民主主义、科学主义、自由主义、人道主义、个人主义、革命主义、社会主义、英雄主义、理想主义、集体主义、世俗主义等思想和意识所代替，自然也被文学所表达，成为百年中国文学思想史的主要内容。并且，在现代中国人眼里，历史、思想和政治，始终处于社会文化的核心位置，从技术到制度，从制度到文化、从文化到观念，一直都在未完成状态，需要不断在观念中探索和，在现实中实践[1]。百年中国，还多次出现"思想文化"的社会中心地位，如五四时期，1930、40年代，1950、60年代，1980年代，等等。它们主要是为了回应社会历史变迁的思想诉求，以及各种新事物、新理论、新方法、新史料的挑战和应对，社会现实和思想文化领域似乎都隐藏着借助思想文化解决社会和人生问题的逻辑理路。实际上，中国文学与社会人生始终是浑然一体的，钱穆就说过："中国人生几乎已尽纳入传统文学中而融成为一体，若果传统文学死不复生，中国现实人生亦将死去其绝大部分，并将死去有意义有价值之部分。"[2]"中国文学实即一种人生哲学"，"欲深通中国之文学，又必先通诸子百家"[3]，"中国人生既求文学化，文学亦求人生化"[4]。到了20世纪，百年中国文学的思想性，或者说与社会人生，与社会思想不但不是"死不复生"，而是更为密切，

---

1 葛兆光：《思想史研究课堂讲录》（初编），北京：三联书店，2019年，第199页。

2 钱穆：《中国文学论丛》，北京：三联书店，2002年，第65页。

3 钱穆：《现代中国学术论衡》，北京：三联书店，2001年，第248页。

4 钱穆：《现代中国学术论衡》，北京：三联书店，2001年，第249页。

更为丰富，乃至出现了这样的判断，"20世纪中国文学史研究正在成为一部思想史长编，统摄这部思想史的核心理念是作为一种普遍主义知识体系的现代性"，文学作为思想的承载物，它既感应、传播思想，又生成、建构思想，为新民、启蒙、革命等社会使命提供可能。而思想也经文学孕育转化、选择对话而发生偏离，出现歧义丛生，由文学话语的建构而呈现一种杂陈状态[1]。这种说法，大致符合百年中国文学思想史的实际情形。

　　至于百年中国文学思想史研究，它需要解决的关键性问题应是文学思想内涵及其历史演进。具体说来，它应研究四个方面的问题。一是探讨不同历史阶段文学思想的主要内容，包括不同历史阶段所呈现出芜杂纷呈的文学思想面貌，以及复杂多元的思想特质。二是描述不同阶段文学思想的历史轨迹，特别是伴随社会政治、思想形态、文学创作以及作家个体选择等方面均所体现出不同于以往历史时期的文学思想状态和走向。三是考察不同历史阶段文学思想的生成机制。百年中国文学思想的生成机制和生产主体是其有别于古代文学和西方文学思想的重要因素，它是文学思想与社会思想，作家与社会实现互动的中介性力量，是社会对文学思想发生作用的平台和路径，是创造和生成文学思想的主体性力量。四是分析百年中国文学思想的历史意义。不同历史阶段的文学思想既有连贯性，也有独特性，它如同大树之根，吸取历史的水分，扎入社会的土壤，长出斑斓的花叶。它不是空穴来风，同时又承续过往，如同竹之节，其变化与承续都是同在的文学现象。

1　　刘忠：《思想史视野中的中国现当代文学》，上海：上海人民出版社，2006年，第1-2页。

二、百年中国文学思想之特征

总之，文学思想史研究，需要回答文学为何思想，有何思想，如何表达思想等核心问题，特别是有关百年中国文学思想的总体性和个性化特征问题。百年中国文学思想史的总体走向是文学与现代社会、民族国家的互动，是文学的自觉追求，它有主潮，也有潜流，有思想的共名，也有文学的民族性、本土性和世界性。不同群体、不同作家的文学思想也存在不断创造和变化的过程，既是文学与社会互通的桥梁，也是文学思想和社会文化的分水岭。它有制度性、社会性力量，也有个人认知和思维方式的差异，还有作家人生体验、精神特质以及心理状态的影响。

至于文学思想史上作家的个体性和差异性，暂且不论。就百年中国文学思想史的特质，或者说总体特征而言，我认为，它主要有四个方面的特征。

一是百年中国文学思想与社会文化的相互依存、互动共生。自清末至五四，出现了科举制度的废除、现代教育的建立、大众媒介的兴起、传播方式的改变以及读者阅读兴趣的变迁等，它们都对百年中国文学思想的发生提供了支持和保障。西书汉译也为文学思想起到镜像和参照作用，为作家、理论家提供了思想资源。到了五四时期，倡导新思潮，张扬新思想，传播新理念，成为社会新风尚，它们引领并促进了五四新文学的发生和转型，且生成为新文学思想的运行机制，也就是文化思潮在先，文学思想优胜，文化新思潮主导着新文学思想，以至于五四新文化出现的种种新思潮，成为新文学思想的预设装置，潜在地引领或约束着新文学创作，社会文化思潮的边界，也就成为新文学思想的可能性。新文学也直接担负着思想启蒙和社会改造功能。1928年，陈子展曾对五四时期的思想和文学关系作过清晰描述，他认为："《新青年》最初只是主张思想革命的杂志，后来因主张思想革命的缘故，也就不得不同时主张文学革命。因为文学本来合文字思想两大要素而成；要反对旧思想，就不得不反对寄托旧思想的旧文学。所以由思想革命引起文学革命。又旧文学中间的思想固然大半荒谬腐败，同时文字也就晦涩，笼统要做到文学革命，不但先要做到思想革命，还要先做到改用明白确切的白话文字，以期增进表现力和理解力。所以文学革命运动也就成了白话文学运动。"[1]先有思想革命，再有文学革命，思想革命和文学革命都需借助语言文字，于是又有了白话文运动。

到了1930年代，中国社会文化犹如杂草丛生，思想文化启蒙达到新高度，胡适主张的自由主义持续发挥干预作用，何炳松等十教授发起了"文化建设宣言"，延续着文化保守主义思路，广泛传播的马克思主义思想不断推进中国化历史进程，这些社会思想构成了1930年代文化潮流，也影响文学创作和思想的表达。1940年代，整个社会处于战争状态，社会间的政治冲突、思想形态、文学创作以及作家选择等都有不同于以往的发展状态和走向，文学思想以多副面孔出现，自由主义与民族主义相互交错，因战争原因造成了社会政治文化的区域化，出现了国统区、解放区和沦陷区不同的文化形态，它们也有着不同的文化思想面貌，它们相互对话、相互呼应、相伴相生，彼此关联，也在碰撞与差异中形成1940年代社会文化图景。1950—70年代文学思想主要体现为意识形态文学、人民

1　　陈子展：《中国近代文学之变迁》，上海：上海古籍出版社，2000年，第101-102页。

文学、阶级文学、政治文学、英雄文学、理想文学与现实主义文学。这些文学思想恰恰也是与该时期社会政治文化密切相关。1980年代以来的中国文学思想也是在特定社会历史语境中生成的。1980年代的人道主义文学思想就离不开思想解放运动背景。"文革"结束以后，席卷全国的思想解放运动不仅影响到思想文化界，也为文学打破种种桎梏，而获得前所未有的思想开放提供了可能。1980年代是中西文化思想大交流的时代，对外开放使得西方文化大规模登陆中国，西方文化思潮、文学理论、文学作品进入中国，如象征主义、表现主义、未来主义、存在主义思想，精神分析学理论、俄国形式主义理论、新批评理论、结构主义理论、解构主义理论，意识流文学、荒诞派文学、黑色幽默文学、新小说派文学、存在主义文学、魔幻现实主义文学等，由此带来中国文学思想的变化，加之社会现代化带动了文学的现代化诉求，提出了中国需要现代化，中国文学也需要现代派问题，现代主义文学思想也很快成为文坛潮流。到了20世纪90年代，市场经济逐步在中国全面铺开，文学成为商品，其商业化特质与娱乐消遣功能得到凸显，出现了消费主义文学思想。与此同时，有感于文学精神价值的失落，文学界发起了"人文精神"的讨论，"雅"与"俗"、"纯文学"与"通俗文学"的区分话题也被重新提出来，出现了人文主义思想与消费主义思潮的对峙。

二是百年中国文学思想的类型化、驳杂性和多样性。它在五四文学、1940年代和1980、90年代三个时段文学思想中表现得最为明显。1980年代文学思想常是变动不居、丰富多元的，有人道主义思想和现代主义文学思想，1990年代有消费主义文学思想和人文主义文学思想等等。人道主义文学思想既表现在对"文学是人学"的重新认识，也体现为对文学主体性的重视和肯定，它还借助朦胧诗、伤痕文学、反思文学以及爱情题材创作得以充分展现。现代主义文学思想既在观念上接受西方现代主义，也在朦胧诗、"意识流小说"和先锋文学创作中得到转化和实践。就是1950—70年代文学思想中的人民性、民族国家、阶级性、英雄性和理想性等，也在单一性中存在多样性，在普遍性中存在特殊性，在文学创作、文学批评、文学接受中都有一定的差异性。在宏观的革命、政治、阶级、人民、现实、集体等文学思想之下，有关个人、情感、审美等文学思想，虽然不是那么热烈、显著，但在部分作品、个别作家的思想中依然有所表现，虽受压抑，却暗暗生长，不断批判也不断反弹，显示了强劲的文学思想生命力。所以说，1950—70年代文学思想虽具有一定的单一性，但并不是绝对单调的。在现实主义、真实性、政治性等思想性要求之外，依然有艺术探索和审美追求，有形式创新、文学特性、审美规律等文学思想的存在。在主流文学思想之外，也存在非主流文学思想，在模式化、类型化之外，也有个人性，在同一声部里也有微弱的杂音。它们除了在当时的爱情小说、传奇通俗小说、旧体诗歌、隐逸诗人、受批判作品以及作家日记等创作中有所体现之外，在社会革命、阶级斗争、现实运动等重大题材作品中也有细微的表现。由此，显示百年中国文学思想的曲折性、多样性和丰富性。

三是百年中国文学积极参与社会变迁，文学思想的社会价值和工具理性根深蒂固。百年文学与世运为隆污。五四文学思想虽然芜杂、丰富，但底子还是为社会、为人生，改造社会，升华人生。1930、40年代文学思想上承五四，分途发展，出现文学思想的沟渠化，出现了文学思想的左与右，文学思想的区域化，文学思想的传统化等倾向，文学创作受战争影响大，文学功利性增强，文学思想的开放性不足，在一定程度上，也抑制了文学思想的丰富性和创作性。1950年代以后，作家作品、理论批评和文学制度被高度同质化，作家个人思想和纯粹形式化文学不是没有，而是总被遮蔽，了无光彩，文学思想被工具理性化了。比如自清末至五四的文学思想，虽然在文学自主论与文学工具论的纠缠中有所推进，但大多数作家的文学创作都不自觉地带有文学工具论属性，现代作家继承了古代士大夫的忧患意识，在现实社会中自觉承担历史使命，"文以载道"观念虽有了现代转换，但文学功利主义思想并没有发生大的变动。文学工具论在一定程度上深化了中国文学思想的现代变革，但其文学功利主义思维也在一定程度上削弱了文学独立性发展，对文学思想的独立性生长产生了一定的抑制和阻碍作用。

四是百年中国文学思想的演进和运作，常以论争和论战方式展开。百年中国文学思想有常与变，变化是常态，不同时代有不同的文学思想，自然也有其不变性。传统文化文学、西方文化文学、现代社会文化和作家个人都参与了它的变和不变。它的变与不变却多以论争和斗争方式展开。这也是它不同于中国古代文学的思想运作方式。五四文学思想有新文学和传统守旧派文学的论战。1930年代的文学思想，主要有左翼文学、自由主义和右翼文学，在它们之间，曾经历了多次论战，形成了协调、反叛、对峙、斗争的复杂局面，影响到文学思想发展的整体布局和理论格局。就是在它们内部，也存在着诸多取径不一或表述分歧的差异，形成了由于出发点和立场各异的思想话语及其论争。如左翼文学思想，就有"革命文学""无产阶级文学""大众文学""国防文学""民族革命战争的大众文学"等不同思想话语，它们之间也存在着彼此争辩、相互冲突乃至对峙批判的关系。在自由主义文学思想内部，也有人性论、闲适论、幽默论等观念话语。在"右翼"文学思想内部，也有"三民主义文学""民族主义文学""文艺政策"等文学思想的先后出台。各种话语诉求不一，引发了文坛纷繁复杂的思想论争。

在文学思想的论战中，也出现激进与落后、中心与边缘、群体与个人的对抗和对立性思维，进化论、革命论思想所蕴含的线性进步观念，主流、潮流形成的历史方向和群体压力，常常左右着百年中国文学思想的演进和传播，影响人们对现代和传统、本质与现象的认识。他们在线性时间观念和主观认知的支配下，将文化和文学思想的发展简化为古与今、中与外的对立，形成二元对立的思维方式，并以此理念进行反传统，去西方，不断推动文学思想的更新。在五四新文化运动和1950、60年代，这种二元对立思维达到顶峰，导致激进主义和中心主义的发生。文化激进主义，一方面使西方现代思想迅速涌入中国，中国文学思想迅速进入古典到现代的转化之路；另一方面，二元对立化思维也导致五四之后的思想文化陷入"独尊"发展路径的危险。

三、百年中国文学思想之嬗变

讨论百年中国文学思想，需要在历史中审视，于是就有了时间感，历史让人不喜不悲，不怨不恋，而有同情之理解。社会政治、经济、文化思潮的急遽变化以及作家、批评家的与时俱进，它使百年中国文学思想拥有历史的阶段性特点。大致说来，它主要分为四个历史阶段。

一是清末至五四时期文学思想。首先是它的进化论思想。它几乎主宰了清末至五四前后的中国思想界，成为这一时期的主流思潮。进化论思想推动了清末文学改良，由梁启超发动、多人参与的"诗界革命""文界革命"和"小说界革命"，表面上是文体变革，实际上却是由进化论思想激发的思想变革。到了五四时期，进化论更是新文学作家和批评家的思想动力，它们对传统文言和道德展开批判，提倡白话文，反对文言文；提倡新道德，反对旧道德，成为新文化和新文学向传统文化和旧文学开战的宣言书。进化论思想也在清末至五四文学创作中得到充分呈现。康有为在进化论观念指引下写作了《大同书》，梁启超的《新中国未来记》、陆士谔的《新中国》、蔡元培的《新年梦》、吴趼人的《新石头记》、旅人的《痴人说梦记》等作品都有进化论思想痕迹。其次是人的解放思想。人的意识在清末文学思想中就已萌发。沈复的《浮生六记》彰显了对个性自由的诉求。李汝珍的《镜花缘》关注了妇女解放和男女平等。有关人的独立精神和女性意识，也是当时社会思想和文学表达的重要内容。五四新文学更是为人的意识立法，确立了它的主导地位。他们明确提出"人的解放"主题，文学革命才得以顺利展开。周作人的《人的文学》集中诠释了人道主义文学思想，鲁迅的文学创作书写了传统文化及其家族制度对人的思想情感和生活欲望的钳制和操纵，胡适的《易卜生主义》所推崇的也是个人主义。白话文学对国粹派、鸳鸯蝴蝶派、黑幕小说的批判，与学衡派、甲寅派之间的论争都是以"人的解放"思想为尺度和目标展开的。再次是民族国家意识。在近代亡国灭种的危机之下，清末至五四的思想界、作家和批评家都产生了强烈的民族国家意识。梁启超认为小说在唤起中国人国家意识方面起着重要作用，可以新国新民。吴趼人的《痛史》《云南野乘》《两晋演义》，黄小配的《洪秀全演义》等，它们塑造了家国危亡时刻挺身而出的救世英雄，借此激起民众的救国意识。刘鹗的《老残游记》也表现出作者的家国之情。晚清文坛还大量出现了关于"新中国"的想象，如梁启超的《新中国未来记》、蔡元培的《新年梦》、碧荷馆主人的《新纪元》、吴趼人的《新石头记》等，将民族国家意识融入小说创作，激发民众的国家观念，建构民族国家共同体意识。五四时期文学创作及文学批评呈现出"救亡"与"启蒙"的双重性，民族国家意识与个人主义互动共生。就是白话文运动本身也是一场国语运动，胡适借鉴现代欧洲经验，在传统帝国向现代民族国家转型过程中，以"活的文字"代替"死的文字"，形成统一的民族语言，凝聚国家意识。白话文运动，实质是为了建构现代民族国家意识的重要力量。胡适还提出了"国语的文学，文学的国语"，将"白话"上升为"国语"，更进一步确认了语言变革的国家意识。就是在今天，当人们在对白话文运动心生质疑时，也不能不想到白话文作为现代民族国家意识的重要支撑和价值旨向，其功过也就完全不在一个层面上。朱自清认为："辛亥革命传播了近代的国家意念，'五四'运动加强了这意念。可是我们跑得太快了，超越了国家，跨上了世界主义的路。诗人是领着大家走的，当然更是如此。这是发现个人发现自我的时代。自我力求扩大，一面向着大自然，一面向着全人类；国家是太狭隘了，对于一个是他自己的人。于是乎新诗诉诸人道主义，诉诸泛神论，诉诸爱与死，诉诸颓废的和敏锐的感觉——只除了国家。"[1]实际上，五四新文学有张扬的个人意识、忧虑的人类意识，也有强烈的国家观念。

---

1   朱自清：《爱国诗》，《朱自清全集》第2卷，南京：江苏教育出版社，1996年，第356-357页。

二是 1930—40 年代文学思想。就 1930 年代来说，其荦荦大端者，有自革命文学发展而来，代表着时代强音并很快占据半壁江山的左翼文学思想；有鼓吹超越时代政治和社会实利，以人性"天才""性灵"等为文章旨归的自由主义文学思想；还有强调文学意识形态功能，试图通过文艺政策的制订进行文化统治的国民党"右翼"文学思想。左翼文学主要有将阶级论思想纳入本土经验创作的革命文学，革命文学既是文学革命的继续和发展，又是面对时代新内容，所产生的新的文学思想。紧随其后是无产阶级革命文学，它受到苏俄文学、日本福本主义和新写实主义、卢卡奇社会主义现实主义的影响，同时，中国现实语境又改造了西方文学理论，提出了大众化、国防文学和民族革命战争文学等口号，实现左翼文学理论和实践的双重构想。文学大众化，显然是一个具有中国经验和历史语境的概念，它在与西方左翼文学发生思想勾连的同时，又进行了本土性探索。"两个口号"的论争，不但是中国左翼文学思想的深化，也是文学"统战"思想的萌芽。1935 年之后，随着日本侵华进程的日益加剧，以"无产阶级革命文学"为核心的中国左翼文学面临话语危机，在此之前，"民族""国家"在某种程度成了左翼文学的话语禁忌。在《八一宣言》和瓦窑堡会议之后，中国共产党启动了更加灵活的统战策略，由此，文学统战开始进入左翼文学。然而，长期的无产阶级革命文学惯性和理论设计，使左翼文学的统战思想也存在着操作层面和理论层面的限度。文学统战的实施，成为解散"左联"的原因之一。如果落实到左翼文学创作，能感觉到它与理论批评不一致之处甚多，如鲁迅杂文和茅盾小说。他们在表达阶级意识的同时，依然坚持着其思想启蒙，后期鲁迅没有放弃思想启蒙立场，他的后期杂文也明显体现出思想启蒙与阶级思想的合奏。茅盾的理论批评和文学创作，就体现了左翼文学思想，无论现实主义创作方法，还是所取政治、经济和阶级视角，但他依然继承和发展着"鲁迅传统"，可以说，他是鲁迅传统中接受左翼传统。

1930年代的自由主义文学思想主要体现在新月派、京派、自由人、第三种人等文学主张和创作之中。过去的文学史，常将新月派定位于与左翼文学针锋相对的思想派别，体现的是资产阶级自由主义文学思想，将京派理解为追求纯文学的创作群体。实际上，新月派和京派的文学思想，虽不以政治为主要诉诸，但仍与社会政治拥有内在关联。新月派文学的人性论、理性和健康，京派文学的趣味与和谐观念，都是别致而有深意的文学思想。在理论上，他们试图与左翼文学拉开一定距离，凸显自身的独特和创新，但在时势面前，不断加深的社会矛盾和民族苦难，又使他们常常陷入尴尬处境。胡秋原的"文艺自由"思想，既反对左翼文学和民族主义文学思想，又批判京派海派文学对时代政治的逃避，而取折中的文艺构想和立场，虽不失为一种理论探索，但在文学实践上却难以落地生根发芽。在创作实践上，反而是新月派散文与京派小说充分体现了思想的审美化，将这两种文体推向了经典化写作。关于1930年代的右翼文学思想。由于国民党弱势集权的政党功能，在文化和文学发展上并未形成主导性文学思想体系，其文学思想主要体现出为政治服务的工具性和机械性特点，如它所鼓吹的三民主义文学思想，在王平陵、朱应鹏、黄震遐等创作中所体现的民族意识，另外，还在文艺政策上，实施意识形态的统治，试图以政治意识形态和政治宣传的话语优势，强力统治文艺多极化发展的基本格局。1930年代，还存在现代主义文学思想。以《现代》为中心的作家们从诗歌和小说入手，对文学形式进行大胆探索，为 1940 年代和 1980 年代现代派文学的出现提供多种可能性，同时也隐含着审美现代性的力度和限度。

1940 年代文学总体上呈现出芜杂纷呈的面貌，其文学思想也呈现出复杂多元特质，抗战地区的民族国家文学思想和解放区的工农兵文艺思想是其主要文学思想。民族国家文学思想为抗战取得胜利起到了极为重要的作用，成为这一时期全国范围内集聚民心的重要工具。工农兵文艺思想则逐渐成为一整套服务于无产阶级政权建设的理论，为建国后文艺事业奠定了基础，亦成为新中国文艺思想的基石。1940 年代文学的总体走向是民族国家文学思想占据主流，工农兵文艺思想也占据重要位置，个人主义、自由主义与现代主义等也是其潜流，它们共同构建了文学思想的整体图景。"民族""阶级"和"个人"形成了 1940 年代文学思想的总体风貌。另外，还有非主流、潜在的、个性化的文学思想。由于它涉及两大战争（抗日和内战）、多地域（国统区、解放区、沦陷区）、多种文艺政策、多次文学论争，导致该时段文学思想呈现错综复杂的局面，同时也带有 1940 年代独有的时代特征。战争体验、流亡体验、苦难体验、生命体验等更加深重地渗透文学思想内核，形成了文学思想中强烈的战争面貌与政治特色。1940 年代文学思想也是现代与当代文学思想的连接点，它汇入了自晚清以来各种文学思想，又因 1940 年代特殊的战争语境与时代面貌形成了一套独特的文学思想体系。它特殊的内容不仅表现在 1940 年代的文人状态与作家创作，更体现在 1940 年代文学之后的影响力。

三是 1950—70 年代文学思想。1950—70 年代文学思想总体上呈现出很大的一元性，在一元性的建构中也有曲折的多元性艺术追求。尽管邵荃麟在1958年还说："一个伟大的文学家，同时总是一个思想家"[1]，但在那个时代，真正拥有思想的作家并不多。有意思的是，该时段的文学思想是在批判和重建中实现的，它对文学的自身特性、政治性、审美性、文学功用都进行了系统认知，对"文学""政治""阶级""人民""英雄""现实主义"和"真实"等文学理念进行了重塑，形成一套关于文学、作家、作品和读者的理论范式。党和国家领导人多次发表文学讲话，出版不少关于文学政策、文学报告的理论文件。三次"文代会"对文学创作、文学批评、作协文联机构的工作也做出了规定和指导。另外，1950—70年代的文学批评更是文学思想的重要体现。它充分肯定社会主义文学、人民文学、现实主义文学等的文学思想，批判了小资产阶级的不健康、形式主义、调子低沉、个人主义、脱离时代、唯心主义等文学思想。展开了一次又一次的文学批判和文学斗争，从《武训传》批判、萧也牧批判、《红楼梦》研究批判、"胡风反革命集团"批判到人性论批判；从钱谷融、巴人、王叔明等的人性论人情论批判，周谷城情感论美学批判，小资产阶级批评、1958年"再批判"、邵荃麟"中间人物"批判、《海瑞罢官》批判到毛主席两个批示、文艺黑线专政论的提出等一系列文学批判实践，显示了文学思想取向的共性和差异，文学批判的曲折波动，也折射出文学思想的批而不倒，文学力量与非文学力量的介入等特点。同时，这一时期也对文学命题展开了论争，如典型形象、现实主义与社会主义现实主义、题材决定论、正面人物与反面人物、文学共鸣、诗歌格律、社

1　　邵荃麟：《为什么要学点文学》，《邵荃麟全集》第1卷，武汉：武汉出版社，2013年，第369页。

会主义悲剧、山水诗、古戏改革、通俗文学、公式化、时代精神、大写十三年、三突出等，它们也是文学思想的表现方式。这一时期还出现了代表性批评人物，如周扬、冯雪峰、陈涌、李希凡、黄药眠等，还介绍翻译了外国文学作品以及文学理论，它们也是文学思想的代表和表征。再就是，1950—70年代文学创作中的文学思想，包括作家作品，除红色经典外，其他文本也值得研究。如旧体诗、通俗文学、日记书信、档案材料等，乃至各种文学论集的"前言""序跋"等，都值得留心和关注。

四是1980、90年代文学思想。1980年代是文学思想极为活跃的时代，文学时刻感应着社会变化与大众欲求，不断调整自己的创作姿态与思想观念，通过艺术方式把文学思想传导给社会读者，文学与社会有思想的共振和共鸣，文学成为文化思潮的引领者。社会思想的解放为文学观念的解放提供了历史契机，文学批评和理论对文学特点和价值属性展开了深入讨论，确立了文学的审美性和独立性。西方文论和作家作品的介绍、移植，为文学的多元探索提供了借镜，出现了文学理论、文学创作、文学批评、文学传播的有效互动和协同发展，形成了文学资源的良性配置和较为开放的文学空间。1980年代，文学思想呈现出多元共生、彼此激荡、砥砺创造的发展态势。一方面，它表现出强烈的世俗化、非政治化、反理想主义、反英雄主义等思想文化特征；另一方面，又传承和彰显着文学的理想主义、崇高精神和时代精神。社会思想的解放，文学创作、文学理论、文学批评的探索尝试，也使1980年代文学思想表现出多元、混合而驳杂的特点。人道主义和先锋意识是其文学思想内核。它呈现出从个人苦难向社会苦难叙事转变，从政治控诉向人性探索的演进轨迹。先锋意识也是1980年代文学思想的重要内容，它一方面使文学保持着介入生活与思想探索姿态；另一方面，也为文学审美现代性提供了方法和场域。

到了 1990 年代，文艺政策出现了新变化和新要素。社会主义市场经济的繁荣，带来了文化的转型及社会价值观念的变革，文学思想也有了新变。"市场导向"和"消费主义"成为主导性力量，也带来了文学思想的暧昧和歧义，磨平了文学思想的深度和力度。文学主流意识形态出现弱化和淡化，作家不再追求文学的轰动效应，而是努力回到民间，在民间社会和民间生活中寻找创作灵感，或是在精英与大众之间寻找平衡，认可人的物质欲望，弥合世俗和高雅的价值取向。

中国现当代文学
思想史论丛

文学制度、文学经典与文学思想史*

一、关于文学研究的"史学化"倾向

问：王老师，回顾你最近几年的研究论文和专著，我会发现比较明显的两个方向。一个是对中国现当代文学经典作家作品的重新释读，注重对文学文本、文学语言的揣摩；另一个则是对中国现代文学思想的梳理与整合。相较于你之前"中国现当代文学制度研究"关注文学"外部"问题，这两个方向的研究似乎都显得更为

* 此文为《当代文坛》杂志"高端访谈"专栏约稿，访谈者为本人和张望博士。文章中"问"者为张望，现为重庆师范大学文学院讲师。

"内在"。这是不是你有意识地在对自己的研究做出的某种调整呢？

答："中国现当代文学制度"应该是我最早触及的几个话题之一，当时对这个学术话题的兴趣应该说是由两个方面的因素促成的：一方面来自中国现当代文学学科内部的问题意识，在当时"文学制度"还是一个较少被关注却又很重要的话题；另一方面则来自个人想通过学术研究参与时代对话，"文学制度"问题可以间接地表达对社会时代的某些思考与回应。正如你所说，中国现当代文学制度研究确实主要关注文学外部问题。它主要讨论作家如何被制造，作品如何被生产，以及他们如何被社会接受的过程，讨论的是那些影响文学发生发展的外部力量和要素。文学制度研究较少涉及对作家作品优劣高低的判断，难以对作品审美价值及意义做出充分阐释，无法融入研究主体的审美感受和生命体验，这无疑是遗憾的。所以，在意识到这个问题时，自然就希望借助更多方法或者说多种路径，来对"制度研究"所不能言及的层面进行补充阐释。

对经典作家作品的重读和阐释，也是我多年以来坚持的一件事情。我主要不是从主题学方向进入，而是从文本自身的语言、意象、细节入手，去揣摩作品语言"内部"的丰富性构造，摸索语言是如何编织出作品的内容与意义，我觉得这是文学批评和文学研究非常重要的工作。语言是文学的身体，再多的文学创作技巧，再深刻的主题思想，再繁复的象征隐喻，都要借助语言来呈现。因此，如果说从制度研究到文本细读是从外在走向内在的话，那么，文学思想研究则是试图在制度研究和文本细读之间获取某种平衡，既不落入文本细读的精细局促，也不滑向制度研究的相对宏阔，而是通过文学思想研究把社会思想、文学体制、文学批评、文学理论、作品文本、作家体验等等都能囊括其中，既吸纳制度研究的思维方式，又保持文本研究的主体感觉。所以，不论是经典细读还是文学思想研究，都可说是我对自己的研究理路做出的某种有意识的调整和平衡。

当然，除了对学术研究的自我调整以外，还来自我对中国现当代文学研究"史学化"趋势的回应。近年来，在"史学化"趋势的影响下，我们学科的研究非常注重史料的收集、整理，注重回到历史现场，注重在历史细节中理解文学，这似乎在一些程度上忽视了文学极为内在的东西，比如文学文本的语言修辞，文学文本中蕴含的思想等。与此同时，很多史料整理、辨析研究也相对来说难以调动研究者的主体思想与研究对象的对话，因此很难在一些研究著述中感知到研究者的主体认知与生命体验，使得研究著述始终少了那么点温度。所以说，对经典细读和文学思想的关注也来自我对学术界当下学术生态及其发展状况的思考与应对。

问：你提到现当代文学研究的"史学化"趋势，你的"文学制度"研究在某种程度上也可以视作这一趋势下的成果，其突破了文学"内部"的局囿，而在更加广阔的历史时空中讨论文学。那么，你能更具体地谈谈对现当代文学研究"史学化"趋势的看法吗？

答：近些年，围绕现当代文学"史学化"趋势已有不少讨论，我认为现当代文学研究的"史学化"趋势，至少要从学术传承、学科发展、社会情势三个方面来看待。首先，从中国学术传统看，文史自古以来就是不分家。中国现当代文学研究的历史兴趣从一开始就很浓厚，特别是"现代文学"，它始终紧密地关联着中国近代以来的社会历史变革，并始终试图对历史做出回应，所以说，现当代文学研究的"史学化"趋势也是对中国"文史不分"传统的接续。其次，它无疑是对现当代文学学科研究范式的反思，是对过去那种偏重主观主义、本质主义和形式主义研究范式的反拨与超越。再次，它也与1990年代以来的社会情势变化密切相关。当"文学失却了轰动效应"，其他人文社会学科优势日益凸显，这也使现当代文学研究发生了危机感，以往那种偏重于审美特征、感性经验和思想反思的研究似乎都显得不那么具有"学术性"，因此为了克服这一危机感，现当代文学研究提出了"史学化"要求。与此同时，1990年代以来，文学整体失落也带来了文学研究的边缘化，伴随1980年代"思想解放"而被抬高地位的现当代文学研究，也面临着越来越难以参与到同社会、时代直接对话的尴尬境地。因此，史学化确实也是为了维护学科自身的规范性和学理性诉求。

事实上，现当代文学研究的"史学化"趋势最先开始于当代文学研究领域。洪子诚、程光炜、吴秀明等一批学者力倡当代文学的"历史化"，改变过去当代文学研究的感悟式批评范式，而强调拉开距离的历史化研究，从而确立中国当代文学学科的规范性和学院化。多年来，他们也确实通过"重返80年代""回到十七年""当代文学的文献史料学"等系列话题，通过重新挖掘文学史料，重回历史现场等方式产出了一批极具代表性的成果，推动了当代文学学科的发展。这一趋势也逆向发力，带动现代文学再次开始"文史对话"，重新思考现代文学生长的政治、经济、文化、教育、传媒等历史环境，重新返回中国现代文学发生发展的历史语境。另外，"史学化"趋势也引发了中国现当代文学文献史料整理的第二次浪潮，出版了一大批史料丛书，这可以算是"史学化"趋势带来的又一重要贡献。总之，现当代文学研究的"史学化"趋势是必然的，它推动了中国现当代文学研究的学术发展。

问：随着文学研究"史学化"趋势的日渐兴盛，一些学人越来越不满足于单纯的文学研究，甚至摆脱文学研究约束，而试图实现与其他人文学科和社会科学，如政治史、社会史、思想史、文化史、民族史等的对话。你怎么看待这种努力？

答：刚刚我所提到的现当代文学研究的"史学化"意图就是想摆脱单纯的审美形式研究，它不仅仅只关注文学本身，而想更多关注与文学生产和发展相关的政治、经济、文化、民族、教育等各种力量。然而，这是不是就意味着借助文学研究的"史学化"程度就能实现与其他学科的"融通"呢？我觉得没有必要，也难以实现其目标。毕竟文学研究和历史研究的对象、目标和问题并不是相同的，历史研究更多关注历史中的人和事，文学研究则主要关注作家的精神情感和语言形式，一个注重外在情势，一个则注重内在主体。我也曾经思考过现代政治、经济、文化、文学、思想和宗教等与现代文学的关系，甚至想它们是否可以构成一个与中国"古典学"相对应的"现代学"呢，我发现几乎不可能。因为它们之间是不平衡、不一致的，无法被统摄到"现代学"框架之下。"现代"似乎是混乱、驳杂和纠缠的代名词。因此，文学研究与历史研究可以在问题意识、方法论层面有一些相互牵引、相互借鉴、相互对话，却很难真正实现"融通"，并且，学者越界也容易出现学术不规范等问题。

问：既然难以"融通"，那这种"史学化"趋势是不是也会带来中国现当代文学研究的某些偏至呢？这些偏至又将怎样改变现当代文学学科格局，带来哪些负面影响？

答：偏至是存在的。比如过分夸大文献的效用，甚至是为文献而文献，仿佛有了文献就有了一切，却忽略了文献与文学的相关性。比如有些文献可能与文学稍稍沾上一点边儿，但却不能为文学发展和创造产生任何作用。近年来，通过文献发掘也贡献了一些新资料，如佚文佚作，但不论发现多少资料，几乎都无法改变某个时段的文学思潮和文学样态，同样也无法撬动对某个作家的整体认知。所以，对待历史文献一定不能无限夸大，而要真正地从文献通达到文学。所以，面对现当代文学的"史学化"趋势，我们一方面应充分肯定其对学科发展的推动力，另一方面也要警惕它对学科格局的某种偏至性导向，应该辩证地看待这些趋势。

二、回归文本与经典细读

问：你曾经在《中国现代文学观念与知识谱系》的后记中提到，文学研究要想不断突破和拓展，似乎有三条路径：一是史料的重新发掘和阐释，二是思维的创新与突破，三是经典的重读与意义重建。2017年，你出版了专著《回到语言：重读经典》，在书中你对诸多经典文本进行了重新解读。我想请你谈谈在当下这样的研究风尚或者学术背景下，"经典细读"有何意义。

答：这确实是我多年来从事中国现当代文学研究所获得的感受和体会，《回到语言：重读经典》也是多年来坚持重读经典、重释经典的结集。我之所以看重"经典重读"，应该说有很多层面的原因。首先，细读经典是保持审美体悟、主体感觉的重要途径，它让我在"文学制度"研究之余亲近文学语言，能够更为内在地关注文学。对现当代文学经典的不断发掘与重读也是坚守现当代文学独立性的关键。众所周知，中国现当代文学以反思传统而被建立起来，中国现当代文学常以中国古典文学为参照审视自身。随着时间推移，古典文学已经被经典化，建立了自己的文学经典体系，而中国现当代文学却更多以事件化、现象化的面貌出现，亟须通过对作家作品的重读与阐释，去建构中国现当代文学的经典秩序，唯有如此，才有可能确立中国现当代文学史的本体性。其次，中国现当代文学的成熟及其文学史意义也是由经典作家作品所成就。判断一段文学史的价值高低不仅仅在于它是否拥有驳杂的文学现象、文学思潮、文学事件，或者是它与社会时代的历史勾连有多深，而更在于它是否贡献了丰富的经典作品和伟大作家。文学史有别于思想史、社会史、政治史等的关键，也在于它的史学形态被凝结于经典文本之中，且与社会史、政治史、思想史的典型、材料、事实、现象有着显著的区分。再次，经典重读可以有效地推动现当代文学的经典化，并使这些经典转化为现代思想文化的重要内容，从而更为广泛地融入社会大众的文学生活，改造他们的情感世界和精神世界，成为其审美旨趣。只有通过不断地阐释现当代文学经典的内涵和意义，才能让社会大众接受现当代文学，让他们对鲁迅的认识不仅是那个以笔为旗的战士形象，而且还能想起他的《呐喊》《彷徨》和《故事新编》；让他们在表达思绪、抒发情感时不光想到古典诗词歌赋，还能想到现代的《再别康桥》和《赞美》。

问：细读文本是你一直保持的习惯，我注意到你在去年集中阅读了《吴宓日记》，读得很细致，还从一些细微处发掘出诸多深意。可以分享一下你读《吴宓日记》的感受和经验吗？你肯定不止一次阅读《吴宓日记》了，能否谈谈你在不同时段阅读《吴宓日记》的感受吗？

答：《吴宓日记》和《吴宓日记续编》一共20卷，1998年出版了《吴宓日记》10卷，2006年又出版了《吴宓日记续编》10卷。《吴宓日记》20多年前刚出版，我就阅读了，前前后后应该读了三次，每次的感受都不同，每次带给我的震撼也不一样。2018年是吴宓逝世40周年，西南大学文学院筹备了一次全国学术研讨会，以此为契机我再次细读了《吴宓日记》。吴宓作为一个著名的人文学者，有很多响当当的名号被大家熟知，比如"国学大师""中国比较文学开创者""哈佛三杰"等，但在我看来，这些都不及作为"生存者"或者"存在者"的吴宓更加真实丰富。事实上，五四时期，吴宓的思想主张我们大学时期就比较熟悉，诸如"昌明国粹、融化新知""守护传统文化""倡导新人文主义"等。然而，观念的吴宓并没有日记中的吴宓更为鲜活、真实和丰富，并且更有味道。吴宓五四时期所坚守的那些理念更多来自书本或师承，共和国时期的吴宓却将理念融入生活，成为了一种内在的精神方式。他在日记中既描摹社会突变与政治风波，又事无巨细地记录自己琐碎的日常、丰富的感知以及与人事物的周旋，让我们非常真实地看到一个人文知识分子在那个特定年代中生活的萎顿、内心的焦灼、精神的高贵以及道德的整饬。他所描摹的外在世界与他记录的内心世界相互交织、碰撞、错位，产生了巨大的张力和杂陈的况味，这也是令我非常惊讶和感慨的。围绕《吴宓日记》特别是共和国时期的日记，我写了好几篇文章，关注他日记中一些非常细微的记录，诸如看电影，劳动改造，开会学习，被顽童欺凌，"骡马曳车"，种种失言和懊恼等，我想借助吴宓的日记，诠释或还原一个带有着文化遗民心态的读书人的生存境遇与精神图景。应该说，吴宓的日记无疑为我们提供了一个非常独特而又相对完整、真实的知识分子生存样本，他所记录的内容异于共和国时期那些被拉平或被同质化的文人声音，是一个真实的人生活在一个不可把控的年代里所发出的真实的无奈、痛苦、无聊与孤独。他的日记应该说是一面镜子，折射出那个时代的政治、经济与文化氛围；也是一份精神档案，记录了那个时代知识分子的真实生活、情感、心理、思维与精神状况；同时还是一份心灵的证词，用自己的人生体验抵达生活的深处与历史的荒诞。《吴宓日记续编》的意义非常重大，其价值也是不可估量的。

问：除了经典文本的重新解读，你似乎也关注当下文学创作。去年受邀参加第十届茅盾文学奖的评审工作，能谈谈你评审的体验和感受吗？

答：参加茅盾文学奖的评审，也是一次独特的阅读体验。我过去做过当代文学制度研究，深知文学评奖之于当代文学制度的意义，有助于扩大作家的社会影响和作品的经典化。此次经历让我更为直观地体察到了文学评奖的机制运转，以及它在当代文学"经典化"特别是资源配置中所发挥的作用。最大的感受是，作为当代文学最高奖项，茅盾文学奖获奖作品的筛选确实是众多合力之结果。作为一项国家级文学奖励，茅盾文学奖既有普遍性又有一定特殊性的社会价值和审美导向，比如对现实主义题材、小说史诗性和主流意识形态的偏重和强调等等。虽然每位评论家和研究者都会有自己的阅读经验和评价标准，但结果是作品价值、批评趣味和社会影响等多种力量促成的。文学奖有社会导向性，也有相当的审美力量和相对成熟的艺术品格，它只是暂时被确立为一个时段的代表作。至于是否会成为文学经典，并不完全是由一个评奖委员会所能判定的。

问：那在获得茅奖的作品中你个人最喜欢哪一部呢？你心目中优秀作品的标准是什么？

答：应该说，去年（2019年）的茅奖作品都是非常优秀的。就个人而言，最喜欢或者说感受最深的应该是李洱的《应物兄》。小说将目光对准近20年来中国知识分子，叙说他们在资本与权力中的沉浮，表现一代知识分子在面对一个物质化、权力化、虚无化的时代，内心出现了矛盾、犹疑乃至随波逐流。《应物兄》中的这一批知识分子，在面对社会的结构变迁以及资本权力的裹挟时，既想全力守住自己的文化身份与价值立场，又无奈地臣服于甚至主动地迎合于这种资本权力的潜规则，这其中的扭结、平衡与自我拉扯成为一代知识分子的精神滥觞，不无悲哀与无奈。《应物兄》以巧妙的反讽艺术和成熟的叙事手法将其呈现出来，很有意味也很有感触。

至于评价作品的标准，我有两种眼光。作为一个文学史研究者，会从历史维度去审视一部作品。在我看来，如果说一部作品选择的题材、贡献的思想内容、创造的人物形象以及表现的形式结构、语言特征是文学史上较少出现的，或者进行了调整、改变和创新，那么它可以被认为是一部有成绩的文学作品。另外，作为一个文学欣赏者，个人的人生经验和审美感受都会进入文学评价。首先会看作品所蕴藏的思想容量与深度。一部作品不论书写什么题材类型，塑造什么样的人物，它所要表达的思想一定不能表层化和简单化，要承载历史与现实、社会与人性等方方面面内容，并以一种思想深度去穿透、洞悉、体察其背后的意蕴，而不是简单地叙述一个故事，讲述一个人物，表达一种感念或者思绪。其次，就是作品的形式，写作的形式要多样，不能过于刻板，要注重变化，同时还要充满意味。叙述视角、叙述方法、叙述者的选择等，都需要根据作品所要表达的主题、思想和内容巧妙构思，而不是简单地不加修饰或者不带有任何技巧地平铺直叙。再次，就是作品的语言表达要充满魅力。语言是构成文学作品最为基本的要素，一个作品不论要表达什么样的主题和思想，以什么样的形式表达，都要依靠语言和修辞来完成，甚至说语言本身就是思想，就是内容，就是形式。因此，一个作品的好坏，语言的锤炼和打磨非常关键。那么，什么样的语言才是好的文学语言呢？我认为今天的文学语言应体现现代汉语的通俗与平易，简洁与流畅，还可有拗峭与繁复，修饰与含蓄等不同面孔，不必只有一条语言之路。老舍作品的语言就兼具文言文的简练与白话文的通俗，他在汲取民间口语的基础上，通过自己的学养、智识加工淬炼而成，从白话之俗白而趋于文言之简劲。鲁迅则从文言之简劲走出来，通向了白话之畅达，骨子里还是文言气质。今天的作家少有这样的语言自觉和高度，无论是鲁迅还是老舍，他们都有自己的语言风骨。如果一个作品能够在以上三个方面出彩，那也可以判定它可为一部优秀作品。

三、文学思想史的"主体性"

问：你主持承担了国家社科基金重大项目"中国现当代文学思想史"，这应该是你即将开启的一个新的研究领域，你曾经指出不是为"中国现当代文学"写作"思想史"，而是书写"中国现当代"的"文学思想史"，这似乎又回到了我们一开始讨论的如何把握文学研究的主体性和本体性问题，那么你是怎样界定"文学思想史"这一概念，而使其不同于过去人们常提及的"文学思潮史""文学批评史"和"文学制度史"？

答：你点出了这个课题的关键，那就是如何界定"中国现当代文学思想"。首先，应该强调的是"中国现当代文学思想"是一个独立的整体概念，不能作为"中国现当代文学"的"思想史"这种偏正结构理解。正如你所说，这关系到文学主体性和本体性问题。

我们团队在构思"中国现当代文学思想"这一概念时便试图从多维度去诠释这个概念，大概包括四个方面。第一，"中国现当代文学思想"包含且消融但不等同于"中国现当代社会思想"。文学思想不是封闭的，社会思想会从各个层面汇入文学思想之中，文学思想也会以自己的方式表现或触及社会思想的某些层面，它们之间是有密切联系的。第二，"中国现当代文学思想"主要存在于中国现当代文学的作家作品之中。如果没有作家作品，文学思想就缺乏载体。文学思想必须是作家通过语言形式创造，是文学审美化、形式化的思想。一个时代的社会思想即使特别丰富，但如果没有通过作家的主体创造而由文学作品表现出来的话，现当代文学思想也是不存在的。作家的思想和作品的思想才是文学思想的重要组成内容。第三，"中国现当代文学思想"还包含着文学批评家和理论家对文学的观念认知。他们在思考"何为文学"与"文学何为"时就为作家作品的诞生与创造提供了某种背景，而这些声音也构成了现当代文学思想的重要组成部分。第四，"中国现当代文学思想"还包括作家心态和生命体验。文学思想不仅仅是某种观念的语言显现，而是这种观念必须沉潜于作家的心态、想象和体验之中。换句话说，不同作家的生命体验与心态构成使他们即使面对同样的社会、时代和人事物，也会产生不同的文学表达。因此，对这些作家生命体验、心态感受的体察也是我们认识中国现当代文学思想的切口。基于这四个维度的理解，我们便能明确"中国现当代文学思想史"应该讨论的主要内容，自然也能与"文学思潮史""文学批评史""文学概念史"和"文学制度史"等作出较为清晰的区分。

首先，相比"文学思潮史"，"文学思想史"的考察范围没有它那么宏观，而更集中于作家作品。文学思潮是一定历史时期和一定地域内形成的与社会经济变革和人们精神需求相适应的，具有广泛影响的文艺思想和文学创作潮流。因此，"文学思潮史"也就是对有关文学与社会关系的价值观念变迁的梳理，在"文学思潮史"的视野里，作家作品是用以佐证文学思潮的附属衍伸，但"文学思想史"则是把作家作品作为研究主体。其次，相比于"文学批评史"，"文学思想史"的关注重点又不太相同。"文学批评史"的重点是关注作为一种看待文学创作的审美经验、审美观念的思想表达的建构过程，凸显的是我们"如何看待文学"的思想发展过程。但"文学思想史"更注重的是这种批评在多大程度上影响文学思想的发展，如果不对文学思想产生作用，即使文学批评自身演绎出再多的观点，都与文学思想没有关系，因此"文学思想史"会吸收"文学批评史"的某些观念，但更强调文学批评与作家作品的互动性。再次，相比于"文学制度史"偏重从文学生产角度考察社会思想、文学观念、生产体制对文学生成的影响，着重关注文学通向社会的中介力量和机制，"文学思想史"则更为关注在这种机制力量中作家作品的思想状况。综合看来，现当代文学思潮史、批评史和制度史都或多或少地存在着"文学思想"的质素，但是"文学思想"却始终依附于这些与之相关的各种概念，并没有被看成独立的概念，从而建立起独特的阐释维度与逻辑，这就为"中国现当代文学思想史"的研究留下了阐释空间，我们要做的就是赋予"文学思想"独立的概念意义，确立"文学思想"的本体地位，将"文学思想"作为主要研究对象，并围绕其意义建立系统性的阐释框架，从而勾勒出"中国现当代文学思想"的历史发展脉络。

问：你刚刚提到"中国现当代文学思想"已零星地被相关研究所提及或涉猎，那么，在写作"中国现当代文学思想史"过程中势必会借鉴这些相关研究成果或经验，你主要会借鉴哪些相关研究经验呢？又如何在这些成果基础上生发出"新意"，直至坚守文学研究的"主体性"和"本体性"？

答：应该说许多研究成果都是需要参考的。有的需要借鉴他们的研究方法，有的需要参考他们的一些结论，有的需要将其作为一个学术背景。第一，要借助既往中国现当代文学的个案研究、社团流派研究、具体时段研究、专题性研究等多方面成果。这些研究在不同层面均触及到中国现当代文学思想的一些相关问题，各有侧重，也较为分散，虽无法在线性逻辑中呈现出中国现当代文学思想的发展演变过程，也没有对中国现当代文学思想作整体性关照，但它们为中国现当代文学思想史的写作提供了"着力点"。第二，要借鉴中国现当代文学史研究相关成果。在这些著作中，文学思想或多或少地被文学思潮、文学批评、文学理论、文学制度等概念所包含和涉及，虽然在文学思想依附于这些相关概念研究时，并没有被看成独立的内容而建立起独特的阐释维度与逻辑，这也就为现当代文学思想史的研究留下了阐释空间。第三，要借鉴中国古代文学思想史相关成果，特别是借鉴和学习中国古代文学思想史的研究方法、阐释框架和逻辑范式。但也要注意中国现当代文学思想更为驳杂的样态，因此要在借鉴基础上有所超越和创新，从而建立起更为恰切的阐释框架，勾勒出更为丰富复杂的中国现当代文学思想。第四，还要借鉴中国现当代思想史研究相关成果。中国现当代思想史论著常从中国现当代文学作家作品汲取思想资源，鲁迅的小说和杂文、周作人的散文、茅盾的小说、梁启超的文章、胡适的日记等各种文学文本均成为他们阐释相关命题的重要材料，攫取其思想因子佐证其相关观点。但是，文学思想绝不仅仅是社会思想的单纯载体，它更是蕴含着社会时代审美趋向和精神创造性的独特思维方式、想象逻辑与情感特质，它与社会思想既有重合之处，同时又拥有其不可替代的地方。因此，不能停滞于思想史的某些结论和观点，而应以它们为背景，重新回到中国现当代文学作家作品中，从而得出新的结论和观点。我想，中国现当代文学思想史至少要与以上四个方面研究成果实现充分的对话，在详尽了解它们的基础上，把握"文学思想"的主体性，才能贡献中国现当代文学思想史的新意。目前，关于现当代文学思想史的研究成果还不多，特别是兼顾中国现当代文学思想的整体性、独立性、丰富性与主体性的系统研究更是缺少，目前我们已有初步构想，希望做出来的成果有意思、有突破创新。

思想的优胜：
新思潮与五四新文学

　　五四时期倡导新思潮，张扬新思想，传播新理念，它们引领和促进了新文学的发生发展和转型，并生成新文学的运行机制，思潮在先，思想优胜，即新思潮主导新文学。五四时期的种种新思潮构成了新文学运动和创作的预设装置，引导和规范新文学的历史演进和创作实践，不断推进新文学实现思想启蒙和社会改造功能，与此同时，它也导致新文学创作出现思想预设、经验遮蔽、现实置换和文以载道等特点。

　　众所周知，五四文学革命是新文化启蒙运动的必然结果，没有思想启蒙运动也就不会有新文学的发生。换言之，五四新文学运动依附于新文化运动，它的目标是思想运动，而不是文学运动，所要关注的是"思想"而不是"文学"。于是，新文学与新思潮有了共

60

振与合谋，新思潮引领新文学，新文学在新思潮的影响之下，提出白话文和人的文学等观念，积极展开文体实践和社团组建，由此形成五四新文学的运行机制。1920年，茅盾说过："中国自有文化运动，遂发生了新思潮新文学两个词，现在差不多妇孺皆知了。新思潮和新文学有多少的关系，自然也是人人都知道——新文学要拿新思潮做泉源，新思潮要借新文学做宣传。"[1] "凡是一种新思想，都要靠文学的力量去宣传。"[2]思想是"泉源"，文学作"宣传"，就是新文学和新思潮最初形成的结构功能关系。蔡元培在为《中国新文学大系》作总序时，也强调了这种关系，"为怎么改革思想，一定要牵涉到文学上？这因为文学是传导思想的工具"[3]。但是，新文学追求并拥有自己的独立性，强调文学的情感性和审美性。由此，五四新文学的生机勃勃，与新思潮的龙腾虎跃相关，它们相伴而生，相互支持又相互借力，但也不无冲突和抗争。

一、观念预设：
新思潮主导五四新文学

晚清以降的文学变革，社会变革和思想变化是其不能忽视的大背景。晚清之诗界革命和文界革命皆与开启民智，"新"国"新"民思潮有关，五四新文学的发生也来自新文化运动，新文化运动借

---

1 茅盾：《为新文学研究者进一解》，《茅盾全集》第18卷，北京：人民文学出版社，1989年，第38页。
2 茅盾：《近代文学体系的研究》，《茅盾全集》第32卷，北京：人民文学出版社，2001年，第454页。
3 蔡元培：《中国新文学大系·总序》，《中国新文学大系导论集》，长沙：岳麓书社，2011年，第7页。

力白话文，白话文催生新文学，由此形成五四新文化、新文学和白话文三者间的逻辑关系。至于其历史进程，思想革命、语言变革和文学革命则是并行交叉，融合又分离的。语言变革与思想革命同行并进，语言变革和文学革命则是融合又分离的，都以思想启蒙和社会改造为前导，没有思想启蒙的主导，白话文运动很难深入下去，新文学革命也会流于形式。反之，新思潮一直想借力新文学，成了新文学生长的文化场域和思想资源。1915年10月，黄远庸在给章士钊的信中说："愚见以为居今论政，实不知从何处说起。……至根本救济，远意当从提倡新文学入手。综之，当使吾国思潮，如何能与现代思潮接触，而促其猛省。而其要义，须与一般之人，生出交涉。法须以浅近文艺，普遍四周。史家以为文艺复兴，为中世改革之根本，足下当能语其消息盈虚之理也。"[1]黄远庸发现了新文学的作用，希望用"浅近文艺，普遍四周"，传播"现代思潮"以达变革社会的目的。1916年，李大钊也有预言："由来新文明之诞生，必有新文艺为之先声。"[2]1919年，傅斯年直接宣布："物质的革命失败了，政治的革命失败了，现在有思想革命的萌芽了"，"想把这思想革命运用成功，必须以新思想夹在新文学里，刺激大家，感动大家，因而使大家恍然大悟"[3]。他还大胆断言："真正的中华民国必须建设在新思想的上面。新思想必须放在新文学的里面；若是彼此离开，思想不免丢掉他的灵验，麻木起来了。所以未来的中华民

1　黄远庸：《黄远庸致〈甲寅杂志〉记者函》，《章士钊全集》第3卷，上海：文汇出版社，2000年，第616页。

2　李大钊：《〈晨钟〉之使命——青春中华之创造》，《李大钊全集》第1卷，北京：人民出版社，2006年，第168页。

3　傅斯年：《白话文学与心理改革》，《傅斯年文集》第1卷，北京：中华书局，2017年，第273页。

国的长成，很靠着文学革命的培养。"[1]国家靠思想，思想靠文学，思想革命要借用文学手段。

新文学的提倡也以思想革命为前导。1917年，胡适在《文学改良刍议》提出了"文学八事"，第一条就是"言之有物"，所谓"物"不过是"情思"二事。"情思"之"思"即思想，并且说："思想之在文学，犹脑筋之在人身。人不能思想，则虽面目姣好，虽能笑啼感觉，亦何足取哉？文学亦犹是耳。"[2]思想是文学"脑筋"，控制文学之"面目"，"面目"即语言形式，可见思想之于文学的主导性。胡适的五四新文学变革主要有两个目标，一是"活的文学"，二是"人的文学"，"前一个理论是文字工具的革新，后一种是文学内容的革新"[3]。"人的文学"就是新文学新思潮，它来自新文化运动对人的价值的高度肯定和充分展开。新文学的形式变化与思想革命也是并行的，语言是思想的工具，服务于思想革命，从属于思想革命，思想才是语言的灵魂。"活的文学"是鲜活、生动、灵活、自由的语言表达。从语言到文体，白话文体变革也出于时代思想的要求，"时代变的太快了，新的事物太多了，新的知识太复杂了，新的思想太广博了，那种简单的古文体，无论怎样变化，终不能应付这个新时代的要求"[4]。新文学的"思想"内涵被陈独秀在《文学革命论》中表述为"新鲜""立诚"的写实性和"明了"

1　傅斯年：《白话文学与心理改革》，《傅斯年文集》第1卷，北京：中华书局，2017年，第274页。

2　胡适：《文学改良刍议》，《胡适文集》第2卷，北京：北京大学出版社，2013年，第7页。

3　胡适：《中国新文学运动小史》，《胡适文集》第1卷，北京：北京大学出版社，2013年，第112页。

4　胡适：《中国新文学运动小史》，《胡适文集》第1卷，北京：北京大学出版社，2013年，第98页。

"通俗"的社会性，即对"宇宙""人生"和"社会"的思考和表达。

新文学的发生来自《新青年》，《新青年》则以"民主"和"科学"为思想旗帜，发起新文化运动，大量介绍西方各种各样"主义"和思想，如自由主义、无政府主义、新村主义、达尔文主义、社会主义等，哲学思想家如叔本华、柏格森、尼采、杜威等，为中国现代思想文化提供了比较和选择机会，形成了思想自由、百家争鸣的社会局面，改变了中国传统社会大一统的思想文化格局，创造了以科学、民主、自由、平等为主要内涵的现代思想文化新传统。《新青年》的主要贡献还是在思想革命，它在1919年的广告词中曾这样介绍自己的成就，"提倡新文学，鼓吹新思想，通前到后，一丝不懈，可算近来极有精彩的杂志。识见高超的人，都承认本志有改造思想的能力，是中国最有价值的出版物"[1]。次年，在《申报》上它再次刊登广告，强调刊物是"新思想的源泉"[2]，这显示了它的文化影响力和思想自信。无论是"改造思想的能力"，还是"新思想的源泉"，都表明思想力量才是《新青年》最看重的价值定位。当然，《新青年》的新思潮最终还是落在了新文学、新道德、新政治领域。新思潮参与设计和主导新文学，新文学也就成了被"设计、倡导和指引"的产物[3]。

事实上，新文学的发生发展已被新思潮所主导和收编，新文学运动实是观念预设的产物。陈独秀提出文学革命"三大主义"，其

1　《〈新青年〉自一卷至五卷再版预约》，《新青年》第6卷第5号封二，1919年5月。

2　王奇生：《新文化是如何"运动"起来的：以〈新青年〉为视点》，《近代史研究》2007年第1期。

3　王晓明：《一份杂志和一个"社团"——重评"五四"文学传统》，《王晓明自选集》，桂林：广西师范大学出版社，1997年，第262页。

背后有进化论思想的支撑，周作人倡导"人的文学"观念，也是以人道主义思想为基础，李大钊眼中的"新文学"，"用白话作的文章，算不得新文学"，"介绍点新学说、新事实，叙述新人物，罗列点新名辞，也算不得新文学"，要有"宏深的思想、学理，坚信的主义，优美的文艺，博爱的精神"才是新文学。其中的新思想、新学理、新精神才是"新文学运动的土壤、根基"[1]。朱希祖也认为，白话文相对文言文而言，它拥有"滋养料的丰富"优势，"由科学、哲学的见地所成之白话的文"是文言文"固无可比"的[2]。科学哲学的见地就是新文学的思想。实际上，从新文学的发生及探索，就有思想、哲学和文化思潮的介入，出现了"问题小说""哲理诗"等文体，追求文学的思想化或哲理化，这也是五四新文学的创作特色。作为第一篇白话小说的《狂人日记》，其中多处出现"我想""我明白了""凡是须得研究，才会明白""不能想了"等等，就彰显了"狂人"形象的思想者身份。"通信"和"随感"是《新青年》创造的重要文体样式，它们具有体裁短小、自由灵活、文白夹杂的文体特点，还具有强烈的现实感和思想性，思维活跃，问题敏锐，思想凸显等优势。几乎每一个新文学作家都是思想家，都是社会改革的"设计师"，都是新思潮的合唱者。作为思想者的鲁迅自不多言，郭沫若有泛神论，冰心主张"爱的哲学"，许地山也表现佛耶思想的相通。新文学都想讨论和表达各种社会人生问题，并为"问题"开药方，彰显着作家的社会责任感和历史使命感。新文学批评也围绕思想问题展开，新文学创作与社会人生问题、经济问题、教

1　李大钊：《什么是新文学》，《李大钊全集》第3卷，北京：人民出版社，2006年，第129-130页。

2　朱希祖：《白话文的价值》，《新青年》第6卷第4号，1919年4月15日。

育问题、政治问题、文化问题都有关系。五四时期关注的问题也是五花八门，从社会的民主、科学到个人的自由、自主，再到民族国家的平等、权利等，它们都或多或少参与主导了新文学创作，新文学运动也受惠于新思潮、新文化，即便是白话文，也不仅是语言形式，而是有思想自由、个性解放和生命感受的支持。郭沫若认为不同文体有不同"情怀"和"生趣"，"古人用他们的言辞表示他们的情怀，已成为古诗，今人用我们的言辞表示我们的生趣，便是新诗"[1]，所以，郭沫若的自由诗不仅是语言形式问题，而是思想情感的变化。

新思潮、新思想构成新文学运动的价值追求，引导新文学的发展，形成理念先行，创作跟随特点，但也会出现"新文学追不上新思想"的情形，因为五四新文学的"一大半只可说是在中国为新，而不是文学进化中的新文学"[2]，新思潮主导影响新文学，它并不是中国文学自身发展的产物，而是社会思潮和西方文学催生的结果，目的是思潮译介和思想革命。茅盾在《近代文学体系》中指出"没有一种立得住，传得下的文学，不靠思想做骨子"的[3]，而西方近代文学也是"跟着哲学走"的[4]。茅盾倡导新浪漫主义也有这样的目的，因为它"能引我们到真确人生观"[5]，具有"革命的解放

1   郭沫若：《论诗三札》，《郭沫若论创作》，上海：上海文艺出版社，1983年，第243页。

2   茅盾：《为新文学研究者进一解》，《茅盾全集》第18卷，北京：人民文学出版社，1989年，第38页。

3   茅盾：《近代文学体系的研究》，《茅盾全集》第32卷，北京：人民文学出版社，2001年，第454页。

4   茅盾：《近代文学体系的研究》，《茅盾全集》第32卷，北京：人民文学出版社，2001年，第455页。

5   茅盾：《为新文学研究者进一解》，《茅盾全集》第18卷，北京：人民文学出版社，1989年，第44页。

的创新"精神，"这种精神，无论在思想界在文学界都是得之则有进步有生气，中国实在连真真的浪漫文学都不曾有过，一向踟蹰于好古主义的下面，浪漫精神缺乏得很"[1]。虽然中国文学还没有发展到新浪漫主义历史阶段，但它的精神个性符合新文学和新思潮的时代要求，符合思想启蒙和个性解放的新思潮。所以，"思想革命是五四白话文运动深层的动力，推动白话文运动的不是语言形式而是思想"[2]。新思潮主导新文学思想，主导语言文体，新文学运动是新思潮观念的演化和衍生，白话文运动背靠的也是新文化运动。胡适认为晚清白话文运动的最大缺点是"把社会分作两部分：一边是'他们'，一边是'我们'"[3]。老百姓的"他们"用白话，士大夫的"我们"用文言，而五四白话文运动没有了"我们"和"他们"的区分，使用统一的白话文。这实是新文化运动中思想启蒙的产物，在其背后也有社会"平等"思想和大众化观念背景。白话文观念是现代思想变化的结果，"思想上有了很大的变动，所以须用白话"，"假如思想还和以前相同，则可仍用古文写作，文章的形式是没有改革的必要的"[4]。这样，五四白话文运动不是语言运动，而是思想启蒙运动的组成部分。

---

1 茅盾：《为新文学研究者进一解》，《茅盾全集》第18卷，北京：人民文学出版社，1989年，第43页。

2 高玉：《语言运动与思想革命：五四新文学的理论与现实》，《文学评论》2002年第5期。

3 胡适：《五十年中国之文学》，《胡适文集》第3卷，北京：北京大学出版社，2013年，第227页。

4 周作人：《文学革命运动》，《周作人散文全集》第6卷，桂林：广西师范大学出版社，2009年，第101-102页。

二、思想凸显：
五四新文学的价值选择

新文学革命的内核和动力是新思想和新思潮，"把这思想用到文学上来，便是新文学"[1]。而新文学的使命则是巩固"白话运动的普遍的宣传与根基"[2]，但"新文学运动不是单纯的白话运动"[3]，而是思想启蒙和社会改造。新思潮与新文学的同心并进，联姻与缠绵都是新文化运动的结果。那是个性觉醒和思想解放的时代，也是文艺复兴和启蒙运动的时代，"人的发现"成为时代的主旋律，"个人本位""自由""平等""独立"成了新文学的价值目标。新思想新文化成为新文学的记忆，新文学遂成了载道的器具。在瞿世英看来，文学创作最要紧的就是"思想"，"思想是文学的本质"，"历来的文学家的文学作品没有不是包含着一种人生观与世界观的。简言之就是创作应当以哲学为本质"[4]。不仅如此，文学文体也是这样，只有"哲学的诗""才算是好诗"，"没有哲学，决不能创作好小说和戏剧"[5]。思想优先，思想优胜，也就成了五四新文学的价值选择和创作模式。

新文化运动和新文学革命都发源于《新青年》，《新青年》杂志

1　陈问涛：《中国最近思想界两大潮流》，《时事新报·学灯》第5卷第4册，1923年4月29日。

2　茅盾：《进一步退两步》，《茅盾全集》第18卷，北京：人民文学出版社，1989年，第446页。

3　茅盾：《进一步退两步》，《茅盾全集》第18卷，北京：人民文学出版社，1989年，第445页。

4　瞿世英：《创作与哲学》，《文学研究会资料》（上），郑州：河南人民出版社，1985年，第151页。

5　瞿世英：《创作与哲学》，《文学研究会资料》（上），郑州：河南人民出版社，1985年，第153页。

同时具有传播新思想，倡导新文学的意图和目标。1915年9月，《新青年》创刊，传播新思想，它完全可以用文言方式，事实上《新青年》最初两卷也用的文言文。胡适提出白话文变革带有某种偶然性，新思想要寻找新的载体，它可以在更广大范围内得到传播。廖仲恺在给胡适的信中说到了胡适当时的意图："我辈对于先生鼓吹白话文学，于文章界兴一革命，使思想能借文字之媒介，传于各级社会，以为所造福德，较孔孟大且十倍。"[1]廖仲恺将胡适的白话文革命与孔孟之功相比，估计不会让胡适完全认同，但他所说"使思想能借文字之媒介"却是胡适真实想法，这里的"媒介"不仅是直接表达思想论说文章，还应包括诗歌、小说和戏剧等文学文体。王汎森对此也有相似的看法，他指出："新文学作品有深刻的思想史意义，五四新文学中所传达的社会思想及批判意识，对于现实的影响绝不输于一些里程碑式的思想文献。"[2]可见新文学传播新思潮做出的独特贡献。

今天重估新文学运动，在我看来，它主要还是在思想和政治上。新文学运动由胡适的《文学改良刍议》、陈独秀的《文学革命论》和周作人的《人的文学》等文章所引领，但新文学革命倡导者并不长于文学创作，他们只想借文学手段传播新思想，所看重的还是政治和思想革命。在陈独秀眼里，文学不是一个先在性命题，尽管他也翻译和介绍了西方文学思潮和作家作品，但他的目标并非文学本身，而是抽取或演绎其所含政治和思想的成分，思想才是优先命题。周作人认为："我们固不必要褒扬新文学运动之发起人，唯

1　《廖仲恺致胡适》（1919年7月19日），《胡适来往书信选》（上册），北京：中华书局，1979年，第64页。

2　王汎森：《五四运动与生活世界的变化》，《二十一世纪》2009年第6期。

其成绩在民国政治上实在比较文学上为尤大，不可不加以承认。"[1]
他在《思想革命》一文中也说："我们反对古文，大半原为他晦涩
难解，养成国民笼统的心思，使得表现力与理解力都不发达，但另
一方面，实又因为他内中的思想荒谬，于人有害的缘故。这宗儒道
合成的不自然的思想，寄寓在古文中间，几千年来，根深蒂固，没
有经过廓清，所以这荒谬的思想与晦涩的古文，几乎已融合为一，
不能分离。"[2]所以，新文学革命是语言和思想同时操作，且更偏重
思想变革，"从前的荒谬思想，尚是寄寓在晦涩的古文中间，看了
中毒的人，还是少数，若变成白话，便通行更广，流毒无穷了"，
所以，"文字改革是第一步，思想改革是第二步，却比第一步更为
重要"[3]。周作人的意思很清楚，语言革命和思想革命需要同步行
进，相互融合，新思想要内化于白话文，并成为其核心要素，白话
文变革才可能成功。过去，我们将周作人《人的文学》看作新文学
的经典文献，实际上，它也是现代思想之力作。他将"人的文学"
主张放在人的发现上，认为："欧洲关于这'人'的真理的发见，
第一次是在十五世纪，于是出了宗教改革与文艺复兴两个结果。第
二次成了法国大革命，第三次大约便是欧战以后将来的未知事件
了。女人与小儿的发见，却迟至十九世纪，才有萌芽。"古来女人
不过是男子的器具与奴隶，小儿也只是父母的所有品，由此演绎了
多少家庭与教育的悲剧。"中国讲到这类问题，却须从头做起，人

---

1   周作人：《汉字》，《周作人散文全集》第9卷，桂林：广西师范大学出版社，2009年，第
     388页。

2   周作人：《思想革命》，《周作人散文全集》第2卷，桂林：广西师范大学出版社，2009
     年，第132页。

3   周作人：《思想革命》，《周作人散文全集》第2卷，桂林：广西师范大学出版社，2009
     年，第133页。

中国现当代文学
思想史论丛

的问题，从来未经解决，女人小儿更不必说了。如今第一步先从人说起，生了四千余年，现在却还讲人的意义，从新要发'人'，去'辟人荒'"，"希望从文学上起首，提倡一点人道主义思想，便是这个意思"[1]。以新文学去发现"人"，"辟人荒"，创造拥有"人道主义"思想的文学。所以，新文学和新思潮不能分开讨论，否则，会失去其之所以为"新"的质的规定性。直至五四新文化运动高潮过后，李大钊还将"今日文学界、思想界莫大危机"相提并论，认为"光是用白话作的文章，算不得新文学"，只有"宏深的思想、学理，坚信的主义，优美的文艺，博爱的精神"[2]，才能算是新文学。思想在文学之先，无论是新文学的理论倡导还是创作实践，思想启蒙都具有优先性。

新文学与新思潮相互支持，相互借力，如同茅盾所说："一种新思想的发生，一定先靠文学家做先锋队。"[3]文学成为新思想和新思潮的传播手段，五四时期"正是新思潮勃发的时候，中国文学家应当有传播新思潮的志愿，有表现正确的人生观在著作中的手段"[4]。陈独秀积极响应胡适文学革命主张，"今欲革新政治，势不得不革新盘踞于运用此政治者精神之文学"[5]。但是，在新文学与

---

1 周作人：《人的文学》，《周作人散文全集》第2卷，桂林：广西师范大学出版社，2009年，第86页。

2 李大钊：《什么是新文学》，《李大钊全集》第3卷，北京：人民出版社，2006年，第129-130页。

3 茅盾：《现在文学家的责任是什么?》，《茅盾全集》第18卷，北京：人民文学出版社，1989年，第8页。

4 茅盾：《现在文学家的责任是什么?》，《茅盾全集》第18卷，北京：人民文学出版社，1989年，第8-9页。

5 陈独秀：《文学革命论》，《陈独秀著作选编》第1卷，上海：上海人民出版社，2009年，第291页。

新思潮亦步亦趋背后，也存在剥离和张力。新文学虽然有助于新思潮的传播和接受，但观念引领、思想在先的思维逻辑也给新文学带来了思想优胜，观念预设等特点，产生了经验遮蔽，现实置换和文以载道等负性因素，出现了重思想轻文学，以思想压倒文学，偏重文学的社会功利性，轻视文学审美性的价值取向，出现了"思想"被放大，而"审美"却被压缩、窄化等情形。新文学运动在自设的观念思想中行进，忽略了社会现实的个体经验，忽略了不同人群的社会感受，而以思想观念置换社会现实，不同观念似乎就成了不同生活和不同经验的代言，忽略了思想观念的符号化，不能完全取代社会的多元与丰富。

　　新文化运动者也并非没有注意到新文学的弱点。1920年，陈独秀重新解释新文化内容，同时强调知识和本能的重要性，认为："人类底行为动作，完全是因为外部底刺激，内部发生反应。有时外部虽有刺激，内部究竟反应不反应，反应取什么方法，知识固然可以居间指导，真正反应进行底司令，最大的部分还是本能上的感情冲动。利导本能上的情感冲动，叫他浓厚、挚真、高尚，知识上的理性，德义都不及美术、音乐、宗教底力量大。知识和本能倘不相并发达，不能算人间性完全发达。"[1]他不无自责地说："现在主张新文化运动的人，既不注意美术、音乐、又要反对宗教，不知道要把人类生活弄成一种什么机械的状况，这是完全不曾了解我们生活活动的本源，这是一桩大错，我就是首先认错的一个人。"[2]这是

1　　陈独秀：《新文化运动是什么》，《陈独秀著作选编》第2卷，上海：上海人民出版社，2009年，第218页。

2　　陈独秀：《新文化运动是什么》，《陈独秀著作选编》第2卷，上海：上海人民出版社，2009年，第218-219页。

对思想启蒙运动方向的反思，强调思想文化要与生活发生对话，要兼顾艺术的独特性和人之信仰的情感性，这为文学的独立性反思提供空间和可能。也在这一年，周作人也诠释了新文学的功能和作用，他说："人生派"文学的流弊"是容易讲到功利里边去，以文艺为伦理的工具，变成一种坛上的说教。正当的解说，是仍以文艺为究极的目的；但这文艺应当通过了著者的情思，与人生的接触。换一句话说，便是著者应当用艺术的方法，表现他对于人生的情思，使读者能得艺术的享乐与人生的解释"[1]。新文学为思想启蒙作服务，但需要以文学的方式，特别要发挥其情感的力量。郑振铎曾在《文学与革命》一文里引述了费觉天的来信说："要说单从理性的批评方面，攻击现制度，而欲以此说服众人，达到社会改造底目的，那是办不到的。必得从感情方面着手。"[2]而文学恰恰具有情感感染力，可"以真挚的情感来引起读者的同情"[3]。茅盾也认为，"文学是思想一面的东西，这话是不错的。然而文学的构成，却全靠艺术。……由此可知欲创造新文学，思想固然要紧，艺术更不容忽视。思想能一日千里的猛进，艺术怕不是'探本穷源'便办不到。因为艺术都是根据旧张本而美化的。不探到了旧张本按次做去，冒冒失失'唯新是摹'，是立不住脚的。"[4]他又说："最新的不

1　周作人：《新文学的要求》，《周作人散文全集》第2卷，桂林：广西师范大学出版社，2009年，第206-207页。

2　郑振铎：《文学与革命》，《郑振铎全集》第3卷，石家庄：花山文艺出版社，1998年，第418-419页。

3　郑振铎：《新文学观的建设》，《郑振铎全集》第3卷，石家庄：花山文艺出版社，1998年，第436页。

4　茅盾：《"小说新潮"栏宣言》，《茅盾全集》第18卷，北京：人民文学出版社，1989年，第12页。

就是最美的、最好的。凡是一个新，都是带着时代的色彩，适应于某时代的，在某时代便是新；唯独'美''好'不然。'美''好'是真实（Reality）。真实的价值不因时代而改变。"[1]这些论述对新文学的功利与非功利、思想与艺术关系进行了重新定位，强调新文学要回到情感，回到艺术，回到审美，让新文学的思想、情感与审美并驾齐驱，彰显新文学的独立性，显然，这对新思潮与新文学的支配关系也起到了一定的松绑作用。

三、双栖并飞：
新思潮与五四新文学的转向

新思潮主导新文学，新文学选择新思想，这形成了五四新文学的运行机制，也带来文学内外的不断论争，文坛内部的打架。不同思潮的论战，两相砥砺，"上自国家，下及社会，无事无物，不呈新旧之二象"[2]，"仗着新旧二种思想，互相挽进，互相推演，仿佛像两个轮子运着一辆车一样；又像一个鸟仗着两翼，向天空飞翔一般"[3]。这是新文化、新思潮的理想化状态。新的社会思潮变化，必然引发不同派别和观念的"对抗"与"论战"，新文学运动也是如此。新文学与新思潮的双栖并飞，社会现实和思潮文化始终操控着新文学关切，社会思潮的变化也必然会引出新文学的变化和转向。

1   茅盾：《"小说新潮"栏宣言》，《茅盾全集》第18卷，北京：人民文学出版社，1989年，第13页。

2   汪叔潜：《新旧问题》，《回眸〈新青年〉·哲学思想卷》，张宝明、王中江主编，郑州：河南文艺出版社，1997年，第291页。

3   李大钊：《新旧思潮之激战》，《李大钊全集》第2卷，北京：人民出版社，2006年，第312页。

1928年出现了"革命文学"口号之争，标志着新文学思想发生转向。"革命文学"倡导者根据中国社会形势新变化，敏感地意识到中国社会已经进入到了一个无产阶级革命的新时代。这个时代出现的"革命文学，不是谁的主张，更不是谁的独断，由历史的内在的发展——连络，它应当而且必然地是无产阶级文学"[1]。历史必然性超越进化论成了革命文学的历史观念。实际上，早在1925年的茅盾也意识到新文学的新使命，他认为："在我们这时代，中产阶级快要走完了他们的历史的路程，新鲜的无产阶级精神将开辟一新时代，我们的文学者应该认明了他们的新使命，好好的负荷起来"，去表现"被压迫民族与阶级的革命运动的精神"，"为无产阶级文化尽宣传之力"[2]。这是新文学的社会阶级决定论，社会出现了新阶级，就应催生新阶级的新文学。1928年，连郁达夫这样的非阶级论作家也敏感到了社会思想的变化，"我对于中国无产阶级的抬头，是绝对承认的。所以将来的天下，是无产阶级的天下，将来的文学，也当然是无产阶级的文学"[3]。蒋光慈把话说得更为透彻清楚，"中国社会革命的潮流已经到了极高涨的时代，在这个时代里，无处不表现着新旧的冲突，在实际的社会生活中是如此的现象，因之在表现社会的文学上，也不得不起了分化。一般先进的分子及一切被压迫的阶级，因为要走向自由的路上去，不得不起来反抗旧的势力，因之我们很显然地看出革命与反革命的争斗。同时，

1　李初梨：《怎样地建设革命文学》，《"革命文学"论争资料选编》（上），北京：知识产权出版社，2010年，第120页。

2　茅盾：《文学者的新使命》，《茅盾全集》第18卷，北京：人民文学出版社，1989年，第541页。

3　郁达夫：《对于社会的态度》，《郁达夫全集》第10卷，杭州：浙江大学出版社，2007年，第446页。

在我们的文坛上，一般激进的文学青年，为着要执行文学对于时代的任务，为着要转变文学的方向，所以也不得不提出革命文学的要求，而向表现旧社会生活的作家加以攻击，这一种现象，在表面上观之，似乎只是文坛上的论争，似乎只是新旧作家的个人问题，其实这种现象自有其很深沉的社会的背景，若抛开社会的背景于不问，而空谈什么革命文学，那是毫无意义的事情"[1]。社会发生分化，激进与落后又起了冲突，新文学又担负着"时代任务"，"转变文学的方向"及其由此而来的"论争"和"攻击"都是不是"毫无意义的事情"。它的"意义"何在呢？在于新文学也需要跟随社会大背景而变，伴随社会新思潮而动。

实际上，鲁迅也意识到了新文学的变化和转向，因为新文学逐渐缺乏改造社会，变动现实的力量，需要参与新的社会阶级的兴起并发挥作用，但不能只停留在思想观念的变化，而应该真正深入社会现实，感受社会现实的原动力。这与革命文学倡导者的思路完全不一样，他们采取的依然还是五四思想启蒙的路径，制造新思潮，引导新文学，以思想观念操控文学创作，让新文学再次陷入观念论域的争斗。比如革命文学倡导者预先判定革命文学具有无产阶级政治属性，其任务是"完成他主体阶级的历史使命，不是以观照的——表现的态度，而以无产阶级的阶级意识，产生出来的一种的斗争的文学"[2]，革命文学家也"应该同时是一个革命家。他不仅在观照地'表现社会生活'，而且实践地在变革'社会生活'。他的

1　蒋光慈：《关于革命文学》，《"革命文学"论争资料选编》（上），北京：知识产权出版社，2010年，第104页。

2　李初梨：《怎样地建设革命文学》，《"革命文学"论争资料选编》（上），北京：知识产权出版社，2010年，第120页。

'艺术的武器'同时就是无产阶级的'武器的艺术'"[1]。并且，革命文学创作也"应当是反个人主义的文学，它的主人翁应当是群众，而不是个人"，要"表现出群众的力量，暗示人们以集体主义的倾向"[2]。相对五四新文化、新文学，他们成了新概念、新思潮的制造者，在新文学内部重新划分出革命与封建、激进与落后，试图再次引领和主导新文学的发展变化。这样的文学路径和轨道可说是从晚清以降就被铺设好了。人们有意无意间为"新"与"旧"烙上了价值印记，而趋于新旧的偏至，要么"旧"高于"新"，要么"新"高于"旧"。随着时代的演进，"新"的价值在整体上逐渐占有话语强势或者说主流地位，它意味着时代的合理性，甚至是意义的真理性，还成为判断事物价值和意义的标准。本来，从理论上讲，"新旧"都是相对的，时间性并不能完全作为意义的尺度。对一个事物而言，时间性只是其存在状态，空间性才能确定其性质，这样，新旧也并非完全不相容。如果在一个长时段里，"崇新"还是"尚旧"，抑或"新旧调和"，都有其合理性，也许因有"新旧"的并存才使社会拥有开阔的社会文化空间，也才会使人们拥有选择的多元和自由。

1930年"左联"的成立，也是五四新文学运动方式的传承和展开。左翼文学也以批判和反思五四新文学运动作为思想前提，也熟练地使用新文学运动行之有效的运作方式。瞿秋白认为，五四运动是"中国的资产阶级的文化革命运动"，它留下的只是"资产阶级

1　李初梨：《怎样地建设革命文学》，《"革命文学"论争资料选编》（上），北京：知识产权出版社，2010年，第123页。

2　蒋光慈：《关于革命文学》，《"革命文学"论争资料选编》（上），北京：知识产权出版社，2010年，第107页。

的个人主义，一切种种资产阶级性的自由主义和人道主义"思想遗产[1]，而现代无产阶级革命已经发生了"由个人主义趋向到集体主义"的根本性变化，它的政治革命使命就应"是要打破以个人主义为中心的社会制度，而创造一个比较光明的，平等的，以集体为中心的社会制度"[2]。在瞿秋白的思想主张里隐藏的还是思想优先，观念至上，其思维逻辑与五四新文学完全相似。1929年的茅盾也回过头来看五四，发现"高高地堆在那里的这个伟大的'五四'的骸骨"，是"几本翻译的哲学书；几卷'新'字排行的杂志，其中并列着而且同样地热心鼓吹着各种冲突的'新思想'；几本翻译的法国俄国文学作品"，除鲁迅之外，"反映这个伟大时代的文学作品并没有出来"[3]。这对五四新文学与新思潮关系的反思和批判，算点准了穴位，但他却高度肯定了五四新文化的运动方式，"中国新兴资产阶级的意识形态以斗争的形式在要求民众接受——也不妨说是企图组织民众的意识。这个运动，最初就选择了最有力的组织意识形态的工具——文学——作为第一线的冲锋队。反对文言文，反对旧戏，便是他们的口号。其次，这运动扩展全文化战线：反对旧礼教，攻击儒家的人生哲学。最后乃有德莫克拉西的政治主张"[4]。在这里，他强调了五四新文化的运动方式，借助新文学使其发挥"民众接受"和"组织民众"的意识形态功能。茅盾不同的地方，

1　瞿秋白：《"五四"和新的文化革命》，《瞿秋白文集》（文学编）第3卷，北京：人民文学出版社，1989年，第22-23页。

2　蒋光慈：《关于革命文学》，《"革命文学"论争资料选编》（上），北京：知识产权出版社，2010年，第107页。

3　茅盾：《读〈倪焕之〉》，《茅盾全集》第19卷，北京：人民文学出版社，1991年，第198页。

4　茅盾：《"五四"运动的检讨》，《茅盾全集》第19卷，北京：人民文学出版社，1991年，第235-236页。

是将革命文学和左翼文学看作是五四新文化和新文学的延续，它们有历史的相似性，主要是思潮与文学的互动方式。

应该说，五四新文学作家对革命文学的认识和转变不会遇到根本性的障碍，从五四新文学受制于新思潮，到革命文学、左翼文学倡导服务于无产阶级，对象变化了，思想内容也有了变化，但思想优胜、观念在先的运动方式并没有任何变化，更像是一条鱼游进了不同的河段里，从上游到下游，有水就能活下去。当鲁迅、茅盾、郁达夫、叶圣陶等五四新文学作家与革命文学倡导者握手言和，并联合其他进步作家组成"中国左翼作家联盟"时，表明五四新文学运动的历史终结，宣告中国无产阶级革命文学运动的开始，新文学与新思潮发生了更高阶段的互动与共生。

总之，五四新文学将文学与社会和思想有机地结合起来，实现新文学与新思潮的共生发展。这一文学生产机制带来了新思潮的广泛传布，新文学创作的更新与活力。它们各自拥有的差异性及其产生的张力也应引起足够的注意和反思，如陈独秀所说："文化运动与社会运动本来是两件事"，文化运动是"艰难的事业"，要有"不断的努力"，"决不是短时间可以得着效果的事"[1]。新思潮始终在追求变化，而文学却应有不变的地方。当新文学与思想革命拥有共振互动时，新思潮的社会影响扩大了，但新文学的丰富性和独特性却有被抑制的风险，特别是这种观念优先、思想优胜的运作方式显然有违文学自身的发展规律。五四启蒙运动虽为新文学变革设置了开放的文化场域和思想资源，重建了新的历史主体，形成了矛盾而

1　　陈独秀：《文化运动与社会运动》，《陈独秀著作选编》第2卷，上海：上海人民出版社，2009年，第377-378页。

多元的文化张力。但新文学创作却出现在新思潮落潮之际，当由理性压抑的文学主体有了真切感受的自由和个性时，新文化才有了文学创作的欲望和冲动。鲁迅的《〈呐喊〉自序》就叙述了《新青年》的寂寞和孤独，以及他的困惑和积极参与。当然，在特定的历史时期，拥有特殊使命的新文学和迫切要求的新思想实现了一定的合谋也是完全可以理解的事情。只是新思潮的发动和不断扩张也会时常超过人们的感知和体验而流于概念化，虽然人们很乐于运用那些适合于时代需要的观念符号作为社会变革的前奏，为文学的出场开辟道路，但真正的所谓思想，却是一个时代具有原创性、创新性的理论和方法，它有个人性、创造性和不可替代性，而思潮多有煽动性和蛊惑性，如同大海之波涛，一浪涌过一浪，一浪也盖过一浪，可以不断被取代。事实上，真正被作为新文学资源的思想却显得有些过于零散和浅表化，新文学虽在新思潮引领下不断发生变化，但相对却缺乏由思想穿透力带来的深刻性。

白话如何成为新文学：语言与思想的双向发力

　　回首百年，五四新思潮与新文学呈现相互交织而共生的关系，新思潮滋补新文学，新文学深化新思潮，形成合力机制，演绎出五四新文学革命的合奏曲。当然，就五四历史现场或文学场域而言，它还拥有其他力量和资源，特别是历史变化中的稳定或固化力量，它们与变革因素形成"新""旧"张力，参与历史的进程。即使是新思潮和新文学，也并非同时而同力的存在，也有同心而不同向的现象。在历史节点上，它们可能相聚像团火，即使散开了也会是满天星。五四新思潮的历史逻辑，要进行社会文化革命，须先从思想革命开始，而思想革命的途径和方式又主要是文学革命，文学革命则需要仰仗语言革命，这样，白话文与新文学，新文学和新思潮就形成了递进而回流、包容而共生的关系。文学革命依赖思想革命，思想革命借助文学革命。反之亦然，新思潮孕育新文学，新文化运动开启白话文运动。白话文和新文学都带有工具性，同时也有相对的独立性。白话文对新思潮既有呼应和接纳，也有抵抗和分解。新文学的提出与实践，既是新思潮影响的结果，也是白话文价值的证明。白话文的成功来自思想与语言的双向发力，更来自新文学的成功实践。它之不同于晚清白话文运动，在于新文化运动营造的思想背景，有社会改造的大众参与，有欧化语的广泛传播和接受，有传统古文的日趋衰竭和科举制度废除的釜底抽薪，特别是拥有一批以海外留学生和新式学校大学生为主体的语言觉醒者。他们不再受困于传统文言的意义世界和生存方式，而真切地感受到只有白话文才能表达真的声音，才能担负思想启蒙和社会改造的责任和使命。

1917年，胡适和陈独秀提出文学改良和文学革命，主张以白话代替文言，重建文学的生命与活力，倡导白话文的平易、充实、有力量。真实平易即不阿谀摹仿、雕琢晦涩和套用铺张，追求新鲜、通俗、平易和明了。充实，有力量即有真实的思想和真挚的感情，由此，才能创造出"有生命有价值的文学来"[1]。胡适的"文学八事"虽偏于形式改良，但他也特别将"言之有物"从与陈独秀"通信"的最末位置提到正式宣言里的"八事"之首，其中显然不乏深意。他所理解的"言之有物"的"物"就是"情感"和"思想"，所谓"思想""盖兼见地、识力，理想三者而有之"。"思想之在文学，犹脑筋之在人身"，没有思想和感情，文学犹"如无灵魂无脑

1 　胡适：《建设的文学革命论》，《胡适文集》第2卷，北京：北京大学出版社，2013年，第43页。

筋之美人，虽有秾丽富厚之外观，抑亦末矣"，近世文学的弊端也在这里，"近世文人沾沾于声调字句之间，既无高远之思想，又无真挚之情感，文学之衰微，此其大因矣"，所以，"文学以有思想而益贵"[1]。陈独秀"三大主义"所强调的新文学要有"国民""写实"和"社会"性，以"宇宙""人生"和"社会"作为文学内容的"构思"和"张目"[2]，这些都是对文学思想的价值诉求。虽然陈独秀对胡适的"言之有物"有所质疑，他担心掉入传统"文以载道"的窠臼，出现"以文字为手段为器械，必附他物以生存"，而新文学应有其"自身独立存在之价值"[3]。陈独秀也并非审美主义者，他的担心更多出于新文学运动策略的考虑。这样，胡适和陈独秀就为白话文和新文学设置了语言和思想齐头并进的两条道路，主要是围绕"活的文学"和"人的文学"展开[4]，"活的文学"关乎文学语言形式，"人的文学"则主要指新文学思想建设，它们相辅相成，共同完成新文学运动。

在胡适、陈独秀提出白话文主张之后，很快就得到了钱玄同、刘半农、鲁迅、傅斯年和周作人等人的呼应和支持，他们继续沿着语言和思想两条路径，探索白话成为新文学的可能及方法。胡适也进一步提出新文学建设应在文学的国语和国语的文学上下功夫，先以白话作文学，创造国语的文学，再以文学为样本，推行白话文。

---

1   胡适：《文学改良刍议》，《胡适文集》第2卷，北京：北京大学出版社，2013年，第7页。
2   陈独秀：《文学革命论》，《陈独秀著作选编》第1卷，上海：上海人民出版社，2009年，第291页。
3   陈独秀：《答胡适之（文学革命）》，《陈独秀著作选编》第1卷，上海：上海人民出版社，2009年，第241页。
4   胡适：《中国新文学运动小史》，《胡适文集》第1卷，北京：北京大学出版社，2013年，第112页。

白话文是新文化和新文学运动的抓手，于是，提炼口语，转化文言，借鉴欧化语，就成了当务之急。首先，他们坚持以生活口语作为白话文语言基础，在文学创作里体现白话的清楚明白。胡适就主张"话怎么说便怎么写"，鲁迅也曾提出"采说书而去其油滑，听闲谈而去其散漫，博取民众的口语而存其比较的大家能懂的字句，成为四不像的白话。这白话是活的，活的缘故，就因为有些是从活的民众的口头取来，有些是要从此注入活的民众里去"[1]。其次，也可适当吸纳欧化词语和句式。傅斯年就认为只有"精邃深密"的语言才能表达"精密深邃"的思想，主张引进西洋文法，实现汉语表达的"精密"和"圆满"[2]。后来，朱自清也承认："白话文虽然并不完全从说话发展，而夹着许多翻译的调子，但事实上暗示了种种说话的新方法，增加了一般说话的能力。"[3]再次，可积极转化传统文言和古白话。周作人提出可在口语基础上对"欧化语、古文、方言等分子"加以"杂糅调和"，创造出"雅致的俗语来"[4]。钱玄同也提出了语言混合之路，"愈混合，则愈庞杂，则意义越多；意义越多，则应用之范围愈广；这种语言文字，就愈有价值了"[5]。不得不承认，白话之口语虽有其生动和鲜活性，也有平庸、粗糙和简单的一面，白话如要成为新文学的主要载体，还须经作家的发

1　鲁迅：《关于翻译的通信》，《鲁迅全集》第4卷，北京：人民文学出版社，2005年，第393页。

2　傅斯年：《怎样做白话文?》，《傅斯年文集》第1卷，北京：中华书局，2017年，第141-142页。

3　朱自清：《中学生的国文程度》，《朱自清全集》第2卷，南京：江苏教育出版社，1996年，第25页。

4　周作人：《〈燕知草〉跋》，《周作人散文全集》第5卷，桂林：广西师范大学出版社，2009年，第518页。

5　钱玄同：《新文体》，《钱玄同文集》第1卷，北京：中国人民大学出版社，1999年，第300页。

掘、淘洗、提炼、熔铸和创造，才能称得上是真正的有意味的文学语言。事实上，新文学要解决的并不仅仅是一个语言问题，而是如何使用语言的问题，是现代人要说现代话的问题，这就需要思想的支撑，需要重建说话的主体，也就如鲁迅所说，"要说现代的，自己的话；用活着的白话，将自己的思想，感情直白地说出来"[1]。现代人弃文言而取白话，主要是"将我们的思想和感情表达出来"[2]，而不单纯是为了白话的丰富与完善。相对文言文，白话文的优势就在于它能充分而自由地表达现代人的思想感情，文言文如没有思想感情，也能写出文章来，而"白话文缺少内容便作不成"[3]，文言文有语言惯性，如同水池里的水，一旦放出来，会有自己的流动势能。对文言和白话的不同，周作人曾使用过一个比喻，他说："白话如同一条口袋，装入那种形体的东西，就变成那种样子。古文如同一个木匣，它是方圆三角形，仅能置放方圆三角形的东西。"[4]文言有如一个模子，像用箱子装东西，会对内容和对象有磨损，而白话则是随着对象变化而变化。

胡适自己知道，"单有白话未必就能造出新文学"，还"必须要有新思想做里子"[5]。鲁迅也曾表达过同样的观点："单是文学革新是不够的，因为腐败思想，能用古文做，也能用白话做。所以后来

---

1 鲁迅：《无声的中国》，《鲁迅全集》第4卷，北京：人民文学出版社，2005年，第15页。

2 周作人：《文学革命运动》，《周作人散文全集》第6卷，桂林：广西师范大学出版社，2009年，第99页。

3 周作人：《文学革命运动》，《周作人散文全集》第6卷，桂林：广西师范大学出版社，2009年，第101页。

4 周作人：《死文学与活文学》，《周作人散文全集》第5卷，桂林：广西师范大学出版社，2009年，第103-104页。

5 胡适：《〈尝试集〉自序》，《胡适文集》第9卷，北京：北京大学出版社，2013年，第79页。

就有人提倡思想革新。思想革新的结果，是发生社会革新运动。"[1]
新思想才是白话文的筋骨和新文学的灵魂，没有新思想，即使采用
了白话，也不过是古代白话文学。胡适的《白话文学史》就描述了
从汉朝民歌、散文到佛经翻译文学，再到乐府新词，最后到白居易
的白话文学传统。假如古代白话文学史是可成立的论题的话，五四
白话文和新文学与它们也有很大的不同，那就是思想的差异。尽管
胡适对新文学有过这样的说法，"达意达得妙，表情表得好，便是
文学"[2]，这里的"妙"和"好"并非简单的语言问题，有"意"
有"情"也就是思想感情的浸润和遵循。如果没有现代思想，无论
是白话本身的直白和明白，还是白话文的自然和自如，都会显得幼
稚和简单，缺乏真正的文学力量。其实，在白话文里面也分不同层
次，也就是文章开头所说同向不同力的现象。人们常有一个疑问，
虽然同处五四新文学这片蓝天下，为什么鲁迅很少谈论冰心，他只
在与周作人、许广平和郑振铎的私人书信里略有提及。有人认为他
们在生活里曾有抵触，发生了一些小龃龉。在我看来，在那个白话
文还处在不断挣扎和试验的时代，深受青少年读者喜爱的冰心，她
的创作也增强了白话文的声势，扩大了新文学的社会影响，这有何
不好呢？理应得到鲁迅的肯定才对。但鲁迅却对其创作少有词语。
如果从白话文实验看，冰心肯定也算是五四新文学版图中不可或缺
的存在者。在我看来，鲁迅的忽视或轻慢，是因为他并不完全认同
冰心文学的思想情感，特别是冰心的"母爱""童心"和"自然"。
冰心的思想近似孩子气，近乎做梦的状态。冰心的白话文确实是白

---

1   鲁迅：《无声的中国》，《鲁迅全集》第4卷，北京：人民文学出版社，2005年，第13页。
2   胡适：《建设的文学革命论》，《胡适文集》第2卷，北京：北京大学出版社，2013年，第43页。

话，但鲁迅并不赞同她在白话里的思想，问题还是在用白话文表达什么思想上。

应该说，白话的真正成功还是由新文学的创作实践来证明的。明清也有白话文写作，但它不是主流语言，真正全面使用白话作为文学语言，还是从五四新文学开始的。1922年，胡适在评价"这五年以来白话文学的成绩"时，认为："白话诗可以算是上了成功的路了"，"十年之内的中国诗界定有大放光明"；"短篇小说也渐渐的成立了"，从鲁迅《狂人日记》到《阿Q正传》，"差不多没有不好的"；"白话散文很进步了"，周作人小品散文，"彻底打破那'美文不能用白话'的迷信了"[1]。胡适主要做了文体评价，总体上并不高。1935年，他在"中国新文学大系""导言"里说，"文学革命的目的是要用活的语言来创作新中国的新文学——来创作活的文学，人的文学。新文学的创作有一分的成功，即是文学革命有了一分的成功"，人们要"用你结的果子来评判你"[2]。那么，什么是新文学的果子呢？他说："中国文学革命运动不是一个不孕的女人，不是一株不结实的果子树。"[3]使用"不是不"语句排除了不好的一面，但成绩到底怎么样，他还是没有做具体说明。事实上，鲁迅的小说、周作人的散文和郭沫若的诗歌，都是新文学革命所结出的硕果，在文学语言上，他们的新鲜、自如、娴熟，有思想，有激情，有力量，就为白话文提供了可靠的成功实践，由于白话文在语言和

1　胡适：《五十年来中国之文学》，《胡适文集》第3卷，北京：北京大学出版社，2013年，第236页。

2　胡适：《中国新文学运动小史》，《胡适文集》第1卷，北京：北京大学出版社，2013年，第96页。

3　胡适：《中国新文学运动小史》，《胡适文集》第1卷，北京：北京大学出版社，2013年，第125页。

思想上的双向发力，使新文学获得了殷实的成果。周作人散文叙事的自如，说理的透彻和抒情的简捷，以及郭沫若诗歌的思想激情和自由表达，都是五四白话文的示范标本。鲁迅小说的含蓄简练，意蕴深长，以及复沓的叙述和诗意的抒情，更显示了白话文在语言和思想上难以企及的魅力。

当鲁迅说，白话文时代的人们只有两条路，"一是抱着古文而死掉，一是舍掉古文而生存"[1]，古文或者说文言文就已经不再是与白话文作战了，而是与人的社会生活、生命状态和生存方式作战，其答案也就隐藏在"留"与"舍"、"生"与"死"之中了。最后的结局，果然如鲁迅所料，即使有回光返照也不过是在追忆旧梦而已。所以，我们今天纪念百年五四，还是应该相信白话文，相信新文学，也还可在语言和思想上继续作努力。

1　　鲁迅：《无声的中国》，《鲁迅全集》第4卷，北京：人民文学出版社，2005年，第15页。

『文艺复兴』与『思想启蒙』：五四新文学运动的身份认同

"文艺复兴"与"思想启蒙"是五四新文学运动共同存在、不可分割的两个命题，将它们放在一起考察，相互印证，对五四新文学运动的理解和阐释才会比较全面和深刻。虽然"思想启蒙"曾被作为五四新文学精神内涵的主要特征，但"文艺复兴"却暗潮涌动，且日渐成为主流话语，"思想启蒙"则被反思、质疑或遮蔽，出现了从"反叛传统"到"回归传统"的话语转向。对"思想启蒙"与"文艺复兴"的不同定位和价值确认，关系到五四新文学运动发生的资源、路径和功能问题。五四新文学与新文化运动拥有历史和逻辑的必然联系，新文学是新文化运动的重要内容和载体，"思想启蒙"和"个性解放"则被新文化和新文学运动赋予了崇高的历史使命和价值期许。

又到纪念五四的时候了，凡是与其相关的话题也许都会被重新提出来讨论。近年来，随着纪念帷幕的拉开，新文化和新文学运动被还原为可以"触摸"的琐碎的"细节"，人们热衷于讨论"五四"的天气和日常生活，"运动"的历史变得越来越清晰，却相对忽略了其"思想"和"精神"。特别是在反思五四的学术思潮推动之下，新文化运动的"反传统"被指认为解构了中国文化，带来了中国文化的"断裂"[1]，五四运动之思想特征也就变得有些遮遮掩掩，晦暗不明，出现了从"反叛传统"到"回归传统"的话语转向，"思想启蒙"及"个性解放"或多或少被质疑或被遮蔽，"文艺复兴"之说则渐成主流，声势很大。对"思想启蒙"和"文艺复兴"而言，表面上是不同的话语修辞，实际上却关系到五四新文学运动的资源、路径和功能问题，关系到新文学的价值取向。所以，重新审视五四新文学运动的价值取向和身份特征，应是学术界不该回避和掩饰的时代课题。

一、文艺复兴：
新文学运动的身份指认

还是回到新文化和新文学运动上来。因反思反传统的合理性，新文化和新文学运动的文艺复兴性质及意义就浮出水面，且获得充足的合法性依据。现代中国一直持续讨论文艺复兴话题，自梁启超、胡适、蔡元培、周作人到李长之、顾毓琇、冯大麟都曾倡导或关注过现代中国的文艺或文化复兴。梁启超提出新民之说，以欧洲

---

1   甘阳:《古今中西之争》，北京：三联书店，2006年，第47页。

文艺复兴比附晚清学术，希望兼取中外古今之优长，以"自由独立、不傍门户、不拾唾余之气概"之精神[1]，"汇万流而剂之，合一炉而冶之"[2]，"能尽吸其所长以自营养，而且变其质，神其用别造成一种我国之新文明"[3]。将中国与西方文艺复兴思潮作比附，虽被评论者所诟病，"未免附会得太牵强了！"[4]但它确是近现代国人的惯常思路，意在自我更新或传统守成，西方不过是一面镜子或者说是一个幌子而已。五四时期的周作人特别尽心用力介绍西方文艺复兴思潮，认为其精神在于"人生生力之发现"，在于"乐生享美"[5]和"保持人性之本然"[6]，实现"导人与自然合，使之爱人生，乐光明，崇美与力，不以体质为灵魂之仇敌"[7]。文艺复兴之人文主义思想也成了新文化和新文学运动的理论资源。在五四运动之后的一个月，蒋梦麟就呼吁青年："改变你做人的态度，造成中国的文艺复兴；解放感情，解放思想，要求人类本性的权利。"[8]只是相比意大利的文运复兴，中国的五四还只能算是"文运复兴的初期"，需要科学和美术"做第二段功夫"[9]。到了1940年代，周作人还做

1 梁启超：《近世文明初祖二大家之学说》，《梁启超全集》第2集，北京：中国人民大学出版社，2018年，第479页。

2 梁启超：《论中国学术思想变迁之大势》，《梁启超全集》第3集，北京：中国人民大学出版社，2018年，第16页。

3 梁启超：《论中国学术思想变迁之大势》，《梁启超全集》第3集，北京：中国人民大学出版社，2018年，第70页。

4 谢扶雅：《清代学术可比西洋的文艺复兴吗?》，《广州民国日报副刊·现代青年》1929年3月7日；谢扶雅：《文艺复兴与清代学术》，《知难》第100期，1929年3月11日。

5 周作人：《欧洲文学史》第3卷，北京：商务印书馆，1918年10月，第3页。

6 周作人：《欧洲文学史》第3卷，北京：商务印书馆，1918年10月，第13页。

7 周作人：《欧洲文学史》第3卷，北京：商务印书馆，1918年10月，第20页。

8 蒋梦麟：《改变人生的态度》，《新教育》第1卷第5期，1919年8月。

9 蒋梦麟：《这是菌的生长呢还是笋的生长》，《晨报》1919年11月1日纪念号；蒋梦麟：《过渡时代之思想与教育》，北京：商务印书馆，1933年，第74页。

"文艺复兴之梦"，希望"中国文艺复兴是整个的"，既关注"本国固有的传统固不易于变动"，包括其"显明的缺点亦不可不力求克服，如八股式文的作法与应举的心理"，又"对于外国文化的影响，应溯流寻源，不仅以现代为足，直寻求其古典的根源而接受之，又不仅以一国为足，多学习数种外国语，适宜的加以采择，务深务广，依存之弊自可去矣"[1]。兼顾"固有思想"和外国"古典根源"，实现古今中西的融合，这不能不说是他的文艺之梦，只不过他并不把中国文艺复兴仅限定在五四时段，还希望能延伸到未来。

　　胡适一直将五四新文化和新文学运动称之为中国文艺复兴[2]。格里德就认为："除了启蒙运动外，欧洲的文艺复兴也提供了一种'五四'时代的知识分子们有意识地加以利用的灵感"，而"胡适是更为小心地在一种严格的历史联系上来使用文艺复兴这个词的"[3]。胡适认为五四新文化和新文学运动提倡以民众口语创作新文学，反对传统观念束缚，以现代观念和方法整理传统遗产等，它们"与欧洲的文艺复兴有惊人的相似之处"，可算"一场理性对传统，自由对权威，张扬生命和人的价值对压制生命和人的价值"[4]的人文主义运动。1935年，胡适在香港大学发表英语演说，说"所谓中国文

1　　周作人：《文艺复兴之梦》，《周作人散文全集》第9卷，桂林：广西师范大学出版社，2009年，第179-180页。

2　　从新文化运动开始，胡适终其一生都在不断阐发和宣扬他的"中国的文艺复兴"之说，以至于有论者认为"'中国的文艺复兴'思想，既是胡适思想的一个总纲，也是他为中国思想文化的现代化开出的一整套方案"（席云舒：《胡适"中国的文艺复兴"论著考（下篇）》，《社会科学论坛》2015年第9期）。

3　　［美］格里德：《胡适与中国的文艺复兴》，南京：江苏人民出版社，1996年，第345页。

4　　胡适：《中国的文艺复兴》，欧阳哲生、刘红中编，北京：外语教学与研究出版社，2001年，第181页。

艺复兴，有许多人以为是一个文学的运动而已；也有些人以为这不过是把我国的语文简单化罢了。可是，它却有一个更广阔的涵义。它包含着给与人们一个活文学，同时创造了新的人生观。它是对我国的传统的成见给与重新估价，也包含一种能够增进和发展各种科学的研究的学术，检讨中国的文化的遗产也是它的一个中心的工夫"[1]。他将中国的文艺复兴内涵丰富了，至少包含检视传统和创造新质两方面，不仅包括文学运动和语言运动，还有整理国故、思想变革、新人生观、发展学术和科学研究等内容。只是为了突出白话文运动，他将其说成"系欲采行一种活语言，使其不独可以用作教育之媒介物，且可用以制作种种之文艺"[2]。倡导白话文改良并成为新文学的根本遵循，被他视为一生得意之作。

　　蔡元培以"文艺中兴"指称欧洲文艺复兴运动，认为陈独秀、胡适、周作人、钱玄同提倡的白话文学就是"中国文艺中兴之起点"，如同但丁提倡俗语写作成为欧洲文艺中兴起点一样。[3]1930年4月，蔡元培以中央研究院院长身份，在青岛大学发表题为"吾国文化运动之过去与将来"的演讲，"吾人一说到文化运动，就不能

1　景冬：《中国文艺复兴（胡适博士在香港大学的演讲）》，《人言周刊》第1卷第49期，1935年1月19日。收入胡适：《中国文艺复兴：胡适演讲集（一）》，北京：北京大学出版社，2013年，第116页。按：景冬所记与1935年1月17日《益世报》的新闻报道《胡适在港大演讲中国文艺复兴》略有出入，大意却是相近的。新闻报道是："中国之文艺复兴，有许多人以为此系一种文学运动，又有等人以为此系一种言语之单简化，但中国之文艺复兴，其意义包含较广。中国之文艺复兴，即系提倡一种活文字之运动，及革新中国人民之人生观，又系从新估定中国之传统文化的价值，又系包含一种新学术，以提倡及发展各种事业之科学的考究。概言之，中国之文艺复兴运动，系以审查中国自古遗下的学术，为其活动之中心"（《益世报》1935年1月17日，第3版）。

2　景冬：《胡适在港大演讲中国文艺复兴》，《益世报》第3版，1935年1月17日。

3　蔡元培：《在旧金山中国国民党招待会上的演说词》，《蔡元培全集》第4卷，北京：中华书局，1984年，第62页。

不联想到欧洲的文艺复兴"，特别是《新青年》倡导文学革命，掀起思想解放运动，包括倡导语体文、语体诗、古代语体小说的整理与表彰，西洋小说的翻译，传说、民歌的搜集，话剧的试验，以"现代的人说现代的话"，选用"本民族的语言"，都体现了民族思想的"解放"，与文艺复兴的路径完全一致[1]。1935年，他为《中国新文学大系》作总序，认为"五四运动的新文学运动，就是复兴的开始"[2]，"我国的复兴，自五四运动以来不过十五年，新文学的成绩，当然不敢自诩为成熟。其影响于科学精神民治思想及表现个性的艺术，均尚在进行之中。但是吾国历史，现代环境，督促吾人，不得不有奔轶绝尘的猛进。吾人自期，至少应以十年的工作抵欧洲各国的百年。所以对于第一个十年先作一总审查，使吾人有以鉴既往而策将来，希望第二个十年与第三个十年时，有中国的拉飞儿与中国的莎士比亚等应运而生呵"[3]。

将五四新文学视作中国的文艺复兴，这样的身份也在以后不断被确认。认为它的开放意识、发展观念、科学意识、个性意识与西方文艺复兴运动多有相似之处，都发生在"从封建时代向现代社会变化发展的时期"，都有"一个动态的过程"而不是"一次性完成的"。它们之间也有不同点，西方文艺复兴来自自身的裂变，中国则有西方文化的撞击；西方文艺复兴由深层向表层浮现，而中国有

1　蔡元培：《吾国文化运动之过去与将来》，《蔡元培全集》第6卷，北京：中华书局，1988年，第421-422页。

2　蔡元培：《〈中国新文学大系〉总序》，《中国新文学大系导论集》，长沙：岳麓书社，2011年，第1页。

3　蔡元培：《〈中国新文学大系〉总序》，《中国新文学大系导论集》，长沙：岳麓书社，2011年，第8页。

逆向性特征，由表层向深层浸透，并在与传统文化对立中发展[1]。于是，论证中西文艺复兴之同异也成为讨论该话题的基本思路，说它们相同或不相同都有理由，如说五四新文化运动成绩"不如欧洲文艺复兴"，是"'外发型'的思想文化运动"，不足以称为文艺复兴，有着不同的文化传统、历史条件和社会使命[2]。其相同处多在"表现形式上"，其深层内容却有"明显的差异"，五四新文化运动是"人为催生性"，与西方是"形同神异"[3]。有的断然否认它们之间拥有相似性，五四新文学是"反传统"，西方文艺复兴则是复兴古希腊罗马文化，采用文艺复兴身份无法显示五四新文化"激进的精神"[4]。这样，将五四新文化和新文学运动看作中国的文艺复兴，就涉及对西方文艺复兴运动的理解，牵涉到对五四新文学运动与传统关系的历史定位和判断。

二、说不上文艺复兴：
新文学运动的反传统

1944年，李长之出版了《迎中国的文艺复兴》，明确表示五四新文化和新文学运动并非是文艺复兴，因为"文艺复兴对过去的中国文化有一种认识，觉醒，与发扬"[5]，而五四运动却不是"由自己的土壤培养出来的"，而是"自别家的花园中攀折来，放在自己

---

1   王富仁：《中国的文艺复兴》，桂林：广西师范大学出版社，2003年，第40-50页。

2   董德福：《"中国文艺复兴"的历史考辨》，《江苏大学学报（社会科学版）》2002年第1期。

3   李靖莉：《"五四文艺复兴"辨析》，《江西社会科学》2003年第1期。

4   陈漱渝：《五四新文化运动新议》，《鲁迅研究月刊》2009年第7至8期。

5   李长之：《论如何谈中国文化》，《迎中国的文艺复兴》，北京：商务印书馆，2013年，第8页。

的花瓶中的"，虽然"鲜艳美丽"，但没有"大地的深层"土壤，只是"瓶中的插花"。如果要有"根深蒂固、源远流长"的文化运动，就应"衔接（不是限于）中国文化传统"，"在根深叶茂的大树上开花出来"，"才是真正的文艺复兴"[1]。因为缺乏传统文化支撑，所以，新文化和新文学运动"还不够文艺复兴"，无论是从文化"复兴"的"再生"，还是"觉醒"角度，"五四运动也说不上文艺复兴"，"外国学者每把胡适誉为中国文艺复兴之父"，"不能不说是有点张冠李戴了"[2]。五四新文化运动"乃是一种启蒙运动"，"对一切传统的权威，感官的欺骗，未证明的设想，都拟一抛而廓清之"[3]，在五四新文化运动中，陈独秀对传统的批判，胡适"大胆假设"的怀疑思维，鲁迅批判吃人礼教，都带有"启蒙的色彩"。白话文运动也是"明白清楚的启蒙精神的流露"，它没有深奥的哲学和形上学的思辨，"有破坏而无建设，有现实而无理想，有清浅的理智而无浓厚的情感，唯物，功利，甚而势利"，"这哪里是文艺复兴""尽量放大了尺寸说，也不过是启蒙"[4]。李长之认为，五四启蒙运动是移植的文化运动，资本主义的文化运动，是未能得到自然发育的民族主义运动，其文化精神已渐见结束，"没有发挥深厚的情感，少光，少热，少深度和远景，浅！在精神上太贫瘠，还没

1　李长之：《国防文化与文化国防》，《迎中国的文艺复兴》，北京：商务印书馆，2013年，第28-29页。

2　李长之：《"五四"运动之文化的意义及其评价》，《迎中国的文艺复兴》，北京：商务印书馆，2013年，第33页。

3　李长之：《"五四"运动之文化的意义及其评价》，《迎中国的文艺复兴》，北京：商务印书馆，2013年，第34页。

4　李长之：《"五四"运动之文化的意义及其评价》，《迎中国的文艺复兴》，北京：商务印书馆，2013年，第41页。

有做到民族的自觉和自信。对于西洋文化还吸收得不够彻底，对于中国文化还把握得不够核心"[1]。这样，他直接干脆地否定了五四新文化运动的文艺复兴性质，将其定性为思想启蒙运动。他希望未来的中国文化能够超越"五四"，重新接续传统文化，使其"由清浅而变为深厚，由理智而兼有热情，由启蒙运动式而变为文艺复兴式"[2]，真正实现中国的文艺复兴。在蔡元培、胡适提出五四新文化运动的中国文艺复兴论之外，李长之则确立了它的"启蒙运动"特征，为人们审视五四新文学的现代性起源提供了新的视角和眼光，同时，使新文化和新文学拥有了文艺复兴和思想启蒙的双重身份。李长之的观点在多年以后得到了海外学者余英时、周策纵、叶维廉的积极回应。周策纵认为："'五四运动'的目的在于将一种现代文明移植入一个古老的国家，同时伴随着对古文明的严厉批判。认同这一观点就与'五四运动'是一场文艺复兴运动的结论大相径庭。"[3]叶维廉也认为："五四运动很难称得上是中国的'文艺复兴'。"[4]那么，五四新文学运动到底是文艺复兴还是思想启蒙？或者说，两者兼而有之。

按李长之的逻辑，因五四新文化和新文学运动对传统文化采取反思批判的态度和目的，自然也就算不上真正的文艺复兴了。文艺复兴之"复"，其基本意义应该是恢复、返回、重建传统，至少包

1 李长之：《"五四"运动之文化的意义及其评价》，《迎中国的文艺复兴》，北京：商务印书馆，2013年，第46页。

2 李长之：《新世界新文化新中国》，《迎中国的文艺复兴》，北京：商务印书馆，2013年，第256页。

3 周策纵：《五四运动史》，长沙：岳麓书社，1999年，第478页。

4 ［美］叶维廉：《历史整体性与中国现代文学研究之省思》，《中国诗学》，北京：三联书店，1992年，第200页。

含重新审视传统，在思想文化传统里寻找现代性转化因素。实际上，晚清国粹学派曾提倡"古学复兴"；五四时期学衡派也曾主张"昌明国粹"，东方文化派有"东方文明救世论"；1930年代的战国策派也有"重返战国时代"主张，诸如此类情形，都有复归、复返、复苏、光复之意，其核心还是如何认识和对待传统文化。中国的文化传统是什么？有哪些内涵？是否还可以回得去？这又涉及文艺复兴之"兴"的问题了。"兴"是路径是融贯中西，无论是中体西用还是西体中用，是重释旧学还是兼容新学，都是希望能实现"兴"之再兴、中兴、新兴、振兴、勃兴之效，其根本问题在于中国文学和文化的发展路径，也就是发展方向，选择什么道路。无论是鄙弃西方，复兴古学，还是批判传统，全盘西化，抑或融贯中西、化合古今，都是问题的不同解决方案。

1940年代，冯大麟在总结新文化运动时也认为："我们若清算'五四'的成绩，除了接受文艺复兴以来这一脉思想和制度把它移植到中国外，我们看不出'五四'有什么新成就，他们对'人'的觉醒，是文艺复兴以来对人类已有的觉醒，他们对'世'的发现，是文艺复兴以来对世界已有的发现。这些'五四'所有的觉醒和发现，都是旧的而不是新的，都是已有的而不是新发见的。它不能叫做中国文艺复兴，放大来说至多只是西洋文艺复兴浪潮在东方的尾闾延长。"[1]"尾闾"即人之尾骨，将五四新文学看作是西方文艺复兴"延长"之尾闾，虽比狗尾续貂好，但也缺乏旺盛的生命力，于是，冯大麟斩钉截铁地认为："五四运动无论就任何方面言，都不

1   冯大麟：《"期待东方的文艺复兴"：与陈衡哲先生论"需要重来一个'人的发现'"》，《观察》第2卷第21期，1947年7月19日，第13页。

能拟比之于西洋的文艺复兴。"[1]梁漱溟也不认同五四新文学的文艺复兴特征，他认为："文艺复兴的真意义在其人生态度的复兴"，不论是清代学术，还是新文化运动，都没有中国人的人生态度的复兴，不能算作中国的文艺复兴，更不是真正理想的中国的文艺复兴。只有"昭苏了中国人的人生态度"，从根本上"启发一种人生"，并引出"情感的动作"，才算实现了真正的文艺复兴[2]。顾毓琇著有《中国的文艺复兴》，多介绍和讨论文艺复兴的思路和方法，他认为："中国的文艺复兴需要创造的文化活力和健全的时代精神"[3]，于是，他质问中国的"文艺复兴难道就已经成功了吗？倘若已经成功了，我们必会开出无数灿烂的文艺之花，而这些灿烂的文艺，亦一定会赐给社会不少的光明和安慰"[4]。事实上，五四新文化和新文学运动还没有产生这样的效果，于是，他将五四新文学运动区分为"文学革命"与"文艺复兴"，认为"文学革命是文艺复兴的前驱"，"以时间论，文学革命在前，文艺复兴在后，没有文学革命，便不易有文艺复兴。以内容论，文学是文艺的一部分，文艺包括文学与艺术。革命是复兴的前驱，革命的工作，破坏重于建设；复兴的工作，建设重于破坏。破坏以后便于建设，革命以后必须复兴。我们可以引申文学革命的理论到文艺创造的理论：我们必

1   冯大麟：《"期待东方的文艺复兴"：与陈衡哲先生论"需要重来一个'人的发现'"》，
     《观察》第2卷第21期，1947年7月19日，第12页。

2   梁漱溟：《东西文化及其哲学》，上海：上海人民出版社，2006年，第198-199页。

3   顾毓琇：《中国的文艺复兴》，《顾毓琇全集》第8卷，沈阳：辽宁教育出版社，2000年，
     第129页。

4   顾毓琇：《中国的文艺复兴》，《顾毓琇全集》第8卷，沈阳：辽宁教育出版社，2000年，
     第124页。

须建立'活文艺'和'真文艺'"[1]。文学革命与文艺复兴拥有前后相继、环环相扣的联系。顾毓琇的意思非常清楚，用今天的话说，在他眼里，五四新文学是前文艺复兴时代，是为文艺复兴作前驱和准备的，也就不能称作真正的文艺复兴了。复兴和建设以革命为前提，没有文学革命，就不会有文艺复兴的成功实现。在这个意义上，文学革命似乎也可算是文艺复兴的一个前期环节。它在一定程度上修正了胡适直接将五四新文学定性为中国文艺复兴，也调和了李长之有限度地承认五四的文艺复兴性质，而将文艺复兴加以过程化和阶段化，既不否定五四新文学运动的革命性质，又确立新文学与文艺复兴间的关系及目标。这样，自五四新文化和新文学运动之后，它到底算不算中国的文艺复兴运动，人们有着不同甚至完全相反的看法，分歧焦点都在于如何认识它与文化传统的关系。胡适确立五四的文艺复兴身份，由此确立白话文复活的意义和价值，李长之否定其文艺复兴特征，也是因为它移植西方而彻底批判传统，也就割裂了传统联系，自然就没有了"复"的支撑，皮之不存，毛将焉附？李长之的说法也并非无道理。

三、思想启蒙：
新文化如何被运动起来

五四新文化和新文学运动是思想启蒙和文艺复兴兼而有之，只不过思想启蒙过于任性，文艺复兴却有些自持而已。傅斯年说："'五四'之遗物自带着法兰西革命之色泽，而包括开明时代之成

1　　顾一樵：《中国的文艺复兴》，《文艺（武昌）》第6卷第2期，1948年3月15日，第7页。

分"[1]，"开明时代"主要是指思想启蒙。实际上，早在1935年，李麦麦就曾提出，五四运动是"两个历史运动之携手"，即"中国的'文艺复兴'（Renaissance）运动和'开明'（Enlightement）运动之合流"。他所说的"开明运动"后被译成"启蒙运动"，这两个运动在欧洲相距四五百年的历史，但到了中国却被压缩在几年之间相继展演，以至于"会合的历史运动是很易混淆人们视力的"[2]。李麦麦所说的"会合的历史运动"，它不是单一的、枝节的，而是总体的、化合的。从运动的历史过程看，"思想启蒙"比"文艺复兴"更具真实性与合理性，只是社会和历史语境使"思想启蒙"不断被反思和质疑，而出现了从"反叛传统"到"回归传统"的话语转向。

五四新文学是新文化运动的组成部分和必然结果。几乎所有新文学的倡导者和建设者都曾将五四新文学发生的起点放在新文化运动上，鲁迅在为《中国新文学大系》小说二集写导言时认为："凡是关心现代中国文学的人"，"谁都知道"《新青年》提出"文学改良"，倡导"文学革命"[3]，这应是新文学真正发生的开端。新文化运动与五四运动既有重合也有分离，它借助媒介、大学和社团等手段和方式，播散科学、民主、自由、平等思想，唤醒青年，改造社会，批判传统，形成了一场货真价实的思想启蒙运动，这似乎可算不易之论。作为社会政治化的五四运动则是新文化运动的接续和转向，成为由思想运动转入社会变革的标志。新文学运动则是新文化

1 　傅斯年：《"五四"偶谈》，《傅斯年文集》第6卷，北京：中华书局，2017年，第265页。
2 　李麦麦：《论五四整理国故运动之意义》，初刊于《文化建设》第1卷第8期，收入其《中国文化问题导言》，上海：上海辛垦书店，1936年，第136页。按：李麦麦是刘治平的笔名。
3 　鲁迅：《〈中国新文学大系〉小说二集序》，《鲁迅全集》第6卷，北京：人民文学出版社，2005年，第246页。

思想运动的拓展与深化，它主要集中于思想革命和语言变革。新文化运动之所以不同于之前的戊戌变法和辛亥革命，不仅仅在制度与文化的差异上，还有文学支持和社会支撑。瞿秋白认为，辛亥革命没有革文化的命，只有到了《新青年》"反对孔教，反对伦常，反对男女尊卑的谬论，反对矫揉做作的文言，反对一切宗法社会的思想，才为'革命的中国'露出真面目"，《新青年》才真正是"中国真革命思想的先驱"[1]。韩侍桁也高度肯定五四运动的文学选择，认为："以文学革命的标语为开端，无论是意识地或非意识地，实是选择了最正确的途径"，因为文学包容广，作用大，"可以作为经济社会的表现，可以作为政治的宣传，可以拿它作为讨论一切社会问题的工具"，而且，"文学革命无异于一个爆炸力最强的一个炸弹，比提出政治革命或社会革命于人心的改革上更有刺激性，这刺激不像政治或社会革命那样直接的，它是渐进的"[2]。新文化以文学运动作为开展方式，可说是非常明智的选择。傅斯年后来也指出："近代的革命不单是一种政治改变，而是一切政治的、思想的、社会的、文艺的相互改革，否则革命只等于中国史上之换朝代，试问有何近代意义呢?"[3]的确，人心革命、思想革命和文化革命才是新文化运动的核心命题，新文学也就成了不二之选。

文学革命是思想革命的一部分，这一点并无异议。陈独秀认为文学革命不过是更广泛的伦理革命的第一步，于是，他把"孔教问题"与文学革命结合起来讨论。周作人也认为"单变文字不变思想

---

1   瞿秋白：《〈新青年〉之新宣言》，《瞿秋白选集》，北京：人民出版社，1985年，第2页。
2   韩侍桁：《文学革命者的胡适的再批判》，《中山文化教育馆季刊》（南京）1935年第2卷第2期，第677-678页。
3   傅斯年：《陈独秀案》，《傅斯年文集》第6卷，北京：中华书局，2017年，第65页。

的改革"，不能"算是文学革命的完全胜利"，在"文学革命上，文字改革是第一步，思想改革是第二步，却比第一步更为重要"[1]。所以，思想解放和个人解放也就成了五四新文化和新文学运动中论争最为激烈的话题。新文化运动认为，人的解放主要有两条路径，一是个体价值与共同价值的统一，二是思想解放和精神解放。李大钊认为："一切解放的基础，都在精神解放"，精神解放是"解放运动第一声"[2]。鲁迅也说过，"精神现象实人类生活之极颠，非发挥其辉光，于人生为无当；而张大个人之人格，又人生之第一义也"[3]。至于思想解放的资源和机制是内生还是外助，也是有不同看法。梁漱溟认为在甲午海军覆没之后，中国人想接受"他们当时所见到的西方文化"，到了革命事起，更是"一个极显著的对于西方化的接受，同时也是对于自己文化的改革"[4]。西方文化只是资源，主体还是中国人自己。张东荪却认为新文化运动"有正负两方面做他的发动力"，伴随"国人知识渐增"，主动吸收西方文化"精髓所在"是正的方面，"十年以来政治改革的失败，觉非从政治以外下工夫不可"是其负的方面，两者都认识到改革先要"改造做人的态度"[5]，"从思想方面改革做人的态度，建立一种合于新思想的人生观，而破除固有的一切传说习惯"[6]。思想革命是新文化运动

---

1   周作人：《思想革命》，《周作人散文全集》第2卷，桂林：广西师范大学出版社，2009年，第133页。

2   李大钊：《精神解放！》，《李大钊全集》第3卷，北京：人民出版社，第177页。

3   鲁迅：《文化偏至论》，《鲁迅全集》第1卷，北京：人民文学出版社，2005年，第55页。

4   梁漱溟：《东西文化及其哲学讲演录》，《梁漱溟全集》第4卷，济南：山东人民出版社，2005年，第585页。

5   张东荪：《两种社会观》，《时事新报·学灯》，1922年3月3日。

6   张东荪：《文化运动与教育》，《教育杂志》，1922年第14卷第3期。

的动力机制，文学革命是其重要手段，他们都与社会现实处境相关，也与历史传统有关，如同李麦麦所说："思想运动不管是怎样为外国文化所影响，可是他在一开始时，总不得不把固有的先存的思想当作自己的出发点，不能不在自己固有的历史中找出自己的谱系来。即使'五四'运动是完全的人工的'接生'，但说接生仍不能不借助于先存的思想之根。"[1]他的意思已经说得很明白了，"思想"真要被运动起来，需要依靠"先存的思想"。任何变革如要产生持久的效果，也是要以自我意识和自我觉醒为前提。事实上，新文化和新文学运动在反叛传统的同时也在倡导整理国故，其道理也是不言自明的。但新文化和新文学运动的目标并非是回归传统，或是传统文化的简单复兴。五四运动之思想启蒙带有深厚的传统文化底色和基座，这是不争的事实，但它并非为了回归传统而展开思想运动。

身份认同基于主体与客体、自我与他者之间的同一性基础，多指个人、群体和国家及其相互之间的确证和承认，它不仅指个人和社会心理上的认同，也包括文化价值上的确认，如认可、理解、承认和尊重等。实际上，价值认同及身份问题与现代性理论之间存在着不契合关系，现代性的发生就有传统解构的意味，传统的构型及作用以认同为前提，而现代性本身却是不断"祛魅"的世俗化过程，是一个不断摧毁既有传统的过程。传统的瓦解会导致旧的文化认同的丧失，也会带来新的文化认同的建构和确认。作为一种思想潮流或社会运动的思想启蒙运动，它是继西方文艺复兴和宗教改革

---

1 李麦麦：《五四整理国故运动之意义》，《中国文化问题导言》，上海：上海辛垦书店，1936年，第144页。

之后，以"理性"为旗帜的解放运动，它以批判封建专制主义、宗教愚昧主义和教会特权主义为目标，宣扬自由、民主、平等、博爱思想。康德认为："启蒙运动就是人类脱离自己所加之于自己的不成熟状态。不成熟状态就是不经别人的引导，就对运用自己的理智无能为力。当其原因不在于缺乏理智，而在于不经别人的引导就缺乏勇气与决心去加以运用时，那么这种不成熟状态就是自己所加之于自己的了！"[1]于是，他主张"公开地运用自己的理性"，摆脱传统权威对人性的遏制而获得个人的自由，"自由"成了思想启蒙的精神内核。诉诸理性，追求独立，以及批判传统和张扬个性等都不过是手段和方式选择。五四新文化运动所倡导的科学、民主、自由和平等观念，新文学运动所表现的个性自由及独立解放主题都带有鲜明的思想启蒙特征。所以，将思想启蒙作为其身份特征是相对比较适宜的判断。就是一贯主张中国文艺复兴的胡适，在他将五四新文化运动与欧洲文艺复兴做比较时，也认为："它是一场自觉的、提出用民众使用的语言创作的新文学取代用旧语言创作的古文学的运动。其次，它是一场自觉的反对传统文章中诸多观念、制度的运动，是一场自觉地把个人从传统力量的束缚中解放出来的运动。它是一场理性对传统，自由对权威，张扬生命和人的价值对压制生命和人的价值的运动。最后，很奇怪，这场运动是由既了解他们自己的文化遗产，又力图用现代新的、历史地批判与探索方法去研究他们的文化遗产的人领导的。在这个意义上，它又是一场人文主义的运动。"[2]胡适虽然提到了三个方面，但最重要的还是第二个方面，

---

1   康德：《历史理性批判文集》，北京：商务印书馆，1990年，第22页。
2   胡适：《中国的文艺复兴》，欧阳哲生、刘红中编，北京：外语教学与研究出版社，2001
    年，第181页。

而它恰恰是思想启蒙运动的核心内容。至于"民众语言"的自觉使用和"文化遗产"的了解、批判和探索，比较接近文艺复兴，却不是五四新文化和新文学运动的价值支撑，五四倡导的白话文并不等同于古白话，对"整理国故"的倡导也主要是为了"打鬼"，而不是回到故纸堆去。所以，五四新文化和新文学运动与文艺复兴是貌似神异的关系，而与思想启蒙运动则是貌异神似，两者合起来，就是神貌皆似了。

五四新文化的传统与反传统：以《新青年》的『文学革命论』为例

　　五四新文化的传统与反传统，是一个沉重的话题。为什么今天还要提出来并加以讨论呢？因为自晚清以来，到五四《新青年》直至1980年代，都曾有过"传统与反传统"的讨论，并成为一种话语方式。人们之所以对其欲罢不能又不仅来自学术的兴趣，也有社会现实利益的诉求。值《新青年》创办100周年之际，重提这个问题，应超越解构或迷恋五四传统的致思路径，摆脱复古和启蒙的简单判断，而以历史态度和辩证眼光，厘清五四新文化的传统与反传统问题。1990年代以来，当代社会、政治和学术领域出现了呼唤传统文明的文化潮流，"重建传统""新国学""新儒学"成为显学，重释先秦子学、汉代经学、魏晋玄学、隋唐佛学、宋明理学、明代心学和乾嘉小学的价值意义，意在从传统伦理，从风、雅、颂、赋、比、兴的诗性智慧里，重新发现传统的价值，这本来是无可厚非的事情，但在回归传统时，却将古代传统的失传栽赃到五四头上，否定五四传统的革命性意义，将新文化虚无化和妖魔化。

那么，应如何看待《新青年》及新文化和新文学的反传统和传统呢？毋庸讳言，《新青年》的确是反传统的，但它的反传统有其复杂性，并不是一个简单的"反"与"不反"问题，而拥有自己的特殊性。在传统与反传统关系上，新文化和新文学的特点在于：一是在传统中反传统；二是传统的完善与自救，反传统即重估传统；三是以传统为资源，在反传统中延续传统。以《新青年》为代表的新文化和新文学是彻底反传统？还是在批判中承续传统？这是一个值得认真思考并需辩证分析的问题。它对我们深入了解中国传统文化的现代转型，对新文化运动和新文学革命的科学评价都具有极其重要的现实意义。

首先说新文化和新文学的"在传统中反传统"问题。五四新文化和新文学倡导者深受中国传统文化和文学影响，有着丰厚的传统根基和文化底蕴，换言之，"传统"已先在性地存在于他们的思想观念、思维方式、情感心理之中。新文化和新文学倡导者胡适诞生于一个传统书香之家，接受了完整的传统教育，系统阅读了大量的古书，如四书五经、历史著述、古典小说、弹词、传奇以及各种杂学。胡适的思想观念深受老子和墨子的影响，"原来在我十几岁的时候，我就已经深受老子和墨子的影响。这两位中国古代哲学家，对我的影响实在很大。墨子主'非攻'；他底'非攻'的理论实在是篇名著，尤其是三篇里的《非攻上》实在是最合乎逻辑的反战名著；反对那些人类理智上最矛盾、最无理性、最违反逻辑的好战的人性"[1]。在治学方法上，胡适受惠传统"朴学"颇多，接受了严格的"小学"训练。1918年2月，他的《中国哲学史大纲》（上卷）出版，蔡元培在序中对其"汉学"功力大加赞赏。"现在治'汉学'的人虽不少，但总是没有治过西洋哲学史的，留学西洋的学生治哲学的本没有几人。这几人中，能兼治'汉学'的更少了。适之先生生于世传'汉学'的绩溪胡氏，禀有'汉学'遗传性；虽自幼进新式学校，还能自修'汉学'，至今不辍。又在美国留学的时候，兼治文学、哲学，于西洋哲学史很有心得的。所以编中国古代哲学史的难处，一到先生手里，就比较的容易多了。"[2]蔡元培肯定了胡适的"汉学"功底，也说明新文学开创者拥有传统根基绝非虚言。事实上，传统文化作为新文化和新文学倡导者们思想观念系统不可分割的组成部分，对他们的文化取向和治学路径都具有深远的影响，一方面，因为他们拥有深厚的传统功底和旧学基础，而能吸收传统、承继传统和发扬传统；另一方面，由于他们对传统文化的深切理解及其内涵精华糟粕的清醒认识，才能扬弃传统、批判传统和超越传统。在传统中反传统有助于洞悉传统的负面性，鲁迅就在"反传统"中感受到自己作为历史中间物的有限性，在反传统中否定自身，自我反思和批判也就构成鲁迅反传统的精神标志。鲁迅曾以"中间物"来指谓《新青年》一代人的文化特性，"曾经看过许多旧书，是的确的，为了教书，至今也还在看。因此耳濡目染，影响到所做的白话上，常不免流露出它的字句，体格来。但自己却正苦于背上了这些古老的鬼魂，摆脱不开，时常感到一种使人气闷

1　　胡适：《胡适口述自传》，《胡适全集》第18卷，合肥：安徽教育出版社，2003年，第210页。

2　　蔡元培：《〈中国古代哲学史大纲〉序》，《蔡元培哲学论著》，石家庄：河北人民出版社，1985年，第182页。

的沉重。就是思想上，也何尝不中些庄周韩非的毒，时而很随便，时而很峻急"[1]。这说明传统之于《新青年》那代人是实实在在的。当然，这种表面上缺乏文化自信的反传统并非没有传统的坚守，反而有着弃绝文化自大和自恋的清醒和理性。尽管《新青年》的反传统难免不带有某些情绪化特点，但它始终是以说理和讨论方式展开的，而不是通过暴力或权力去维护或摧毁传统。

再说新文化和新文学的反传统即是重估传统，是对传统的完善与自救。反叛即反思、重新估价，并非完全的背叛和对抗。五四新文化倡导者拥有世界眼光和思维，意识到了传统与现代的错位，中国与世界的落差，特别是传统中部分价值和陋习不能适应和融入现代。于是，对传统重新估价，重新阐释，其用意在完善传统，在弘扬传统。事实上，且不说新文化新文学反传统温和派代表的胡适、刘半农、周作人对传统的整理与价值重估，就是激进派的陈独秀、钱玄同和鲁迅，在他们慷慨激昂的态度背后，也有弘扬传统的真实意图。可以说，是西方思想文化的传入，才使他们对传统文化价值有了新发现。对于中国传统文化而言，西方思想文化是一种异质文化，它提供了传统温和的参照系，也为传统文化体系提供了相互比较和映照的可能。正是在中西文化对比和参照中才充分显示传统文化的独特价值，因为在单一的封闭体系中传统反而容易被忽略，以致被否定，不同性质系统的交流和碰撞，常常能带来新的价值和意义。众所共知的事实是，西方文化不仅为中国现代思想文化提供了不同于传统的价值观念和思维方式，包括新文化运动中传入的马克思主义提供的辩证唯物主义与历史唯物主义世界观和方法论，其意

1　　鲁迅：《写在〈坟〉后面》，《鲁迅全集》第1卷，北京：人民文学出版社，2005年，第301页。

义绝不能低估，而且也是西方文化的进入才重新发现了传统思想文化的价值和意义，这一点我们常常估计不足。

1919年12月，胡适在《新青年》上发表了《新思潮的意义》，认为，"新思潮的根本意义只是一种新态度。这种新态度可以叫做'评判的态度'"，它包括"对于习俗相传下来的制度习俗，要问：'这种制度现在还有存在的价值吗？'""对于古代遗传下来的圣贤教训，要问：'这句话在今日还是不错吗？'""对于社会上糊涂公认的行为与信仰，都要问：'大家公认的，就不会错了吗？人家这样做，我也该这样做吗？难道没有别样做法比这个更好，更有理，更有益的吗？'"[1]胡适连提"三问"就是"重新估定一切价值"，就是对传统应持有的"评判的态度"。胡适信奉实验主义哲学思想，它认为，一切知识和思想都是现实环境的产物，世界上没有永恒不变和绝对普遍的真理，都是为了应付现实环境的知识和方法工具。基于这样的认识，胡适提出对传统文化和历史遗产应持有"重新估定一切价值"的根本态度，并将其作为五四新文化运动中的理论旗帜。陈独秀、鲁迅和周作人等《新青年》同人们都对传统开展了"重估价值"工作，对历来为人们所视为神圣不可侵犯的事物进行无情的反思，对"至圣"孔子和奉若神明的"礼教"予以批判，对传统权威的"圣贤教"和社会公认的习惯势力提出质疑。反对一切封建专制主义为钳制言路所树立的文化偶像，反对一切束缚个性、压抑人性、残害人体的旧习俗和造成这些恶习的传统文化思想，批评一切愚昧落后的传统迷信和违背科学的人生玄谈，反对那种盲目自大、封闭固守、不思进取的民族文化惰性心理，等等。

1　　胡适：《新思潮的意义》，《胡适全集》第1卷，合肥：安徽教育出版社，2003年，第692页。

上编 111

新文化和新文学倡导者曾经发表过不少批判传统文化的过激言论，但没有任何理由证明他们是民族文化的虚无主义者，能够做到彻底的反传统。他们对传统文化的批判始终与建设新文化，发展中国文化是一致的，批判传统是"再造"中国文明，传统文化得以重生的重要手段和方式。没有反思性的重估和批判性的重释，也就不可能实现中国文化的重建。无论批判的锋芒多么尖锐，批判的态度多么极端，其用意和落脚点则是推动中国文化的现代转型和发展，以适应世界文化潮流。如同胡适所说，文化本身是保守的，旧文化更有惰性，对其展开批判是为了让世界文化和它"自由接触，自由切磋琢磨"，"借它的朝气锐气来打掉一点我们的老文化的惰性和暮气"，实现民族文化的自救和更新，但无论怎样批判或所谓的"西化"，"将来文化大变动的结晶品，当然是一个中国本位的文化，那是毫无可疑的"[1]。

　　鲁迅对待传统不可谓不决绝，也曾有过礼教"吃人"，"不读中国书"等说法，但他并不是虚无主义的，而是"洞达世界之大势，权衡较量，去其偏颇，得其神明，施之国中，翕合无间。外之不后于世界之思潮，内之仍弗失固有之血脉"[2]，持于"新文化仍然有所承传，于旧文化仍然有所择取"的立场[3]。众所周知，鲁迅对儒家文化持批判态度，但他对孔子则多同情与理解，"即使是孔夫子，缺点总也有的，在平时谁也不理会，因为圣人也是人，本是可以原

1　　胡适：《试评所谓"中国本位的文化建设"》，《胡适全集》第4卷，合肥：安徽教育出版社，2003年，第583页。

2　　鲁迅：《文化偏至论》，《鲁迅全集》第1卷，北京：人民文学出版社，2005年，第57页。

3　　鲁迅：《〈浮士德与城〉后记》，《鲁迅全集》第7卷，北京：人民文学出版社，2005年，第373页。

112　　　　　　　　　　　　　　　　　　　　　　　　中国现当代文学
　　　　　　　　　　　　　　　　　　　　　　　　思想史论丛

谅的"[1]。他肯定孔子"知其不可以为而为之"的入世态度，"孔也尚柔，但孔以柔进取，而老却以柔退走。这关键，即在孔子为'知其不可为而为之'的事无大小，均不放松的实行者，老则是'无为而无不为'的一事不做，徒作大言的空谈家"[2]。对"后儒"之学，鲁迅则是深恶痛绝，特别是把孔子作为敲门砖的"现代中国的孔夫子"，则毫不留情面加以批判。

第三是以传统为资源，在反传统中延续传统。新文化和新文学的现代创造是以传统为资源和支撑，甚至是借鉴传统加以现代话语的表述，或者是以现代话语表达传统观念，如用"文学为人生"代替"文以载道"，以小传统反叛大传统，用民间传统反正统传统。就拿《新青年》倡导的新文学革命来说，它对于传统文学也是在否定中有肯定的，并非一味地全盘否定。包括新文学先驱者的发难文章，如胡适的《文学改良刍议》，陈独秀的《文学革命论》，钱玄同的《寄陈独秀》，刘半农的《我之文学改良观》等，在批判、否定传统文学的同时，也有对传统文学价值再发现中的吸纳与肯定。

我们还是回到文本中去，以发起和倡导"新文学革命"的经典文献为例，来说明五四新文化在反传统中同时吸纳传统资源的问题。众所共知，胡适的《文学改良刍议》提出了文学改良的"八事"。它所依仗的资源和理论都与传统有关，"八事"中"一曰须言之有物"，所谓"物"即是"情感"和"思想"。说到"情感"，它所引的例证就是《诗序》中的"情动于中而形诸言。言之不足，故

1   鲁迅：《在现代中国的孔夫子》，《鲁迅全集》第6卷，北京：人民文学出版社，2005年，第329页。

2   鲁迅：《〈出关〉的"关"》，《鲁迅全集》第6卷，北京：人民文学出版社，2005年，第539-540页。

嗟叹之。嗟叹之不足，故咏歌之。咏歌之不足，不知手之舞之，足之蹈之也"，由此得出"情感者，文学之灵魂"的文学观念，进而还阐释"文学而无情感，如人之无魂，木偶而已，行尸走肉而已"。这种说法显然是对中国文学抒情传统的高度认同。朱自清、闻一多、朱光潜、沈从文、宗白华都曾指出中国文学也有独特的抒情传统，海外汉学家陈世骧、高友工、萧驰、王德威等也多有研究和阐发。提到"思想"，即是"见地、识力、理想"，胡适指出："思想不必皆赖文学而传，而文学以有思想而益贵；思想亦以有文学的价值而益贵也"，他举出的例证是"庄周之文，渊明、老杜之诗，稼轩之词，施耐庵之小说，所以复绝千古（高超而不可企及）也"。文学要有思想，如同"人不能思想，则虽面目姣好，虽能笑啼感觉，亦何足取哉？文学亦犹是耳"。由此可见，胡适眼中的古文论和部分文学作品如"庄周之文，渊明、老杜之诗，稼轩之词，施耐庵之小说"完全符合他的新文学改良标准。"八事"中"二曰不摹仿古人"，也就是"一时代有一时代之文学"。他所采用的例证是中国文学从周秦到唐宋的更替，得出的结语是："吾每谓今日之文学，其足与世界'第一流'文学比较而无愧色者，独有白话小说（我佛山人、南亭亭长、洪都百炼生三人而已）一项。此无他故，以此种小说皆不事摹仿古人（三人皆得力于《儒林外史》《水浒》《石头记》。然非摹仿之作也），而惟实写今日社会之情状，故能成真正文学。其他学这个，学那个之诗古文家，皆无文学之价值也。今之有志文学者，宜知所从事矣。""我佛山人"即吴趼人，南亭亭长即李伯元，洪都百炼生即刘鹗，将他们三人作为新文学"不模仿"也就是具有创造性的作家代表，那么，其所隐含之意，传统文学也有新文学的资源，包括传统文学观念和作家作品。接着，胡适所说的

"须讲求文法"，没有列举例证；"不作无病之呻吟""务去滥调套语"，"不用典"和"不讲对仗"，所指皆是传统诗词。最后一条"不避俗字俗语"，其依据就是"吾惟以施耐庵、曹雪芹、吴趼人为文学正宗，故有'不避俗字俗语'之论也"。他梳理了传统白话的演进历史，自佛书之输入，以浅近之文译之，其体已近白话，到了宋人讲学以白话为语录，及至元时三百余年，"中国乃发生一种通俗行远之文学。文则有《水游》《西游》《三国》之类，戏曲则尤不可胜计（关汉卿诸人，人各著剧数十种之多。吾国文人著作之富，未有过于此时者也）。以今世眼光观之，则中国文学当以元代为最盛，可传世不朽之作，当以元代为最多，此可无疑也。当是时，中国之文学最近言文合一，白话几成文学的语言矣。使此趋势不受阻遏，则中国乃有'活文学出现'"，"不意此趋势骤为明代所阻，政府既以八股取土，而当时文人如何李七子之徒，又争以复古为高，于是此千年难遇言文合一之机会，遂中道夭折矣。然以今世历史进化的眼光观之，则白话文学之为中国文学之正宗，又为将来文学必用之利器，可断言也"[1]。行文至此，胡适为新文学找到了源头，那就是元曲和明清白话小说。

由此可见，胡适倡导的新文学改良既有西方文学的价值视野和思维参照，也有传统文学的知识资源和理论支撑。在胡适文章的后面，附有陈独秀的"短识"，他将胡适的"以施耐庵、曹雪芹、吴趼人为文学正宗"修改为"白话文学，将为中国文学之正宗"。一字之差，陈独秀将白话文学的"过去时"改成了"未来时"。在胡适眼里，白话文学已是中国文学的正宗，只是被明代阻断了，而陈

---

1   胡适：《文学改良刍议》，《新青年》第2卷第5号，1917年1月1日。

独秀则将它变成将来时，他从这里也获取了许多共识，如认为中国近代文学史上施耐庵和曹雪芹的价值远在归有光姚鼐之上，"闻者咸大惊疑"，因有胡适之论，陈独秀也就有了"所见不孤"的感受，并回应胡适说"中国文学当以元代为最盛"，"元代文学、美术，本蔚然壮观"，特别是马致远的词，"词隽意远，又复雄富"，是中国的"沙克士比亚"[1]。"沙克士比亚"即是莎士比亚，把马致远说成是中国的莎士比亚，这显然是陈独秀的个人之见，当然也有误读的成分。它至少表明因有西方文学的烛照，传统文学也重新焕发出了光彩。

陈独秀的《文学革命论》也以欧洲革命为价值参照，开篇就是："今日庄严灿烂之欧洲，何自而来乎？曰：革命之赐也。"自文艺复兴以来，政治界有革命，宗教界亦有革命，伦理道德亦有革命，文学艺术，亦莫不有革命，莫不因革命而新兴而进化。于是，他提出中国要进行三大革命：政治革命、伦理革命和文学革命。文学革命即"三大主义"："曰推倒雕琢的阿谀的贵族文学，建设平易的抒情的国民文学。曰推倒陈腐的铺张的古典文学，建设新鲜的立诚的写实文学。曰推倒迂晦的艰涩的山林文学，建设明了的通俗的社会文学。"于是，陈独秀对传统诗文展开了无情的批判，但他却认为"唐代诸小说家之丰富""元明剧本，明清小说，乃近代文学之粲然可观"，只是"为妖魔所厄，未及出胎，竟尔流产"。"妖魔"是谁？"明之前后七子，及八家文派之归、方、刘、姚是也"，这"十八妖魔""使盖代文豪马东篱，若施耐庵，若曹雪芹""不为国人所识"。他认为明前后七子之诗，归方刘姚之文，都"与其时之

1　　胡适：《文学改良刍议》，《新青年》第2卷第5号，1917年1月1日。

社会文明进化无丝毫关系",贵族文学、古典文学、山林文学都缺乏对"宇宙""人生"和"社会"的"构思"和书写,是为它们"共同之缺点"。陈独秀认为欧洲文化的发展受惠于政治和文学,特别是卢梭、雨果、左拉、康德、黑格尔、歌德、培根、达尔文、狄更斯和王尔德等大师们的思想成果,而中国的"文学界"却缺乏"雨果、左拉、歌德、霍普特曼、狄更斯、王尔德"[1]。这也是陈独秀文学革命的意图,呼唤文学大师,重建文学与社会的密切关系,将文学纳入社会政治运作体系发挥其作用。其目标有西方参照,落脚点却是推动中国文学和社会的发展。陈独秀并没有完全否定传统,只是相对西方而言,它多为负面资源而已。

钱玄同和刘半农也参与了《新青年》倡导的新文学革命。刘半农在给陈独秀的书信中,围绕文学改良与用典等问题发表自己的意见。他肯定了"齐梁以前之文学""从无用典者",如《焦仲卿妻》"纯为白描,不用一典","与白话之体无殊","读之,犹如作诗之人与我面谈,此等优美文学,岂后世用典者所能梦见"。对戏曲和小说,他也多有推崇。认为"传奇"中"惟《桃花扇》最有价值","小说之有价值者,不过施耐庵之《水浒》,曹雪芹之《红楼梦》,吴敬梓之《儒林外史》三书耳";近代小说中的《官场现形记》《二十年目睹之怪现状》和《孽海花》也"有价值"。他甚至将梁启超看作是"创造新文学之一人",其"识力过人","论现代文学之革新,必数梁君"[2]。相对于胡适对新文学革命的"首倡"之功,陈独秀的"旗帜鲜明",钱玄同的"修补",刘半农的《我之文学改

1 陈独秀:《文学革命论》,《新青年》第2卷第6号,1917年2月1日。
2 钱玄同:《致陈独秀》,《新青年》第3卷第1号,1917年3月1日。

良观》则是一篇对新文学革命富于理性思考和有操作性的经典文献。他从"文学之界说及作法"说起，讨论了文学与文字的区分，"散文"和"韵文"的改良，"戏曲"的地位以及"形式上的事项"，如"分段""句逗与符号"，等等。文章既有学理性，也说得非常具体，可操作。他"取法于西文"，认同西方文学（Literature）的定义："The class of writings distinguished for beauty of style，as poetry，essays，history，fictions，or belles-lettres"。翻译过来，就是"文学以风格之美可分为诗歌、散文、史传、小说和纯文学"。虽然，刘半农说他的文章是依"此假定之界说立论"，但在区分文字与文学之后，谈到文学的"作法"，处处显示出传统经验，如认为："作文字当讲文法，在必要之处，当兼讲论理学。作文学当讲文法，且处处当讲论理学与修辞学。惟酌量情形，在适宜之处，论理学或较轻于修辞学。"这里，他强调了文学的"修辞"性，不能不说是对传统文学修辞论的发扬。至于说"文学为有精神之物，其精神即发生于作者脑海之中。故必须作者能运用其精神，使自己之意识、情感、怀抱，一一藏纳于文中"，更是传承了古代文论中的"情志"说。刘半农肯定了传统诗文的文学价值，如"从性灵中发挥"，曹子建的《慰子赋》与《金瓠哀辞》，以及韩愈的《祭田横墓文》，欧阳修的《祭石曼卿文》等，"仍不得不以其声调气息之优美，而视为美文中应行保存之文体之一"。于是，他由胡适提出的"古人之文不当摹仿"之论引出了"新文学决不能脱离老文学之窠臼"的看法。针对文言与白话的紧张关系，刘半农则提出它们"可暂处于对待的地位"，"二者各有所长、各有不相及处，未能偏废故"，因为"语言之变迁，乃数百年间事而非数十年间事"，要实现"言文合一"，"废文言而用白话"，不能"一蹴可见"，最为现实的是"列文言与白话于对待之地，而同时于两方面力求进行之策"。对文言而言，"力求其浅显使与白话相近"，对白话，"除竭力发达其固有之优点外，更当使其吸收文言所具之优点，至文言之优点，尽为白话所具，则文言必归于淘汰"。刘半农还明确提出应提高戏曲在文学上的位置，特别是昆剧因"时代为推移"而"退居于历史的艺术之地位"，"从事现代文学之人，均宜移其心力于皮黄之改良，以应时势之所需"。有意思的是，刘半农提倡皮黄戏，并非源自他个人的喜爱，"余居上海六年，除不可免之应酬外，未尝一入皮黄戏馆"，他喜欢的是上海爱美剧社的话剧，"每有新编之戏开演，余必到馆观之，是余之喜白话之剧而不喜歌剧"。是因为"白话文学尚在幼稚时代，白话之戏曲，尤属完全未经发见"，皮黄是传统地方戏，"易于着手"，等到"将来白话文学昌明之后，现今之所改良之皮黄，固亦当与昆剧同处于历史的艺术之地位"[1]。刘半农的文学改良主张也就显明不过了。在他看来，新文学革命或改良不应另起炉灶，而应"重造新韵"，或"增多诗体"，立足传统，而走传统的改良、更新之路。

胡适、陈独秀、钱玄同和刘半农都是《新青年》主张新文学革命的得力干将。从他们的主张里可以看到，传统文化和文学依然是他们建构文学革命理论的知识资源和价值参照，传统观念仍然深埋在他们的潜意识之中，虽在理性上多认同西方观念，但其构思一旦展开，无论是所择取的例证，还是观点的立论，都有传统的被激活和解放，在与西方观念的化合之中形成了特有的意识结构和话语方式。近百年来，《新青年》常常被冠以新文化反传统的巢穴，事实

1　　刘半农：《我之文学改良观》，《新青年》第3卷第1号，1917年5月1日。

上，《新青年》和新文化及新文学结束了旧传统，开创了新传统，也赓续了旧传统，并没有造成传统的彻底断裂。新文化和新文学虽移植和引进了西方思想文化，但也继承了传统中非主流或反正统的思想，特别是被排挤的边缘化思想，沉于社会底层的民间思想以及受压抑的异端思想，让它们成为现代思想资源，与西方思想文化交融互补，而实现传统文化的重释和重造。传统既是一条环环相扣的锁链，也是一条割不断、切不开的河流。人们的创造和革新必须承接传统，不可能排除传统，超越传统的限制。传统既然是历史的限制，也就有思想和文化的惰性，会制约和阻碍着人们的创造和更新，因此，新文化和新文学的重造传统必然是一个不断反思传统和批判传统的过程，这是不用回避的事实，也不能否定其价值。显然，传统与反传统具有矛盾性和两重性，我们应取辩证眼光和历史态度审视之。

民族国家与抗战文学的现代性问题

　　在中国现代文学历史上，抗战文学有其特别之处。应该说，五四和抗战都是决定和改变了现代中国社会和文学的重要时段，五四文学创造了现代文学思想和语言主体，抗战文学则推动了现代文学的现代转型，并生成为文学的国家政治形态。五四新文学改变了传统文学所坚守的思想伦理和自然世界，积极倡导现代社会改造和思想文化启蒙，成为"人的文学"和"社会文学"。陈独秀提出文学革命论，主张推倒雕琢、阿谀的贵族文学，建设平易、抒情的国民文学；推倒陈腐、铺张的古典文学，建设新鲜、立诚的写实文学；推倒迂晦、艰涩的山林文学，建设明了、通俗的社会文学[1]。他所

1　　陈独秀：《文学革命论》，《陈独秀著作选编》第1卷，上海：上海人民出版社，2009年，第289页。

预设的"国民文学""写实文学"和"社会文学"目标并没有在五四新文学革命中得到完全实现，1930年代的左翼文学对此虽有批评和反思，但也主要停留在理论上，到了抗战时期，又有了理论和实践的自觉。抗战文学将中国新文学与社会关系提升到了一个新的阶段，真正形成了社会文学、写实文学和国民文学。历史是一条不会枯竭的河流，有发端也会有延续和回响。自晚清以降，中国文学倡导新思潮，追求文学现代化，借助思想文化启蒙实现民族国家的救亡，民族国家对中国的现代化进程起到促进和推动作用，民族国家是现代世界的产物，民族国家意识也是现代中国思想和文学的主导性力量。抗战文学如同现代中国文化和文学的洄水沱，汇集了现代思想和文学中的"个人""阶级"与"民族国家"的建构和想象，包容着"现代性""民族性"和"大众化"等问题意识。那么，如何看待和评判抗战文学的社会性和现代性，则是一个需要重新审视的问题。

一

民族国家之于抗战文学不仅是社会意识形态，更是切迫的现实处境。如果离开事物的现实感讨论问题，就会有隔岸观火的印象。自五四新文学发生以来，抗战文学参与融入社会现实最为直接、广泛和深入。抗战爆发，大批作家从上海、北京撤出，文学中心发生转移和重组，重庆、昆明、桂林、延安成为新的文学中心，如同茅盾所说，"抗战以前，北平和上海在全中国的文坛上，是形成了南北两个中心的"；抗战之后，"像抗战以前的上海那样的文艺中心，今天事实上已经不存在"，"今天的中国文坛已形成了好几个重心点，重庆是一个，而桂林、延安、昆明、金华，乃至上海，也都是其中之一"。虽然作家们分散在不同区域，但抗战"目标是一个，步骤是一致的"[1]。文学中心虽分散了，文学空间却扩大了。战争不断召唤着文学，改变了文学功能、作家生活、思想感情和语言形式，"当战争挟着震撼大地，使各方面的生活都遭受着变动的气势而来了的时候，不仅现实主义的革命文艺，所有文艺领域上的各方面，都或迟或早、或强或弱地发出了自己的声音，回答战争的号召的声音"[2]。文学没有沉默，纷纷发出了自己的声音。文章下乡，文章入伍，作家"不再拘束于自己的狭小的天地里，不再从窗子里窥望蓝天和白云，而是从他们的书房，亭子间，沙龙，咖啡店中解放出来，走向了战斗的原野，走向了人民所在的场所；而是从他们生活习惯的都市，走向了农村城镇；而是从租界，走向了内地……这是一个不小的改变，也还是一个不小的开拓，使文学活动真正的放到了战斗的生活领野中去"[3]；并且，"每个工作者到达一处，就像河水中投下一块石，立刻荡起一些文艺的波浪"[4]。人们的民族意识觉醒了，文学的作用也更加凸显了。华岗将抗战称为"新时代"和"大时代"，"在大时代里，我们的文艺工作者，已经变更了他们的旧的日常生活，变更束缚他们的旧的环境，因而他们把握新

---

1   茅盾：《抗战期间中国文艺运动的发展》，《茅盾全集》第22卷，北京：人民文学出版社，1993年，第194-195页。

2   胡风：《民族战争与新文艺传统》，《胡风全集》第2卷，武汉：湖北人民出版社，1999年，第644页。

3   罗荪：《抗战文艺活动鸟瞰》，《文学月报》1940年第1卷第1期；《文学运动史料选》第4册，上海：上海教育出版社，1979年，第117页。

4   老舍：《三年来的文艺运动》，《老舍全集》第17卷，北京：人民文学出版社，2008年，第265页。

的真实的表现力，也在通过社会的各样角落，变换其形式与内容"，"抗战以来的中国文艺运动，无疑是尽了支持抗战的伟大任务"[1]。郁达夫也断定："中国的文艺，经此一番巨变之后，将截然地，与以前的文艺异趋，这是可以断言的。以后的中国文艺，将一般地富于革命性，民族性，世界合作性，是毫无疑问的。从前的那些不正确，无实感，有造作性的革命文学，民族文学，必将绝迹于中国的创作界，也是毫无疑问的。所以经此一番抗战之后，中国文艺才真正地决定了与社会合致，与民族同流的可能与必然。"[2]与社会合致，与民族同流，这或许就是抗战文艺最为重要的历史贡献和文学价值。

文学与社会时代，文学与民族国家的关系始终是一个老话题，无论是渗透与超越，还是体验与想象，抑或镜像与虚构，都不能截断或否认它们之间的关联。尤其是当民族国家正经受着血与火的考验时，摆脱民族危机和社会困境需要征用社会的各种资源，就特别强调文学的社会功能，强化文学与国家的关联，而忽略文学的个人性，甚至否定文学的艺术性。1942年，郭沫若在中美文化协会上发表演讲，他说："中国的文艺，在战前大都和生活现实脱了节。旧的文艺局限于古代作品的摹拟，老早失去了它的生命。新的文艺也局限于外国作品的摹拟，多是一些纸糊泥塑的玩具。新旧作家们同样也和生活现实脱了节。""无论新旧，一律都倾向于高蹈，一律都在卖弄玄虚。"抗战的号角把作家解放了，让他们到了十字街头，

1　　华石峰：《论中国文学运动的新现实和新任务》，《文学理论史料选》，成都：四川教育出版社，1988年，第80页。

2　　郁达夫：《战时的文艺作家》，《郁达夫全集》第11卷，杭州：浙江大学出版社，2007年，第292页。

走到战场前线和农村角落，"新的艺术到这时才生了根，旧的艺术到这时才恢复了它的气息，新旧的壁垒到这时也才逐渐的化除了"，这"也预兆了中国新文艺的伟大将来"[1]。郭沫若将外国文艺和传统艺术，空灵玄虚和社会现实对立起来，显然有失辩证眼光。甚至有人认为："抗战以来'文艺'的定义和观感都改变了，文艺再不是少数文人和文化人自赏的东西，而变成了组织和教育大众的工具，同意这新的定义的人正在有效地发扬这工具的功能，不同意这定义的'艺术至上主义者'在大众眼中也判定了是汉奸的一种了。"[2]把艺术至上主义视为汉奸文艺，显然有污名化倾向，至少是简单思维或政治化眼光在作祟。抗战促使作家与社会现实有了更加紧密的联系和更加深入的认识，对生活苦难、民族意志和复杂人性有了更切实的感受和体验。当萧乾在向海外介绍抗战文艺时，他所看到的也是"现代中国文学最特别的一点是它与一般社会运动的不可分的关系。逃避主义的文学从未被宽容"[3]，"战争将我们的文学恰恰传到内地，兵上，农人，和一般人都成了我们的读者。倘无战争，这大概要费一百年工夫"[4]。的确，中国现代文学在抗战中发挥了重要作用，民族战争也推动了现代文学的国民化、国家化和大众化。郭沫若说过："当一个国家或一个社会，遇着外敌的侵入而

1   郭沫若：《中国战时的文学和艺术》，《郭沫若全集》（文学编）第19卷，北京：人民文学出版社，1992年，第190-191页。

2   夏衍：《抗战以来文艺的展望》，《中国抗日战争时期大后方文学书系》（文学运动）第1册，重庆：重庆出版社，1989年，第180-181页。

3   萧乾：《战时中国文艺》，《中国抗日战争时期大后方文学书系》（文学运动）第1册，重庆：重庆出版社，1989年，第290页。

4   萧乾：《战时中国文艺》，《中国抗日战争时期大后方文学书系》（文学运动）第1册，重庆：重庆出版社，1989年，第293页。

起来抗战的时候，那抗战过程和对于在抗战过程中的国家或社会的处理"，就是把"整个国家或社会的力量便须集中起来，在抗战上形成一个焦点"。为了"能够迅速地并普遍地动员大众这一点"上，文化和文艺就需要"充分的大众化，充分的通俗化，充分地产出多量的成果"，并且还要"不厌其单纯"，不嫌弃重复，"翻来覆去的重述"[1]。简单通俗才能大众化，重复乃至啰唆才有效果。战争的特殊情境和客观诉求自然决定了抗战文艺的创作风貌，"书斋中的哼唧，与个人有病或无病的呻吟，遂一齐息止"，文艺风格"由虚浮的修辞变为朴诚的记录与激励"[2]。悲郁感伤变成了雄壮刚烈。郭沫若希望抗战文学成为国家文学，"有组织地由国家培养文学人才，即是由国家力量来使倾向于文学的人积蓄文学资本，这比在无政府状态下由个人努力来从事积蓄自然是效率更大，因而可以促进生产，也是毫无疑虑的问题"[3]。抗战文学与政党政治的关系已有深入研究，抗战文学与国家的关系则需要重新清理。五四和1930年代的新文学是个人的和社团的，抗战却改变了文学生态，文学的国家形态和作用更加明显。冯乃超在1938年抗敌协会举办欢迎国际学生致辞时说，"我们正拿我们民族的血，来写作一篇空前伟大的史诗"，"我们民众能够忍受着这样大的牺牲，过着这样痛苦的生活，依然拥护政府"的原因是革命的三民主义，"古老的中国在敌人凶残炮火的洗礼之下净化了，新的中国在神圣的自卫战争中，在

1　　郭沫若：《抗战与文化问题》，《郭沫若全集》（文学编）第18卷，北京：人民文学出版社，1992年，第218-220页。

2　　老舍：《三年来的文艺运动》，《老舍全集》第17卷，北京：人民文学出版社，2008年，第264页。

3　　郭沫若：《今天创作的道路》，《郭沫若全集》（文学编）第19卷，北京：人民文学出版社，1992年，第143页。

颓垣破瓦的废墟中，慢慢的要建立起来。我们是充分的有这个自信的！"[1]现代文学参与国家政权的建构和解构，延安文艺进行了曲折的文学实践，由此可见，抗战文学就已有通向当代文学形态的条件和可能。人们一般将延安文学和左翼文学作为当代文学的价值资源，却忽略了抗战文学的民族国家主题及形态对于当代文学的建构意义。延安文艺作为左翼文学的承续和发展，它推进了文艺大众化和政治化讨论，也规范着当代文学的价值建构和发展走向，但就当代文学与民族国家的基本构型，它也与整个抗战文学拥有同质同构的关系。

二

抗战文艺的时代性和功利性，都是由其特定历史情境决定的。如老舍所说，"时代与社会的需要如彼，文人和文艺的行动如此"[2]，"一百年前，不会有此种抗日的战争，亦不会有此等抗战文艺"[3]。由于"时代的伟大""战争的性质""新文艺的传统"和"社会的需要"等确定了抗战文艺的"面貌"。在民族战争面前，"民族的灭亡或解放的选择与决定，战则生，降则亡，故必战，既战，我们有致胜的方法和决心。文艺，在这时候，必为抗战与胜利

1　冯乃超：《聪明误——从萧乾的述怀，〈遗书〉说起》，《冯乃超文集》上卷，广州：中山大学出版社，1991年，第312—313页。

2　老舍：《三年来的文艺运动》，《老舍全集》第17卷，北京：人民文学出版社，2008年，第264页。

3　老舍：《三年来的文艺运动》，《老舍全集》第17卷，北京：人民文学出版社，2008年，第262页。

的呼声。此呼声发自民族的良心"[1]，特别是在社会的客观需要面前，"文艺力避功利，是怠职。抗战文艺的注重宣传与教育，是为尽职，并非迁就"，"抗战与文艺不能分开，正如抗战与军队之不可离异。它知道社会的需要，就去供给；它晓得自己的力量，而不惜力"[2]。抗战文艺成了一支笔兵，有其历史合法性和文学合理性。通俗地讲，也就是"势大于人"，加上中国文章自古就有合为时而著，歌诗合为事而作的传统，中国现代文学虽然是"现代"的，也有文学的"中国性"。抗战文艺的时代性就是它的民族国家意识。何其芳以诗献祭："呵，什么时候我才能够/写出一个庞大的诗篇/可以给它取个名字叫'中国'？"[3]艾青对民族国家有着深切的体验："雪落在中国的土地上/寒冷在封锁着中国呀"，"中国的苦痛与灾难/像这雪夜一样广阔而又漫长呀！"[4]穆旦感受着中国正遭受"说不尽的灾难"和"无言的痛苦"，农人"永远无言地跟在犁后旋转"，妇人和孩子也"在饥饿里忍耐"，但他依然相信"一个民族已经起来"[5]。

关于抗战文艺的时代性，在历史现场就有不同声音。肯定者认为："文艺在抗战动员中所贡献的力量是很大的。它的广泛和持久的坚韧力，如同春天的草芽，无声无息的向四面八方生长开去，就

1　老舍：《三年来的文艺运动》，《老舍全集》第17卷，北京：人民文学出版社，2008年，第262页。

2　老舍：《三年来的文艺运动》，《老舍全集》第17卷，北京：人民文学出版社，2008年，第263页。

3　何其芳：《解释自己》，《何其芳全集》第1卷，石家庄：河北人民出版社，2000年，第437页。

4　艾青：《雪落在中国的土地上》，《艾青全集》第1卷，石家庄：花山文艺出版社，1994年，第161页。

5　穆旦：《赞美》，《穆旦诗文集》(1)，北京：人民文学出版社，2006年，第68-70页。

是有石块的重压，步武的践踏，它也仍然会曲曲折折的生长起来。它生长到了乡村，生长到了前线，生长到了后方，动员着广大的民众，鼓舞着士兵。于是，又在它生长的地方吸收着养料，准备着更美丽的开花结实的将来。"[1]于是提出人们不应该"用文艺本身的尺量去估量"，而应看它是否满足了社会"客观的需要和反映"[2]。批评者如邵荃麟则认为它"普遍地表现着内容的空虚和思想力的苍白，艺术认识多半是局限在现象的表面上，没有更深刻去抉发出历史时代的本质"，"一些光怪陆离的思想意识乘机滋长，从复古的国粹主义，改头换面的宋明理学，以至市侩主义的人生哲学，毫无批判地纷然杂陈"[3]，缺乏现实的批判精神和对事物的深刻理解，"只是凭借一些原则或公式化的思想方法，不能深入地把握历史的具体变化，不能精密地去理解现实的复杂性"[4]。这说到了点子上，抗战文艺的很大部分作品，的确存在公式化、概念化和印象主义的毛病，茅盾和胡风对此都曾有过严肃的批评。徐迟还批评战争放逐了文学抒情，"这次战争的范围与程度之广大而猛烈，再三再四地逼死了我们的抒情的兴致。你总觉得山水虽然如此富于抒情意味，然而这一切是毫没有道理的。所以轰炸已炸死了许多人，又炸死了抒情"[5]。文学的抒情性在抗战中后期的作家作品里得到了弥补和纠

1　欧阳凡海：《论文艺动员的成果缺点及其任务》，《中国抗日战争时期大后方文学书系》（文学运动）第1册，重庆：重庆出版社，1989年，第392页。

2　欧阳凡海：《论文艺动员的成果缺点及其任务》，《中国抗日战争时期大后方文学书系》（文学运动）第1册，重庆：重庆出版社，1989年，第393页。

3　邵荃麟：《对于当前文化界的若干感想》，《中国抗日战争时期大后方文学书系》（文学运动）第1册，重庆：重庆出版社，1989年，第426页。

4　邵荃麟：《对于当前文化界的若干感想》，《中国抗日战争时期大后方文学书系》（文学运动）第1册，重庆：重庆出版社，1989年，第430页。

5　徐迟：《抒情的放逐》，《徐迟文集》第6卷，北京：作家出版社，2014年，第57页。

正，并创作了一批成熟之作，如萧红的《呼兰河传》、端木蕻良的《初吻》、张爱玲的《封锁》、冯至的《伍子胥》等。钱理群称赞其"作者面之广，文学体裁、题材之丰富，形式、风格之多样……，都是现代文学史上所从未有过的"[1]。事实上，无论是国统区、解放区还是沦陷区，都有文学史的经典之作。萧红、丁玲、张爱玲的小说，穆旦、艾青、卞之琳的诗歌，吴祖光的戏剧，等等，其艺术水平的成熟，审美感受的深切以及创作个性的凸显，都经得住时间的消磨和读者的检验。这些抒情性作品大都带有回忆性质，虽然没有直接书写水深火热的抗战生活，表面上与社会现实拉开了一定距离，实际上都是浸透了现实经验的回忆与梦幻，是对故土家园的怀念，也隐含着对个人和国家不幸遭遇的感伤以及对民族的强烈认同。众所周知，战争来自政治、经济、民族和党派之间的矛盾和怨恨，战争文学是对战争历史的书写和战争记忆的反思。战争是人类社会的灾难，战争文学却是直面灾难而又超越苦难，能激发人们向往和平，追求真善美的书写。抗日战争是发生在中国大地上的伟大壮举，抗战文学也承载着中华民族沉重的历史灾难和文化记忆。总体上，它相对缺乏西方战争文学那样的深度和广度，特别是对人类灾难和民族关系的反思和超越，对人性的丰富性和复杂性的体悟，在表达民族灾难和社会苦难时，常陷入简单的直线思维或情绪式的宣泄，缺少冷静的理性和悲悯情怀。

再说抗战文学的现代性问题。现代性是一个时间性和相对性概念，充满着悖论和矛盾。现代性是人类不断走向世俗化的标志。对中国现代文学而言，现代性是中国作家睁眼看世界之后而表现出来

1.　钱理群：《对话与漫游》，上海：上海文艺出版社，1999年，第497页。

的创造性，个人观念、阶级革命与民族国家意识都是中国文学的现代性内容，文学的社会化和审美性也属于现代性价值，一句话，现代性应包括现代文学所表现的客体的真实、主体的真切和形式的创新等内涵，有共同性也有差异性。现代性既不是纯粹的唯美主义，也不是简单的功利主义。抗战文艺的现代性有其多元性和复杂性。战时张爱玲的小说有现代性，艾青的诗歌、沈从文的散文、夏衍的戏剧也有其现代性因素。以沈从文为例。沈从文在抗战时期因主张文学与政治和宣传保持距离，而以"沉默"的"耐心"做"无宣传性的工作"[1]，让文学作品"从普通宣传品而变为民族百年立国的经典"[2]，被划为"与抗战无关论"者受到批评。同样写于抗战时期，他的《烛虚》拥有丰富的想象力和独特的玄思，具有显著的现代性，《湘西》集社会调查、风俗志、散记等多种文体，也有现代性，他说："我这本小书所写到的各方面现象，和各种问题，虽极琐细平凡，在一个有心人看来，说不定还有一点意义，值得深思！"它的意义也关涉"民族兴衰"[3]，显然与民族现实有着紧密联系。他积极肯定新文学对于民族国家的建构作用，认为："中国现在是战时，是集中全个民族人力与财富，智巧与勇气，来与一个横强残忍而又狡诈阴狠的恶邻周旋拼命时。三年半的经验，证明了一件极其重要的事情，即恶邻所加于我们的忧患，分量虽然并不轻，然而近二十年来（从五四运动以来），我们这个民族所产生的一点民族

1   沈从文：《一般或特殊》，《沈从文全集》第17卷，太原：北岳文艺出版社，2002年，第263页。

2   沈从文：《文学运动的重造》，《沈从文全集》第17卷，太原：北岳文艺出版社，2002年，第297页。

3   沈从文：《湘西题记》，《沈从文全集》第11卷，太原：北岳文艺出版社，2002年，第331-332页。

自信心和自尊心，用战争来做试验，实在担当得起这分忧患。"并且，他还特别自信："中华民族决不是做奴隶的民族，不特要在恶劣环境中求生存，同时还要在这个环境中求发展！"他的自信来自新文学参与民族复兴所发挥的作用。他还提及了一件事，"一个朋友对于日本的支那通，批评得极有意思，以为这些自命支那通的人物，照例只懂中国唐宋时代的文化，清末民初时代的政治，此外中国较远一点的文学艺术，所表现这个民族的伟大感情伟大思想，照例不大明白。较近一点的文学艺术，如五四以来的白话文运动，由于这个运动所煽起的爱国热情，以及对于民族复兴国家重建的信心，尤其十分隔阂。不懂古代中国，至多还只是附庸风雅时，见出一点小家子相，玩瓷器只知买均窑，玩字画只知买夏圭牧谿，虽不免寒伧，还不算大失败。至于不明白现代中国，到处理中日事件时，见武力不能征服，就只是用他本国流氓来勾搭中国流氓，流氓和流氓混在一起，这里来个委员会，那里来个伪组织，即以为可由分割而成功。其实这种拙劣方式，在政治上还绝对会失败。失败原因简单，即敌人把现代中国的能力完全估错了。别的不说，即以文学革命而言，将文字当成工具，从各方面运用，在中国读书人方面，近二十年来保有若干潜力，远在东京派兵百万到中国，用战争赌国运的近卫，就根本不明白的！"[1]日本人不懂现代中国，更不懂现代中国文学。他在《给一个广东朋友》一文里也表达了相同的意思，把新文学的工具性表述得更加清楚明白。说日本人"只懂中国唐宋时代的文字，民初军阀时代的政治，中国方面较深一点的文学

---

1   沈从文：《敌与我》，《民族思潮》第1卷第1期，1941年1月25日；解志熙、裴春芳、陈越辑校：《沈从文佚文废邮再拾》，《中国现代文学研究丛刊》2010年第3期。

作品，所表现这个民族的伟大感情伟大思想，照例看不懂。较浅一点，如二十年来的白话文，所煽起这个民族的热情，表现这个民族进步的情形，也照例不明白"，"'支那通'把近代中国由于文学革命以后，将文学当成工具，从各方面运用，给国民的教育，保有多少潜力这一件事根本疏忽了"[1]。新文学对凝聚民族精神，激活民族生命拥有巨大作用，这样的判断与战时文学的功利论者并不完全一致，但其背后也有相通处。他理解的文学和民族国家是一种隐秘关系，新文学应是现代国家和民族复兴的建构力量。从这个意义上，沈从文与老舍的"抗战文艺是民族的心声"[2]也是完全相通的。所以，从五四新文学到抗战文艺，无论是思想启蒙还是民族救亡，是审美主义还是工具主义，它们表面上或有立场、角度和表达方式的差别，但或多或少也有相通性，有交叉重叠的地方。

三

抗战文艺是中国现代文学发展中的新阶段，文学的功利性与审美性矛盾得到了一定的缓解与调和，现代性与民族性的冲突也有了新的着力点。有学者认为抗战的全面爆发，"既是中国现代化和中国现代文学发展的某种中断，同时也是中国现代化和中国现代文学的一种转进，是中国的现代化和中国现代文学以新的方式突进"[3]。

---

1 沈从文：《给一个广东朋友》，《沈从文全集》第17卷，太原：北岳文艺出版社，2002年，第313-314页。

2 老舍：《三年来的文艺运动》，《老舍全集》第17卷，北京：人民文学出版社，2008年，第264页。

3 韩毓海：《20世纪的中国：学术与社会·文学卷》，济南：山东人民出版社，2001年，第207页。

抗战时期的创作环境、创作目的改变了，思想感情和创作观念也有变化。战争摧毁了大城市，毁坏了国民经济和社会教育，阻碍了中国现代化进程，但也使中国现代化向更深入更广阔的方向发展。民族国家成为抗战文艺的主导思想和核心观念，中国现代化的开端和现代性问题的起点也是从民族国家意识开始的。杜赞奇认为："不论是作为历史学家，还是普通的个人，我们的价值观都是由民族国家所塑造的。"[1]朱自清认为："辛亥革命传播了近代的国家意念，'五四'运动加强了这意念。可是我们跑得太快了，超越了国家，跨上了世界主义的路。诗人是领着大家走的，当然更是如此。这是发现个人发现自我的时代。"[2]"抗战以后，我们的国家意念迅速地发展而普及，对国家的情绪达到最高潮。爱国诗大量出现。"[3]现代中国的民族国家观念有其特殊方式和曲折过程，它是伴随西方列强的入侵而使中国陷入被殖民地位中发生的，传统中国政治、经济和社会秩序发生了崩溃，人们也对传统文化产生了一定的质疑和反思，中国从家国天下向民族国家，从社稷民族向理想化和现实化国家发生转变。现代文学也是在这样的历史背景中出现的，它并不是先验性设定的对象，而是由特定历史所生成的，是为了因应社会危机和民族困境之变，在移植西方思想文化，转化传统文化和文学而形成的。民族国家的独立和解放，或者说重造现代民族国家主体也是现代中国的历史必然性，它自然也规范着现代中国文学的想象与表述。现代民族国家本身就是一个文化与政治的结合，民族有地

---

1 ［美］杜赞奇：《从民族国家拯救历史：民族主义话语与中国现代史研究》，南京：江苏人民出版社，2009年，第4页。

2 朱自清：《爱国诗》，《朱自清全集》第2卷，南京：江苏教育出版社，1996年，第356页。

3 朱自清：《爱国诗》，《朱自清全集》第2卷，南京：江苏教育出版社，1996年，第358页。

域、血缘、生活和文化等构成要素，有人类学和政治学的不同理解。国家也有三个层面的含义，一是自然的国家，就是生于斯长于斯的故土。二是民族，就是积淀了历史文化的记忆。三是政治性的国家，带有政权性质。随着传统帝国的瓦解，中国面临着共同体认同的危机，民族国家意识主要体现在族类、文化和国家认同的自觉。抗战文艺的民族国家意识就拥有这三方面内容，萧红的《呼兰河传》有故土情结，鹿桥的《未央歌》、老舍的《四世同堂》则表现了民族国家的文化积淀，国统区的"暴露与讽刺"和解放区的"颂歌与牧歌"显然立足于国家政权的现实层面。

现代中国的个人、阶级和国家观念也是在民族国家中完成的，它们之间有重合也有张力。因民族国家的独立而推进个性解放，个性解放的目的包括对国民性弱点的批判，最终指向也是民族国家的认同及主体建构，是重建民族国家的自信心。五四文学的个性解放包含着民族国家意识，抗战文学的民族国家意识也有思想启蒙观念，比如老舍的文学创作和胡风的文学理论。总体上，五四文学的个人主义和启蒙现代性发生了转向，民族国家认同成为抗战文学生产和再生产的主要动力，个人意识和国家意识，时间体验和空间观念发生了交织，创造了融合启蒙主义和民族国家的现代性。在民族国家意识面前，巴金有着自我反思、自我启蒙的感受："个人的生命容易毁灭，群体的生命却能永生。把自己的生命寄托在群体的生命上面，换句话说，把个人的生命连系在全民族（再进一步则是人类）的生命上面，民族存在一天，个人也决不会死亡。""上海的炮声应当是一个信号。这一次中国人民真正团结成一个整体了。我们把个人的一切完全交出来维护这个'整体'的生存。这个'整体'是一定会生存的。整体的存在，也就是我们个人的存在。我们为着我们民族的生存虽然奋斗到粉身碎骨，我们也决不会死亡，因为我们还活在我们民族的生命里面。"[1]因有民族国家的"整体"存在，个人是微不足道的。实际上，抗战文学本身就隐藏着知识分子自我改造的历史逻辑，只是延安文艺由于政治因素而显得更加急迫和显著。茅盾和老舍都曾进行过自我批判，呼吁作家们走进老百姓的生活，"把自己和他们打成一片"，将自己身上的"一些知识分子气、洋气、绅士气、卖弄半升墨水的学究气，以及'语不惊人死不休'的才子气，都统统收起来"[2]。民族国家意识既提升了个人的眼界和胸怀，也会造成一定的遮蔽和挤压，犹如别尔嘉耶夫所说："民族主义比国家主义更能诱惑人和奴役人。因为在所有'超个体'的价值中，人极易隶属于民族主义价值，极易把自己许配给民族这个整体。民族似乎是人奉献激情冲动的永在的青春偶像。"[3]民族主义更不能脱离世界主义，忘却人类的共同命运，不然会滑入自大自私的民粹主义。巴金抗战时期对此就有清醒认识，他在给日本人的信中写道："我不是一个褊狭的爱国主义者，我并不想煽起民族间的仇恨，我也不想盲目地替我们军人的任何行动辩解"，只是"我们要争取我们的自由，维持我们的生存。这个最低限度的要求，是每一个中国人所应有的"[4]。"战争是残酷的，破坏的。人类并没有被迫参加战争的宿命"，但是战争却不断发生，主要原因是"不合理的政治的、经济的和社会的制度。而一些嗜杀的野心的军阀、政客

---

1   巴金：《一点感想》，《巴金全集》第12卷，北京：人民文学出版社，2000年，第549页。

2   茅盾：《和平·民主·建设阶段的文艺工作》，《茅盾全集》第23卷，北京：人民文学出版社，1996年，第253-254页。

3   ［俄］别尔嘉耶夫：《人的奴役与自由》，贵阳：贵州人民出版社，1994年，第142页。

4   巴金：《给山川均先生》，《巴金全集》第12卷，北京：人民文学出版社，2000年，第563页。

却利用这制度以满足他们的私欲"[1]。在他看来，"人类是第一义，其次才是民族。任何民族不能背弃人类而梦想单独的'发展飞跃'。这是做不到的事"[2]。在战火炙热之时，巴金却能做到如此冷静和理性，显然与其悲悯情怀和人道主义精神有关。

抗战文学的民族国家观念拥有多方面内涵，民族性和人民性也与其相关，可以说是孪生问题，当时的文学家和理论家们也有争相讨论。在郭沫若眼里，大众化、人民性和民族性是可以互换的，"人民的文艺是以人民为本位的文艺，是人民所喜闻乐见的文艺，因而它必须是大众化的，现实主义的，民族的，同时又是国际主义的文艺"[3]。在后来人们的表述里，"人民性"成为革命政治话语，"民族性"被作为文学的美学诉求，"大众化"被看作文学的语言形式，实际上，它们在抗战文学中都是现代性话语，从大众化到民族性再到人民性，都与民族国家有关联，并且，都延续到当代文学之中。陈家康提出了文学的"人民化"原则，主要是从政治目标上要求，"人民化是以人民的思想为思想，以人民的感情为感情，以人民的语言为语言，说话要人民听得懂，写文章要人民看得懂的一条文化路线"。知识分子应拜人民为师，"拿人民的思想和感情做准绳，人民之所是是之，人民之所非非之，人民之所好好之，人民之所恶恶之。有了这个准绳，文化一定发展"。"人民的思想、感情和语言的本质最好。人民的思想、感情和语言最美。人民的思想、感

1　　巴金：《给山川均先生》，《巴金全集》第12卷，北京：人民文学出版社，2000年，第567页。

2　　巴金：《给山川均先生》，《巴金全集》第12卷，北京：人民文学出版社，2000年，第568页。

3　　郭沫若：《人民的文艺》，《郭沫若全集》（文学编）第19卷，北京：人民文学出版社，1992年，第543页。

情和语言最香。在中国，在世界上，没有比这更美更香的文化。"[1]
冯乃超批评五四时期陈独秀"看不见人民的力量，使他失去了人民
的立场，离开了中国的革命"，而胡适"只看见'西洋文明'而看
不见帝国主义，使他失去了中国人的做人的原则"，因为"没有
'中国性'和'人民性'，是要使人犯错误做坏事的，要使人失去做
中国人的原则的，要使人变成洋奴与家奴的"[2]。人民性成为批判
的武器，是大众化和民族性的升级版，融入民族国家概念，生成抗
战文学通向当代文学的内在逻辑。这样，民族国家观念可容纳不同
政治诉求和文学目标，成为最具统摄力的话语结构。

1   陈家康：《人民化》，《希望》第2卷第4期，1946年10月18日。
2   冯乃超：《聪明误——从萧乾的述怀〈遗书〉说起》，《冯乃超文集》下卷，广州：中山大
     学出版社，1991年，第353页。

闲适与尚力：中国现代审美价值的裂变

新文化和新文学是在不断论争和分化中发展起来的。1930 年代，以林语堂为代表的论语派就与左翼文学发生了论争，它不同于发生在新文学内部的其他论争，有着丰富的美学意义，标志着中国现代美学在挣脱传统经学和玄学束缚之后有了审美的自觉，从逻辑的、理性的理论构想走向了文学的审美创造，在文学与时代、主体与客体、感性与理性之间有了不同的价值取向，出现了尚力与闲适的审美裂变。

中国美学拥有源远流长而博大精深的古典传统，也有影响深远而矛盾丛生的现代转向。王国维、梁启超和蔡元培等将中国现代美学从传统经学和玄学的束缚中挣脱出来，不断追求审美的独立和自觉。在这个充满突变与动荡的时代，社会的激变必然导致思想文化的巨大变化，作为文化，尤其是审美文化的现代美学也呈现出变化和多样性，形成了不同的审美价值取向，也同时引发了审美价值的冲突和分裂。1930年代出现的以林语堂为代表的论语派与当时的左翼文学发生了激烈的论争，一般无文学史上认为它是新文学内部的论争，实际上，却有着丰富的美学意义。

论语派是现代中国文学史上一个重要的散文流派。它主要是指以《论语》《人间世》《宇宙风》等刊物为阵地，以林语堂为理论指导和创作核心，以陶亢德、徐訏为中坚，以及与其具有相似的生活态度和艺术追求的章克标、邵洵美、潘光旦等人所形成的一个小品散文流派。有关论语派的历史背景、创作内容、文体特色、刊物运作、文学意义等都有比较扎实的研究，对论语派主将林语堂的研究也有讨论[1]。至于论语派与1930年代左翼文学的论争也有理性而客观的分析[2]。可以说，近年来的学术界和文学史都对林语堂及其论语派有了一个比较公正而理性的认识和评论，但又出现有烙烧饼的思维方式，将被压抑的翻过来，不切实际的人为加以拔高，忽视历史的复杂性和局限性。

这里，我们主要讨论论语派与左翼文学所不同的价值取向。论语派以提倡幽默文字为己任，在《论语》第3期《我们的态度》就强调"论语半月刊以提倡幽默文字为主要目的"，到了《人间世》及《宇宙风》时期，论语派同人除提倡幽默文字外又特别推崇小品

1　吕若涵：《"论语派"论》，北京：三联书店，2002年；陈离：《在"我"与"世界"之间》，上海：东方出版中心；万平近：《林语堂论》，西安：陕西人民出版社，1987年；施建伟：《林语堂传》，北京：北京十月出版社，1999年等。

2　吴立昌：《文学的消解与反消解——中国现代文学派别论争史论》，上海：复旦大学出版社，2004年。

文，两者的共同点都是以幽默为目标。林语堂自己有西方文化背景，也钟情于中国文化中的闲适、性灵传统，将晚明小品，李渔、袁枚、金圣叹的文学观念和西方克罗齐、笛福的艺术理论融于一体，形成了他的"闲适""性灵"和"幽默"观念。"闲适"就是心闲意适、安静平和、亲切自然。《人间世》的"发刊词"就提出"以自我为中心，以闲适为格调"。这种闲适格调在创作上主要表现为自由和随意，一种心境，一段意绪，一些牢骚都可出自笔下，重要的是要对自然和生活有丰富的感性体验，并能生成为一种"趣味"和"情调"。"性灵"是中国诗学概念，公安派就倡导"独抒性灵，不拘格套"，但论语派将其融入了西方文学个人的抒情传统，强调了性灵中的个人性，认为性灵就是个人的精神和情感，是以"自我"为中心，不为格套所拘，不为外在章法所役。

应该说，论语派的"闲适""性灵"和"幽默"观念是对中国传统美学的继承和发扬，对传统功利主义美学也有一定的批判作用，同时也存在着相当的历史局限。历史的相遇是不可避免，要发生的终究要出现。论语派的文学主张和美学观念遭到了左翼文学的批评。论语派以幽默、闲适为美学原则，夸大幽默、闲适的作用，与民众、与时代也有一定的隔离，以鲁迅为代表的左翼文学就对它展开了批判。论语派自称"言志派"，"不谈政治"反对涉及"党派政治"的"载道"文学，这些都无可厚非，尽管它的早期文章对国民党统治下的黑暗社会也有不少讽刺，鲁迅还应邀投稿，但当林语堂进一步提倡"以自我为中心，以闲适为格调"，主张"宇宙之大，苍蝇之微，皆可取材"，自命为"性灵派"与"语录体"的继承者的时候，已经出现了思想的严重倒退，尤其是在民族矛盾和阶级矛盾日益尖锐的1930年代，让文学躲进个人性灵和闲适的巢穴，故意地逃避现实，却是鲁迅"常常反对的"。鲁迅直言不讳地说："我不爱'幽默'，并且以为这是只有爱开圆桌会议的国民才闹得出来的玩意儿，在中国，却连意译也办不到。"鲁迅感受的现实"实在是难以幽默的时候"，"幽默"容易堕入传统的"说笑话"和"讨便宜"。在《论语》创刊一周年，鲁迅应邀写了《"论语一年"》。一开始就鲜明地表示他对"幽默"的反对态度。他尖锐地指出，中国的所谓"幽默"大家，如金圣叹之流，他之所谓"幽默"，"一来，是声明了圣叹并非反抗的叛徒；二来，是将屠户的凶残，使大家化为一笑，收场大吉。[1]说古喻今，对于林语堂有着非常严肃的批评。写完《"论语一年"》不到一周，鲁迅又写了《小品文的危机》和《帮闲法发隐》等文，对帮闲文学也进行了彻底的批判，指出它是有闲阶级的"小摆设"，是要"靠着低诉或微吟，将粗犷的人心，磨得渐渐的平滑"，是要人们摩挲着这"小摆设"，"而忘记了自己是抱在黄河决口之后，淹得仅仅露出水面的树梢头"。鲁迅还尖锐地揭露这类帮闲文学的反动实质，他说："帮闲，在忙的时候就是帮忙，倘若主子忙于行凶作恶，那自然也就是帮凶。"不过它的帮法的特点，"是在血案中而没有血迹，也没有血腥气的"。鲁迅一方面严正指出："麻醉性的作品是将与麻醉者和被麻醉者同归于尽的。"另一方面又指出：当前大众需要的小品文，"必须是匕首，是投枪，能和读者一同杀出一条生存的血路的东西；但自然，它也能给人愉快和休息，然而这并不是'小摆设'，更不是抚慰和麻痹，它给人的愉快和休息是休养，是劳作和战斗之前的准备"。[2]

1　鲁迅：《论语一年——借此又谈萧伯纳》，《鲁迅全集》第4卷，北京：人民文学出版社，第582页。
2　鲁迅：《小品文的危机》，《现代》第3卷第6期。

以鲁迅为首的左翼作家是希望处在战斗时代的文学应该具有鲜明的战斗性，应该发出文学的力量。表面上看是林语堂与鲁迅之间的论争，实际上是自由主义和激进主义的矛盾，是市民知识分子和社会知识分子的分化与冲突。它们的论争有着丰富的美学意义，标志着中国现代美学的分化与裂变。论语派的兴起与发生是新的现代美学的诞生，它以"闲适"为中心而形成了一个现代美学流派，与之发生博弈的是现代尚力美学思潮。

近现代中国美学始终拥有并演绎着一股尚力美学思潮，即崇尚审美对人生和现实的提升、扩张与鼓动的力量。梁启超的"熏、浸、刺、提"四力说，鲁迅的"摩罗诗力"，郭沫若倡导的"浪漫情力"，郑振铎的"血和泪"文学主张，李石岑的"生命冲动"学说，以及《战国策》派所倡导的"意力""权力"，胡风张扬的"主观战斗精神"等观念，再继之以黄遵宪、秋瑾、鲁迅、郭沫若、茅盾、巴金、老舍、曹禺和路翎等文学实践所显露出的崇高和悲剧美学精神的呼应，它们共同组成了现代尚力美学思潮。它的理论资源主要是西方现代美学和哲学，如浪漫主义美学，以及以叔本华、尼采、厨川百村、柏格森为代表的非理性主义哲学。它的逻辑起点是审美与社会人生有着功利性的价值关系，梁启超以小说去改良群治，新国民，自不必说。鲁迅的"诗力"目的在"立人"，蔡元培提倡"以美育代宗教"，用意也在"陶养吾人之感情，使有高尚纯洁之习惯"[1]。徐朗西就认为："艺术确是一种社会力，而对于社会之组织上，自有无限的影响。再简明的说，艺术决不是个人的消闲游戏，在人类之共同生活上，足以促进社交性之发达，培养社会成

---

[1]　蔡元培：《以美育代宗教说》，《蔡元培全集》第3卷，北京：中华书局，1984年，第33页。

立之基础。"[1]最能显示现代尚力美学的价值诉求是现代悲剧意识的建立，当王国维以叔本华的悲剧理论评说《红楼梦》，认为《红楼梦》"可谓悲剧中之悲剧"[2]，"彻头彻尾之悲剧也"[3]，也就先锋性地呼唤并预示了现代悲剧美学的出现。鲁迅认为"悲剧将人生有价值的东西毁灭给人看"[4]，它表明现代悲剧是从文学与社会人生的功利价值上去确定关系的，悲剧价值就是抗争和搏斗，就是美的力量的彰显。胡适认为悲剧能够达到"思力深沉，意味深长，感人最烈，发人猛省"的审美效果[5]，与现代戏剧大师曹禺所认为的"悲剧的精神，使我们振奋，使我们昂扬，使我们勇敢，使我们终于看见光明，获得胜利"[6]如出一辙，由此可见，悲剧及其审美力量是尚力美学的重要内涵。

现代中国的尚力美学标志着中国美学价值的转型，标志着现代审美主体的觉醒，它所指向的是审美主体的重建。梁启超的落脚点是他的"新民说"，鲁迅意在通过文学去"立人"，郭沫若的"情力"通向的是自我的"解放"。并且，尚力美学本身所显示的主体的全面与丰富。鲁迅的尚力美学背后有他的孤独和绝望，有普罗米修斯式的抗争，也具有拉奥孔式的痛苦，甚至有西西弗斯式的荒诞。这是一个多意的审美世界。"尚力"美学本身就标志着中国美

1   徐朗西：《艺术与社会》，上海：上海现代书局，1932年，第2页。

2   王国维：《红楼梦评论》，《王国维集》，北京：中国社会科学出版社，2008年，第14页。

3   王国维：《红楼梦评论》，《王国维集》，北京：中国社会科学出版社，2008年，第11页。

4   鲁迅：《坟·再论雷峰塔的倒掉》，《鲁迅全集》第1卷，北京：人民文学出版社，2005年，第203页。

5   胡适：《文学进化观念与戏剧改良》，《胡适文集》第2卷，北京：北京大学出版社，2013年，第112页。

6   曹禺：《悲剧的精神》，《曹禺全集》第5卷，石家庄：花山文艺出版社，1996年，第161页。

学从和谐与闲适到悲剧与崇高发生转变。中国传统美学追求和谐、闲适的美学境界，音乐要"心平德和"（《左传》），"和六律以聪耳"（《国语》），书法要"心正气和"（《唐太宗指意》）。他们的理想就在于"致中和，天地位焉"（《礼记》）。和谐里有空灵、匀称和静穆，但也是静止和闲适的，是中国农业文化形态所孕育出来的美学价值。现代尚力美学则是以运动、矛盾和力量为价值追求，所显示的中国美学的现代性特征。

当然，尚力美学也有一定的局限性，存在着由强烈的功利性所而带来的非审美性因素。尚力作为一种审美思潮，它的意义应该是美学上的，但从它诞生那天起，它都与社会现实发生非常紧密的联系，因现实的要求而发生审美的倾斜，出现非审美性因素，甚至出现由尚力到唯力的变化，使尚力美学缺乏价值的规范。抗战时期的《战国策》派就具有这种"唯力"倾向，他们在文学中演绎尼采、叔本华的"权力"意志理论，片面地夸大了"力"的作用，成了有力就有理的唯力论，这又掉入了审美的虚无深渊，尚力也失去了社会的和美学的意义。

尚力成为现代美学主潮，彰显了现代美学的社会价值。以鲁迅为代表的左翼文学对论语派的批判，就是两种美学观念和价值的冲突和矛盾。随着国内革命战争中两大阶级斗争扩大到文化领域，以及民族危机的加深。鲁迅、周扬、瞿秋白等人大量翻译了马克思主义美学与艺术理论，并与现实革命斗争相结合，让文学和美学为民族革命战争服务，它不但与论语派有冲突，还与一批留学英美的美学学者所介绍的西方美学也形成了对峙与冲突，并一直持续到了新中国成立以后，到了1940年代，形成了中国式的马克思主义美学——毛泽东的《在延安文艺座谈会上的讲话》，尚力美学推动了现代美学观念的自觉。而西方美学却是在审美的无功利性、为艺术而艺术等观念的指引下发展起来的，康德对美的基本判断就是美的无功利性，他认为真正的美就是"绝对美"，也就是没有功利性的美，而不是依存美，依赖某些功利性的美。黑格尔对美也强调，"审美带有令人解放的性质，它让对象保持它的自由和无限，不把它作为有利于有限需要和意图的工具而起占有欲加以利用"[1]。布洛所提出的"审美距离说"和克罗齐提出的"直觉即表现说"也都强调了美的无功利性。美的无功利性可谓是近代以来西方美学的基本特征。中国现代美学的主流却是功利主义美学，它与社会时代有着十分紧密的关系，在1949年以后还直接受到社会政治斗争的冲击和影响，这使中国现代美学具有了鲜明的社会功利特性，与西方现代美学的非功利性和形式主义倾向明显不同。这是中国美学的现代性，也是现代美学的"中国性"。当然，回过头去看，闲适美学也是有一定价值意义的，只是由于1930年代社会矛盾和文化冲突非常尖锐和激烈，在观念背后是政治的分歧，是文学价值的不同，是现代知识分子的分化。平心而论，任何一种文学和美学主张都有其合理性，社会和历史是由多种声音组成的，是众声合唱，而不是一人唱独角戏，一种声音是不能掩盖其他声音的。尚力美学有力量，闲适美学何尝不也有情趣。历史的描述和意义的阐释不可执于一端，忽略各自的历史合法性。

1　　黑格尔：《美学》第1卷，北京：商务印书馆，1979年，第147页。

下 编

鲁迅小说的精神世界

　　鲁迅的意义在现实和读者的不断阅读和解释中被创造出来。鲁迅思想及其传述思想情感的语言符号已成为现代中国思想文化独特性与丰富性的证明，阅读鲁迅不仅需要进行语言的和历史的意义还原，更需要有精神灵魂的撞击和生存意义的拷问，并在"撞击"与"拷问"中实现思想的去蔽和生命的自觉，在尽可能真实理解鲁迅的前提下，能大胆而真诚地直面自我的现实和人生，在"鲁迅与自我"的双面审视里实现阅读的意义循环，读鲁迅即读自我和现实，在阅读人生和现实中阅读鲁迅，又在阅读鲁迅中理解自我和现实。接近鲁迅思想和文学的最便捷且恰当的方式就是读他的作品，在他的作品里体验"吃人"的"无物之阵"，理解那个真实而丰富的灵魂。

鲁迅是现代中国最有创造性和独立性的思想家和文学家，鲁迅"思想"和"文学"都有专名的意义，是独特的精神和语言存在。他是传统文化和人性的勘探者，是现代思想的建筑师。思想家和文学家的鲁迅都是一体的，他创造了现代社会精神文化并成为其中重要的一环或结构，奠定了他在中国思想文化史上的地位和意义。在由传统向现代思想和文学的转变过程中，鲁迅是一座界碑，他的启蒙思想和立意"深切"、格式"特别"的文学具有现代思想和文学的革命的和原型的意义。他关注人的思想的觉醒和社会、民族的解放，大胆实践和推动中国文学的意义和文体形式变革，吸收世界先进文化，反思、批判中国历史的"非人道"现象和传统文化的惰性力量，提倡思想的"立人"和"致人性于全"主张，认为思想启蒙和社会的变革"首在立人，人立而后凡事举"，人是社会的主体，是文化的根本，"尊个性而张精神"，"掊物质而张灵敏，任个性而排众数"（《文化偏至论》）才是社会变革的当务之急。"立人"即要实现人的意识觉醒和精神的独立，释放人的生命能量，怀疑和反叛一切制约人的生命和思想的意识观念和社会制度。人是社会的目的，而不是社会的工具，一切文化和文明都是人所创造而有益于人的生存和发展，如果背离这一点，多么高深的文明和高级的社会形式都有不合理性，都值得怀疑和改造。西方社会的文艺复兴、思想启蒙和现代主义思想给了鲁迅以启示，只不过它们是以反叛神权和宗教，建立世俗社会和人的思想为目标，中国传统社会有一套以"官本位"和"礼"文化为中心建立起来的价值系统，人要么是"官"的奴隶，要么是"礼"和"理"的物化对象，没有独立的人格和价值，所以，现代思想启蒙就是以挣脱传统思想的束缚，争得做人的地位和价值为目标。鲁迅是现代思想革命的先觉者和建设者，他以"敢于直面惨淡的人生，敢于正视淋漓的鲜血"的反叛思维和战斗精神建筑了现代思想文化大厦，把"先行者"的悲剧性和荒诞性体验提升到生命存在的价值高度，为中国现代思想和文学贡献了最宝贵的思想智慧和精神品格。

鲁迅的文学是精神的"反叛"与生命"挣扎"的文学，是为了争取做人的资格：生存、温饱和发展的"反叛"，是对生命体验的"彷徨""孤独"和"绝望"的"挣扎"。它所显示出的思想的深刻性和彻底性，生命体验的独特性和丰富性正是鲁迅思想和文学的魅力所在，也是区别他人有其独特价值的地方。他在文学中所表现的"改造国民性"主题和"绝望的抗战"体验也是20世纪中国乃至世界思想史上最有价值深度的母题之一。要"立人"，就要进行思想的启蒙，就要反叛"非人"的思想和"吃人"的社会制度，就要揭露"吃人者"的把戏和"被吃者"的人性弱点。鲁迅对传统思想和礼教制度，从汉语表达的方式到伦理道德的面具，从人的潜意识到社会制度都进行了深刻而彻底的揭露和批判，对沉默的国民灵魂也进行了真实的去蔽。

鲁迅创作小说抱着"为人生，而且要改良这人生"的主张，取材"多采自病态社会的不幸的人们"，用意在"揭出病苦，引起疗救的注意"（《我怎么做起小说来》）。所以，他始终关注"病态社会"里有精神"病苦"的人们，表现农民和知识分子的精神苦痛和麻木的灵魂。《狂人日记》揭示了"吃人"的封建礼教的弊端和狂人"被吃"的心理恐惧、害怕和绝望；《药》表现的是华老栓们精神的荒芜与愚昧；《孔乙己》表现了"看客"的冷漠和无聊；《故乡》表现的不是乡村的诗意，而是少年朋友闰土在物质贫穷的背后更有精神的贫困和麻木；《阿Q正传》更是描摹病态人生的精神病态的雕塑；《示众》就是让"看客"的精神病态来"示众"；《祝福》里的祥林嫂的"死"与传统文化有关，更与她自身因"相信"而产生的心灵恐惧有关。《呐喊》《彷徨》为中国社会变革过程中所可能遇到的思想屏障和精神阻力提供了丰富的形象展示，揭示了中国社会和人生的思想病症和病因。思想启蒙者的鲁迅用小说揭示病态人生显露出思想的深刻与独特，还有他丰富的历史感受和生命体验，这些感受和体验进入小说，不但有表现外面世界的"复杂"与"真实"，还有内面世界的"真切"和"深刻"。鲁迅思想和文学的不可替代与深刻，除有"风沙扑面"的社会历史底蕴，还有复杂而独特的个人体验。鲁迅的体验进入了他的文学，《孔乙己》和《示众》里的"看与被看"，何尝没有他少年时代的经历和"幻灯片事件"留下的刻骨铭心的感受。《祝福》里在"祥林嫂"的故事外，还设置了"我"的故事，祥林嫂的故事就发生在"我"的故事里，二者交织在一起。"我"，一个离家的精神流浪者，在回到家乡的短暂时间里，听说和看到了祥林嫂的故事，直至她的死，"我"显然脱不了干系，至少精神上不可能轻松。"我"在祥林嫂死亡过程中所表现出的软弱无能不也是对启蒙者与被启蒙者关系的质疑吗？"我"的赶快离开不过是先救出自己，从此也就不可能有了生活的"懒散"和"舒适"。鲁迅不是在"文学与社会历史"单一的对应关系中写作小说，而是从个人体验、历史传统和社会现实的深层结构里建立起复杂的意义关系。

鲁迅是创造文学新形式的先锋，他借鉴西方文学形式，转化传统文学手法，经过自己不断创新和实验，开创了中国小说的现代形式。在他看来，"没有冲破一切传统思想和手法的闯将，中国是不会有真的新文艺的。"（《坟·论睁了眼看》）所以，他主张"向外，在摄取异域的营养，向内，在挖掘自己的魂灵，要发现心里的眼睛和喉舌，来凝视这世界，将真和美歌唱给寂寞的人们。"（《且介亭杂文二集·中国新文学大系二集序》）大胆吸收异域的文学营养是鲁迅小说的艺术经验，他吸收了西方文学表现心理的多种手法，如对梦境、感觉、潜意识和变态心理的描写，《狂人日记》有大段大段的心理描写，表现狂人复杂的心理感受，《阿Q正传》也大量表现了阿Q心理的潜意识与显意识，如对革命成功的想象性满足，从自卑到自尊的心理转化，阿Q精神胜利法的实质就是以主观心理上的想象和虚构的胜利去代替和转化现实客观世界的真正失败，阿Q始终处在心理与现实、主体与客体、想象与真实的世界之间，他从失败到胜利的心理转化也是小说艺术的精彩之笔。小说《肥皂》《伤逝》《白光》《兄弟》等都大量使用了心理描写手法，揭示了人性的复杂与心灵的深度。鲁迅还吸收了西方文学的象征和隐喻技巧，鲁迅小说富于象征和隐喻，它有自己的象征意象系统，如《狂人日记》里的"月亮"与"夜"，《药》里的"药"，它的主题也是象征的、隐喻的。《狂人日记》中的"狂人"不是现实生活中的具体的人，他的"病情""病况"毫无意义，他是怎么发狂的，该如何去医治，对小说的主题都不是很重要。狂人是一个象征符号，没有现实的对应物，他"发狂"的心理感受与"先觉者"的清醒思考合二为一，只有从艺术的象征与虚拟性上才可能完全理解狂人形象的寓意和小说的象征主题。《药》也是象征小说，它采用明暗两条线索，设置有两个故事，表面上是写华老栓买人血馒头做药给儿子治病，暗地里隐藏有先觉者夏瑜被害的故事，二者借助有"象征"意义的"药"连结起来，表现了先觉者和被启蒙者的双重悲剧，传达了一个象征性的主题：什么是医治华夏民族的精神药方？

《孔乙己》也有象征，它所设置的"看与被看"结构本身就是一个象征，其中有一个细节，写孔乙己极高兴和自豪地告诉小伙计，"回"字有四种写法。这实际上也是一个象征，表现孔乙己作为传统知识分子的悲剧意义。一般语言有语义、语音和语法，语言文字形状对语言意义并无多少影响，即使"回"字有四种写法，它的意义还是一个，用法也没有改变，读音也是一样。语形是汉字书法的居所，就语言的意义而言，它却是最边缘性的，改变不了语言本身。中国的传统知识分子因拥有自己的一套语言和文字，并守住其意义，而拥有自己的话语特权。他们以创造话语意义为天职，以使用语言符号为手段，确立社会和人的价值意义，从而也确立了自身的意义。如果他们在对语言的基本元素——语义、语音和语法的运用和阐释上变得无所作为，也证明了他们自身已逐渐被社会边缘化而陷入意义的漂浮状态。当孔乙己为自己知道"回"字的多种写法而沾沾自喜时，象征他生存意义的无根状态和悲剧性命运已昭然若揭，读者已了然于心。可以说，鲁迅使用的这一"回"字与其他小说中的"药""风波""祝福""肥皂""故乡""示众"和"离婚"都有象征的意义。

"示众"是小说《示众》里的中心情节，它表面上写实，多用白描，描写在"盛夏"的"酷热"里，牲畜与飞禽就只能发出生理上的"喘气"，比牲畜和飞禽高级的人却耐得住暑热立在十字路口观看穿"白背心"男人的"示众"。他们"仰起脸"，伸着"脖子"，"挤"进"挤"出，寻着"看"，"研究"着"看"，"相互""看"，不断发出"好看""多么好看"的赞叹声。他们没有姓名，没有自我，没有精神和思想，只有"四肢""五官"上的差别和感觉，只有年龄、面相和性别的不同。有"小孩子""秃头老头子""穿白背心的男人""红鼻子胖大汉""老妈子""胖脸""椭圆脸""长子""瘦子"和"猫脸"的不同，但他们都是"看客"，是没有自我意识和精神灵魂的无聊的、冷漠的看客，这一点他们是相同的。人能区别于动植物的，是他们有自己的思想和灵魂，是意识的高等动物，有独立精神的思想者和行动者。我们实在看不出《示众》里的"看客"与一般动物有什么真正意义上的区别，也许他们是一群能站立的动物，不同的可能是能够忍受和抑制生理上发出的热的反应而不伸"舌头"，鼓"肚皮"地去"看"。人与人的区别在于有自我意识和精神情感，而他们的不同却是生理自然和性别差异，他们有"类别"，而无"个性"，有动作而无"思想"，有"外形"而无"情感"。他们所做的"挤""说""指点""叫喊""喝彩"都是直接出自生理的简单反应，都是为了"看"，而没有经过内心的触动和意念。可以说，他们是一群有"人形"而无"人心"的动物，是受着"好奇"与"无聊"驱使的生活旁观者，是"无主名无意识的杀人团"。小说写了一个片段，主要情节是"看客"们"看"示众，读完以后才发现小说的寓意却是把"看客"们拿来"示众"，让"看客""示众"，"看客"表演着他们的"看"，读者看出了"看客"们的"看"的悲哀与沉痛，反过来一想，扪心自问：我也是其中的一个"看客"吗？小说的寓意和目的就实现了。在这里，"示众"和小说《示众》都是象征的。

小说《离婚》也有其象征和隐喻性。小说的表层故事是写爱姑找夫家去"离婚"，实际上是写她要在老爷、大人和洋少爷们面前去"评理""出气"，证明自己婚姻的合"礼"、合法性。她的目的并不是要"离婚"，是因她的丈夫"小畜生"在外面姘上了小寡妇，她认为自己15岁就被"花轿"抬到施家做媳妇，有"三茶六礼"

的定礼，平时"低头进，低头出"，严守妇道，"一礼不缺"。而丈夫却找了小寡妇，要赶她出去。她为此而"不平"，要找人评说道理，甚至想"给他们一个颜色看"。由此可见，爱姑的本意并不是想与夫家闹离婚，而是争得自己"做媳妇"的位置，她不过是在为"想做奴隶而不得"的位置而奋斗。更有意味的是，爱姑自认有理，所依据的是自己的婚姻和行为合乎传统的"礼"，殊不知她丈夫找小寡妇也是合乎"礼"的，"礼"让女人有节操、守妇道，但并没有限制丈夫"妻妾成群"的梦想，只不过"礼"中规定了她的"妻"的地位，"小寡妇"是"妾"的位置而已。妻妾之分不过是名分、称呼的不同，要以丈夫的意见和妻的忍耐程度为前提，一旦丈夫不愿意，他可"休妻"，或者是妻的大吵大闹，更为丈夫的"休妻"提供了口实。爱姑自认是有理和礼的，"小畜生"的行为也是合"礼"的，这些"礼"都是由男人们设置而服务于他们自己的，并且，"礼"的背后是权力，是"知书识理"者的专利，解释权握在他们手上。所以，小说写到爱姑要找老爷、大人们去评理和说礼，想从他们那里获得"理"的支持。结果是老爷和大人们的"理"都是一样的"同理"："走散的好"，赞同夫家的"离婚"，休掉爱姑。爱姑从"不平"到"后悔"，再心存感激，还"谢谢慰老爷"，爱姑的心理防线被击破而垮塌，她在懵懵懂懂中承认了"理"的高深和"礼"的不可评说。"礼"是男人的护身符，也是知识者和权力者的把戏，由他们所确立，也由他们去判定，合礼与非礼并没有固定的一个标准，如果要说有的话，就是男人中心和权力至上。爱姑自认有"理"，也合乎"礼"，但她不知"礼"的标准是双重的，男人和女人有不同；"礼"之理也是不可讲的，更不会由女人们去"品评"和"论说"，连她的父亲和兄弟们也不知"礼"的

中国现当代文学
思想史论丛

深浅，因为他们不"知书"，没有多少文化，"礼"是写在书上的，是有知识者的特权，连庄木三、爱姑们所知的"礼"也是经"知书"者所说，再由他们去"信"，去做的，他们有理说不清，只好用"武力""打架"，"拆"了施家的灶。连进过"高门大户"，有威望的庄木三到了城里的"大人"目前，也变得一言不发。难道他先是知道"礼"之"理"的不可说的吗？至少他在"威严"而"知书识理"的大人们面前，是无话可说的了。

小说设置了两个场景，在"船上"和在慰老爷"家里"，乡村村民和知书识理的老爷们对"离婚"有着不同的看法和反应。纯朴的乡民自有公道，不断说"对对"，为爱姑的勇气而佩服，赞赏庄木三一家的行为。但老爷们却不讲公道话，虽"知书"但不识常理。"离婚"在小说里是一个事件，也是一个象征符号，它本身是指对一种秩序和关系的拆解和分离，小说在"离婚"背后却隐喻着对"礼"之"理"的双重性和权力性的嘲讽，"礼"是不可讲，不可说的，实是无理的。爱姑的"离婚"也成了一个自我反讽，她不想离而被"离"，她从大"闹"而"恭恭敬敬"，从大"吵"而被"炒"，所有的努力结果都转向了自己，你说就是你的错，你闹就是你的不对，在"礼"面前，哪有爱姑说话的权力？"礼"是不由讨论的，不知爱姑在被"离婚"，被以"九十元"物化后是否马上就意识到了这一点？

鲁迅小说也带来了中国小说叙述方式上的革命，他巧妙而精心地选择叙述者，在隐含作者和叙述者间设置距离，形成叙述的反讽，在读者、隐含作者和人物之间取消间隔，把主体情绪融入叙述，产生一种诗性化的抒情效果。相对于传统情节化小说，鲁迅创造了现代心理小说和象征小说。在艺术上，《孔乙己》对"看与被看"叙述视角的设置，《示众》象征寓意的"突转"，《伤逝》和《故乡》的抒情性回忆视角，以及《阿Q正传》等作品对杂文等非小说文体的大量引入都有"创新"和"革命"的意义。鲁迅小说的语言也有创造和实验性，他对语言有"洁癖"，追求语言的节俭、含蓄和凝练，善于巧妙使用动词和副词。当然，在表达情感的繁复与痛苦时，他也不吝啬使用语言的冗长与重复。含蓄、凝练是鲁迅小说的主流，复沓、冗长、象征的笔墨也时有所见，二者交替、混合，各有所长。

《故事新编》是鲁迅创作的一部寓言小说，也是一部不像小说的小说。它收有8篇小说，从1922年到1935年，鲁迅从神话传说、历史故事中取材加以自由演绎，"新编"而成。它以反时空、反逻辑、反理性的创作方法大胆地进行小说的文体实验，把杂文笔法、戏剧程式、故事演义混在一起，把历史人物与现实场景，英雄事迹与世俗生活，客体对象与自我感受融注为对历史、文化意义的解构，对现实、生命的复杂体验。整部小说是"反讽"的，也是象征的，它的每一篇都有自己的不同意义，从第一篇的《补天》到最后一篇的《起死》又构成一个整体的意义，分开是独立的，合起也是一部大小说。它的意义也是连贯、统一的，它在对历史上的创造者、英雄、名家和圣人的生存状态与意义关怀的悲剧性和荒诞性的表现，既刨了中国历史的"祖坟"，又敞露了人与文化的无意义性。鲁迅是绝望的，但又是反讽、喜剧性的。他站在文化"废墟"边上发出"笑"，坐在"坟"中间做小说的"游戏"。他从来没有享受到这样的潇洒、从容和幽默，他有庄子式的思维，有儒家"内圣外王"的境界，更有存在主义者的超越意识，体现的却是一个现代思想者和文学家的"怀疑""反叛""抗争"和"创造"精神和智慧。

有了《故事新编》，中国就有了另一种历史，有了另一种文化，也有了"大"小说，有了真正的中国现代派小说和寓言小说。

鲁迅是现代中国小说的开创者和建设者，他的小说不仅仅只是语言的文体形式，而且是文化的、思想的、情感的和语言的变革、综合和创造。它是立体的、圆柱体的世界，不是平面的、直线的图形。阅读鲁迅需要积累有一定的历史文化知识，有较深的社会阅历和人生体验，有自己的审美鉴赏力；否则，对读者自己是一种负担，对鲁迅也是一种伤害。

《热风》与鲁迅的『新文化运动』

　　《热风》是鲁迅声援《新青年》，参与新文化运动的重要内容。当《新青年》正处"四面受敌之中"，鲁迅决然毅然以"随感录"方式发声，从新文化运动边缘来到中心，虽不免有些自说自话，却担负起攻击时弊，排除疮疖之责，冷嘲热讽一切变革中的守旧派和嘲骂者。《热风》既呈现了鲁迅关注社会现实的思想命题，也表达了鲁迅的人生哲学。它对新旧混杂社会现实的批判，对好古、排外而又自大的国民性的揭示，对循环人生的抗争以及不断向上走的意志追求，都显示了鲁迅独特的生存体验和思维眼光，为推动现代社会和思想变革发挥了重要作用。

　　鲁迅是五四新文化运动的鼓动者和参与者，但他拥有自己的思想命题和话语方式。小说集《呐喊》是一种方式，杂文集《热风》

是另一种方式。完全可以将它们对读，相互印证，共同呈现鲁迅相似又不完全相同的文学想象与思想创造。《热风》主要收入鲁迅1918年至1924年间所作杂文41篇，1925年11月由北京北新书局初版。它主要表现鲁迅在五四新文化运动期间，对"寒冽"的社会"空气"和"病菌"的"感受和反应"，并以"无情的冷嘲和有情的讽刺"批判一切守旧派的嘲骂和自恋，声援《新青年》所发出的自己的声音。鲁迅在《题记》中说，五四运动之后，他并"没有写什么文字"，"说不清是不做，还是散失消灭了的"，因为"那时革新运动，表面上却颇有些成功，于是主张革新的也就蓬蓬勃勃，而且有许多还就是在先讥笑、嘲骂《新青年》的人们，但他们却是另起了一个冠冕堂皇的名目：新文化运动"，"后来又将这名目反套在《新青年》身上，而又加以嘲骂讥笑"，如同"笑骂白话文的人，往往自称最得风气之先，早经主张过白话文一样"[1]。新文化运动先被反对者们所讥笑和嘲骂，后又被反对者将自封的称号赐予《新青年》。"新"与"旧"都不过是帽子戏法，缺乏实际的内涵和意义。鲁迅并不热衷于新文化运动的概念或口号之争，而是关注新文化运动时期实实在在的社会真相和文化本相。事实上，从《新青年》创刊的1915年到1917年，鲁迅并不十分热心，也很少写文章，而是在"S会馆""槐树"下"钞古碑"，消磨掉"生命"的热情，"夏夜，蚊子多了，便摇着蒲扇坐在槐树下，从密叶缝里看那一点一点的青天，晚出的槐蚕又每每冰冷的落在头颈上"[2]。但是，当《新青年》处于"四面受敌之中"时，他却站了出来，写作了小说集

1　　鲁迅：《〈热风〉题记》，《鲁迅全集》第1卷，北京：人民文学出版社，2005年，第307-308页。

2　　鲁迅：《〈呐喊〉自序》，《鲁迅全集》第1卷，北京：人民文学出版社，2005年，第440页。

《呐喊》和杂文集《热风》。《热风》以"随感录"方式，针砭时弊，冷嘲热讽，"对付"《新青年》敌手中的"一小部分"[1]，意在分担《新青年》所承受的巨大压力，并为青年们的抗争和前行提供新的人生哲学，这或许也是《热风》之于五四新文化运动的意义。

一、新旧杂存：复古守旧的巢穴

五四时期的社会状态是新旧混杂的。它将什么东西都"缩在一时"，"自油松片以至电灯，自独轮车以至飞机，自镖枪以至机关炮，自不许'妄谈法理'以至护法，自'食肉寝皮'的吃人思想以至人道主义，自迎尸拜蛇以至美育代宗教，都摩肩挨背的存在"。新与旧，西洋与传统，现代技术与古老技艺，凡此种种都"挤在一处"，如同"拼开饭店一般"，虽"竭力调和"，但也"只能煮个半熟"。[2]并且，"无论新的旧的，都各各起哄"[3]。似乎都有自己的理由，"既许信仰自由，却又特别尊孔；既自命'胜朝遗老'，却又在民国拿钱；既说是应该革新，却又主张复古：四面八方几乎都是二三重以至多重的事物，每重又各各自相矛盾。一切人便都在这矛盾中间，互相抱怨着过活，谁也没有好处"。"一切人都在矛盾中间"，还互相怨怼，互相撤台，谁都别想得到任何好处，生意"不能兴旺，——店铺总要倒闭"。[4]人的生活和思想也是如此，"学了外国

---

1   鲁迅：《〈热风〉题记》，《鲁迅全集》第1卷，北京：人民文学出版社，2005年，第307页。

2   鲁迅：《随感录·五十四》，《鲁迅全集》第1卷，北京：人民文学出版社，2005年，第360页。

3   鲁迅：《随感录·五十三》，《鲁迅全集》第1卷，北京：人民文学出版社，2005年，第356页。

4   鲁迅：《随感录·五十四》，《鲁迅全集》第1卷，北京：人民文学出版社，2005年，第360-361页。

本领，保存中国旧习。本领要新，思想要旧"。"早上打拱，晚上握手；上午'声光化电'，下午'子曰诗云'"，既自己想活着，又"驼了前辈先生活着"，本来想"折中"，因为做不到，最后"连生命都牺牲了"。即使是"中学为体，西学为用"，"因时制宜，折衷至当"，都不过是"关上大门，再来守旧"而已。维新成了皮毛，只是想"关门"作梦，但"外国的新事理，却愈来愈多，愈优胜"，其结局自然是"愈挤愈苦"[1]。

实际上，混杂、折中只是表面现象，骨子里还是复古和守旧，为了保存国粹。"从清朝末年，直到现在，常常听人说'保存国粹'这一句话"。那什么叫"国粹"呢？"照字面看来，必是一国独有，他国所无的事物了。换一句话，便是特别的东西"。但鲁迅却认为，"特别未必定是好，何以应该保存？譬如一个人，脸上长了一个瘤，额上肿出一颗疮，的确是与众不同，显出他特别的样子，可以算他的'粹'。然而据我看来，还不如将这'粹'割去了，同别人一样的好"[2]。"国粹"在于特别，特别却未必好，因为"特别"可能是一种病。那么，"特别"也要有合理性，要合乎一般人的生存和发展。即使要"保存国粹"，也须追问"国粹"是否"能保存我们"，这才是"第一义"的，所以，如要保存国粹，须先要"问他有无保存我们的力量"。[3]这个道理实际上很简单，连"我们"都不存在了，"国粹"还有什么价值呢？所以，有无"保存我们的力量"就是判断一个事物是否值得保护和承传的前提条件，它是否具备让

1　　鲁迅：《随感录·四十八》，《鲁迅全集》第1卷，北京：人民文学出版社，2005年，第352-353页。

2　　鲁迅：《随感录·三十五》，《鲁迅全集》第1卷，北京：人民文学出版社，2005年，第321页。

3　　鲁迅：《随感录·三十五》，《鲁迅全集》第1卷，北京：人民文学出版社，2005年，第322页。

"我们"活下去，还活得好，能发展的可能性。连"我们"自己都消失了，活不下去了，还谈什么国粹？皮之不存毛将焉附？于是，鲁迅对此和许多人一样有了大恐惧，他担心"'中国人'这名目要消灭；我所怕的，是中国人要从'世界人'中挤出"[1]。如果我们只知道国粹，一个劲儿地在那里守护所谓最"特别"的东西，而忘记了世界，忘记了中国人也是世界人，那么，中国人的名目反而就消失了。鲁迅的担心和害怕出自这样的逻辑，在他看来，"想在现今的世界上，协同生长，挣一地位，即须有相当的进步的智识，道德，品格，思想，才能够站得住脚"，而偏爱"国粹"的国民，却只"劳力费心"他们的国粹，"粹太多，便太特别"，自然也就不能与他人"协同生长"，最终也挣不到自己的"地位"。而中国社会却有人主张："我们要特别生长；不然，何以为中国人！""中国人"身份成了挡箭牌，成了护身符，成了守旧的巢穴，这让鲁迅更感忧虑和恐惧，有了更大的绝望和悲哀："于是乎要从'世界人'中挤出。于是乎中国人失了世界，却暂时仍要在这世界上住！——这便是我的大恐惧。"[2]鲁迅担心中国只是这个"世界"的暂住者，如果不改革，不变化，就要从"世界人"中所"挤出"。让中国成为世界人，这也是鲁迅的社会理想。在鲁迅那里，"世界人"并不是一个空间概念，而是思想文化观念，相对于落后而封闭的中国而言，它是进步的、开放的，它肯定了中国与世界拥有共同命运，应协同生长，才能为民族国家挣得地位，世界人与中国人是统一的。在五四这个新旧杂陈实为复古守旧的时代，鲁迅的世界人意识实际上就

1　　鲁迅：《随感录·三十六》，《鲁迅全集》第1卷，北京：人民文学出版社，2005年，第323页。

2　　鲁迅：《随感录·三十六》，《鲁迅全集》第1卷，北京：人民文学出版社，2005年，第323页。

是开放意识和变革意识。

鲁迅对新旧交替之际复古思潮的不断涌现，始终保持高度的清醒和警惕，即使是被包装的新事物，实际上也是换汤不换药。如自称"新艺术"的中国美术，却并非"真艺术"，他们"心盲目盲"，口里说新艺术真艺术，以为自己"懂得这新艺术真艺术的了"，但"所画的讽刺画"，却"是攻击新文艺新思想的"。[1]所谓新艺术和真艺术不过是幌子而已。又如有"竭力提倡打拳"者，称其为"新武术"和"中国式体操"，可达"枪炮打不进"的效果，并希望普及到教育和体育上，但鲁迅却认为它种将有与义和团一样的"完全失败"的结局。[2]

那么，为什么人们喜爱复古呢？一是守旧崇古的传统作祟，"只要从来如此，便是宝贝"，即使是无名的肿毒，若生在了中国人身上，也会是"红肿之处，艳若桃花；溃烂之时，美如乳酪"，若是国粹更"妙不可言"。哪怕是公认的"学理法理"，因是"洋货"，也自然"不在话下了"[3]，不值一提。所以，"与众不同的中国"，就"不是理想的住家"[4]。只往身后看，不往前走，哪还有理想的位置？也会阻扰新事物的出现，连提倡多年的白话文，虽然是"四万万中国人嘴里发出来的声音"，也落入"不值一哂"[5]的境地。他

1   鲁迅：《随感录·五十三》，《鲁迅全集》第1卷，北京：人民文学出版社，2005年，第357-358页。

2   鲁迅：《随感录·三十七》，《鲁迅全集》第1卷，北京：人民文学出版社，2005年，第325-326页。

3   鲁迅：《随感录·三十九》，《鲁迅全集》第1卷，北京：人民文学出版社，2005年，第334页。

4   鲁迅：《随感录·三十九》，《鲁迅全集》第1卷，北京：人民文学出版社，2005年，第334页。

5   鲁迅：《五十七·现在的屠杀者》，《鲁迅全集》第1卷，北京：人民文学出版社，2005年，第366页。

们千方百计地好古，想回到远古去，"现在的人心，实在古得很"，"最合中国式理想的，总要推锡兰岛的Vedda族。他们和外界毫无交涉，也不受别民族的影响，还是原始的状态，真不愧所谓'羲皇上人'"。斯里兰卡的Vedda族是一个古老的民族，过着刀耕火种的狩猎生活，保存母系社会习俗和万物有灵的信仰，却面临即将灭绝的事实，就是中国的前车之鉴，它们"人口年年减少，现在快要没有了：这实在是一件万分可惜的事"[1]。二是合群的自大。中国人不吸纳"新空气"，适应"新潮流"，而有"合群的自大"。他们向来"有点自大"，但不是"个人的自大"，而是"合群的爱国的自大"。"个人的自大"是特立独行，敢于向"庸众宣战"，它的"思想见识高出庸众之上，又为庸众所不懂，所以愤世嫉俗，渐渐变成厌世家，或'国民之敌'。但一切新思想，多从他们出来，政治上宗教上道德上的改革，也从他们发端"[2]。"个人自大"能创造新思想，带来社会变革，但因其愤世嫉俗和厌世，容易招人怨恨，为社会世俗所不容，但它始终是新思想的发明者，社会政治、宗教和道德的改革家。所以，鲁迅说，拥有"个人的自大"的国民是有"福气"的，是"幸运"的民族[3]。"合群的自大"和"爱国的自大"的民族却恰恰相反，它们"党同伐异"，向"少数的天才宣战"，他们虽然自己"毫无特别才能"，却喜欢"夸示于人"，"把国里的习惯制度抬得很高，赞美的了不得"，躲在自大的"影子"里，以有"国粹"为荣，相信国粹的荣光，"他们自然也有荣光了！"倘若遇见外人攻击，他们也不敢去应战，而是"蹲在影子里张目摇舌"，

---

1   鲁迅：《五十八人心很古》，《鲁迅全集》第1卷，北京：人民文学出版社，2005年，第369页。

2   鲁迅：《随感录·三十八》，《鲁迅全集》第1卷，北京：人民文学出版社，2005年，第327页。

3   鲁迅：《随感录·三十八》，《鲁迅全集》第1卷，北京：人民文学出版社，2005年，第327页。

"一阵乱噪"，以为这样"便可制胜"，如果"胜了"，就说"我是一群中的人，自然也胜了；若败了时，一群中有许多人，未必是我受亏"。他们喜欢"聚众滋事"，"看似猛烈，其实却很卑怯"，其结果必须是"复古，尊王，扶清灭洋等等"。鲁迅对这样的情形，早"已领教得多了"，所以，他才感到有"这'合群的爱国的自大'的国民，真是可哀，真是不幸！"[1]"合群"是卑怯胆小，"自大"也不过是"蹲在影子里"，一旦面临现实困境，就只好去寻老例，"从前的经验，是从皇帝脚底下学得；现在与将来的经验，是从皇帝的奴才的脚底下学得"。[2]由此可见，中国人心理的孱弱和人性的荒芜。

二、完结旧账：向上进化的路

鲁迅将迷恋国粹和复古称之为"现在的屠杀者"，他们虽做了人类却想成神仙，"生在地上要上天"，"明明是现代人，吸着现在的空气，却偏要勒派朽腐的名教"，喜爱"僵死的语言"，这样，"侮蔑尽现在"，成了"现在的屠杀者"。在鲁迅看来，如果"杀了'现在'，也便杀了'将来'"，自然也就没有子孙，因为"将来是子孙的时代"。[3]对复古守旧者，"现在的屠杀者"是一个非常精准而形象的概括，他们"一个劲儿地守住过去"，"好古而排外"，喜

---

1   鲁迅：《随感录·三十八》，《鲁迅全集》第1卷，北京：人民文学出版社，2005年，第327-328页。

2   鲁迅：《随感录·三十九》，《鲁迅全集》第1卷，北京：人民文学出版社，2005年，第334页。

3   鲁迅：《五十七·现在的屠杀者》，《鲁迅全集》第1卷，北京：人民文学出版社，2005年，第366页。

欢夸耀自己，说中国"地大物博，开化最早；道德天下第一"，而西方呢，再好也是不被承认的。在他们眼里，西方"物质文明虽高"，但中国"精神文明更好"；或者说"外国的东西，中国都已有过"，包括科学，中国传统诸子百家也有科学；或者是换一种说法，"外国也有叫化子，——（或云）也有草舍，——娼妓，——臭虫"，总之，中国什么都比外国的好，哪怕是种种野蛮不进化的现象，也认为是好的。[1]于是，中国社会到处充满了种种野蛮景象，如"劫掠，残杀，人身卖买，生殖器崇拜，灵学，一夫多妻，凡有所谓国粹，没一件不与蛮人的文化（？）恰合。拖大辫，吸鸦片，也正与土人的奇形怪状的编发及吃印度麻一样。至于缠足，更要算在土人的装饰法中，第一等的新发明了"。鲁迅称这样的情形为"土人"特点，"自大与好古，也是土人的一个特性"[2]。因为好古而守旧而排外，变得封闭，变得不进步，自然也就"扼杀了将来"，因为它"忽略了现在"。"现在"是"过去"通向"将来"的桥梁，没有"现在"，"将来"也就不可能；没有"现在"，"过去"也就没有了意义。鲁迅始终是"现在"的体验者，是"现在"的承担者，有了"现在"也就会有将来。

从"过去"到"现在"再到"将来"，这是一条进化的路。但中国社会却走着循环轮回之路，中国的人生也形如转圈，"孩子"成不了"人"，"穷人的孩子蓬头垢面的在街上转，阔人的孩子妖形妖势娇声娇气的在家里转。转得大了，都昏天黑地的在社会上转"，"同他们的父亲一样"，甚至还不如他们的父辈[3]。无论是"穷"还

---

1   鲁迅：《随感录·三十八》，《鲁迅全集》第1卷，北京：人民文学出版社，2005年，第328页。

2   鲁迅：《随感录·四十二》，《鲁迅全集》第1卷，北京：人民文学出版社，2005年，第343页。

3   鲁迅：《随感录·二十五》，《鲁迅全集》第1卷，北京：人民文学出版社，2005年，第311页。

是"富"，是做"父亲"还是"儿子"，孩子只是父母福气的"材料"和工具，他们被生下来，"随便辗转，没人管他"[1]，父母们"只要生，不管他好不好，只管多，不管他才不才。生他的人，不负教他的责任"[2]。这样，他们的人生就成了"昏天黑地"在那里"转"圈，"在尘土中辗转"，原地踏步而重复，实现一个又一个如同他们父辈一样的轮回。小的时候，"不把他当人"，长大了，自然"也做不了人"[3]。于是，鲁迅希望国人不能只管生，不管养，只作"孩子之父"，不作"'人'之父"；只知道"制造孩子"，不知道孩子一生下来就是"'人'的萌芽"[4]。鲁迅希望要把孩子当人看，"解放了我们的孩子！"[5]不希望孩子重复父辈的路，这实与小说《狂人日记》有着相近的立意。

那么，如何才能做到呢？在鲁迅这里，就要完结旧账，懂得爱，并给予爱。鲁迅的总体感觉是，做中国人是有些可怜的，从小到大，既没有得到过"爱"，也没有去爱过人，到了成年以后，自然也就"不知道"什么是"爱情"了。他们好像"两个牲口听着主人的命令"，父母安排他们"好好的住在一块儿"，"一男多女——的住着"。女的呢？"做了旧习惯的牺牲"，男的也"陪着做一世牺牲"，不敢有任何"苦闷的叫声"，"即使苦闷，一叫便错；少的老的，一齐摇头，一齐痛骂"，只不过他却"完结了四千年的旧账"。如果有人能发出"爱情！可怜我不知道你是什么"的感叹，鲁迅反

1　鲁迅：《随感录·二十五》，《鲁迅全集》第1卷，北京：人民文学出版社，2005年，第312页。

2　鲁迅：《随感录·二十五》，《鲁迅全集》第1卷，北京：人民文学出版社，2005年，第311页。

3　鲁迅：《随感录·二十五》，《鲁迅全集》第1卷，北京：人民文学出版社，2005年，第312页。

4　鲁迅：《随感录·二十五》，《鲁迅全集》第1卷，北京：人民文学出版社，2005年，第312页。

5　鲁迅：《随感录·四十》，《鲁迅全集》第1卷，北京：人民文学出版社，2005年，第339页。

而感觉到有了"血的蒸气",因为它是"醒过来的人的真声音"。有了呼叫声,说明他"知道了人类间应有爱情;知道了从前一班少的老的所犯的罪恶",所以才能"起了苦闷,张口发出这叫声"[1]。于是,鲁迅希望人们能大喊"大叫","叫出没有爱的悲哀,叫出无所可爱的悲哀",直至"叫到旧账勾消的时候"[2]。"叫唤"也是对现实和自我的不满,"不满是向上的车轮",它"能够载着不自满的人类,向人道前进"。正是因为"有不自满的人的种族",所以,这个民族才能"永远前进,永远有希望",如果"只知责人"而"不知反省的人的种族",恰恰会面临"祸哉"的可能[3]。鲁迅将"没有爱"和"无所可爱"看作人生觉醒后的悲哀,这既是当时的社会现实,也不无他个人的体验,还有《彷徨》中《孤独者》《在酒楼上》和《伤逝》的情绪写照。

带着"不满"和"希望"向上走,也许他要经过一段漫长的路,也许还将面临人生中的冷笑和冷箭,但都不能自暴自弃,更不能恨恨而死。这也是鲁迅所期待的"真实人生"。他从江苏方言"数麻石片"和四川方言"洗煤炭"里感受到,中国人喜欢当看客,失败了有些自暴自弃,"说一句话,做一件事","须一个斤斗便告成功",如果与过去的积习不抵触,"才有立足的处所",并被恭维得像"烙铁一般热",否则,就免不了被冠上"标新立异的罪名",或者成了"大逆不道,为天地所不容"。这样的社会环境和习惯,很容易让那些"意志略略薄弱的人"不敢贸然前行而畏畏缩缩,

---

1 　鲁迅:《随感录·四十》,《鲁迅全集》第1卷,北京:人民文学出版社,2005年,第337-338页。

2 　鲁迅:《随感录·四十》,《鲁迅全集》第1卷,北京:人民文学出版社,2005年,第339页。

3 　鲁迅:《六十一·不满》,《鲁迅全集》第1卷,北京:人民文学出版社,2005年,第376页。

"不知不觉的也入了'数麻石片'党"，要么"专谋""成功的经营"，要么发出"冷笑"。[1]这样，中国人有的在"冷笑"里"成功"了，有的则"萎缩腐败，以至老死"。鲁迅希望中国青年"不必理会这冷笑和暗箭"，应"摆脱冷气，只是向上走，不必听自暴自弃者流的话"，"能做事的做事，能发声的发声"，"有一分热，发一分光"，如同"萤火一般"，"在黑暗里发一点光，不必等候炬火"，即便以后"竟没有炬火：我便是唯一的光"，"倘若有了炬火，出了太阳，我们自然心悦诚服的消失"。不但毫无一点不平之心，而且还要赞美"炬火或太阳"，因为它照亮了人类，包括自己也受到了光的照射。[2]以上这些文字，常被人们作为鲁迅精神和哲学的名言警句，特别是"能做事的做事，能发声的发声"，"有一分热，发一分光"，它们生动地表现了鲁迅的献身精神和责任意识。其实，最能表达鲁迅最为独特的人生哲学，应该是这一句：即使世界没有"炬火"的"光"，"我便是唯一的光"，这也便是鲁迅的"暗夜行走"的生存方式和行走哲学。在五四时期，鲁迅的人生哲学不同于郭沫若，他说，即使世界没有光，我也要在黑暗里走。郭沫若的人生哲学则是"我是世界的光，请你跟我走"。《野草》和《女神》就显示了他们不同的人生体验。《热风》也有鲁迅的人生观在里面。

个人不但要不断往上走，而且还要融入和参与种族的绵延和生长。这里有鲁迅的进化论思想，他认为："种族的延长，——便是生命的连续，——的确是生物界事业里的一大部分。何以要延长呢？不消说是想进化了。但进化的途中总须新陈代谢。所以新的应

---

1   鲁迅：《随感录·四十一》，《鲁迅全集》第1卷，北京：人民文学出版社，2005年，第340页。
2   鲁迅：《随感录·四十一》，《鲁迅全集》第1卷，北京：人民文学出版社，2005年，第341页。

该欢天喜地的向前走去，这便是壮，旧的也应该欢天喜地的向前走去，这便是死；各各如此走去，便是进化的路。""进化论"是鲁迅反传统、反国粹的思想武器，他把种族和社会看作是新老交替，不断进化的过程，"老的让开道，催促着，奖励着，让他们走去。路上有深渊，便用那个死填平了，让他们走去。少的感谢他们填了深渊，给自己走去；老的也感谢他们从我填平的深渊上走去。——远了远了。明白这事，便从幼到壮到老到死，都欢欢喜喜的过去；而且一步一步，多是超过祖先的新人。这是生物界正当开阔的路！人类的祖先，都已这样做了"[1]。且不说，这样的理想是否符合社会历史，但鲁迅的确描绘出了一幅生动有趣的进化之路。一个又一个从生到死，一步又一步地往前走。前行者走不动了就让道，还自觉地填平深渊，让新来者欢天喜地行走在"开阔"的大路上。这样的画面有些完美化，带有鲁迅想象的理想主义倾向。每个人都想到他人，都为他人去做事，只有这样，人就有了开阔的路。与之相反，猴子却被看作不进化的形象，它们"不都努力变人，却到现在还留着子孙，变把戏给人看"，甚至"竟没有一匹想站起来学说人话"，即使有了几匹，还是"被猴子社会攻击他标新立异"而被"咬死了"，最终也没有"进化"掉。[2]鲁迅相信了达尔文的生物进化论，在人与猴子之间存在进化的链条，人因为进化才成了人，猴子因为不进化，才始终是猴子，还被人看，成了不进化的笑话。当然，鲁迅的进化论也不完全止于生物学意义，而有精神价值的向度。

---

[1]　鲁迅：《随感录·四十九》，《鲁迅全集》第1卷，北京：人民文学出版社，2005年，第354-355页。

[2]　鲁迅：《随感录·四十一》，《鲁迅全集》第1卷，北京：人民文学出版社，2005年，第341页。

三、声援《新青年》:
人生真相与自我反思

  鲁迅曾说《呐喊》是"听将令"的写作[1],是"遵命文学","遵奉"了"前驱者的命令"[2]。于是,取有与《新青年》相近的思想启蒙立场。但《热风》里的鲁迅却不是高高在上的启蒙者,也不是指指点点的旁观者,而是社会现实的感受者和体验者,是自我存在的思考者,他把自己也放在了里面,拥有强烈的人生体验和反省意识。《热风》"题记"一开篇所提及的并非文章的事,而是所面临的严酷的社会现实。他说:"现在有谁经过西长安街一带的,总可以看见几个衣履破碎的穷苦孩子叫卖报纸。记得三四年前,在他们身上偶而还剩有制服模样的残余;再早,就更体面,简直是童子军的拟态。"鲁迅注意到了卖报纸小孩衣着的变化,从"体面"的"制服"到"衣履破碎",他们在"穿破了第一身新衣以后,便不再做",由此可见其"年不如年地"堕入了"穷苦"[3]。生活虽然日渐凄苦,但"周围的空气"却依然是那么"寒冽",所以他将这些文字称之为"热风",用一股"热风"去对抗或者说逼退凛冽的"寒风",这也是鲁迅写作《热风》的现实意图。

  在《热风》里,出现频率比较高的语词是"现在"和"近来"。如"现在有一班好讲鬼话的人,最恨科学";"从清朝末年,直到现

---

1 鲁迅:《〈呐喊〉自序》,《鲁迅全集》第1卷,北京:人民文学出版社,2005年,第441页。

2 鲁迅:《〈自选集〉自序》,《鲁迅全集》第4卷,北京:人民文学出版社,2005年,第469页。

3 鲁迅:《〈热风〉题记》,《鲁迅全集》第1卷,北京:人民文学出版社,2005年,第307页。

在，常常听人说'保存国粹'这一句话"；"现在许多人有大恐惧；我也有大恐惧"；"近来很有许多人，在那里竭力提倡打拳"；"据我的经验，这理想价值的跌落，只是近五年以来的事"；"终日在家里坐，至多也不过看见窗外四角形惨黄色的天，还有什么感"；"近来时常听得人说，'过激主义来了'"；等等。"现在"和"近来"都是时间限定词，它们所指既是当下的社会现实，又有个人经验。它不同于书斋生活的认知，也有别于理论逻辑的推演，更没有利益关联的输送，所表达的是鲁迅自己感受最为真切的现实真相和急需变革的社会现场。当然，也不无鲁迅的压抑和倔强。在"题记"里，鲁迅用自嘲口吻表达了他的反抗，他一贯是希望这些"应时的浅薄的文字"，应该被"置之不顾"，任其消亡，"但几个朋友却以为现状和那时并没有大两样，也还可以存留，给我编辑起来了"。鲁迅并不感到十分高兴，而觉得"这正是我所悲哀的"，因为在他看来，"凡对于时弊的攻击，文字须与时弊同时灭亡"，如同长在人身体上的疮疖一样，如果它没被完全排除掉，即使身体里有些许残留，也证明它的"病菌"还存在[1]。"悲哀"是鲁迅人生辞典里的常用语，它既是社会现象的真实写照，也是鲁迅个人的存在状态。《热风》的"悲哀"不仅表现为鲁迅愤激的文字，而且敞露了社会真相及其生存方式。

《热风》主要是批判传统和时弊，但也有自我反思。人们常在《呐喊》《彷徨》和《野草》里看到鲁迅无情地解剖自己，实际上，自我反思和批判贯穿了鲁迅所有的文体样式。鲁迅的行文常是一行文字一条鞭痕，抽打着社会历史，也抽打在自己身上。鲁迅在《热

1　鲁迅：《〈热风〉题记》，《鲁迅全集》第1卷，北京：人民文学出版社，2005年，第308页。

风》里惯常使用"我们"这个语词，显然是包含自己在内。他说："我们几百代的祖先里面，昏乱的人，定然不少：有讲道学的儒生，也有讲阴阳五行的道士，有静坐炼丹的仙人，也有打脸打把子的戏子。所以我们现在虽想好好做'人'，难保血管里的昏乱分子不来作怪，我们也不由自主，一变而为研究丹田脸谱的人物：这真是大可寒心的事。但我总希望这昏乱思想遗传的祸害，不至于有梅毒那样猛烈，竟至百无一免。即使同梅毒一样，现在发明了六百零六，肉体上的病，既可医治；我希望也有一种七百零七的药，可以医治思想上的病。这药原来也已发明，就是'科学'一味。只希望那班精神上掉了鼻子的朋友，不要又打着'祖传老病'的旗号来反对吃药，中国的昏乱病，便也总有痊愈的一天。祖先的势力虽大，但如从现代起，立意改变：扫除了昏乱的心思，和助成昏乱的物事（儒道两派的文书），再用了对症的药，即使不能立刻奏效，也可把那病毒略略羼淡。如此几代之后待我们成了祖先的时候，就可以分得昏乱祖先的若干势力，那时便有转机。"[1]对这段话，如稍作统计，会发现"我们"出现了4次，还有"中国"和"祖先"，所指对象实是相近的，"我"出现了2次。可见，鲁迅说话的角度和立场始终把自己包含在里面，因为"昏乱的人"也在"祖先里面"，所以我们就"不由自主"被遗传。遗传不自觉，改变却应有意为之。要改变"祖传"，只有"科学"，只有进化，并且，"从现代起，立意改变"，坚持下去，"中国的昏乱病，便也总有痊愈的一天"。不能只停留在"不平和愤恨"，"不平"只是"改造的引线"，还必须"先改造了自己，再改造社会，改造世界；万不可单是不平。至于

1　　鲁迅：《随感录·三十八》，《鲁迅全集》第1卷，北京：人民文学出版社，2005年，第329页。

愤恨，却几乎全无用处"，而"中国现在的人心中，不平和愤恨的分子太多了"[1]。于是，鲁迅发出了与《狂人日记》中"狂人"相似的呼吁："我们改良点自己，保全些别人；想些互助的方法，收了互害的局面罢！"[2]

变革先从自己做起，寻找新的生命之路。人的生命既是自然现象，有其必然性，也是社会现象，需要不断创造。人的一生"从幼到壮，从壮到老，从老到死"，会"毫不为奇的过去"，但不能"奇想天开"，人老了还想"占尽了少年的道路，吸尽了少年的空气"，"教少年驼着吃苦"[3]。鲁迅相信生命始终是进步的、乐观的。虽然"人类的灭亡是一件大寂寞大悲哀的事；然而若干人们的灭亡，却并非寂寞悲哀的事"，因为"生命的路是进步的，总是沿着无限的精神三角形的斜面向上走，什么都阻止他不得"。社会人生多有"不调和"，少不了"萎缩堕落退步"，但是"生命决不因此回头"，无论是"什么黑暗来防范思潮，什么悲惨来袭击社会，什么罪恶来亵渎人道"，但人类却总是拥有无尽的希望，"渴仰完全"，总是会"踏了这些铁蒺藜向前进"，人类的生命"不怕死"，在死亡面前，它总是"笑着跳着"，跨过死亡"向前进"；并且，人类也"总不会寂寞"，因为"生命是进步的，是乐天的"[4]。这就是鲁迅的人生哲

1   鲁迅：《六十二·恨恨而死》，《鲁迅全集》第1卷，北京：人民文学出版社，2005年，第378页。

2   鲁迅：《六十四·有无相通》，《鲁迅全集》第1卷，北京：人民文学出版社，2005年，第382页。

3   鲁迅：《随感录·四十九》，《鲁迅全集》第1卷，北京：人民文学出版社，2005年，第354页。

4   鲁迅：《六十六·生命的路》，《鲁迅全集》第1卷，北京：人民文学出版社，2005年，第386页。

学，一种不怕死、积极乐观而向上的精神。另外，在鲁迅那里，即使生命处在沙漠里，也要做一个行走的歌者，"我似乎住在沙漠里了。是的，沙漠在这里。没有花，没有诗，没有光，没有热。没有艺术，而且没有趣味，而且至于没有好奇心。沉重的沙"。即使没有生命的"竖琴"，也要唱出自己的"反抗之歌"[1]。这就有点《野草》里"过客"的味道了。可以说，《热风》也有鲁迅的生命哲学，它与《野草》也是相通的。只不过，《野草》是以繁复的意象，跳跃的情绪，以及梦幻的象征建构了鲁迅的生存哲学，呈现了鲁迅内心的紧张和压抑，彰显了人生的绝望与抗争，而成为20世纪中国最有诗意的哲学和最富哲理的散文的完美结晶。《热风》也有《野草》的影子，是写作《野草》的思想铺垫和现实材料。作为思想者的鲁迅，他批判的锋芒并不停留在个人情绪的宣泄，而有现实的鲜活与质感，始终渗透了思想的穿透力。《热风》也是其例证之一。

在文体上，《热风》还有开创者的贡献。《新青年》从1918年4月第4卷第4号起，就开始以"随感录"为总题刊载关于社会和文化的短评。起初，它只标明次第数码，没有列出单独的篇名，从第56篇开始在总题之下开始署上各篇题目。从1918年9月第5卷第3号《随感录·二十五》，到1919年11月该刊第6卷第6号《六十六·生命的路》，鲁迅在《新青年》"随感录"专栏上共发表短评27篇，全都收入了《热风》。鲁迅自己这样描述这些"随感"："除几条泛论之外，有的是对于扶乩，静坐，打拳而发的；有的是对于所谓'保存国粹'而发的；有的是对于那时旧官僚的以经验自豪而发

1　　鲁迅：《为"俄国歌剧团"》，《鲁迅全集》第1卷，北京：人民文学出版社，2005年，第403-404页。

的；有的是对于上海《时报》的讽刺画而发的。记得当时的《新青年》是正在四面受敌之中，我所对付的不过一小部分；其他大事，则本志具在，无须我多言。"[1]他交代了《热风》的写作背景，都是有感而发，并非无故呻吟，只是鲁迅并没有选取当时社会上发生的所谓大事，而从具体细微的生活小事入手，从一滴海水里尝出盐味来，以小见大，冷嘲热讽，针砭时弊，纵横天下，这也正是"随感录"的文体特点。它体裁短小，文白夹杂，行文自如，有现实质感，经五四时期鲁迅和同时代的陈独秀、钱玄同、周作人等人一起苦心经营，砥砺切磋，最后发展成为特色鲜明的散文文体，并在20世纪中国散文史上挣得异彩纷呈的地位。《热风》既是五四时期鲁迅思想的记录，也是《新青年》生存处境的呈现。它表明鲁迅已从新文化运动边缘走向了运动中心，并深度融入其中，特别是为思想启蒙提供了新旧杂陈的社会真相和循环守旧的人生发现。相对于新文化运动中胡适提出白话文改良，陈独秀呼唤民主科学，钱玄同吼出打倒孔家店，他们多游走于思想观念上，鲁迅则把思想的眼光转向社会现实，转向日常生活和社会心理，并为新文化运动吹来了一股不乏寒意的"热风"。

1   鲁迅：《〈热风〉题记》，《鲁迅全集》第1卷，北京：人民文学出版社，2005年，第307页。

在而不属于：
鲁迅与新文学社团的
聚散离合

　　文学社团既是中国新文学的运动方式，也是其社会化的显著特征。鲁迅与中国新文学社团有着直接或间接的关联，有历史的聚散离合，也有鲁迅的思想观念、精神人格和文学创作身份的映射。鲁迅参与了不少文学社团活动，从同声相应到若即若离。他十分看重文学社团对新文学发生发展的作用，特别是文学阵地和思想战士的培养，但他不受群体拘囿，不喜拉帮结派和权力操作，也不十分积极，更难相伴始终。可以说，虽然鲁迅心里始终存有一个文学群体之梦，他也在多个文学社团中存在，但并不属于任何一个文学社团，他只属于他自己。

　　文学社团和文学论争参与并推动了中国新文学的发生和发展。作为文学形态与活动方式的文学社团，它既是新文学运动的"重要历史特色"和"文学力量",在文坛上造成了不小的"影响和声势"[1],也体现着中国现代文学文派制衡的历史特点[2]。刘纳曾以"打架"和"论战"讨论创造社的运作方式[3]。陈思和将中国现代文学社团的运作模式划分为传统文人、现代知识分子,同人刊物和文人小团体等模式,认为文学社团研究重在人事关系,文学流派研究则偏重创作风格。[4]文学社团拥有文学观念主张,文学活动和创作追求,有组织的聚散离合,对它的研究可以取文学思潮、文学制度和文学艺术等不同研究视角。鲁迅与新文学社团中的南社、《新青年》社团、语丝社、莽原社、未名社、奔流社、朝花社、中国左翼作家联盟等有着直接的联系,也与学衡派、创造社、太阳社和新月社等有过文学论战和人事纠葛。鲁迅与新文学社团的关系,涉及创作个性、文学行为以及精神空间等问题。

一

晚清以降,国门被打开,科举制度被废除,士绅社会解体,出现了新的知识阶层。他们不同于传统乡绅,积极创建学会社团,以文化群体力量参与社会改造。五四新文学的倡导和实践之所以能在短时间发生作用和影响,自然与文学社团的构想和运作有关。五四

1　贾植芳:《中国现代文学社团流派》上卷,南京:江苏教育出版社,1989年,第1页。

2　朱寿桐:《中国现代文学社团文学史》,北京:人民文学出版社,2004年,第93页。

3　刘纳:《社团、势力及其它——从一个角度介入五四文学史》,《中国现代文学研究丛刊》1999年第3期;《"打架","杀开了一条血路"——重评创造社"异军苍头突起"》,《中国现代文学研究丛刊》2000年第2期。

4　陈思和:《中国现代文学社团史研究书系总序》,《寻找归宿的流浪者——创造社研究》,咸立强著,上海:东方出版中心,2006年,第3-4页。

新文学作家的成长，作品的发表或多或少都与文学社团有关，文学不再是个人世界，而有了计划性和组织性，因刊物因社团而不同。新文学社团，有的组织严密，有的自由松散。自由松散者如新月社，"新月一伙人，除了共同愿意办一个刊物之外，并没有多少相同的地方，相反的，各有各的思想路数，各有各的研究范围，各有各的生活方式，各有各的职业技能。彼此不需标榜，更没有依赖，办刊物不为谋利，更没有别的用心，只是一时兴之所至"[1]。组织严密者如1930年代的"中国左联作家联盟"，拥有明确的政治结构和组织形态。

鲁迅非常看重新文学社团的作用，特别是在新文学布不成势，文学青年没有创作阵地的情势下，他非常关注文学社团和刊物。他在给《新潮》社的傅斯年回信中说："大约是夜间飞禽都归巢睡觉，所以单见蝙蝠能干了。我自己知道实在不是作家，现在的乱嚷，是想闹出几个新的创作家来，——我想中国总该有天才，被社会挤倒在底下，——破破中国的寂寞。"他高度肯定《新潮》刊物上的《雪夜》《这也是一个人》《是爱情还是苦痛》等作品，认为"都是好的"，"这样下去，创作很有点希望"[2]。鲁迅与文学社团的直接关系，主要体现在社团刊物和人事关系上。从《〈呐喊〉自序》可见，鲁迅对《新青年》有从迟疑到积极支持的转变。1918年1月，自《新青年》第4卷第1号改组，鲁迅参与编务工作。1919年《新青年》第6卷又改为轮流主编制，鲁迅不再参与编辑事务，但仍作为主要撰稿人，一直在刊物上发表作品，包括小说、新诗、杂感、

1　梁实秋：《梁实秋自传》，南京：江苏文艺出版社，1996年，第144页。

2　鲁迅：《对于〈新潮〉一部分的意见》，《鲁迅全集》第7卷，北京：人民文学出版社，2005年，第236页。

论文、翻译和通信等近50篇，其中，小说和随感录等极具文体开创性。1924年，鲁迅参与创办语丝社，并为刊物《语丝》长期撰稿人之一，他的《华盖集》《华盖集续编》《而已集》《三闲集》等集子中大部分文章都刊于《语丝》，显示了鲁迅杂文创作的自觉和艺术风格的成熟。刊于《语丝》的《野草》后来还成了新文学经典之作，可见鲁迅对《语丝》的充分信任和大力支持。尽管章廷谦回忆时说，《语丝》社是"由几个人凑起来办一个小型刊物，理论上不标榜一种主义，也没有一致的主张与严密的组织形式，甚至组织形式也没有，在创刊号上登一篇不甚明确的《发刊辞》，刊物上登载一些互不相识的外稿，大家冲击一阵，摸索一阵，彼此的倾向与发展道路并不相同，之后便各奔前程，刊物则无影无踪的消灭，有的被封禁。几乎可以说是'五四'以后几百种刊物的普遍现象与共同命运，是反映了当时小资产阶级知识分子自由散漫缺乏组织的特点的"[1]。考虑到他写此文的时间是1962年，所以采用"小资产阶级知识分子"说法，文章所述内容确也大致不差。《语丝》社的组织形式、理论主张和活动方式自由松散，但有比较接近的学识、见识和文章趣味，鲁迅自己并不承认是《语丝》主将，但也认同"关系较为长久的，要算《语丝》了"[2]，特别是"《语丝》中所讲的话，有好些是别的刊物所不肯说，不敢说，不能说的"[3]。总之，虽没有严密的"组织关系"，也说不上有什么派别，但《语丝》"无论是

1　　川岛：《和鲁迅相处的日子》，成都：四川人民出版社，1979年，第45页。

2　　鲁迅：《我和〈语丝〉的始终》，《鲁迅全集》第4卷，北京：人民文学出版社，2005年，第168页。

3　　鲁迅：《270817·致章廷谦》，《鲁迅全集》第12卷，北京：人民文学出版社，2005年，第65页。

内容还是形式，都体现了鲁迅先生的这种战斗精神"[1]，鲁迅自始至终都"站在《语丝》的最前线，以战斗者的姿态，严肃地、不屈不挠地和黑暗作殊死的斗争"[2]。

相对于文学社团复杂的人事纠缠，鲁迅更偏爱文学刊物，更愿意回到因刊物而生的社团本分和本色。在某种程度上，鲁迅的结社主要是创办刊物，因刊物而与社团发生联系。1924年4月，鲁迅在北京创办《莽原》周刊，1925年出至第32期后停刊，1926年再复刊，鲁迅仍为编辑。1926年8月，鲁迅离开北京前往厦门，由韦素园接编。到了厦门，1926年12月前后，他又指导学生创办《波艇》月刊，1927年出第2期后停刊。尽管鲁迅有抱怨，说"我先前在北京为文学青年打杂，耗去生命不少，自己是知道的。但到这里，又有几个学生办了一种月刊，叫做《波艇》，我却仍然去打杂"[3]，但想到"学生方面"的"好"，"他们想出一种文艺刊物"，仍然为他们"看稿"，即便"大抵尚幼稚，然而初学的人，也只能如此"[4]。后来，他感叹道："此地无甚可为。近来组织了一种期刊，而作者不过寥寥数人，或则受创造社影响，过于颓唐，或则像狂飙社嘴脸，大言无实；又在日报上添了一种文艺周刊，恐怕也不见得有什么好结果。"[5]一个刊物的质量需要用作品来说话，不能只拉大旗，喊口号，而应扎扎实实做事。正因为如此，明知"不见得有什么好结果"的鲁迅，仍然"拼命地做，忘记吃饭，减少睡眠，吃了药来

1   川岛：《和鲁迅相处的日子》，成都：四川人民出版社，1979年，第43页。

2   川岛：《和鲁迅相处的日子》，成都：四川人民出版社，1979年，第35页。

3   鲁迅：《两地书·七三》，《鲁迅全集》第11卷，北京：人民文学出版社，2005年，第203页。

4   鲁迅：《两地书·五八》，《鲁迅全集》第11卷，北京：人民文学出版社，2005年，第167页。

5   鲁迅：《两地书·八三》，《鲁迅全集》第11卷，北京：人民文学出版社，2005年，第226页。

编辑，校对，作文"[1]。1928年，《未名》半月刊在北京创刊，1930年出至第2卷第9—12期合刊号终刊。鲁迅为刊物的停办甚感"可惜"，并提出"倘由我在沪编印，转为攻击态度（对于文艺界），不知在京诸友，以为妥当否？因为文坛大须一扫，但多造敌人，则亦势所必至"[2]。1928年，鲁迅在上海又与郁达夫合作主编《奔流》月刊，1929年第2卷第5期终刊，共出版15期。在郁达夫眼里，"鲁迅不仅是一个只会舞文弄墨的空头文学家，对于实务，他原是也具有实际干才的。说到了实务，我又不得不想起我们合编的那一个杂志《奔流》——名义上，虽则是我和他合编的刊物，但关于校对，集稿，算发稿费等琐碎的事务，完全是鲁迅一个人效的劳"[3]。后来，鲁迅还主编或参与编辑了系列刊物，如柔石合编的《朝花周刊》《朝花旬刊》。左联时期，鲁迅参与的刊物更多，如《萌芽月刊》《文艺研究》《巴尔底山》《拓荒者》《世界文化》《前哨》《十字街头》《文学》《太白》《译文》和《海燕》，等等。唐弢说："鲁迅先生一生编过许多刊物，十分重视编辑工作。刊物是他针砭时事、批评社会的阵地，也是他联系群众，'造出大群新的战士'的场所。"[4]这虽点出了鲁迅支持社团和刊物的真正意图，但被当作联系群众，显然是话中有话。郁达夫曾说："鲁迅的对于后进的提拔，可以说是无微不至。《语丝》发刊以后，有些新人的稿子，差不多都是鲁迅推荐的。他对于高长虹他们的一集团，对于沉钟社的几

1   鲁迅：《两地书·六二》，《鲁迅全集》第11卷，北京：人民文学出版社，2005年，第179页。
2   鲁迅：《290708·致李霁野》，《鲁迅全集》第12卷，北京：人民文学出版社，2005年，第195页。
3   郁达夫：《回忆鲁迅》，《郁达夫全集》第3卷，杭州：浙江大学出版社，2007年，第328页。
4   唐弢：《"编辑"三事》，《编辑生涯忆鲁迅》，石家庄：河北教育出版社，2000年，第194页。

位，对于未名社的诸子，都一例地在为说项。就是对于沈从文氏，虽则已有人在孙伏园去后的《晨报副刊》上在替吹嘘了，他也时时提到，惟恐诸编辑的埋没了他。还有当时在北大念书的王品青氏，也是他所属望的青年之一。"[1]一般沈从文评传总会描述沈从文离开湘西到北京从事文学创作时的艰辛和曲折，也会提到郁达夫对他的帮助，特别是写给沈从文的那封鼓励有加的信；殊不知，这里面还有鲁迅对沈从文的提携和关爱。在鲁迅看来，青年作者是否加入文学团体，倒不显得十分紧迫和重要，反而是文学刊物，更有助于新文学阵营的壮大和新文学青年的成长，由此也可理解鲁迅之所以热衷于主编或参与编辑文学刊物的动机，因为青年作者需要扶持，需要有文学阵地。

鲁迅一直留心并寻找同道者。对新文学，他寄希望于青年，因此格外关注文学青年的创作和成长，"我现在还要找寻生力军，加多破坏论者"，在他眼里，北京的几家刊物虽比先前多，但好的却少，《现代评论》"显得灰色"，《语丝》也"时时有疲劳的颜色"[2]。他理想的生力军是"思想革命"的战士，理想的刊物也是高举"思想革命"的大旗："现在的办法，首先还得用那几年以前《新青年》上已经说过的'思想革命'……而且还是准备'思想革命'的战士，和目下的社会无关。待到战士养成了，于是再决胜负。"[3]一旦见到这样的刊物或者作者，他是喜不自胜："昨天收到两份《豫报》，使我非常快活，尤其是见了那《副刊》。因为它那蓬勃的朝气，实在是在我先前的豫想之上。你想：从有着很古的历史的中

1　　郁达夫：《回忆鲁迅》，《郁达夫全集》第3卷，杭州：浙江大学出版社，2007年，第319页。

2　　鲁迅：《两地书》，《鲁迅全集》第11卷，北京：人民文学出版社，2005年，第33页。

3　　鲁迅：《通讯》，《鲁迅全集》第3卷，北京：人民文学出版社，2005年，第23页。

州，传来了青年的声音，仿佛在豫告这古国将要复活，这是如何可喜的事呢？"¹所以，他创办《莽原》，他的《故事新编》也以总题目"旧事重提"刊发在《莽原》，他更希望中国的青年"站出来"，以"文明批评"和"社会批评"，将《莽原》作为"发言之地"，"对于中国的社会，文明，都毫无忌惮地加以批评"²，"撕去旧社会的假面"³。在左联成立大会上，鲁迅提出"应当造出大群的新的战士"，并说他自己"倒是一向就注意新的青年战士底养成的，曾经弄过好几个文学团体，不过效果也很小"⁴。当有人臆断，以鲁迅的地位可能不便于参加文学团体的战斗，鲁迅却严肃地指出，这样的判断和观察不准确，他毫不讳言："我和青年们合作过许多回，虽然都没有好结果，但事实上却曾参加过。不过那都是文学团体，我比较的知道一点。"⁵"没有好结果"只是鲁迅过于自谦的说法，他所参加的文学社团，尽管没有完全遂其所愿，也没有善始善终，但无论是"起哄"发声，还是布不成阵势，却都有显而易见的成效。

二

鲁迅与不少文学社团有过交往，如与新潮社、文学研究会、浅草-沉钟社、春光社等都有非常密切的联系，他或将作品刊于这些

1   鲁迅：《北京通讯》，《鲁迅全集》第3卷，北京：人民文学出版社，2005年，第54页。

2   鲁迅：《〈华盖集〉题记》，《鲁迅全集》第3卷，北京：人民文学出版社，2005年，第4页。

3   鲁迅：《两地书》，《鲁迅全集》第11卷，北京：人民文学出版社，2005年，第64页。

4   鲁迅：《对于左翼作家联盟的意见》，《鲁迅全集》第4卷，北京：人民文学出版社，2005年，第241-242页。

5   鲁迅：《通信》，《鲁迅全集》第8卷，北京：人民文学出版社，2005年，第378页。

社团的刊物，或关注这些社团的活动和创作，并对部分社团给予热情的评价。如对浅草-沉钟社，他就有很高的评价，认为："一九二四年中发祥于上海的浅草社，其实也是'为艺术而艺术'的作家团体，但他们的季刊，每一期都显示着努力：向外，在摄取异域的营养，向内，在挖掘自己的魂灵，要发见心灵的眼睛和喉舌，来凝视这世界，将真和美歌唱给寂寞的人们。"¹这里提到《浅草》季刊的每一期都"显示"着"内""外"并进的艺术特点，表明鲁迅是非常熟悉《浅草》的，且高度赞赏浅草社的创作风格。后来，当"浅草"成为"沉钟"，鲁迅依然说它是"中国的最坚韧，最诚实，挣扎得最久的团体"，即使是"死"，也要"敲出洪大的钟声"，即使"听者却有的睡眠，有的槁死，有的流散"，他们也要"歌唱"，直至"眼前只剩下一片茫茫白地"，他们"只好在风尘溷洞中"，才"悲哀孤寂地放下了他们的箜篌"²。这番"挣扎"于"荒野"的景象，很容易让人想起鲁迅《野草》所描绘的种种意境。鲁迅也充分肯定莽原社、未名社实地劳作，不尚叫嚣，但也卷入了两个社团的人事纠缠。他在给许广平的信中说："便是小小的《莽原》，我一走也就闹架"，"我实在有些愤愤了"，他想将刊物停办，"没有了刊物，看大家还争持些什么"³。当他到了南方以后，时常注意的也是文学刊物和社团情形，"创造社和我们，现在感情似乎很好。他们在南方颇受迫压了，可叹。看现在文艺方面用力的，仍只有创

1　鲁迅：《〈中国新文学大系〉小说二集序》，《鲁迅著译编年全集》第18卷，北京：人民出版社，2009年，第102页。

2　鲁迅：《〈中国新文学大系〉小说二集序》，《鲁迅著译编年全集》第18卷，北京：人民出版社，2009年，第103页。

3　鲁迅：《两地书·六二》，《鲁迅全集》第11卷，北京：人民文学出版社，2005年，第179页。

造，未名，沉钟三社，别的没有，这三社若沉默，中国全国真成了沙漠了。南方没有希望"[1]。1928年以后出现的奔流社和朝花社与鲁迅也有联系，因是未名社的延续，也出于支持青年作者，特别是对木刻的介绍，鲁迅积极参与他们的活动。1930年，中国左翼作家联盟成立。鲁迅与左联的关系非常复杂，从筹备到成立都有参与。鲁迅在成立大会上发表了演讲，还被选为常务委员。鲁迅与前期左联是相知相通的，拥有相同的社会认知和相通的愿望和想法，如对专制社会的反抗，对文化权利的抗争，以及在战斗中的挣扎体验。后来，鲁迅与左联愈行愈远，个中原因也比较复杂。有意思的是，当鲁迅与作为文学团体的左联出现勃豀的同时，他却积极参与一些社会政治团体如中国民权保障同盟和中国自由运动大同盟的活动，其活动甚至比参加左联的活动还多。1936年，左联解散，鲁迅拒绝参与周扬等人领导的由"中国作家协会"更名的"中国文艺家协会"，却在巴金等起草的《中国文艺工作者宣言》上签上了自己的名字。他在给他人的信中说："曾经加入过集团"，但又不知所终，对新的组织"决定不加入"，"签名虽不难，但挂名却无聊之至"[2]。他非常厌倦左联内部传出的种种"是非"和"谣言"，也不希望由自己再"引起一点纠纷"，明确表示："我希望这已是我最后一封信，旧公事全部从此结束了。"[3]由此可见，鲁迅对文学社团特别是左翼文学团体的灰心绝望和决绝立场。

1　　鲁迅：《270925·致李霁野》，《鲁迅全集》第12卷，北京：人民文学出版社，2005年，第76页。

2　　鲁迅：《360424·致何家槐》，《鲁迅全集》第14卷，北京：人民文学出版社，2005年，第82页。

3　　鲁迅：《360502·致徐懋庸》，《鲁迅全集》第14卷，北京：人民文学出版社，2005年，第85页。

鲁迅对文学社团还曾有过一个精彩比喻。1935年，他在为《中国新文学大系》小说二集作序时说："文学团体不是豆荚，包含在里面的，始终都是豆。大约集成时本已各个不同，后来更各有种种的变化。"[1]文学团体和文学个体存在规范和超越，统摄和个性的关系，同一文学社团中的作家其作品并不完全是单一同质的，作家本人也不完全受社团所束缚，他拥有自己的创作个性或创作变化。如五四时期的许地山就有不同于文学研究会中冰心和王统照等的创作特点，1930年代的萧红在左翼作家中也是一个异数。对此，沈从文很有感触，他认为："好作品不一定能从团体产生"，"一个作家支持他的地位，是他个人的作品，不是团体"，"把一群年青作家放在一个团体里，受一二个人领导指挥，他的好处我们得承认，可是他的坏处或许会更多"[2]。尽管沈从文也属于1930年代京派文学的代表人物，但并非是他有意为之，而是由左翼文学、海派文学和朱光潜的批评理论等诸多合力创造的结果。

　　鲁迅也一样，他参与了不少新文学社团活动，但他并不十分积极，他不喜欢社团的人事纠葛和利益之争。李长之认为，鲁迅"在性格上是内倾的，他不善于如通常人之处理生活。他宁愿孤独，而不欢喜'群'"[3]，鲁迅自己也说过，"我在群集里面，是向来坐不久的"[4]，在生活中，"离开了那些无聊人，亦不必一同吃饭，听些

1　鲁迅：《〈中国新文学大系〉小说二集序》，《鲁迅著译编年全集》第18卷，北京：人民出版社，2009年，第112页。

2　沈从文：《谈作家集团组织》，《沈从文全集》第17卷，太原：北岳文艺出版社，2002年，第401页。

3　李长之：《鲁迅批判》，北京：北京出版社，2011年，第150页。

4　鲁迅：《两地书》，《鲁迅全集》第11卷，北京：人民文学出版社，2005年，第31页。

无聊话了，这就很舒服"[1]。所以，"他和群愚是立于一种不能相安的地步"[2]，带有内倾型性格，因为"一个人的环境限制一个人的事业。但一个人的性格却选择一个人的环境"[3]。由此，在李长之看来，因有《新青年》，鲁迅才献身于新文化运动，因出现了女师大风潮，鲁迅与新月派才有斗争，因到了南方上海，才受到左翼作家的批评而不得不阅读和吸取新理论，由此可见"环境的力量有多大！"[4]但他又认为："因为他是鲁迅"，"他不妥协，他反抗"，他"始终没脱离了做战士"[5]，所以，他最终完成了自己。从性格个性理解鲁迅与群体的关系，虽不失为一种说法，但我认为，应首先放在鲁迅主体性上阐释，有关社会环境如何决定人，自然是第一位的，但在同样的环境之下，为何却出现不同的选择，这就显示出精神主体的力量。

在新文学尚处于寂寞和零散状态之下，文学结社，同声相求，其作用不可低估。但鲁迅不为社团所束缚，拒绝团体的压迫和利用，而选择自己的文学方式，追求精神的从容自然。可以说，鲁迅在文学社团中存在，但不属于任何一个文学社团。中国新文学史上任何一个文学社团都无法涵盖或拥有鲁迅的思想和创作，如郭沫若属于创造社，茅盾归于文学研究会，胡风与七月派相伴而生。鲁迅与《新青年》有关，但《新青年》内部也是驳杂的，他与胡适并不处在同一个频道。鲁迅遵命《新青年》，为其呐喊助威，直到"后

1   鲁迅:《两地书》,《鲁迅全集》第11卷, 北京: 人民文学出版社, 2005年, 第129页。
2   李长之:《鲁迅批判》, 北京: 北京出版社, 2011年, 第153页。
3   李长之:《鲁迅批判》, 北京: 北京出版社, 2011年, 第50页。
4   李长之:《鲁迅批判》, 北京: 北京出版社, 2011年, 第51页。
5   李长之:《鲁迅批判》, 北京: 北京出版社, 2011年, 第52-53页。

来《新青年》的团体散掉了，有的高升，有的退隐，有的前进"，鲁迅感到"又经验了一回同一战阵中的伙伴还是会这么变化，并且落得一个'作家'的头衔，依然在沙漠中走来走去"[1]。从《呐喊·自序》中鲁迅与钱玄同的对话里，可见他开始对《新青年》存有质疑，但后来一旦参与，却对其抱有殷切而急迫的希望，只是到说这话的时候，鲁迅已不无抱怨且陷入深深的失望了。有一个很有意思的文学现象，每当鲁迅描述他自己的人生状态，特别是不得不面临孤独寂寞时，他常不自觉地提及文学刊物的停办和文学团体的解散，乃至到了晚年，他还说："在北京这地方，——北京虽然是'五四运动'的策源地，但自从支持着《新青年》和《新潮》的人们，风流云散以来，一九二〇至二二年这三年间，倒显着寂寞荒凉的古战场的情景。"[2]所以，在他心里始终存有一个文学群体之梦。

鲁迅与语丝接近，但语丝的总体格局过于狭小，他们更多在文体上同处一个战壕。鲁迅对左联寄予厚望，但很快他就发现，左联已不是他想要的左联，过于趋"左"而弱于个人之"联"。鲁迅与新文学社团是一种存在而不属于关系，处于在与不在之间。他喜欢"各人自己的实践。有人赞成，自然很以为幸，不过并不用联络手段，有什么招揽扩大的野心，有人反对，那当然也是他们的自由，不问它怎么一回事"[3]。这样的文学社团尊重了个人自主性，拥有团体的多样性，并且，它没有文学之外的"野心"，不限制作家个

1　鲁迅：《〈自选集〉自序》，《鲁迅全集》第4卷，北京：人民文学出版社，2005年，第469页。

2　鲁迅：《〈中国新文学大系〉小说二集序》，《鲁迅全集》第6卷，北京：人民文学出版社，2005年，第253页。

3　鲁迅：《360806·致时玳》，《鲁迅全集》第14卷，北京：人民文学出版社，2005年，第123页。

性。显然，晚年鲁迅对"中国文艺工作者宣言"的肯定，也暗示出他与"左联"离散的部分原因。

鲁迅不愿意陷入小团体的宗派之争，但又与一些文学社团发生过激烈论争，如与学衡派、创造社、新月社和现代评论派的论战。这些论战往大的方面说推动了新文学的重组和自觉，如鲁迅与后期创造社、太阳社的论争，与新月派的交锋，与后期左联的分歧，既推动了新文化新思想之"真理"和"道理"的明晰化，也反过来促进了鲁迅思想的深化和反思，与此同时，也彰显了鲁迅的精神个性和生存状态。当新文学出现激烈论战而内卷化的时代，鲁迅并没有躺平，而是直直地站立起来，成了一个孤独无畏的文学战士。这样，鲁迅与文学社团的关系，不只是简单的文学个体和群体关系，而是认识和反思鲁迅精神和文学创作的透视镜，是思考新文学运作方式及与现代社会关系的重要视角。比如，鲁迅的文学创作和思想革命主张都与《新青年》有关，受到《新青年》团体的影响，具有鲜明的思想革命痕迹。可以说，鲁迅的小说《呐喊》《彷徨》和杂文《热风》《坟》为《新青年》代言，将其倡导的新文化运动从理论主张转变成了文学实践，真正显示了五四新文化运动特别是《新青年》社团的文学实绩。

鲁迅与文学团体的分歧，有情感纠葛，有观念差异，也有思想与权力冲突。在新文学发轫时期，鲁迅与《新青年》、语丝社、未名社、莽原社的介入和离散，多出于作家个性和创作自由的不同选择。鲁迅与后期创造社、太阳社之间出现的革命文学论争，以及与"新月派"梁实秋关于人性论与阶级论论战，焕发了新文学的生机与活力，呈现了新文学的多样与丰富，也推动了新文学的转变和升级。鲁迅曾经就说过这样一段话："我有一件事要感谢创造社的，是他们'挤'我看了几种科学底文艺论，明白了先前的文学史家们说了一大堆，还是纠缠不清的疑问。并且因此译了一本浦力汗诺夫的《艺术论》，以救正我——还因我而及于别人——的只信进化论的偏颇。"[1]创造社推动了鲁迅思想发生转变。鲁迅与现代评论派的论战超出了单纯的文学社团范畴，所经受的却是新文学的分化和重组。在鲁迅走出《新青年》解体的文化阴影和兄弟失和的情感创伤过程中，他却遭遇到社会现实的快速变异，各种社会矛盾的激化凸显，公理面具与现实真相的混杂纠缠，他不得不应战，哪怕是一个人的战斗，那怕是徒手相搏！鲁迅通过揭露这些"大学教授"们"言行不符，名实不副，前后矛盾，撒谎造谣，蝇营狗苟"[2]等种种行径，撕掉他们的"尊号"和"招牌"，而呈现出一个真实的世界，一个悲哀的"人间"。他说："丑态，我说，倒还没有什么丢人，丑态而蒙着公正的皮，这才催人呕吐。但终于使我觉得有趣的是蒙着公正的皮的丑态，又自己开出帐来发表了。仿佛世界上还有光明，所以即便费尽心机，结果仍然是一个瞒不住。"[3]他还劝导青年，"不要高帽皮袍，装腔作势的导师；要并无伪饰，——倘没有，也得少有伪饰的导师。倘有带着假面，以导师自居的，就得叫他除下来，否则，便将它撕下来，互相撕下来。撕得鲜血淋漓，臭架子打得粉碎"，即使这时候"只值半文钱，却是真价值；即使丑得要使人'恶心'，却是真面目"[4]。在这里，它已不是文学问题，不是文

1   鲁迅：《〈三闲集〉序言》，《鲁迅全集》第4卷，北京：人民文学出版社，2005年，第6页。

2   鲁迅：《十四年的"读经"》，《鲁迅全集》第3卷，北京：人民文学出版社，2005年，第138页。

3   鲁迅：《答KS君》，《鲁迅全集》第3卷，北京：人民文学出版社，2005年，第119-120页。

4   鲁迅：《我还不能"带住"》，《鲁迅全集》第3卷，北京：人民文学出版社，2005年，第259页。

学社团关系，而是社会现实问题，是社会与书斋、现实与观念不同生存方式及其价值的分途。不同社团的论战虽为新文学之常态，但在一定程度上也消耗了新文学的原动力，成为为论争而论战的负能量。正如有研究者所说："凡文学流派或社团，总有各自的言论阵地（杂志、副刊、出版社等），有随时发表自己的主张和作品的自由，也有随时批评别人的主张和创作的自由。这样，在流派、社团之间乃至整个文坛，大大小小的摩擦、碰撞、论战，便时有发生。"[1]鲁迅曾说过，有文坛，"便不免有斗争，甚而至于谩骂，诬陷的"，"无论中外古今，文坛上是总归有些混乱"，但这并让人"悲观"，因为有论战，文坛"倒是反而越加清楚，越加分明起来了"，"历史决不倒退，文坛是无须悲观的。悲观的由来，是在置身事外不辨是非，而偏要关心于文坛，或者竟是自己坐在没落的营盘里"[2]。作为公共空间的文坛，论争和论战，谩骂和诬陷虽不足为怪，但毕竟是一种内耗，特别是面临不同团体不同力量，事关利益和权力，原本想借助"论战"而使事理分明，却难免不出现事与愿违的结果。——这结果自然是鲁迅也不愿意看到的。

三

从五四时期到1930年代，新文学社团聚散频繁，鲁迅时而参与，时而游弋在外。这与新文学的发生发展方式有关，也与文学社

---

1   吴立昌：《文学的消解与反消解——中国现代文学派别论争史论》，上海：复旦大学出版
     社，2004年，第4页。
2   鲁迅：《"中国文坛的悲观"》，《鲁迅全集》第5卷，北京：人民文学出版社，2005年，
     第263-264页。

团的运作方式有关，还与鲁迅的社团意识和精神人格、主体意志有关。也就是说，在鲁迅与文学社团背后，则牵涉到鲁迅的思想观念、精神人格和文学创作的身份问题。在中国文学进入社团时代，鲁迅的文学活动也就不可能绕开社团。在日本留学时期，鲁迅就有团体意识，他先是加入同乡会，继而结识《浙江潮》编辑，后来创办《新生》杂志。当时，他就"有一种茫漠的希望：以为文艺是可以转移性情，改造社会的"，于是便自然而然地想到介绍外国新文学这件事，"但做这事业，一要学问，二要同志。三要工夫，四要资本，五要读者"[1]。这里的"做这事业"所需要的五个条件之一的"同志"即同仁、同道，显然，鲁迅已意识到组织社团的必要。在经历《新生》失败后，鲁迅参与了《新青年》活动，成为新文学的开创者和新文坛的筑造者。鲁迅最讨厌权威，憎恨奴性，但他并不是离群索居的人。创办《新生》和出版《域外小说集》成为鲁迅最早的文化实践。鲁迅有一段耳熟能详的描述："这一学年没有完毕，我已经到了东京了，因为从那一回以后，我便觉得医学并非一件紧要事，凡是愚弱的国民，即使体格如何健全，如何茁壮，也只能做毫无意义的示众的材料和看客，病死多少是不必以为不幸的。所以我们的第一要著，是在改变他们的精神，而善于改变精神的是，我那时以为当然要推文艺，于是想提倡文艺运动了。在东京的留学生很有学法政理化以至警察工业的，但没有人治文学和美术；可是在冷淡的空气中，也幸而寻到几个同志了，此外又邀集了必须的几个人，商量之后，第一步当然是出杂志，名目是取'新的生

1　　鲁迅：《域外小说集序》，《鲁迅著译编年全集》第3卷，北京：人民出版社，2009年，第416页。

命'的意思，因为我们那时大抵带些复古的倾向，所以只谓之《新生》。"[1]鲁迅已充分意识到，思想启蒙首先需要创办杂志，"在冷淡的空气中，也幸而寻到几个同志了，此外又邀集了必须的几个人，商量之后，第一步当然是出杂志"。寻到"几个同志"，"邀集""必须的几个人"，创办刊物需有编辑，还需撰稿者。在《新生》前后，鲁迅已是《浙江潮》和《河南》杂志的撰稿人，但他有意忽略或"忘记"这一事件，却对《新生》念念不忘。这表明作为文化实践主体的《新生》的创办及其失败都给他留下极深的创伤和印象，这让他有了"无端的悲哀"经验，也使他自我反省，"看见自己了：就是我决不是一个振臂一呼应者云集的英雄"[2]。自己不是"英雄"，做不到"振臂一呼应者云集"，而创办刊物，既要有人手，也要有财力，还要借时势。有人，有钱，还要有"势"，才能办成一个刊物。这样的自我认知特别是刊物认知，为他以后的文学活动提供了经验，形成人手、财力和时势的刊物意识。鲁迅一生都在为这样的认知开展文学活动。

后来，鲁迅也认识到："各种文学，都是应环境而产生的"[3]，"想有乔木，想看好花，一定要有好土；没有土，便没有花木了；所以土实在较花木还重要"[4]。并且说："做土要扩大了精神，即使收纳新潮，脱离旧套，能够容纳，了解那将来产生的天才；又要不怕做小事业，就是你能创作的自然是创作，否则翻译，介绍，欣

1   鲁迅：《呐喊·自序》，《鲁迅全集》第1卷，北京：人民文学出版社，2005年，第438-439页。

2   鲁迅：《呐喊·自序》，《鲁迅全集》第1卷，北京：人民文学出版社，2005年，第439-440页。

3   鲁迅：《现今的新文学的概况》，《鲁迅全集》第4卷，北京：人民文学出版社，2005年，第137页。

4   鲁迅：《未有天才之前》，《鲁迅全集》第1卷，北京：人民文学出版社，2005年，第174-175页。

赏，读，看，消闲都可以。以文艺那消闲，说来似乎有些可笑，但究竟较胜于戕贼他。"[1]文学需要土壤，天才需要环境。鲁迅这里提到的"创作，翻译，欣赏，读，看"等，都应该是文学和作家成长的泥土，它们主要都以刊物作为载体，文学创作、文学翻译、文学欣赏、作者和读者的"读"和"看"主要都借助于文学杂志和文学出版，而新文学杂志和出版主要又借助于文学社团，所以鲁迅对文学社团特别是文学刊物的重视，就有更为敏锐和深邃的思考。当然，由此将鲁迅视作一位对报刊书籍拥有极大热忱的编辑，虽说不上大错特错，至少是皮毛之论。在周作人、许广平和赵家璧的回忆文章里，都对鲁迅的编辑工作给予了不少赞誉之辞。但鲁迅毕竟不是职业编辑，也不是出版家，他只是借助刊物出版和编辑来实现他的思想之梦和文学之梦。因文学期刊才会形成文学社团，由文学社团才能显示新文学运动的力量。周策纵曾认为，新式知识分子的社会活动主要有两个方向，"一方面是新思想出版物的增加和伴随而来的新观念的流行；另一方面则是各种社会团体和社会服务的建立与扩张"[2]。出版物和社会组织就是中国社会现代化的重要标志，文学报刊和文学社团，也是中国文学现代化的特征。文学报刊担负着组织、引导文学的生产、传播和接受。本雅明就认为："日常的文学生活是以期刊为中心开展的。"[3]沈从文也认为，"报纸分布面积广，二三年中当可形成一种特别良好空气，有助于现代知识的流注广布，人民自信自尊心的生长，国际关系的认识……这一切都必然因之而加强。在文学方面，则更有助于新作家的培养，与文学上

---

1 鲁迅：《未有天才之前》，《鲁迅全集》第1卷，北京：人民文学出版社，2005年，第177页。

2 周策纵：《五四运动史》，长沙：岳麓书社，1999年，第259页。

3 本雅明：《发达资本主义时代的抒情诗人》，北京：三联书店，1992年，第44页。

自由竞争传统制度的继续。这个制度在过去，已有过良好贡献"[1]。但是，报纸杂志和社团组织一旦创办和成立，他就会有自己的命运和运行机制，不会完全由得自己，会出现"杂志办人"和"社团套人"的情形。茅盾有过这样的感叹："开始'人办杂志'的时候，各种计划、建议都很美妙，等到真正办起来了，就变成了'杂志办人'。"[2] "人办杂志的时候是有话要说，杂志办人的时候是没有话也得勉强说。"[3]梁实秋在编辑《新月》时，也有过同样的体会，他曾说："办杂志是稀松平常的事。哪个喜欢摇摇笔干的人不想办个杂志？起初是人办杂志，后来是杂志办人，其中甘苦谁都晓得。"[4]杂志一旦创办起来，就如同搭建了一个舞台，唱戏的就不完全由得自己。

但是，鲁迅并没有受到文学刊物和文学社团的束缚，而是进退自如，全由自己。他采取的策略就是不满就争，不合则退，不断创办新杂志，取代旧刊物，成立新社团，置换旧团体，以不断变换、流动的方式，实现自己的文学意图。鲁迅不愿意受制于任何一个文学刊物或社团，当一个文学刊物面临人事纷争，一个文学社团出现利益分割，他即抽身而出，别立新宗，另建组织，采取以时间换空间，不同时期出版不同刊物，不同时期建立或参与不同文学组织，由此获得文学生活的自如和精神生活的自由。鲁迅与左联的聚散离

---

1   沈从文：《致周定一先生》，《沈从文全集》第17卷，太原：北岳文艺出版社，2002年，第471页。

2   茅盾：《多事而活跃的岁月》，《茅盾全集》第34卷，北京：人民文学出版社，1997年，第604页。

3   茅盾：《"杂志办人"》，《茅盾文艺杂论集》（上册），上海：上海文艺出版社，1981年，第376页。

4   梁实秋：《梁实秋自传》，南京：江苏文艺出版社，1996年，第141页。

198

中国现当代文学
思想史论丛

合就是一个典型个案。1930年代，鲁迅加入中国左翼作家联盟。这是社会时代的召唤，是新文学发展的必然，也是鲁迅的个人追求。但鲁迅很快就感受到了左联内部出现了不同名目的划分，如革命与反革命；左联本身也从文学社团逐渐向政治团体发生转变，一些青年作者遭受无辜迫害，或被杀害，左联的文学性和多样性空间被压缩或被排斥。对此，鲁迅不免有了诸多困惑，有了批评和抱怨之声。1932年底，鲁迅虽自称是"左翼作家联盟中之一人"[1]，表明他有着强烈而明确的身份认同，但到了左联后期，鲁迅却感受到来自"战友""口是心非"的"防不胜防"，他"为了防后方"，"就得横站，不能正对敌人，而且瞻前顾后，格外费力"[2]。他感到被同战壕的战友"从背后"打了"一鞭"，"恶意的"拿他"做玩具"[3]。在临近去世前一个月，鲁迅称所谓的左翼文学家为"青皮"，"专用造谣、恫吓，播弄手段张网，以罗致不知底细的文学青年，给自己造地位；作品呢，却并没有。真是惟以嗡嗡营营为能事"，"自有一伙，狼狈为奸，把持着文学界，弄得乌烟瘴气"[4]。"青皮"是方言，即无赖的俗称。在他逝世前三天，他还以文言给友人回信说，在自己重病卧床期间，一些曾"畏祸隐去之小丑，竟乘风潮，相率出现，乘我危难，大肆攻击"[5]。鲁迅将刊物和社团作为传播思想，

1　　鲁迅：《〈两地书〉序言》，《鲁迅全集》第11卷，北京：人民文学出版社，2005年，第5页。

2　　鲁迅：《341218·致杨霁云》，《鲁迅全集》第13卷，北京：人民文学出版社，2005年，第301页。

3　　鲁迅：《350207·致曹靖华》，《鲁迅全集》第13卷，北京：人民文学出版社，2005年，第375页。

4　　鲁迅：《360915·致王冶秋》，《鲁迅全集》第14卷，北京：人民文学出版社，2005年，第148-149页。

5　　鲁迅：《361015·致台静农》，《鲁迅全集》第14卷，北京：人民文学出版社，2005年，第170页。

表达声音的阵地，他常称之为"战阵"，但"战阵"并不完全只是对外的，也时有利益和权力之争。1930年代的左翼文学，从理论到实践都存在不少问题。如把敌人看得过低，对资本主义与现代社会的内在性理解能力不足。反之，它却将自己看得过高，对历史主体之阶级和政党过于美化，而显得自我批判性不够。更进一步，他们对左翼内部所存在的不平等现象也缺少清醒认识，对民族国家的区域性和现代社会的世界性也缺乏未来眼光；并且，这些问题或因社会现实危机而被排挤靠后，或受到左翼理论影响而被掩藏忽略。

无论怎样，文学刊物和文学社团仍是中国新文学融入现代社会、参与社会改造的重要手段和方式。鲁迅入其内，但又出其外。他从文学刊物和文学社团中获取了充分的文学空间，但他始终保持着个人的独立身份和自由意志，他有组织无团体，有战场无居所，是一位真正的思想大师和文学大家。

从复古到反复古：钱玄同的民族国家认同

　　钱玄同是五四新文化运动主将之一，他走了一条从复古到反复古之路。从专以保存国粹为职志到主张思想革命和汉字革命，积极反孔教，反儒道学说以及封建宗法制度，倡导国语统一和思想自由。无论是他的复古还是反复古，都与特定的社会情势变化有关，历史事件将他带入思想的现实，也与他的民族意识和国家认同拥有密切联系，同时也显示了他的开放性眼光和现代化诉求。

　　五四新文化运动拥有思想启蒙和文艺复兴的双向目标，选取批判与重释、拒斥与吸纳等不同路径和方式实现传统的转化和价值的创造，可以说是"破"与"立"相统一。钱玄同是新文化运动的参与者和主将之一，则偏向于思想启蒙，重"破"弱"立"，走了一条从复古到反复古之路，彰显着持久而强烈的民族意识和国家认同。

一、复古：钱玄同的民族意识

钱玄同曾这样描述他个人思想的前世："我在1903年以前，曾经做过八股，策论，试帖诗；戴过顶座，提过考监；默过粪学结晶体的什么'圣谕广训'，写过什么避讳的缺笔字"，还"骂过康梁变法，曾经骂过章邹革命；曾经相信过拳匪真会扶清灭洋；曾经相信过《推背图》《烧饼歌》确有灵验。就是从1904到1915（民国四年），这12年间，虽然自以为比1903年以前荒谬程度略略减少，却又曾经提倡保存国粹，写过黄帝纪元，孔子纪元；主张穿斜领古衣；做过写古体字的怪文章；并且点过半部《文选》；在中学校里讲过什么桐城义法。"[1]钱玄同曾是一个复古派，信奉国学（后来被他称为"粪学"），提倡国粹，从思想到行为一个劲儿地崇古复古。他从不避讳自己的复古经历和身份，而作多次表述，意思大都比较相近。他在1917年元旦的"日记"里也写道："余自1907年（丁未）以来，持保存国粹文论，盖当时从太炎问学，师邃于国学，又丁满洲政府伪言维新改革之时，举国不见汉仪，满街尽是洋奴，师因昌国粹之说，冀国人发思古之幽情，振大汉之天声，光复旧物。"[2]在这里，他提到了自己的老师章太炎和当时维新改革的社会现实。他是章太炎的弟子，曾跟随其学习传统小学，那时的章太炎也是一个国粹主义者，以国粹装之学振兴大汉民族，"光复旧物"意在光复汉族，其学问拥有强烈的现实批判特点。1924年，钱玄同

---

1 钱玄同：《保护眼珠与换回人眼》，《钱玄同文集》第1卷，北京：中国人民大学出版社，2000年，第279页。

2 钱玄同：《钱玄同日记》（上），北京：北京大学出版社，2014年，第296页。

又提起这些过往经历，说到1906年秋去日本留学，"我那时对于太炎先生是极端地崇拜的，觉得他真是我们的模范，他的议论真是天经地义，真以他的主张为'绝对之是而不容他人之匡正'。但太炎先生对于国故，实在是想利用它来发扬种性以光复旧物，并非以为它的本身都是好的，都可以使它复活的。而我则不然，老实说罢，我那时的思想，比太炎先生还要顽固得多。我以为保存国粹的目的，不但要光复旧物，光复之功告成之后，当将满清的政制仪文一一推翻而复于古。不仅复于明，且将复于汉唐，不仅复于汉唐，且将复于三代。总而言之，一切文物制度，凡非汉族的都是要不得的，凡是汉族的都是好的，非与政权同时恢复不可，而同是汉族的之中，则愈古愈好。"[1]章太炎以保存国粹"发扬种性"，"种性"即汉族属性，钱玄同接受了这样的价值取向，只是更为偏激，有汉族至上意识，不仅在思想文化复古，还要包括仪文政制，都回到夏商周三代去。至于如何回得去，他也没有深入思考，在行为上改名为"夏"，在所习文字学，认为"字音应该照顾亭林的主张，依三代古音去读；字体应该照江艮庭的主张，依古文籀篆去写，在普通应用上，则废除楷书，采用草体，以期便于书写"[2]。在思想上，"仇视满廷，便想到历史上异族入寇的事，对于这些异族，也和满廷为同样之仇视"[3]。并且，辛亥革命后，他还做了一套"深衣"，后被同事传为笑柄。由此可见，钱玄同的复古有些依葫芦画瓢，比老师走

1   钱玄同：《三十年来我对于满清的态度的变迁》，《钱玄同文集》第2卷，北京：中国人民大学出版社，2000年，第113-114页。

2   钱玄同：《亡友单不庵》，《钱玄同文集》第2卷，北京：中国人民大学出版社，2000年，第287页。

3   钱玄同：《三十年来我对于满清的态度的变迁》，《钱玄同文集》第2卷，北京：中国人民大学出版社，2000年，第115页。

得更远。他的认识总体上还比较模糊，主要出自汉族身份意识的强烈认同，并无多少独特的思想和看法。后来，他的民族意识有所调整，将满人和清朝帝制分开，"一九一二年二月十二日以前的满族全体都是我的仇敌"，在这以后，他把满人当作了朋友，却依然把溥仪等遗老看作是自己的仇敌[1]。实际上，他对满清皇帝一直持极端排斥态度，即使留日本期间，"我那时复古的思想虽极炽烈，但有一样'古'却是主张绝对排斥的，便是'皇帝'"[2]。

实际上，自晚清至辛亥革命一直涌动排满思潮。甲午之战的失败，戊戌维新的流产以及庚子之难一连串历史事件的发生，使清朝政府逐渐失去了知识分子的信任，出现了合法性危机，也引发了排满思潮的酝酿和推进，在海外留学生和青年军人群体中更为明目张胆，如陶成章所说："留学生中之有知识者，知满汉二族利害关系全然相反，欲求自存，非先除满人不可，由是汉满种族之问题渐生，而排满之风潮起矣。"[3]排满思潮是近代民族主义思潮的组成部分，近代民族主义的形成有西方影响，也有现实背景，其内涵和外延也有不同。梁启超还有大小民族主义之说，他认为："小民族主义者何？汉族对于国内他族是也。大民族主义者何？合国内本部属部之诸族以对于国外之诸族是也"，而他则是"于小民族主义之外，更提倡大民族主义"[4]。小民族主义主要表现为汉族中心的"排满"

1　钱玄同：《三十年来我对于满清的态度的变迁》，《钱玄同文集》第2卷，北京：中国人民大学出版社，2000年，第117页。

2　钱玄同：《三十年来我对于满清的态度的变迁》，《钱玄同文集》第2卷，北京：中国人民大学出版社，2000年，第114页。

3　陶成章：《浙案纪闻》，《辛亥革命》（三），上海：上海人民出版社，1957年，第15页。

4　梁启超：《政治学大家伯伦知理之学说》，《梁启超全集》第2册，北京：北京出版社，1999年，第1069页。

思潮，大民族主义则指各民族联合起来抵御外侮，争取中华民族的独立。当时主张排满最力的则为章大炎，他理解的民族主义是人之种族"根性"，为"生民之良知本能"，自古就有，"远至今日，乃始发达"，"素亦知种族之必不可破"[1]，所以，他"秩乎民兽，辨乎部族"，"一切以种族为断"[2]，汉族之外的"其种族不足民，其酋豪不足君"[3]。这以血统和种族作区分，带有明显的种族主义倾向，显然是特定历史时期的产物。章太炎的思想显然会影响到他的弟子们，何况"极端地崇拜"他的钱玄同。加之当时的邹容、孙中山等都曾有过这样的种族民族主义思想，邹容认为："中国为中国人之中国，我同胞皆须自认为自己的汉种中国人之中国。"[4]孙中山说："中国者，中国人之中国；中国之政治，中国人任之。驱除鞑虏之后，光复我民族的国家。"[5]后来孙中山调整了自己的民族主义观念，将满族人与清朝政权区分开，他说："我们并不是恨满族人，是恨害汉人的满族人。假如我们实行革命的时候，那满洲人不来阻害我们，决无寻仇之理。"[6]于是提出了"五族共和"政治理念，抛弃了狭隘的"贵中华而贱夷狄"思想，认为"国家之本，在于人

1　章太炎：《驳康有为论革命书》，《章太炎政论选集》上册，北京：中华书局，1977年，第194页。

2　章太炎：《訄书·原人》，《章太炎全集》（《訄书》初刻本），上海：上海人民出版社，2014年，第23页。

3　章太炎：《訄书·原人》，《章太炎全集》（《訄书》初刻本），上海：上海人民出版社，2014年，第21页。

4　邹容：《革命军》，《辛亥革命前十年间时论选集》第1卷（下册），北京：三联书店，1978年，第675页。

5　孙中山：《中国同盟会革命方略》，《孙中山文集》第1卷，北京：中华书局，1981年，第312页。

6　孙中山：《在东京民报创刊周年庆祝大会上的演说》，《孙中山选集》，北京：人民出版社，1981年，第81页。

民。合汉、满、蒙、回、藏诸地为一国，即合汉、满、蒙、回、藏诸族为一人"[1]。在这样的时代情势里，钱玄同的民族认知自有其必然性和代表性。应该说，除科学主义之外，民族主义是晚清以降所引进西方思想中影响最大的社会思潮，它激活了人们的文化记忆，推进了民族国家整合，有助于社会的近代化变革。只是章太炎和钱玄同的民族主义带有种族主义倾向，在其背后也不无争民权、促变革的价值取向。

钱玄同早年的复古出自师门，诱于国粹，委于时势，成于自知。这段复古经历也为日后的反复古提供了可能。至于其原因，周作人说他是"走不通"，在我看来，主要还是来自社会时代的变迁因素。周作人说他入章门，研习国学，"是他复古思想的第一步"[2]，在文字上琢磨"怎样复古"，"光复旧物"[3]，"发思古之幽情，追溯汉唐文明之盛"，"凡字必须求其'本字'"，推崇小篆。后来，他又走向了疑古，主张破坏，把线装书扔进茅厕坑，四十岁的人就应该枪毙。对复古本身也有自醒，因为"复古愈彻底，就愈明白这条路之走不通，所以弄到底只好拐弯，而这条拐弯的机会也就快到来了"，1915年的洪宪帝制和1917年的张勋复辟，"所有复古的空气乃全然归于消灭，结果发生了反复古"[4]。钱玄同自己也承认，1910年回国以后，"处祖国腐败空气久，谬见渐生，什么读经、

1　　孙中山：《临时大总统宣言书》，《孙中山文集》第1卷，北京：中华书局，1981年，第315页。

2　　周作人：《钱玄同的复古与反复古》，《周作人散文全集》第14卷，桂林：广西师范大学出版社，2009年，第134页。

3　　周作人：《钱玄同的复古与反复古》，《周作人散文全集》第14卷，桂林：广西师范大学出版社，2009年，第135页。

4　　周作人：《钱玄同的复古与反复古》，《周作人散文全集》第14卷，桂林：广西师范大学出版社，2009年，第140页。

尊孔，中国伦理超越世界种种荒谬之谈，余当时亦颇以为然"[1]。但他对共和政体却多有推崇，哪怕是在日期间，也倾向"惟于共和政体却认为天经地义，光复后必须采用它"[2]。这也为他转向民国认同提供了基础，毕竟势大于人，从复古到反复古是很自然的事。

二、反复古：钱玄同的国家认同

辛亥革命和《新青年》的创办为钱玄同的思想变化提供了现实契机，从此，他走向了反复古和国家共和的认同之路，袁世凯称帝和张勋复辟也是其重要因素。他这样描述自己的转变："从十二岁起到二十九岁，东撞西摸，以盘为日，以康瓠为周鼎，以瓦釜为黄钟，发昏做梦者整整十八年。自洪宪纪元，始如一个响霹雳震醒迷梦，始知国粹之万不可保存，粪之万不可不排泄。"[3]采用"发昏做梦整整18年"的说法，近似鲁迅《狂人日记》开篇的"狂人"之语："今天晚上，很好的月光。我不见他，已是三十多年；今天见了，精神分外爽快。才知道以前的三十多年，全是发昏。"只不过鲁迅使用的小说笔法，而钱玄同则是陈述事实，从梦中醒过来成了"中华民国的新国民"，这是钱玄同的新身份，也是他反复古的现实支撑和价值参照。

可以说，钱玄同对"民国"的想象和认同在五四新文化运动中

1   钱玄同：《钱玄同日记》（上），北京：北京大学出版社，2014年，第316页。

2   钱玄同：《三十年来我对于满清的态度的变迁》，《钱玄同文集》第2卷，北京：中国人民大学出版社，2000年，第114页。

3   钱玄同：《保护眼珠与换回人眼》，《钱玄同文集》第1卷，北京：中国人民大学出版社，2000年，第281页。

最为热诚而执着，他经历过清朝帝制，向往着民主共和，所以，在他看来，"民国与帝国，虽然只差一个字，可是因为这一个字的不同，它们俩的政治、法律、道德、文章们不但相差太远，简直是背道而驰。帝国的政治是皇帝管百姓，民国的政治是国民相互的一种组织，帝国的法律是拥护君上而钳制臣下的，民国的法律是保障全体平民的"，"帝国的文章是贵族的装饰品"，"民国的文章是平民抒情达意的工具，应该贵活泼，尚自由"，"帝国民国一切文物制度，可以说是无不相反"，"要民国，惟有将帝国的一切扔下毛厕；要帝国，惟有将民国的一切打下死牢：这才是很干脆很正当的办法"[1]。他比较了民国和帝国的政治形态，一共和一专制，这可说是它们最大的不同，于是，他呼吁："要中华民国，要认民国纪元前一年十月十日为国庆日，则请赶快将国粹和东方文化扔下毛厕"[2]，并大胆直白地表态："我是民国的国民，我自然希望民国国体巩固，不希望有人来捣乱，再闹复辟的把戏"[3]。并且，他希望"中华民国的国民"应"做一个二十世纪的文明人"，不做过去时代的"野蛮人"[4]。在钱玄同眼里，社会已进入民国时代，新时代应有新目标，"中华民国既然推翻了自五帝以迄满清四千年的帝制，便该把四千年的'国粹'也同时推翻，因为这都是与帝制有关系的东西"[5]，共和国与帝制应是完全对立的。当社会现实中出现了袁世凯称帝和

1   钱玄同：《赋得国庆》，《钱玄同文集》第2卷，北京：中国人民大学出版社，2000年，第210页。

2   钱玄同：《赋得国庆》，《钱玄同文集》第2卷，北京：中国人民大学出版社，2000年，第213页。

3   钱玄同：《告遗老》，《钱玄同文集》第2卷，北京：中国人民大学出版社，2000年，第100页。

4   钱玄同：《文学革新与青年救济》，《钱玄同文集》第1卷，北京：中国人民大学出版社，2000年，第195页。

5   钱玄同：《随感录·二八》，《钱玄同文集》第2卷，北京：中国人民大学出版社，2000年，第14-15页。

张勋复辟的闹剧以及其他种种死灰复燃的传统景象时，他就会产生愤懑情绪，而深恶痛绝。"自一九一三年袁皇帝专政以来，复古潮流一日千里；今距袁皇帝之死已两年有余，而复古之风犹未有艾"，"清末亡时，国人尚有革新之思想；到了民国成立，反来提倡复古，袁政府以此愚民，国民不但不反抗，还要来推波助澜，我真不解彼等是何居心。"[1]尽管帝制复辟都以失败告终，但也给钱玄同的思想和心理造成了极大影响，如同幽灵一般让他深感恐惧，甚至有些怒不可遏。1917年，天津发大水，"日本租界涨至五尺，外人均竭力谋泄水救灾，而督军曹锟犹往所谓'太乙庙'者（蛇精）三跪九叩祈祷。此种野蛮原人，居然在二十世纪时代光天化日之下干这种畜牲事业。唉！夫复何言？"[2]1919年初，陈衍、林纾要求徐世昌干涉，整顿文科，"这几天徐世昌在那里下什么'祈天永命'，什么'股肱以膂'，什么'吏治'，什么'孔道'的狗屁上谕！这才是你们的原形真相呢？"[3]钱玄同特别痛恨祭孔拜神，在他眼里，"到了民国时代，还要祀什么孔，祭什么天，还要说什么纲常明教，还要垂辫裹脚，还要打拱磕头，甚而至于还要保存讲什么忠孝节义的旧戏，保存可以'载'什么'道'的古文，讲求什么八卦拳，讲求什么丹田。你想，现在是什么时世了？人家是坐了飞行机直进，我们极少数的人踱着方步的向前跟走"[4]"现在是什么时世了？"这既是对社会的反问也是质问，时代虽变了，但人们的思想观念和行为

1　钱玄同：《"黑幕"书》，《钱玄同文集》第1卷，北京：中国人民大学出版社，2000年，第293页。

2　钱玄同：《钱玄同日记》（上），北京：北京大学出版社，2014年，第319页。

3　钱玄同：《钱玄同日记》（上），北京：北京大学出版社，2014年，第338页。

4　钱玄同：《答彝铭氏论新旧改革》，《钱玄同文集》第1卷，北京：中国人民大学出版社，2000年，第351-352页。

方式还停留在帝制时代，这让钱玄同既愤怒又悲凉。民国时代虽是他的标准和尺度，但社会现实却没有出现。"二千年前'宗法'社会里的把戏，现在既称为民国，是早已进入国家社会，当然不能再玩这宗法社会的把戏。"[1]这也应该看作他的理想，在他的思维逻辑里，既然进入了新的民国，为何还在玩宗法游戏？于是他想不通，看不惯。特别是在他眼里，孔教及儒家思想与民国的民主平等观念也是相矛盾的，社会虽"早为共和国"了，但人们依然"尊孔子"，且"似专一崇拜此点"[2]，而"民国人民，一律平等，彼此相待，止有博爱，断断没有什么'忠、孝、节、义'之可言"[3]。虽然孔教及儒家思想与此相反，但社会现实中却处处存在帝制思想吗，这也许算是钱玄同的无奈吧。

因为钱玄同对民国和国民有着高度的认知及身份认同，那么，他对孔教及儒家传统采取了决绝的否定态度，也完全是可以理解的了。"共和与孔经是绝对不能并存的东西，如其要保全中华民国，惟有将自来的什么三纲五伦、礼乐、政刑、历史、文字，'弃如土苴'。"[4]对共和国而言，他"以民为主体"，它的法律也"是国民自己定的，没有什么'君'可以来'出'令，没有什么'圣王'可以来'行吾教'，更没有对于'不率吾教'的人可以'从而刑之'的

1　　钱玄同：《姚叔节之孔经谈》，《钱玄同文集》第1卷，北京：中国人民大学出版社，2000年，第317页。

2　　钱玄同：《世界语与文学》，《钱玄同文集》第1卷，北京：中国人民大学出版社，2000年，第23页。

3　　钱玄同：《随感录·二八》，《钱玄同文集》第2卷，北京：中国人民大学出版社，2000年，第15页。

4　　钱玄同：《姚叔节之孔经谈》，《钱玄同文集》第1卷，北京：中国人民大学出版社，2000年，第316页。

道理。国民定了法律以后，大家互相遵守；国民所'志'凡在法律范围以内，都是正当的，断断没有别人可以来'定民志'或'收逸志'"[1]。于是，他有了这样的主张："凡与中华民国国体政体和一切组织抵触的，都是'国贼'，都应该'除'它，而且'除恶务尽'！"如"纲常名教""忠孝节义""礼教德治""文以载道""安分守己""乐天知命""不问政治"等"种种屁话"，都应该在民国元年那天"执行枪决"，以它们是"专制帝国的保镖者，而绝对与共和民国相抵触故，只因当时任它们逍遥法外，以致十四年来所谓中华民国也者，仅有一张空招牌，实际上是挂羊头而卖狗肉，大多数的国人都是死守帝国遗奴的本分，不能超升为民国的国民：够得上算民国国民的，只有那极少数的几个觉醒者"[2]。虽然，钱玄同把话说得比较极端，但"民国"及"国民"却成了一种身份标识，它具有不同于传统道德礼教的现代观念和世界眼光，特别应具有不同于传统安分守己、乐天知命的抗争精神。

在这方面，钱玄同自己却真正称得上是民国国民典范和斗士形象。他曾立下豪言壮语："吾人一息尚存，革命之志总不容少懈"[3]，一辈子"对于圣人和圣经干'裂冠，毁冕'，撕袍子，剥裤子的勾当"[4]。他称国学为粪学，比喻为如同昨天所吃饭菜的糟粕，其营养料已被人体吸收，剩下的只是排泄物。钱玄同的反传统主要

1　钱玄同：《姚叔节之孔经谈》，《钱玄同文集》第1卷，北京：中国人民大学出版社，2000年，第317页。

2　钱玄同：《关于反抗帝国主义》，《钱玄同文集》第2卷，北京：中国人民大学出版社，2000年，第180页。

3　钱玄同：《回语堂信》，《钱玄同文集》第2卷，北京：中国人民大学出版社，2000年，第151页。

4　钱玄同：《致胡适》，《钱玄同文集》第6卷，北京：中国人民大学出版社，2000年，第104页。

集中在孔教及封建宗法制度，因为在他看来，"大抵中国人脑筋，二千年来沉溺于尊卑名分纲常礼教之教育，故平日做人之道，不外乎'骄''谄'二字"，"一天到晚，希望有皇帝，希望复拜跪"，哪怕是孔子，他虽为"过去时代极有价值之人"，但他的"'别上下，定尊卑'之学说，则实在不敢服膺"[1]。为什么他会有这样的看法？因为在他眼里，"我们实在中孔老爹'学术思想专制'之毒太深"[2]。由此，他坚决反对国粹，甚至主张废除汉字，因为在国粹里有"生殖器崇拜"的道教，有相氏苗裔的"'脸谱'戏"，有"三纲五伦的孔教"，即使"到了共和时代，国会里选出的总统，曾想由'国民公仆'晋封为'天下共主'；垂辫的匪徒，胆敢于光天化日之下，闹大逆不道的什么'复辟'把戏"，如果"照这样做去，中国人总有一天被逐出于文明人之外"[3]，如果"要想立国于二十世纪，还是少保存些国魂国粹的好！"[4]就是汉字，在他眼里，也是"二千年来用汉字写的书籍，无论是哪一部，打开一看，不到半页，必有发昏做梦的话"[5]。于是，他也有了这样的判决："欲使中国不亡，欲使中国民族为二十世纪文明之民族，必以废孔学，灭道教为根本之解决，而废记载孔门学说及道教妖言之汉文，尤为根本解决

1　钱玄同：《世界语与文学》，《钱玄同文集》第1卷，北京：中国人民大学出版社，2000年，第23页。

2　钱玄同：《致周作人》，《钱玄同文集》第6卷，北京：中国人民大学出版社，2000年，第32页。

3　钱玄同：《答姚寄人论Esperanto》，《钱玄同文集》第1卷，北京：中国人民大学出版社，2000年，第267页。

4　钱玄同：《答姚寄人论Esperanto》，《钱玄同文集》第1卷，北京：中国人民大学出版社，2000年，第267页。

5　钱玄同：《中国今后之文字问题》，《钱玄同文集》第1卷，北京：中国人民大学出版社，2000年，第163页。

之根本解决。"[1]并且，汉字与"现代世界文化"也"格格不入"，它只是儒道思想学说的载体，"论其过去之历史，则千分之九十九为记载孔门学说及道教妖言之记号。此种文字，断断不能适用于二十世纪之新时代"[2]。如果要使中国人都接受"现代世界文化的洗礼"，使"现代世界文化之光普照于中国"[3]，那么，汉字就是"一种障碍物"[4]和"野蛮的文字"，因为"中国文字论其字形，则非拼音而为象形文字之末流，不便于识，不便于写；论其字义，则意义含糊，文法极不精密；论其在今日学问上之应用，则新理新事新物之名词，一无所有"[5]。因此，他主张废除汉字，"把它们撕毁，践踏，而改用通顺的白话文和文明的拼音字"[6]。当然，在对世界文明的接受过程中，传统文化可能会产生一定的阻碍，其文化载体——汉字并非是阻碍的因素，更不是野蛮文字。中国是世界文明古国，汉字是其文明内容的载体形式或符号标志，但符号本身并无显明的价值负面性，如果将汉字作为内容本身，就会有本末倒置之嫌疑。当然，钱玄同的废除汉字主张主要是为了反对礼教，因为汉字里存有儒道思想。作为五四时期反传统最为决绝的钱玄同，有着

1   钱玄同：《中国今后之文字问题》，《钱玄同文集》第1卷，北京：中国人民大学出版社，2000年，第166-167页。

2   钱玄同：《中国今后之文字问题》，《钱玄同文集》第1卷，北京：中国人民大学出版社，2000年，第166页。

3   钱玄同：《汉字革命》，《钱玄同文集》第3卷，北京：中国人民大学出版社，2000年，第77页。

4   钱玄同：《汉字革命》，《钱玄同文集》第3卷，北京：中国人民大学出版社，2000年，第79页。

5   钱玄同：《中国今后之文字问题》，《钱玄同文集》第1卷，北京：中国人民大学出版社，2000年，第166页。

6   钱玄同：《吉林的反国语运动（一）》，《钱玄同文集》第3卷，北京：中国人民大学出版社，2000年，第176页。

这样的思维和眼光也是可以理解的，如同周作人所评价的那样，"在所谓新文化运动中间，主张反孔教最为激烈，而且到后来没有变更的莫过于他了"[1]。"最激烈者"也可能就是最极端化的人，在他倒脏水的时候，不但会把婴儿倒出去了，也可能把装婴儿的盆子一起抛掉了。

三、西方即世界：
钱玄同的现代立场

无论是复古还是反复古，钱玄同都采取了极端化方式，复古时想回到远古，对一切"欧化"都持拒绝态度[2]；反复古时又极力反对国粹，推崇欧化和世界化。何以会有如此反差？在我看来，主要是因为社会情势变化大以及他拥有民族意识、国家观念和世界视野。有关复古和反复古与民族国家的认同关系已作讨论。他之决绝地反复古，不仅基于历史进化论的民国立场，而且还来自他的现代思想。

钱玄同认为："世界万事万物，都是进化的，断没有永久不变的"[3]，中华民国就是社会进步的标志，应该极力给予维护和坚守。但是，作为政体的中华民国的创建也曾经是一个空壳，它主要体现于政治体制上的意义，而疏于思想文化的开掘。到了五四新文化运动，才有了思想文化的支持，并为钱玄同的反复古提供了现代思想

1   周作人：《钱玄同的复古与反复古》，《周作人散文全集》第14卷，桂林：广西师范大学出版社，2009年，第146页。

2   钱玄同：《三十年来我对于满清的态度的变迁》，《钱玄同文集》第2卷，北京：中国人民大学出版社，2000年，第114页。

3   钱玄同：《渡河与引路》，《钱玄同文集》第1卷，北京：中国人民大学出版社，2000年，第246页。

资源。钱玄同重新解释了"西方"与"世界"的关系，在他看来，"西方"代表了世界，就是现代文化发展方向，不存在所谓文化的"东方化"和"西方化"，"赛先生"也绝对不为西洋"所私有"，而是"全世界人类所公有之物"，是"世界文化"[1]。所谓"欧化"也"便是全世界之现代文化，非欧洲人所私有，不过欧人闻道较早，比我们先走了几步，我们倘不甘'自外生成'，惟有拼命追赶这位大哥，务期在短时间之内赶上；到赶上了，然后和他并辔前驱，笑语徐行，才是正办"[2]。所以，他主张应积极向西方学习。1916年夏秋之后，钱玄同放弃了保存国粹的主张，将创造中国文化的方向转向了学习西方。他在日记中写道："大凡学术之事，非智识极丰富，立论必多拘墟。前此闭关时代，苦于无域外事可参照，识见拘墟，原非得已。今幸五洲变通，学子正宜多求域外智识，以与本国参照。域外智识愈丰富者，其对本国学问之观察愈见精美。乃年老者深闭固拒，不肯虚心研求，此尚不足怪，独怪青年诸公，亦以保存国粹自标，抱残守缺，不屑与域外智识相印证，此非至可惜之事？其实倡明本国学术，当从积极着想，不当从消极着想。旁搜博采域外之智识，以与本国学术相发明，此所谓积极着想也，抱残守缺，深固闭拒，此所谓消极着想也。"[3]学习西方是为了"多求域外智识，以与本国参照"，为了"旁搜博采域外之智识，以与本国学术相发明"，一句话，学习西方是为了有"参照"，为了发展"本国"，目的还是中国自身。学习西方，就必须先开放自己，必须自

1　钱玄同：《钱玄同日记》（中），北京：北京大学出版社，2014年，第526页。
2　钱玄同：《回语堂信》，《钱玄同文集》第2卷，北京：中国人民大学出版社，2000年，第155页。
3　钱玄同：《钱玄同日记》（上），北京：北京大学出版社，2014年，第303页。

感其不足，这样才有学习的动力。于是，他反对种种阿Q式的"先前阔"自大现象，"近来中国人常说，'大同是孔夫子发明的；民权议院是孟夫子发明的；共和是二千七百六十年前周公和召公发明的；立宪的管仲发明的；阳历是沈括发明的；大礼帽和燕尾服又是孔夫子发明的'（这是康有为说的）。此外如电报、飞行机之类都是'古已有之'。这种瞎七搭八的附会不但可笑，并且无耻。就算上列种种新道理、新事物的确是中国传到西洋去的，然而人家学了去，一天一天的改良进步，到了现在的样子，我们自己不但不会进步，连老样子都守不住，还有脸来讲这种话吗？"[1] "附会"可笑，"自大"更是可耻。即使"先进"的东西曾是我们的，但我们也没有守住并发展它们。若反观社会现实，那更是不值一驳。如果"说科学是墨老爹发明的；哲学是我国固有的，无待外求。我国的文学，既有《文选》，又有'八家'，为世界之冠，周公作《周礼》是极好的政治；中国道德，又是天下第一，那便是发昏作梦。请问如此好法，何以会有什么'甲午一败于东部，庚子再创于八国'的把戏出现？何以还要讲'中学为体，西学为用'的说话？何以还要什么造船制械，用'以夷制夷'的办法？"[2] 晚清以来的连连败绩也说明西方优于传统，因此，他主张应该大胆彻底地向西方学习，因为"适用于现在世界的一切科学、哲学、文学、政治、道德都是西洋人发明的，我们应该虚心去学他才是正办"[3]，"凡道理，智识，文学，

1　钱玄同：《随感录·五十》，《钱玄同文集》第2卷，北京：中国人民大学出版社，2000年，第21页。

2　钱玄同：《随感录·三十》，《钱玄同文集》第2卷，北京：中国人民大学出版社，2000年，第16页。

3　钱玄同：《随感录·三十》，《钱玄同文集》第2卷，北京：中国人民大学出版社，2000年，第16页。

样样都该学外国人，才能生存于20世纪，做一个文明人"[1]，"人家的学问、道德、智识都是现代的"，而"我们实在太古了"[2]。他曾经是以古为荣，向古而生，现在却惭愧自己的"古"。彼一时也，此一时也，社会时代发生变化了，钱玄同也从民族自救转向了国家认同，有了世界眼光和现代立场。

钱玄同反对中西调和，认为："旧则旧，新则新，两者调和，实在没有道理，制度是有机体，牵一发而全身动摇也。我以为真应该将东方文化连根拔去，西方文化全盘承受才是。"[3]这近乎是非常极端化的说法。但对钱玄同而言，采用绝对化和偏激性的表达，才能表示他的决绝立场，这似乎也是他在五四时期常用的语言方式。如他说："我坚决地相信社会是进化的，人们是应该循进化之轨道而前进的，应该努力前进，决不反顾，才对。所以，我认为过去的各国文化，不问其中国的，欧洲的，印度的，日本的，总而言之，统而言之，都应该弃之若敝履。我对于它们，只有充分厌恶之心，绝无丝毫留恋之想。"[4]这里的"坚决地相信""决不反顾""总而言之，统而言之""充分厌恶""绝无丝毫"等等，都是表示程度的副词，表明他把话说得很满，表达的意思也比较极端，不想留余地，不为自己留后路。后来，钱玄同又对自己的说法作出反思和调整，认为如"发现了外国人的铁床上有了臭虫"，"我们决不该效尤"，更不能主张"我们木床上发现臭虫也应该培养，甚至说将铁床上的

1 钱玄同：《对于朱我农君两信的意见》，《钱玄同文集》第1卷，北京：中国人民大学出版社，2000年，第220页。

2 钱玄同：《致步陶》，《新青年》第6卷第6号，1919年11月1日。

3 钱玄同：《钱玄同日记》（中），北京：北京大学出版社，2014年，第580页。

4 钱玄同：《敬答穆木天先生》，《钱玄同文集》第2卷，北京：中国人民大学出版社，2000年，第187页。

臭虫捉来放在木床上"，不能因为外国女人穿了锐头高跟的鞋子，中国女子"并非不可穿宽头平底的鞋子"[1]。在中外之间不能全部照搬，一一模仿。所谓"欧化"主要还是指"'少数合理之欧'而言"，"'多数之欧'，不合理者其多，此实无'化'之必要"[2]。

不但对西方文化，就是对传统文化，钱玄同也在不断调整自己的极端化策略，而认识到"前几年那种排斥孔教，排斥旧文学的态度很应改变。若有人研究孔教个旧文学，鳃理而整治之，这是求之不可得的事。即使那整理的人，佩服孔教与旧文学，只是所佩服的确是它们的精髓的一部分，也是很正当，很应该的。但即使盲目的崇拜孔教与旧文学，只要是他一人的信仰，不波及社会——波及社会，亦当以有害于社会为界——也应该听其自由"[3]。他几乎是步步退让了，至少是进两步退一步了，承认了对方的合理性。他甚至还觉得梁漱溟和梁启超等提倡的"孔家生活"，也"以为极是"，陈独秀和胡适诸人"排斥孔氏太过"了[4]。在1921年1月1日的日记里，他反思自己，"在两三年前，专发破坏之论，近来觉得不对。杀机一启，决无好理"，应知"统一于三纲五伦固谬，即统一于安那其、宝雪维兹也是谬。万物并育而不相害，道并处而不相悖，方是正理"，"对付旧人，只因诱之改良，不可逼他没路走。如彼迷信孝，则当由孝而引之于爱，不当一味排斥"，就是"清代朴学者，

1　　钱玄同：《致周作人》，《钱玄同文集》第6卷，北京：中国人民大学出版社，2000年，第62页。

2　　钱玄同：《致周作人》，《钱玄同文集》第6卷，北京：中国人民大学出版社，2000年，第68页。

3　　钱玄同：《致周作人》，《钱玄同文集》第6卷，北京：中国人民大学出版社，2000年，第75页。

4　　钱玄同：《钱玄同日记》（中），北京：北京大学出版社，2014年，第525页。

亦自有其价值，下焉者其白首勤劬之业，亦有裨于整理国故也。至若纳妾、复辟，此则有害于全社会，自必屏斥之，但设法使其不能自由发展就行了，终日恨恨仇视之，于彼无益，而有损于我之精神"[1]。钱玄同在不断做出调整，表面上是自我退让，实际上更近于事物本身的复杂性。钱玄同自己也承认，他的一生也走了一条不断自我否定之路，"我二十年来思想见解变迁得很多，梁任公所谓：'以今日之我与昔日之我挑战'，我比他有时还要厉害，而且前后往往成极端的反背"，如曾"尊清"后又"排满"；主张复古音，写篆字，后又主张用破体小写；主张保存汉字，排斥拼音之说，后又主张国语非改用拼音不可，极端排斥汉字保存论；主张恢复汉族古衣冠，后又主张改穿西装；主张尊修古礼，后又主张拨弃古礼[2]。表面上有些反复无常，但总的趋势还是从复古到反复古，好在他最终还是坚持下来了。

当然，即使有矛盾也不能否定他思想认识的进步，并且，他自己也发现每当出现反对现象时新事物却发展了。"复古"让"新文化更加了一重保障"，"袁世凯称了一次皇帝，共和招牌就钉牢了一点；张勋干了一次复辟的事，中华民国的国基就加了一层巩固"，"满清政府杀了谭嗣同等六人，便促进了变法的事业，它又杀了徐锡麟诸人，便促进了革命的行动"[3]。任何事物的进步都伴随反动的力量，不会一帆风顺，而是曲折的，但最终却也推进了事物的发展变化。周作人曾评价钱玄同，"所主张常设两极端，因为求彻底，故不免发生障碍，犹之直站不动与两脚并跳，济不得事，欲前进还

1　钱玄同：《钱玄同日记》（上），北京：北京大学出版社，2014年，第367页。
2　钱玄同：《钱玄同日记》（上），北京：北京大学出版社，2014年，第490-491页。
3　钱玄同：《钱玄同日记》（中），北京：北京大学出版社，2014年，第494页。

只有用两脚前后走动。他的言行因此不免有些矛盾的地方"[1]。生活中的钱玄同却是一个好玩的人，他的"思想显得'过激'，往往有人误解"，但在生活中对人却"十分和平，总是笑嘻嘻的"，"最通人情世故"[2]，是"朋友间不可多得的人"[3]。他的文章也曾得到鲁迅的高度评价，认为："玄同之文，即颇汪洋，而少含蓄，使读者览之了然，无所疑惑，故于表白意见，反为相宜，效力亦复最大。"[4]显然，鲁迅所说主要是他们曾在《新青年》上发表的"随感录"，肯定了钱玄同白话文产生的社会效果，并非他的文章和思想本身。

---

1   周作人：《钱玄同的复古与反复古》，《周作人散文全集》第14卷，桂林：广西师范大学出版社，2009年，第150页。

2   周作人：《钱玄同》，《周作人散文全集》第12卷，桂林：广西师范大学出版社，2009年，第800页。

3   周作人：《钱玄同》，《周作人散文全集》第12卷，桂林：广西师范大学出版社，2009年，第800页。

4   鲁迅：《两地书·12》，《鲁迅全集》第11卷，北京：人民文学出版社，2005年，第47页。

郭沫若的『哈姆雷特』精神气质

　　郭沫若的文学创作受到了传统和西方文学影响，莎士比亚也是其思想和文学资源。他自称是中国的哈姆雷特，有着哈姆雷特相近的精神气质，拥有犹豫和孤独，迷惘和痛苦的情绪化体验。但郭沫若调和了自我与外在的矛盾，消解了内心的冲突，特别是祛除了理性的怀疑精神，将哈姆雷特精神世界的矛盾和痛苦转化为自我与现实的冲突，成为自愿与被迫，兴奋和无奈，感激和厌倦的选择。矛盾和痛苦只是情绪化的表达，没有真正抵达人性的深层。离开了理性和情感的挣扎，郭沫若与哈姆雷特在精神气质上就只是貌合神离的勾连。

一

　　郭沫若曾自称是中国的哈姆雷特，有着哈姆雷特的精神性格。

1924 年 8 月 9 日，在给成仿吾的信里，他说到了自己思想的变化，"生在这个过渡时代的人是只能做个产婆的事业的"，"不能成为纯粹的科学家，纯粹的文学家，纯粹的艺术家，纯粹的思想家"[1]。因为既要有相当的天才，也要有相当的物质基础。一旦物资匮乏，即使是天才也无法得到自由而完全的发展，特别是在内部要求和外部条件不一致时，就会生出烦闷和倦怠。当读到屠格涅夫小说《新的一代》时，他就感觉小说主人公与自己的性格何其相似，既喜欢文学又轻视文学，既"亲近民众"又有"高蹈的精神"，虽对事物有所"怀疑"，但却"缺少执行的勇气"。由此，他做出结论，创造社同人们都有些"中国的'罕牟雷特'"[2]气质。这里，郭沫若把"烦闷""倦怠"和"怀疑""矛盾"心理看作哈姆雷特性格和气质。哈姆雷特是莎士比亚创作的同名经典名剧，它诞生在 16—17 的世纪之交，正是英国文艺复兴新旧交替的转折点，作为新生事物的资本主义曙光初现，人文主义理想与现实社会的矛盾冲突日趋紧张。莎士比亚将人文主义思想融入哈姆雷特的形象塑造，赋予其复仇者、批判者和思想者等身份，着力刻画他的思想矛盾和冲突，特别表现他性格上的忧郁、敏感和懦弱，虽不乏美好理想，但又缺乏现实支撑；虽沉湎于思索，但又得不到答案；想为父亲报仇，但又怀疑人生的意义；想扭转乾坤，但又犹豫不断，由此陷入怀疑、忧郁和孤独之中，担负着精神的折磨和情感的痛苦。这样，哈姆雷特在中外文学史上就成了忧郁与孤独、沉思与怀疑、矛盾和痛苦的典型

1　　郭沫若：《孤鸿——致成仿吾的一封信》，《郭沫若全集》（文学编）第 16 卷，北京：人民文学出版社，1989 年，第 8-9 页。

2　　郭沫若：《孤鸿——致成仿吾的一封信》，《郭沫若全集》（文学编）第 16 卷，北京：人民文学出版社，1989 年，第 17 页。

形象，并与莎士比亚创作的其他文学形象一起共同成为文学史的经典符号，莎士比亚也被欧洲文学史誉为与荷马、但丁、歌德齐名的划时代作家。雅各布·布克哈特认为："全欧洲只产生了一个莎士比亚，而这样的人是不世出的天赋奇才。"[1]美国新批评大师哈罗德·布鲁姆也认为："莎士比亚就是经典。他设立了文学的标准和限度"[2]，"莎士比亚对世界文学，正如哈姆莱特对于文学人物的想象领域：一种四下弥漫又不可限制的精神"[3]。"哈姆莱特是文学宇宙的中心，不论是东方的还是西方的。"[4]人们在多大程度上评价哈姆雷特形象的地位和影响似乎都不为过。钱理群曾描述堂吉诃德和哈姆雷特两个幽灵跨越几个世纪的门槛，从西方到东方的"游移"，认为20世纪中国知识分子的精神气质与世界知识分子拥有内在的精神联系，在鲁迅、周作人、巴金、张天翼、曹禺、何其芳、废名和穆旦等一大批作家身上及其创作里都或多或少有着堂吉诃德和哈姆雷特的影子，就是作为共产党领导人的瞿秋白也是"中国共产主义运动中的'哈姆雷特'"[5]，可以说，"几乎所有的中国重要的现代作家都与这两位世界文学的不朽典型有着不同程度的精神联

1 ［瑞士］雅各布·布克哈特：《意大利文艺复兴时期的文化》，何新译，北京：商务印书馆，1979年，310页。

2 ［美］哈罗德·布鲁姆：《西方正典：伟大作家和不朽作品》，南京：译林出版社，2005年，36页。

3 ［美］哈罗德·布鲁姆：《西方正典：伟大作家和不朽作品》，南京：译林出版社，2005年，38页。

4 ［美］哈罗德·布鲁姆：《影响的剖析：文学作为生活方式》，南京：译林出版社，2005年，44页。

5 钱理群：《丰富的痛苦——"堂吉诃德"与"哈姆雷特"的东移》，太原：北岳文艺出版社，1993年，第235页。

系"[1]。在钱理群所列举的一长串作家名单里，没有提到郭沫若，那么，哈姆雷特的东移是否对郭沫若有影响呢？这的确是一个值得讨论的话题。

众所熟知，郭沫若的新诗创作受到了中外诗人的影响，外国的如泰戈尔、海涅、惠特曼、雪莱、歌德等。虽然莎士比亚也是诗人，但郭沫若喜欢的是浪漫主义诗歌。尽管如此，他对莎士比亚和哈姆雷特形象还是非常熟悉的。1904年，林纾和魏易将兰姆姐弟所编的莎士比亚戏剧故事集译为《吟边燕语》出版，收录莎士比亚戏剧故事20篇，《哈姆雷特》被译为《鬼诏》。后来，有人根据这些戏剧故事改编为话剧上演。郭沫若说林纾小说对他"文学倾向上有决定的影响"，喜欢林译司各特小说《艾凡赫》，"这差不多是我的一个秘密"[2]。对《吟边燕语》也"感受着无上的兴趣。它无形之间给了我很大的影响"[3]。1921年，田汉也翻译了《哈姆雷特》，译名为《哈孟雷德》，刊于1921年6月15日《少年中国》第2卷第12期。同时附有译序、代序。他说："译此剧时，态度颇严肃而慎重"[4]，并将剧作第二幕第二场哈姆雷特批判世界"荒凉"和"灰尘"的一段台词作为"代序"。1920年5月，上海亚东图书馆出版了郭沫若和田汉、宗白华1920年的通信集《三叶集》，郭沫若翻阅

1　钱理群：《丰富的痛苦——"堂吉诃德"与"哈姆雷特"的东移》，太原：北岳文艺出版社，1993年，第325页。

2　郭沫若：《少年时代》，《郭沫若全集》（文学编）第11卷，北京：人民文学出版社，1992年，第123页。

3　郭沫若：《少年时代》，《郭沫若全集》（文学编）第11卷，北京：人民文学出版社，1992年，第124页。

4　田汉：《〈哈孟雷德〉译序》，《田汉全集》第19卷，石家庄：花山文艺出版社，2000年，第171页。

《少年中国》杂志后，在给田汉的信中说："昨天晚上想接着写下去时，因为白华又寄来几册《少年中国》，我饱读了一阵，又夜深了。"[1]显然，郭沫若应该是读到过田汉翻译的《哈孟雷德》。1924年，他在谈论"整理国故"问题时指出，研究只是"既成价值的评估，并不是新生价值的创造"，所以，"研究沙士比亚与歌德的书车载斗量，但抵不上一篇《罕谟列特》和一部《浮士德》在文化史上所占的地位"[2]。对作为诗人的莎士比亚，郭沫若的兴趣不大，但作为伟大戏剧家的莎士比亚却是郭沫若无法绕开的对象，只是他自己并没有像诗歌写作那样主动明白地表露出来，当有评论说《屈原》有着"莎士比的风味"，像《哈姆雷特》，他才回应"也有这样的感觉"，但却无法指出"究竟是哪些地方像"，"拿性格悲剧的一点来说，要说像《哈姆雷特》，也好像有点像，然而主题的性质和主人公的性格是完全不同的"[3]。"像"与"不像"，是文学接受和影响过程中存在的普遍现象，不可避免也无须指责，只是一个模仿和创造的"度"的问题。有学者进一步研究指出，《棠棣之花》也借鉴了《哈姆雷特》的情节结构，《孔雀胆》在人物塑造、情节设置和主题构思上与《哈姆雷特》亦有相似的地方[4]。这表明郭沫若的戏剧创作受到莎士比亚的影响，与《哈姆雷特》也有或多或少的

1　郭沫若：《郭沫若致田汉》，《郭沫若全集》（文学编）第15卷，北京：人民文学出版社，1990年，第41页。

2　郭沫若：《整理国故的评价》，《郭沫若全集》（文学编）第15卷，北京：人民文学出版社，1990年，第162页。

3　郭沫若：《〈屈原〉与〈厘雅王〉》，《郭沫若全集》（文学编）第6卷，北京：人民文学出版社，1986年，第406页。

4　曹树钧：《莎士比亚与郭沫若的历史剧创作》，《郭沫若学刊》1993年第1期；张直心：《文化意蕴互阐：〈孔雀胆〉与〈哈姆莱特〉》，《郭沫若学刊》1997年第1期。

联系。创作对象的构思和立意，往往与创作主体的选择有关，同声相应，同气相求，郭沫若同样有着与莎士比亚笔下哈姆雷特相似的精神气质。

郭沫若时常给人以性情冲动、敏锐机智、兴趣广泛、精力旺盛、想象丰富的印象，有性格的变动性和多样化，情绪的矛盾性和极端化特点。这既是郭沫若的优点，也是他的缺点，而且优缺点还混合在一起，优点是热情、天真、不虚伪，缺点是少节制、变化无常，犹如翻筋斗。事物本身也有两面性，"热情"既可能是革命的热火，也可能是"浪漫谛克"。郭沫若对自己有过鉴定和判断，他的性格"偏于主观"，是"一个冲动性的人"，"想象力"比"观察力强"，"一有冲动的时候，就好像一匹奔马"，当"冲动窒息了的时候，又好像一只死了的河豚"[1]。冲动和激情都是主观性的表现，也带来了他的善变和多变，虽不是出于投机，但也多于矛盾之中。1958年，他总结自己在1920和1930年代的"思想相当混乱，各种各样的见解都沾染了一些，但缺乏有机的统一"，"有些话说得好象还不错，而有些话却又十分糊涂"[2]。实际上，思想的混乱和矛盾不仅是1920年代，而是伴随了郭沫若一生，不仅仅限于思想观念，还包括情感心理。他曾评价王阳明的思想有"不能调和的矛盾"[3]，他自己也受到了王阳明的影响。他曾主张个性和自由，但在"水平

1　郭沫若：《论国内的评坛及我对于创作上的态度》，《郭沫若全集》（文学编）第15卷，北京：人民文学出版社，1990年，第226页。

2　郭沫若：《前记》，《郭沫若全集》（文学编）第15卷，北京：人民文学出版社，1990年，第144页。

3　郭沫若：《前记》，《郭沫若全集》（文学编）第15卷，北京：人民文学出版社，1990年，第143-144页。

线下"的现实里，又认为个性和自由"未免出于僭妄"[1]。郭沫若的思想和情感常常是矛盾的，他对文艺的看法也是如此，既主张艺术的无功利性，"无所谓目的"[2]，又主张文艺可作为"促进社会革命"的"宣传的利器"[3]和"留声机器"[4]。此一时也，彼一时也，可谓是应时而变，顺势而为之论。

二

这样的不断变化也给郭沫若带来了不少困惑和痛苦。北伐时期，郭沫若在《请看今日之蒋介石》骂过蒋介石，1937年9月24日，抗战归国后，当他再次见到蒋介石时，却说"蒋的态度是号称有威可畏的，有好些人立在他面前不知不觉地手足便要战栗，但他对我照例是格外的和蔼。北伐时是这样，十年来的今日第一次见面也依然是这样。这使我感到轻松"[5]。他为自己的礼遇而高兴，也让人看到了他的多面性。郭沫若成为抗战时期国共两党争夺的文化资源，他审时度势，选择自己应归附的政治权势。1941年11月，重庆、延安、桂林、香港，乃至新加坡等地纷纷举行庆祝郭沫若

1   郭沫若：《〈文艺论集〉序》，《郭沫若全集》（文学编）第15卷，北京：人民文学出版社，1990年，第146页。

2   郭沫若：《文艺之社会使命》，《郭沫若全集》（文学编）第15卷，北京：人民文学出版社，1990年，第200页。

3   郭沫若：《孤鸿——致成仿吾的一封信》，《郭沫若全集》（文学编）第16卷，北京：人民文学出版社，1989年，第20页。

4   郭沫若：《英雄树》，《郭沫若全集》（文学编）第16卷，北京：人民文学出版社，1989年，第46页。

5   郭沫若：《在轰炸中来去》，《郭沫若全集》（文学编）第13卷，北京：人民文学出版社，1992年，第479页。

50华诞的活动，盛况空前，被作为一场意义重大的政治斗争和文化斗争活动。[1]周恩来发表《我要说的话》，称他是"新文化运动的主将"和"向导"，"带着我们大家一道前进"[2]，由此确立了他在左翼文化战线上的地位。但是，沈从文却说："让我们把郭沫若的名字位置在英雄上，诗人上，煽动者或任何名分上，加以尊敬与同情。"[3]这与一般的表述不同，与"尊敬"并列的是"同情"，让我们看到沈从文的评价也是够狠的，一个词就把想说而不便说的全部说出来了。

1948年，郭沫若离港北上前夕，他在客人家里看到养在玻璃柜里的金鱼，触景生情，即作诗一首："平生作金鱼，/惯供人玩味，/今夕变蛟龙，/破空且飞去。"[4]大有李白"仰天大笑出门去"的豪气，欣喜之情跃然纸上。从1950年开始，郭沫若就作为无党派人士，参与新中国的各类政务活动，担任要职，创作了优秀的言志之作《蔡文姬》，当然，也创作了大量表达政治意愿、显露政治姿态的诗歌，但他自己还是清醒的，如时人对《新华颂》多有赞誉，而他自己却认为没有多少新意，"甚至没有一首可以称得上是'新诗'！所有的只是老掉牙的四言、五言、七言老调，再有就是一些分行印出来的讲演辞"，"根本就算不上是什么文艺作品！"[5]后来，他围绕权力运转和社会变迁而处于自愿与被迫、自豪与恐慌、兴奋和无奈、感激和厌倦的夹缝之中，不得不模棱两可，左右逢源，虽

---

1   阳翰笙：《回忆郭老创作二十五周年纪念和五十寿辰的庆祝活动》，《新文学史料》1980年第2期。

2   周恩来：《我要说的话》，《新华日报》1941年11月16日。

3   沈从文：《论郭沫若》，《沈从文全集》第16卷，太原：北岳文艺出版社，2002年，第160页。

4   郭平英、王廷芳等辑：《沫若佚诗廿五首》，《光明日报》1979年6月10日。

5   郭沫若：《致陈明远》，《郭沫若书信集》（下），黄淳浩编，北京：中国社会科学出版社，1992年，第79页。

讲究有经有权，但毕竟要小心翼翼，谨小慎微，甚至唯唯诺诺。

当然，郭沫若也是一个很有表现欲望的政治人物和诗人，喜欢趋时跟风，如《百花齐放》的创作。为了表现"大跃进"，从1958年4月3日到6月27日，他以每天平均10首写作速度，像一架诗歌生产机器一样，虽有高昂、奔放的情感，但却不加节制，泛滥成灾，成了苍白的说教，艺术上也是粗制滥造，缺乏变化。郭沫若还算明白人，说："我的《百花齐放》是一场大失败！尽管有人做些表面文章吹捧，但我是深以为憾的。"[1]实际上，郭沫若在多数时候都是清醒的，即使在亢奋不已的时候，他也知道："尽管一个新的社会诞生了，可是这新社会中也会产生它的阴暗面。"[2]郭沫若的内心一直珍藏着文艺女神之梦，他想放开写他喜欢的诗作，但现实又让他很无奈："自从建国以来担负了国家行政工作，事务繁忙；文艺女神离开我愈来愈远了。不是她抛弃了我，而是我身不由己、被迫地疏远了她。有时候内心深处感到难言的隐衷。"[3]随着年岁的增长，加上生活的政治化，写诗的无力感更显强烈，他自己也承认，"近年来我常感到自己确是走入老境，心里也在发急。我想写诗的时候，每每苦于力不从心"[4]。他甚至还彻底否定了自己，"我自内省，实毫无成就。拿文学来说，没有一篇作品可以满意。拿研究来

1   郭沫若：《致陈明远》，《郭沫若书信集》（下），黄淳浩编，北京：中国社会科学出版社，1992年，第104页。

2   郭沫若：《致陈明远》，《郭沫若书信集》（下），黄淳浩编，北京：中国社会科学出版社，1992年，第63页。

3   郭沫若：《致陈明远》，《郭沫若书信集》（下），黄淳浩编，北京：中国社会科学出版社，1992年，第77页。

4   郭沫若：《致陈明远》，《郭沫若书信集》（下），黄淳浩编，北京：中国社会科学出版社，1992年，第101页。

说，根柢也不踏实。特别在解放后，觉得空虚得很"[1]。如果说"毫无成就"，没有一篇满意的作品，或许还有一点自谦的话，说"空虚得很"就让人颇有些意外了，但又显得特别真实。在常人感觉多么光鲜的背后，却隐藏着只有郭沫若自己才能感受到的"空虚"，这也可说是另一种刻骨的真实。但郭沫若的思想和感觉也并没有完全僵化，偶尔也能写出像《骆驼》《波与云》《西湖的女神》和《郊原的青草》这样的纯净优美之作。如《西湖的女神》："据说西湖里有一位女神，/每逢月夜便要从湖心出现。/游湖的人如果喜欢了她，/便被诱引向湖底的青天。//今晚的湖上幸好没有月，/我没有看到西湖的女神。/不是我被诱进西湖的水底，/是西湖被诱进了我的心。"[2]又如《波与云》："碧波伸出无数次的皓手，/向天上的白云不断追求。/白云高高地在天上逍遥，/只投下些笑影不肯停留。//白云转瞬间流到了天外，/云影已被吞进波的心头。／波的皓手仍在不断伸拿，／动荡不会有止息的时候。"[3]读这样的作品，你甚至有些不相信自己的眼睛，这是郭沫若写的吗？它们的确是郭沫若写的，还公开发在1957年10月6日的《人民日报》，这就让人甚感意外了。

郭沫若依然有着诗人的真实感觉和独特想象，特别是当他独自面对自然的时候，自然"美景"拨动着他的心弦，并产生了曼妙的诗意。也许正因为他虽有诗意的感受，但又无法自由而真实地书写，这更平添了他的自责、悲哀和无奈，越到晚年，这样的嗟悔之

1   郭沫若：《致祖平》，《郭沫若书信集》（下），黄淳浩编，北京：中国社会科学出版社，1992年，第314页。

2   郭沫若：《西湖的女神》，《郭沫若全集》（文学编）第3卷，北京：人民文学出版社，1983年，第204页。

3   郭沫若：《波与云》，《郭沫若全集》（文学编）第3卷，北京：人民文学出版社，1983年，第205页。

感也越为强烈。正如学界对郭沫若的多才多艺褒奖有加，说他的精力和才气，"不限于某一种学问，有如大地喷出的清泉，银花翠滴，心溅各方"，"每一方面都有深入的造诣"和"伟大的成绩与贡献"[1]。而他对自己的多面身份却深感愧疚，有着不可言说的悲哀。"几年来我简直把笔砚抛荒了，几乎什么也没有写。别人依然把我当成为'作家'，又是'学者'，其实我这个两栖动物实在是有点惭愧了"，而"深深感觉着自己是走入老境了"[2]。"至于我自己，有时我内心是很悲哀的，我常感到自己的生活中缺乏诗意，因此也就不能写出好诗来。我的那些分行的散文，都是应制应景之作，根本就不配称为是什么'诗'！别人出于客套应酬，从来不向我指出这个问题，但我是有自知之明的。"[3]他为自己名不副实的诗人身份而悲哀，更为"生活中缺乏诗意"，但又不得不写诗而痛苦，虽有"自知之明"却不能自救。于是，他想逃避，"我早已有意辞去一切职务，告老还乡"，"回顾这一生，真是惭愧！诗歌、戏剧、小说、历史、考古、翻译……什么都搞了一些，什么都没有搞到家。好象十个手指伸开按跳蚤，结果一个都没能抓着。建国以后，行政事务缠身，大小会议、迎来送往，耗费了许多时间和精力。近年来总是觉得疲倦"[4]。的确，四面出击，精力分散，也就难以做到精审深

1　高介植：《郭沫若先生的多面性与深入性》，《百家论郭沫若》，成都：成都出版社，1992年，第415-416页。

2　郭沫若：《致任健》，《郭沫若书信集》（下），黄淳浩编，北京：中国社会科学出版社，1992年，第235页。

3　郭沫若：《致陈明远》，《郭沫若书信集》（下），黄淳浩编，北京：中国社会科学出版社，1992年，第142页。

4　郭沫若：《致陈明远》，《郭沫若书信集》（下），黄淳浩编，北京：中国社会科学出版社，1992年，第162页。

人；加上公务缠身，更易心浮气躁。郭沫若的"告老还乡"应是一个历经风雨者最为本真且原初的想法，处庙堂之上的郭沫若在此时只想做一个真实的老人。

三

郭沫若一生同时或交替担负着诗人、学者和政治家等不同的身份，处于多重社会权势和场域的矛盾之中，他时常陷入社会变革、政治斗争和文学创作的冲突里，尽管他也擅长思想变幻和语言装饰，拥有开创者的勇气和战斗者的毅力，也有逢场作戏的机智。相对而言，只缺少持久的耐心和理性的反思，多情绪的变动与心理的波折，弱于拷问人性的迷惘与复杂，逼视精神的忧郁和孤独。郭沫若与哈姆雷特形象在精神气质上则是形似多于神似，貌合而神离，缺乏真正的精神沟通和灵魂的融合。他没有精神的焦虑和孤独，忧郁也只是临时性的，这样，郭沫若也就失去了哈姆雷特气质的真正内核。众所周知，哈姆雷特在生与死、复仇与怀疑上陷入了犹豫、自责的悲剧性困境，但他却始终保持理性的沉思。他的那段挣扎于"活下去还是不活：这是个问题"的独白，即忍气吞声"活下去"就要忍受世间的"嘲弄"和"凌辱"，"不活"就要选择"死亡"，"死，就是睡眠"，死亡虽然是痛苦和矛盾的结束，但一了百了仍然是个梦，因为未来也不可知，由此，哈姆雷特才陷入了犹豫不决。他用怀疑的眼光看待已知和未知的一切。忧郁、犹豫、痛苦成为哈姆雷特的精神气质，在它们背后，最为重要的是怀疑精神，由怀疑世界到自我怀疑，才带来了他的犹豫和痛苦，带来思想与行动的矛盾，以及负罪感和漂泊感。屠格涅夫就认为，在哈姆雷特身上，有怀疑主义和信仰主义的对抗，思想与意志的分裂，以及由怀疑产生的虚无，"他在整个世界上找不到他的灵魂可以依附的东西"[1]，这才有了"人类生活的悲剧性的一面"[2]。赫尔岑也认为："哈姆雷特的性格达到了全人类普遍性的程度，尤其在这怀疑与沉思的时代。"[3]正是有了怀疑的沉思，或者说沉思的怀疑，才让哈姆雷特的忧郁和自责超越了普通的情绪层面而上升到理性的高度，成为有智慧的痛苦。

郭沫若的性格气质主要还是蜷缩在情绪世界里。他曾经创作了一篇小说《矛盾的调和》[4]，叙述因为上海的牙医收费贵，"我"怀有身孕的妻子正犯牙病，因无钱诊治，疼得打滚，而"睡在地板上"。有朋友来访看望妻子，"我"感到窘迫而紧张。恰好曾留学美国的朋友夫人穿着高跟鞋不方便，日本风俗却是上楼需脱鞋，"两种全部不相容的风俗，在这儿却恰好融汇起来解救了我"。由此，"我"想到了孔子赞扬子路的"衣敝缊袍，与衣狐貉者立，而不耻者"，"决不是寻常的人所能办得到的事"，"我"有强烈的物质欲望，也有道德的羞耻之心，它们虽存在矛盾，却终以调和的方式得以解决。这或许是一个发生在郭沫若身上的真实故事，但也可看作郭沫若如何消融思想情感矛盾的方法论。虽然郭沫若常常处在矛盾和冲突之中，但他并不执着于精神的痛苦，而是在外部世界中寻找

1　[俄] 屠格涅夫：《哈姆雷特和堂吉诃德》，《莎士比亚评论汇编》（上），北京：中国社会科学出版社，1979年，第468页。

2　[俄] 屠格涅夫：《哈姆雷特和堂吉诃德》，《莎士比亚评论汇编》（上），北京：中国社会科学出版社，1979年，第476页。

3　[俄] 赫尔岑：《往事与回想》（1852—1868），《莎士比亚评论汇编》（上），北京：中国社会科学出版社，1979年，第462页。

4　后改名《矛盾的统一》收入小说集《水平线下》，1928年5月由上海创造社出版部出版，并以《矛盾的统一》篇名编入《郭沫若全集》（文学编）第9卷，北京：人民文学出版社，1985年，第418-420页。

机会，只要能加以"调和"，哪怕是偶然和巧合，却也能化解个人与他人、事实与意图、物质和精神之间的矛盾困境。从这个角度上，郭沫若的矛盾痛苦多为主观想象，自设难度，解决起来也相对比较容易，没有鲁迅那种纠缠如毒蛇，执着如怨鬼的痛苦，没有妥协的可能和始终放不下的精神负担。

对此，郭沫若从"时代与人"和"存在与思想"的关系上作过解释。在他看来，人的精神心理"无论如何是不能不受社会影响"[1]，人的思想观念受制于外在环境的干扰，"研究些学问"虽然是"理想的生活"，但仍需要最低限度的"糊口的资粮"和一份"安定的精神"，"没有安定的精神生活决不能从事于坚苦？的学者生涯，决不能与冰冷的真理姑娘时常见面"，"时代的不安迫害着我们的生存。我们微弱的精神在时代的荒浪里好像浮荡着的一株海草。我们的物质生活简直像伯夷叔齐困饿在首阳山上了"[2]。生活的窘迫让现代的郭沫若失去了精神的稳定和职业的执着。他生活在一个过渡的时代，新旧的更替如"出水的蜻蜓"，"要脱皮真是艰难"，"难保不会僵绝在芦梗上？"[3]他的不纯粹和驳杂性也就是势所必然的了，即便是他所具有的诗人、革命者、学者、政治家等不同身份也有了理解的理由，说是为了谋生也好，还是为了求名也罢，都有他说不出的苦衷。每当他说："好些朋友到现在都还称我是'诗人'，我自己有点不安，觉得'诗人'那顶帽子，和我的脑袋似

1　郭沫若：《文艺家的觉悟》，《郭沫若全集》（文学编）第16卷，北京：人民文学出版社，1989年，第24页。

2　郭沫若：《孤鸿——致成仿吾的一封信》，《郭沫若全集》（文学编）第16卷，北京：人民文学出版社，1989年，第7页。

3　郭沫若：《少年时代·序》，《郭沫若全集》（文学编）第11卷，北京：人民文学出版社，1992年，第3页。

乎不大合式"[1]，这不是自谦，也不是违心的话，而是情理之中的事实。对后来者，也不必抱有过多的责备和愤怒。

当然，在一个变化的时代，它？并非能完全决定或改变每一个人，也有不乱方寸者，只是郭沫若有着独特的精神性格，因其主观冲动而使之然。所以，当他宣布自己成了一个"彻底的马克思主义的信徒"，并把以前的"个人主义色彩的想念全盘改变了"的时候，他实际上仍然还处在一种"烦闷"和"倦怠"[2]之中。所谓"改变"不过是一厢情愿的想法而已，真实的情形要复杂得多。郭沫若诗人般的情绪和冲动不仅仅是一种思想和行为，更是一种语言方式。就是写作逻辑性的理论文章，郭沫若也喜欢采用抒情性的表达方式。如《我们的文学新运动》，文章一开始就写道，"中国的政治局面已到了破产的地步。野兽般的武人专横，破廉耻的政客蠢动，贪婪的外来资本家压迫，把我们中华民族的血泪排抑成了黄河、扬子江一样的赤流。我们暴露于战乱的惨祸之下，我们受着资本主义这条毒龙的巨爪的搏弄。我们渴望着平和，我们景慕着理想，我们喘求着生命之泉。"[3]落实到五四新文学，他的看法是："四五年前的白话文革命，在破了的絮袄上虽打上了几个补绽，在污了的粉壁上虽涂上了一层白垩，但是里面内容依然还是败棉，依然还是粪土。"[4]最

1　　郭沫若：《我的作诗的经过》，《郭沫若全集》（文学编）第16卷，北京：人民文学出版社，1989年，第209页。

2　　郭沫若：《孤鸿——致成仿吾的一封信》，《郭沫若全集》（文学编）第16卷，北京：人民文学出版社，1989年，第8-9页。

3　　郭沫若：《我们的文学新运动》，《郭沫若全集》（文学编）第16卷，北京：人民文学出版社，1989年，第3页。

4　　郭沫若：《我们的文学新运动》，《郭沫若全集》（文学编）第16卷，北京：人民文学出版社，1989年，第4页。

后，他以抒情的口吻提出自己的文学主张，即"黄河与扬子江系自然暗示跟我们的两篇伟大的杰作。承受天来的雨露，摄取地上的流泉，融化一切外来之物于自我之中，成为自我的血液，滚滚而流，流出全部的自我。有崖石的抵抗则破坏，有不合理的堤防则破坏，提起全部的血力，提起全部的精神，向永恒的和平海洋滔滔前进！——黄河扬子江一样的文学！"[1]至于"黄河扬子江一样的文学"是什么样的文学，这就要依靠读者去意会了，可能是一种粗犷恢宏的文学，是有气魄和力量的文学。当有人批评他的诗歌写作有如喊口号，他则直接宣称就是要做诗歌的"标语人"和"口号人"，写"高雅文士所不喜欢的粗暴的口号和标语"[2]。这就有些情绪化了，如同与人斗嘴赌气似的。

英国的基托认为莎士比亚"是和希腊人一样，想用个别事件说明问题的普遍性"[3]。他所揭示的悲剧是"复杂的，扩散性毁灭"，表现人身上所具有的"罪恶的品质"，"一旦发动起来，将吞噬自身以及它能接触到的一切人物，直至罪恶自告终结"[4]。哈姆雷特表面上也有这样的思维逻辑，但他的精神气质主要不在犹豫和忧郁的情绪，不在家族复仇的冲动，而在理性的怀疑和探究，在对"人世""宇宙"和"自我"的彻底怀疑和否定，在于对"个人"理想

1   郭沫若：《我们的文学新运动》，《郭沫若全集》（文学编）第16卷，北京：人民文学出版社，1989年，第4-5页。

2   郭沫若：《我的作诗的经过》，《郭沫若全集》（文学编）第16卷，北京：人民文学出版社，1989年，第221页。

3   ［英］基托：《哈姆莱特》，《莎士比亚评论汇编》（下），北京：中国社会科学出版社，1979年，第441页。

4   ［英］基托：《哈姆莱特》，《莎士比亚评论汇编》（下），北京：中国社会科学出版社，1979年，第449页。

主义和"自我"浪漫主义的超越。郭沫若的精神情感心理却缺乏这样的特点，尽管他自比哈姆雷特，学习借鉴莎士比亚。

1940年代《屈原》问世，有评论说，将它与荷马《伊利亚特》，歌德《浮士德》和莎士比亚《哈姆雷特》放在一起，"亦毫无逊色"[1]。但郭沫若终究止步于哈姆雷特形象的理性和怀疑精神，也悖离于莎士比亚戏剧所表达的人性的丰富与复杂，这或许也是钱理群不将郭沫若作为哈姆雷特"东移"现象进行考察的原因。在一定程度上，郭沫若拥有并承受着哈姆雷特相似的迷惘和痛苦，但却失去了内心的纠缠、精神的自审和理性的反思，所谓的矛盾就失去了持久性，痛苦也变得有些轻浮，无法深入人性的叩问之中。由郭沫若与"哈姆雷特"精神气质的相关性，也可窥探到郭沫若与莎士比亚的关联。在我看来，郭沫若处理矛盾和冲突的方式仍然是传统的调理中和，直至圆融而通透，只是在现实社会没有实现的可能而已。

1　周务耕：《从剧作〈屈原〉想起》，《百家论郭沫若》，成都：成都出版社，1992年，第426页。

思想的趣味与对话立场：朱光潜的论说文体及其影响

作为美学家的朱光潜，其美学成就得到了学术界的高度评价，作为批评家的朱光潜，其批评观念和方法论在中国现代文学批评史上也得到学界的普遍认同，但表达其美学思想和批评观念的论说方式，却并未引起学术界的足够重视。朱光潜的论说文主要就谁在说，如何说，向谁说展开了积极探索和创作实践，他打通语言与思想之间的勾连，消融作者和读者之间的距离，追求雅俗共赏的思想趣味和读者在场的对话方式，创造了别具一格的畅达清通文风。它既有助于推动现代白话文的日趋成熟，也促使说理文在现代社会特别是青年学生中得到认可和播散。

众所周知，相对于现代小说、散文、诗歌和戏剧等文体样式，以分析说理为目标的论说文则显得有些文体模糊，甚至不伦不类，它既可划入现代随笔、散文或杂文世界，也可纳入文论批评范畴，如同传统文类中的诗话或文话。现代论说文，亦可称为说理文，确是一个富饶的文体世界，晚清有梁启超的"新民体"，五四之后有鲁迅杂文，1940年代有毛泽东的政论文，它们是演讲体。另外，朱自清、朱光潜和冯友兰等则走着一条近似述学文体之路，虽然他们都以说理、议论为中心，但在说理的目的与意图、说话者与接受者，说话方式与技巧上却各有不同和差异。可以说，新文学散文有"冰心体"，小说有"沈从文体"，论说文也有"朱光潜体"。无论是理论探索还是创作实践，朱光潜的论说文都有其代表性和独特性，它有雅俗共赏的思想趣味，开风气之先，深入浅出，体现了"论"的平易明晰，"说"的平实有趣和"文"的流利畅达的高度统一，并且成就了《谈美》《谈文学》和《文艺心理学》等现代经典之作，产生了强劲的学术影响力，社会反响也持久不衰。

一、雅俗共赏：思想的趣味

一般说来，文言文不太长于说理，白话文因受西方逻辑思维和语法句式的影响而有显著提升，但也没有达到自由自在的地步，特别是在说理的清晰性和深透性上，概念论断多，跳跃性大，分析力度并不够。只要翻检一下五四时期《新青年》杂志上的说理文章，就会发现读起来蹦蹦跳跳的，并不顺畅。到了1930年代，说理文则有良好的发展势头，朱光潜就非常擅长写作说理文。他深知说理文要"有话说"，还要"把话说得恰到好处"，特别是所说之"理"真实不"陈腐"，说话态度真切不"虚伪"，说话方式真诚不"油滑"[1]。其说理文的特别之处在于，不但说理清晰、平易，深入浅出，而且还生动具体，有趣味。无论是介绍西方美学和心理学知识，还是分析文学与人生道理，他都能将深奥的道理转化为清楚明白的表达，能将学术性观念转化为可理解的平实的语言，并且非常恰切、准确、简洁，没有思想的混乱和语言的冗杂。他就像一位调酒师，能将"思想""观念"与"形式"和"逻辑"调理得恰当而得体，有力而有味。在他看来，"思想是无声的语言，语言也就是有声的思想"[2]，语言与思想之间不应人为地设置界限，而应畅通无阻。传统文言文之所以被五四时期的白话文倡导者宣布为死文学，就在于它的语言与思想和生活发生了脱节，而流于形式的因袭和内容的空洞，缺乏鲜活的思想支撑和日常生活的支持，但五四时期的白话文又过于平白和浅显，缺少思想的蕴涵和意趣，于是，朱光潜则希望白话文要用现代人的"情感和思想"，创造有"意义和生命"的"文字组织"[3]。思想要明晰，语言才能明白，因为"语言总是跟着思想走，思想明确，语言也就会明确，思想混乱，语言也就会混乱"，语言和思想不可分割，"运用思想时就要运用语言，在运用语言时也就要运用思想"，语言和思想并不是静止的，而是不断"生发"，"互相推动"，特别是说理文要将思想融入感情，所说之理，不仅有思考和组织，还要有"深厚的感情"，并且能在"声调口吻上"表现出来，而不是玩弄概念，罗列事实，只有这样，"才能产生它所期待的效果"，才会使写作"兴会淋漓，全神贯注，

1　　朱光潜：《流行文学三弊》，《朱光潜全集》第8卷，北京：中华书局，2012年，第127-131页。

2　　朱光潜：《诗论》，《朱光潜全集》第5卷，北京：中华书局，2012年，第85页。

3　　朱光潜：《诗论》，《朱光潜全集》第5卷，北京：中华书局，2012年，第92页。

思致风发", 产生"意到笔随, 文从字顺", "一气呵成"[1]的效果。

在朱光潜看来, 说理文有两条道路, 一条是"零度风格", 一条是"有对象有情感有形象, 既准确而又鲜明生动的路"[2]。所谓"零度风格"就是"纯然客观, 不动情感, 不动声色, 不表现说话人, 仿佛也不理睬听众的那么一种风格"。这样的写作方式对说理文"不但是一种歪曲, 而且简直是一种侮辱", "说理文的目的在于说服, 如果能做到感动, 那就会更有效地达到说服的效果。作者自己如果没有感动, 就绝对不能使读者感动"[3]。众所周知, 抒情文章相对容易感动读者, 记叙文也可以人与事让读者动情, 要让说理文感动读者, 确是非常高的目标。朱光潜却将"感动读者"作为说理文的写作目标, 显然是自设难度, 提升高度的追求。如能将说理文之"理"说得清楚明白, 不混乱, 说得具体实在, 不空洞, 这已是一种本事; 如果还能使人感动, 能说服人, 那更是一种本领, 一种高超的艺术。一般说来, 说理文最忌写起来枯涩, 读起来枯燥, 特别是所说道理空乏, 思想漂浮, 不接地气, 缺乏生气。朱光潜的论说文却有理清言明, 理实言趣的特点, 拥有虚实相生, 情理相融, 而又深入浅出, 雅俗共赏的阅读效果, 因为他将抽象与具体, 说理与抒情, 漫谈与分析进行深度融合, 他讲理不抽象, 而是在事中言理, 借事表理, 事理共生, 或象中含理, 象理相合, 以具体事例和形象或中外文学作品去呈现其理之内涵和情感关切。

他将所讲之"理"完全渗透在具体的对象和意象之中, 并与自然景象和生活实践相交融, 以一个个对象或意象去比譬, 去循道明

---

1   朱光潜:《漫谈说理文》,《朱光潜全集》第8卷, 北京: 中华书局, 2012年, 第289-290页。
2   朱光潜:《漫谈说理文》,《朱光潜全集》第8卷, 北京: 中华书局, 2012年, 第292页。
3   朱光潜:《漫谈说理文》,《朱光潜全集》第8卷, 北京: 中华书局, 2012年, 第291页。

理，同时也不失理性之思，拥有思辨的智慧。正是这些具体事例和生动意象才将他所说之"理"变得明晰、优美而灵动，也才有了充分的说服力和充足的感染力。如《文艺心理学》说明"美感经验"这一概念，他先描述了一个鸟语花香、心旷神怡的意象世界，"比如在风和日暖的时节，眼前尽是娇红嫩绿，你对着这灿烂浓郁的世界，心旷神怡，忘怀一切，时而觉得某一株花在向阳带笑，时而注意到某一个鸟的歌声特别清脆，心中恍然如有所悟。有时夕阳还未西下，你躺在海滨一个崖石上，看着海面上金黄色的落晖被微风荡漾成无数细鳞，在那里悠悠蠕动。对面的青山在蜿蜒起伏，仿佛也和你一样在领略晚兴。一阵凉风掠过，才把你猛然从梦境惊醒"[1]。再引入武松、荆轲等故事，"人世的悲欢得失都是一场热闹戏"。最后总结道："这些境界，或得诸自然，或来自艺术，种类千差万别，都是'美感经验'。美学的最大任务就在分析这种美感经验。"[2]在解释"心理的距离"概念时，也采用"海上的雾"作实例论证，他先设定"乘船的人们在海上遇着大雾，是一件最不畅快的事"情境，于是会出现"大难临头"的"心焦气闷"和"聚精会神"欣赏"海雾"的"绝美"两种体验[3]，会有不同心理和不同的感受，实际上，不同的感受来自不同的心理距离，这就让读者在情景体验中感受到概念的复杂性。为了区分刚性美与柔性美，他列举中外文学艺术、古典诗词、男女身体等不同事例和景象，让读者去琢磨不同情境下的不同感受，用老鹰古松和娇莺嫩柳去区分出自然界不同的美，"倘若你细心体会，凡是配用'美'字形容的事物，不属于老鹰古

---

1 朱光潜：《文艺心理学》，《朱光潜全集》第3卷，北京：中华书局，2012年，第115-116页。

2 朱光潜：《文艺心理学》，《朱光潜全集》第3卷，北京：中华书局，2012年，第116页。

3 朱光潜：《文艺心理学》，《朱光潜全集》第3卷，北京：中华书局，2012年，第127页。

松的一类，就属于娇莺嫩柳的一类；否则就是两类的混合"[1]。接下来又以一连串例证去分析其区别和混合情形。再如《谈美》在讨论"艺术和实际人生的距离"时，他没有从定义出发，而是从生活中莱茵河的东岸与西岸、树、西湖与峨嵋、古董等事例，说明美和实际人生的距离，"要见出事物本身的美，须把它摆在适当距离之外去看"[2]。无论是设置情境还是列举事例，或者铺排比喻和意象，都让读者或勾连记忆，或置换经验，或发挥想象，直至心领神会。当然，在说理的技巧上，朱光潜还爱用比喻和类比方法，如《谈美》"开场话"，谈到青年人的诉求，他说："他们所需要的不是一盒八宝饭而是一帖清凉散。想来想去，我决定来和你谈美。"[3] "八宝饭"是指"复杂错乱"的思想，"清凉散"则是免俗的"单纯"趣味。他用"当局者迷，旁观者清"的生活谚语去说明审美的超越心理，用希腊女神的雕像和血色鲜丽的英国姑娘去解释美感和快感，用"情人眼里出西施"来比喻自然与美的关系。最经典的例证是，他用人们对待一棵古松的三种态度——"实用的、科学的和美感的"，去说明审美不同于科学和实用的价值意义。显然，这些形象化的事例和生动的比喻让陌生的道理变成了生活中的常识，成了有温度的思想，说理文也就不完全是文章，而有了雅俗共赏的文学意味。

思想的趣味既是朱光潜的美学思想，也是其文章观念，包含了他的自由精神、审美品格和人生感悟。他认为："趣味是对于生命的彻悟和留恋，生命时时刻刻都在进展和创化，趣味也就要时时刻

---

1   朱光潜：《文艺心理学》，《朱光潜全集》第3卷，北京：中华书局，2012年，第322页。

2   朱光潜：《谈美》，《朱光潜全集》第3卷，北京：中华书局，2012年，第17页。

3   朱光潜：《开场话》，《朱光潜全集》第3卷，北京：中华书局，2012年，第7页。

刻在进展和创化。水停蓄不流便腐化，趣味也是如此。"[1]趣味成了一种生命形态，一种生机勃勃的创造力量，艺术亦是如此，也是生命的外化。"艺术和欣赏艺术的趣味都必须有创造性，都必时时刻刻在开发新境界，如果让你的趣味囿在一个狭小圈套里，它无机会可创造开发，自然会僵死，会腐化。一种艺术变成僵死腐化的趣味的寄生之所，它怎能有进展开发？怎能不随之僵死腐化？"[2]趣味概念既源自传统，如品味、情趣、旨趣、兴趣等，也来自西方美学观念，如"鉴赏"和"判断"，它们都牵涉到审美主体的能力，主要是对审美对象的感悟能力，有个人趣味，也有时代趣味，包含理性与感性、认知与体验、理解与情感的整体感受。相对于传统趣味的"雅"，现代社会则偏于"俗"，因为现代社会及其人生感受已日趋大众化和通俗化。朱光潜的说理文则创造了雅俗共生的审美趣味，或者说是审美范式。它脱胎于白话文的俗而融于雅，又超越文言文的雅而化于俗，它所说之"理"趋于雅，"言说"方式却又通于俗。它以"说"的兴致彰显"理"之生趣，观物穷理，吟咏情性，并使之相含相融，始于明理而终于情趣。在表达上，既条理畅达而絮语漫谈，行文从容又思虑精审，丰富了白话文体的新样式。

二、读者在场：我与你的对话

叶圣陶在为朱光潜《我与文学及其他》作序时说："读这个集子，宛如跟孟实先生促膝而坐，听他娓娓清谈；他谈他怎样跟文学

1　朱光潜：《谈读诗与趣味的培养》，《朱光潜全集》第6卷，北京：中华书局，2012年，第25页。
2　朱光潜：《谈读诗与趣味的培养》，《朱光潜全集》第6卷，北京：中华书局，2012年，第26页。

打过交道，一些甘苦，一些心得，一些愉悦，都无拘无束地倾吐出来。他并不教训我们；我们也没有义务受他的教训"，他以"有见地而不是成见，有取舍而不流于固执"的"开廓的襟怀"和"亲切有味"的语言表达，形成了特有的文体特点[1]。朱自清在给《文艺心理学》作序时也称赞朱光潜的行文"行云流水，自在极了。他像谈话似的，一层层领着你走进高深和复杂里去。他这里给你来一个比喻，那里给你来一段故事，有时正经，有时诙谐；你不知不觉地跟着他走，不知不觉地'到了家'。他的句子、译名、译文都痛痛快快的，不扭捏一下子，也不尽绕弯儿。这种'能近取譬'、'深入显出'的本领是孟实先生的特长"，他的语言风格也是"谨严切实"，"不露痕迹"，"功夫到了家"[2]。朱自清也认为《谈美》的"态度亲切和谈话的风趣，你是不会忘记的"[3]。叶圣陶和朱自清都说到了朱光潜说理文的一个重要特点，那就是与读者平等对话，行文如谈话。

实际上，朱光潜对此始终有理论追求和实践自觉。1920年代，朱光潜的《给青年的十二封信》就以书信体方式崭露头角，1930年代初，又写作《文艺心理学》初稿，朱自清评价它是一部"头头是道、醇醇有味的书"，它"不是'高头讲章'，不是教科书，不是咬文嚼字或繁征博引的推理与考据；它步步引你入胜，断不会教你索然释手"[4]，"让你念这部书只觉得他是你自己的朋友，不是长面孔

1　叶圣陶：《〈我与文学及其他〉序》，《朱光潜全集》第6卷，北京：中华书局，2012年，第4页。

2　朱自清：《〈文艺心理学〉序》，《朱光潜全集》第3卷，北京：中华书局，2012年，第108页。

3　朱自清：《〈谈美〉序》，《朱光潜全集》第3卷，北京：中华书局，2012年，第4页。

4　朱自清：《〈文艺心理学〉序》，《朱光潜全集》第3卷，北京：中华书局，2012年，第106-107页。

的老师，宽袍大袖的学者，也不是海角天涯的外国人"[1]。《谈美》再以"书信体"形式，展现出谈话的亲切、诚恳和人情味。在"开场话"里，他将读者视为"朋友"，称自己是"几年前的一位老友"，"时时挂念你"，为朋友的危急存亡而"提心吊胆"，"常想写点什么寄慰你"[2]。他还具体说明了《谈美》和《文艺心理学》的不同："在那部书里我向专门研究美学的人说话，免不了引经据典，带有几分掉书囊的气味；在这里我只是向一位亲密的朋友随便谈谈，竭力求明白晓畅"，写作时"和平时写信给我的弟弟妹妹一样，面前一张纸，手里一管笔，想到什么便写什么"，"所说的话都是你所能了解的，但是我不敢勉强要你全盘接收。这是一条思路，你应该趁着这条路自己去想。一切事物都有几种看法，我所说的只是一种看法，你不妨有你自己的看法"[3]。在写《谈美》时，朱光潜正在法国留学，与国内读者存在时空差距和学识差异，但朱光潜却以拉家常方式，如同读者在场，与其对话，又以"你我朋友"相称，设身处地讨论问题，不摆架子，不教训人，即使批评也是以"知己"身份出现，让人感受到你我的亲密无间。朱光潜有意识地采用书信方式与读者交心，不装腔作势，不说客套话，只说心里话，掏心掏肺，观点鲜明、条理明晰、流利畅达，但又举重若轻、亲切风趣。它不同于古代论说文，"大半偏重教训，作者以权威身份，把自己的经验和思想交给读者，重要的目的不在要他们了解而在要他

1　　朱自清：《〈文艺心理学〉序》，《朱光潜全集》第3卷，北京：中华书局，2012年，第108页。

2　　朱光潜：《开场话》，《朱光潜全集》第3卷，北京：中华书局，2012年，第6页。

3　　朱光潜：《开场话》，《朱光潜全集》第3卷，北京：中华书局，2012年，第8页。

们信仰、奉行"[1]。朱光潜则始终以商量口气说话，并不强迫读者接受，甚至还直接表达自己的困惑和不解。如对"文学与语文关系"的思考，他在文章"附注"里特别说明："这问题在我脑中盘旋了十几年，我在《诗论》里有一章讨论过它，那一章曾经换过两次稿。近来对这问题再加思索，觉得前几年所见的还不十分妥当"，就是在《谈文学》之文"所陈述的也只能代表我目前的看法"，"很愿虚心思索和我不同的意见"[2]。朱光潜态度诚恳、谦虚而平等，只与读者对话，说给你听，但不需要你信，只希望你思，你想，能在思索中有所启发。吴泰昌就非常赞赏朱光潜这样的文章，认为"即便是阐述艰深费解的美学问题和哲学问题，也都是以极其晓畅通俗的笔调在和读者谈心"，"他的这种亲切随和的谈心，汩汩地流出了他露珠似的深邃的思想和为人为文的品格"[3]。

在理论上，朱光潜也有思考和眷恋。写文章总要考虑谁在说，如何说，向谁说的问题，但朱光潜则将它们倒过来，"向谁说"在先，由"向谁说"倒逼"如何说"和"谁在说"。他认为："文章如说话，说话须在说的人和听的人之间建立一种社会关系。话必须是由具有一定身份的人说的，说给具有一定身份的人听的。话的内容和形式都要适合这两种人的身份，而且要针对着说服的目的。"[4]说话人与听话人构成对话关系，由此，文章有三种，"最上乘的是自

---

1 朱光潜：《苏格拉底在中国——谈中国民族性和中国文化的弱点》，《朱光潜全集》第7卷，北京：中华书局，2012年，第207页。

2 朱光潜：《文学与语文（上）：内容、形式与表现》，《朱光潜全集》第6卷，北京：中华书局，2012年，第233页。

3 吴泰昌：《听朱光潜先生闲谈》，《朱光潜纪念集》，合肥：安徽教育出版社，1987年，第156页。

4 朱光潜：《漫谈说理文》，《朱光潜全集》第8卷，北京：中华书局，2012年，第291页。

言自语，其次是向一个人说话，再其次是向许多人说话"[1]。向一个人说话，是"向知心的朋友说的话，你知道我，我知道你，用不着客气，也用不着装腔作势，像法文中一个成语所说的'在咱们俩中间'"，其好处是如同拉"家常而亲切"[2]。"有说者就必有听者，而说者之所以要说，就存心要得到人听。作者之于读者，正如说者之于听者，要话说得中听，眼睛不得不望着听众。说的目的本在于作者读者之中成立一种情感思想上的交流默契；这目的能否达到，就看作者之所给予是否为读者之所能接受或所愿接受。写作的成功与失败一方面固然要看所传达的情感思想本身的价值，一方面也要看传达技巧的好坏。传达技巧的好坏大半要靠作者对于读者所取的态度是否适宜。"[3]这里，朱光潜将读者与作者的关系转化为说者与听者的关系，其中的寓意值得推敲。如果以媒介与载体划分，文学通常可以分为口头文学和书面文学两种形态，前者就以"说—听"关系为纽带，后者以"写—读"关系为纽带。就文学文体生成发展过程而言，"说—听"关系与"写—读"关系往往是相辅相成，互动而生，形成同时、先后或交替的生长状态，只是人们常常忽略"说—听"关系的存在，而将"写—读"当作文体成熟的标志，甚至是现代性的进步。朱光潜则直接将论说文的"写—读"关系理解为"说—听"关系，重申了"说—听"的互为主体、互动共生关系，也凸显了"听"的主体地位。

1　朱光潜：《论小品文（一封公开信）——给〈天地人〉编辑徐先生》，《朱光潜全集》第6卷，北京：中华书局，2012年，第95页。

2　朱光潜：《论小品文（一封公开信）——给〈天地人〉编辑徐先生》，《朱光潜全集》第6卷，北京：中华书局，2012年，第96页。

3　朱光潜：《作者与读者》，《朱光潜全集》第6卷，北京：中华书局，2012年，第254-255页。

由此，就涉及说话视点、态度和立场问题。朱光潜把写作态度分为不视、仰视、俯视和平视四种，他明确反对"向虚空说话"的"不视"，因为这种文章，"找不出主人的性格，嚼不出言语的滋味，得不着一点心灵默契的乐趣。他看不见我们，我们也看不见他，我们对面的只是一个空心大老倌！"，碰到这种作者，"是读者的厄运"[1]。在仰视、俯视、平视之中，他"比较赞成'平视'"，因为仰视是对读者的逢迎，俯视是对读者的轻蔑，只有平视才体现出与读者的平等，才能显示"人与人中间所应有的友谊"[2]。当然，平等还不等于亲近，平等只能说明客观位置，亲近还要有情感的融入，平等有时也显得生分，如人与人之间的"礼貌"，作者与读者之间也有客气。朱光潜明确表示："这种客气我认为不仅是虚伪，而且是愚笨，它扩大作者与读者的距离，就减少作品的力量。"他喜欢的是"作者肯说自己是'我'，读者是'你'，两方促膝谈心"，"亲密到""只可对你说不可对旁人说的程度"，即在"在咱俩中间"[3]。它假定作者和读者是"可与言的契友"，"人同此心，心同此理"，"不容有骄矜，也不容有虚伪的谦逊，彼此须平面相视，赤心相对，不装腔作势，也不吞吐含混"，这样才能结成"真挚的友谊"，直至达成"最理想的默契"。由此推之，他认为："凡是第一流作家，从古代史诗悲剧作者到近代小说家，从庄周、屈原、杜甫到施耐庵、曹雪芹，对于他们的读者大半都持这种平易近人的态度"，读他们的作品，都能感受到他们的"诚恳亲切"，能"听得见他们的声音，窥得透他们的心曲"，"诚恳亲切是人与人相交接的无上美德，

---

1 朱光潜：《作者与读者》，《朱光潜全集》第6卷，北京：中华书局，2012年，第255页。

2 朱光潜：《作者与读者》，《朱光潜全集》第6卷，北京：中华书局，2012年，第256页。

3 朱光潜：《作者与读者》，《朱光潜全集》第6卷，北京：中华书局，2012年，第258页。

下编   249

也是作者对于读者的最好的态度"[1]。除《作者与读者》外，他还撰写了《谈书牍》《谈对话体》等文，从读者接受、作者态度和表达方式等方面讨论论说文的写作问题，倡导亲切平等的对话式写作。

实际上，"对话"也是新文学重要的表达方式，由此形成独具特色的"对话体"或者说"随笔体"。晚清梁启超就曾提出小说批评采用谈话体形式，认为："谈话体之文学尚矣。此体近二三百年来益发达，即最干燥之考据学、金石学往往用此体出之，趣味转增焉。"[2]他曾主持《小说丛话》"笔谈"，专门讨论有关小说的各种话题。五四时期的周作人提倡"美文"，认为英美"美文"主要指叙事抒情散文，不包括学术性的批评文章，但他则主张传统文章里的"序、记与说"也应视作美文，值得发扬光大，于是，他希望将那些既"不能作为小说，也不适于做诗"，但又思想"真实"，形式"简明"的漫谈、随笔性文章当作美文，因为它们将"给新文学开辟出一块新的土地来"[3]。果然，从《新青年》随感录、胡适散文、周作人美文到朱自清、朱光潜的论说文，就形成了一股谈话风，为新文学开拓出一片新世界。有学者就认为，"谈话风"是一种谈话，是个人之间的交往，是人跟人之间共通的、普遍的、平等的对话，而不是为圣人立言，也不是裹挟人。这是五四新文学的一个重要特点，或者说，是更本质、更合乎现代性的特点。胡适"谈话风"最核心的要素是"谈话"对象，是广义的学生。要跟学生对话，就要把意思讲明白，就须用清浅、通俗、明白的语言，像和儿童对话一

1   朱光潜：《作者与读者》，《朱光潜全集》第6卷，北京：中华书局，2012年，第257页。
2   梁启超：《小说丛话》，《梁启超全集》第17卷，北京：中国人民大学出版社，2018年，第105页。
3   周作人：《美文》，《谈虎集》，石家庄：河北教育出版社，2002年，第29-30页。

中国现当代文学
思想史论丛

样津津有味地叙说，谈话风就是这样形成的[1]。朱光潜也曾认为："对话体特别宜于论事说理"，因为"论事说理贵周密，周密才能平正通达"，而对话恰恰能够"对于同一事理取各种不同的角度去看，把它的正反侧各面都看出来，然后把各面不同的印象平铺在一起，合拢起来就可以现出一幅立体的活动影片"[2]。对话的好处就在于它"反复问答，逐渐鞭辟入里，辩论在生发也就是思想在生发，次第条理，曲折起伏，都如实呈现，一目了然。所以对话不仅现出一种事理的全面相，而且也绘出它所由显现的过程"，前者有如生物学的"形态学"，后者就如"发生学"。对话体如同"思想的戏剧"，把"宾主的思想动作都摆在台上表演，一幕接着一幕，从始以至于终"，于是就产生了"戏剧性的生动"，在名家手上还会有戏剧性的幽默。[3]并且，在历史上对话盛行的时代，"往往也就是思想最焕发的时代"，古希腊有柏拉图，先秦有周秦诸子，都处于对话流行的时代，"对话体的衰落是一件极可惋惜的事。近代思想派别比从前更多，各派入主出奴的风气也更甚，如果多用对话体写说理文，同时也多用对话体的思路去权衡各派不同的见解，也许思想和文章都可望再达到一个高潮"[4]。对话不仅是一种语言方式，而且更是一种思想方式，也是思想盛宴的社会平台。对话文体可以实现不同思想的交流和沟通，成为"同一事理的各种同样有力的看法的角力"[5]，体现主宾双方的勇气和力量，直至让人获得心悦诚服的真

1　刘绪源：《论文可以是美文——且以中国文章变迁史为据》，《文化学刊》2013年第5期。
2　朱光潜：《谈对话体》，《朱光潜全集》第8卷，北京：中华书局，2012年，第203页。
3　朱光潜：《谈对话体》，《朱光潜全集》第8卷，北京：中华书局，2012年，第204页。
4　朱光潜：《谈对话体》，《朱光潜全集》第8卷，北京：中华书局，2012年，第210页。
5　朱光潜：《谈对话体》，《朱光潜全集》第8卷，北京：中华书局，2012年，第204页。

理。现代论说文也是思想活跃，思维严谨与表达自由的产物，如同朱光潜所说："说理文，近代的比较痛快透辟。"[1]这或许正是朱光潜之所以高度评价并长期坚持对话体写作的理由吧。

三、风格自在：开创一代文风

朱光潜说理文上自成一家，特别是创造了自己的论说文风格，那就是清明通达的清通之风。"清"是中国古典诗学中的一个重要范畴，它既是构成性的，又是审美性的，体现了中国古代文人的生活情趣和审美理想。不同历史阶段也有不同内涵，但语言的明晰省净，气质的超脱尘俗，立意的新奇新颖，情趣的凄冽古雅确是其基本涵义，可以说，"清"作为一种趣味和品格几乎弥漫、渗透在古代诗人全部的感受和表现之中[2]。朱光潜承认："一个作家最难的事往往不在创造作品，而在创造欣赏那种作品的趣味。这就是所谓'开风气之先'"，并且，"一个作家有一个作家的风格，一时代或一学派也带有它的特殊风格"[3]。五四开启的新文学就带有不同的文学风格，胡适白话文在于清浅，周作人美文在于苦涩，朱光潜的论说文则拥有情理相生的清通风格。他用清晰的概念将思想清晰地表达出来，说理清楚，条理畅达，而不故弄玄虚，还采用具体事例和比喻修辞方式，将所说的道理和思想说得形象生动，经得起咀嚼

1　朱光潜：《就部颁〈大学国文选目〉论大学国文教材》，《朱光潜全集》第8卷，北京：中华书局，2012年，第139页。

2　蒋寅：《古典诗学的现代诠释》（增订本），北京：中华书局，2009年，第64页。

3　朱光潜：《文学与语文（中）：体裁与风格》，《朱光潜全集》第6卷，北京：中华书局，2012年，第239页。

和回味。说理的方式多种多样，既可"采用柏拉图《对话集》那样深入浅出、亲切有趣的方式"，也可用"康德《纯粹理性批判》那样有系统有条理的方式"[1]。朱光潜则沿袭了柏拉图的说理方式。相对抒情、叙事文而言，说理文"并不是一件易事"[2]，特别是"说理要透"[3]，需要"丰富的学识和谨严的思考"[4]。朱光潜具备扎实的文章功力，拥有严谨的思维训练和创作实践，才在论说文上很有斩获。

他曾这样描述自己的学习和写作经历，"我学国文，走过许多迂回的路，受过极旧的和极新的影响"，15岁进小学之前承受私塾教育，熟读四书五经，唐宋八大家文选，受韵文影响大，用目也用耳，先背诵后讲解，拿腔拿调，算是"一件乐事"。虽然后来也曾"咒骂过""早年读经"的经历，但"平心而论，其中也不完全无道理"，也时"有新领悟，其中意味确是深长"[5]。在他以后的自传里，也多次提起这段经历，如背诵四书五经，做策论经义，接受各种文章体裁训练，喜爱桐城派古文，重视朗读和背诵[6]。后来转入白话文，觉得那段古文修养并没有坏处，"就连桐城派古文所要求的纯正简洁也还未可厚非"[7]。可以说，传统古文的学习和写作经历成就了朱光潜语言表达的简练、妥帖和精准，避免了白话文的冗

1　朱光潜：《文学与语文（下）：文言、白话与欧化》，《朱光潜全集》第6卷，北京：中华书局，2012年，第249页。

2　朱光潜：《漫谈说理文》，《朱光潜全集》第8卷，北京：中华书局，2012年，第289页。

3　朱光潜：《漫谈说理文》，《朱光潜全集》第8卷，北京：中华书局，2012年，第290页。

4　朱光潜：《写作练习》，《朱光潜全集》第6卷，北京：中华书局，2012年，第198页。

5　朱光潜：《从我怎样学国文说起》，《朱光潜全集》第6卷，北京：中华书局，2012年，第109-110页。

6　朱光潜：《作者自传》，《朱光潜全集》第10卷，北京：中华书局，2012年，第3页。

7　朱光潜：《作者自传》，《朱光潜全集》第10卷，北京：中华书局，2012年，第4页。

杂、浮泛和啰唆。特别是早年采用文言做策论，"所说的尽管是歪理，只要能自圆其说，歪也无妨"，并且，还懂得并训练了文章作法，"开头要有一个帽子，从广泛的大道理说起，逐渐引到本题，发挥一段意思，于是转到一个'或者曰'式的相反的议论，把它驳倒，然后作一个结束。这就是所谓'起承转合'"，也不是没有任何价值，如"当作一种写作训练看，它也不是完全无用"，虽然形式比较呆板，但"究竟有一个形式"。从10岁到20岁的10年时间，他都"费在这种议论文上面"，却产生了种豆得瓜的后果，"这训练造成我的思想的定型，注定我的写作的命运。我写说理文很容易，有理我都可以说得出，很难说的理我能用很浅的话说出来。这不能不归功于幼年的训练"[1]。后来又学习新学，梁启超"酣畅淋漓的文章"给他开启了"一个新天地"[2]。在香港上学期间，恰逢新文化运动发生，他对文言文改成白话文，"有切肤之痛"，在"经过一番剧烈的内心冲突"后，才受了白话文的洗礼，"放弃了古文，开始做白话文"，虽然感到"好比放小脚，裹布虽扯开，走起路来终有些不自在"，但在小脚逐渐成了天足，因曾用小脚曾走过路，改天足却显得轻快，才发现从前那段小脚走路的训练工夫，"也并不算完全白费"[3]。

这涉及一段颇有争议的公案，文言文与白话文到底孰优孰劣。文言文成就了朱光潜，特别是说理文。实际上，他对文言和白话都

1 　朱光潜：《从我怎样学国文说起》，《朱光潜全集》第6卷，北京：中华书局，2012年，第111页。

2 　朱光潜：《从我怎样学国文说起》，《朱光潜全集》第6卷，北京：中华书局，2012年，第112页。

3 　朱光潜：《从我怎样学国文说起》，《朱光潜全集》第6卷，北京：中华书局，2012年，第114页。

有深切的体会，1940 年代，他还专门进行过自我反思和总结，"做过十五年左右的文言文，二十年左右的白话文"，"究竟哪一种比较好呢？"他认为，文言白话"并不如一般人想象的那样大"，写文章，白话也不比文言容易，并且，它们都存在"空洞俗滥板滞"的毛病。理论上，白话文言各有所长，"如果要写得简炼，有含蓄，富于伸缩性，宜于用文言；如果要写得生动，直率，切合于现实生活，宜于用白话"。在"有能力的作者的手里都可运用自如"，只是如何使用和谁在使用，并不存在"某种思想和感情"只有文言或白话才能胜任的情形。无论是白话还是文言，好的文章都是一样，"第一是要有话说，第二要把话说得好。思想条理必须清楚，情致必须真切，境界必须新鲜，文字必须表现得恰到好处，谨严而生动，简朴不至枯涩，高华不至浮杂。文言文要好须如此，白话文要好也还须如此"。作为表达工具或方式，文言白话本身无优劣，无差别，问题是如何使用，如何使用好。就作者与读者的关系，白话比文言更便于作者和读者之间的"交际"和"传达"，有"作者说得痛快，读者听得痛快"的效果，为作者计，"文言和白话的分别固不大；为读者着想，白话却远比文言方便"[1]。对文章与生活而论，文言文"素重堂皇典雅，看起来如踩高跷行路，高则高矣，无奈站在人行路之上另一个平面上，与日常生活隔着一层"[2]。对论说文而言，白话文除适当"接收文言文的遗产"以外，还需要"适宜程度的欧化"，因为传统文言文缺乏逻辑性和弹性，多单句，少

1   朱光潜：《从我怎样学国文说起》，《朱光潜全集》第 6 卷，北京：中华书局，2012 年，第 115 页。
2   朱光潜：《谈书牍》，《朱光潜全集》第 8 卷，北京：中华书局，2012 年，第 189 页。

复句，所以，白话文应"尽量采用西文的文法和语句组织"[1]，"西文的文法较严密，组织较繁复，弹性较大，适应情思曲折的力量较强。这些长处迟早会影响到中国语文。这就是中国语文欧化的问题。这是势所必至的"[2]。当然，也应照顾到"中国文字的特性，不要文章露出生吞活剥的痕迹"，特别还要保持汉语的"声音节奏"，"文字响亮而顺口，流畅而不单调"，处理好"字的平仄单复，句的长短骈散，以及它们的错综配合"[3]。朱光潜对文言和白话的比较，显然拥有他个人的写作体验，有他多年的古文与西语学习认知，不同经验自然会有不同态度和立场。

朱光潜论说文的缜密思维主要来自他在香港大学的勤奋用功和欧洲的留学经历。深受西方科学思维影响的朱光潜，一反传统文章不重视形式逻辑，思维不严密，行文不准确的特点，而重视论说的事实和演绎，强调理性分析和逻辑关联，注重分析过程的缜密和思维结构的严谨。在拥有文言文的功力，加上西方的逻辑思维和不断的创作实践，朱光潜就创造了现代论说文的趣味，形成了新风尚。在这里，我们不得不再次提及他的说理文风格中的读者意识和教师身份。只有作者与读者实现合谋，才有助于创造新的风尚。朱光潜的论说文就非常"看重读者"，但也不"让读者牵着鼻子走"[4]，他"因袭"文言传统，但又"反抗"传统，对社会"迎合风气"，但又"开导风气"。朱光潜深谙其中之理，在他看来，"一般人都以为文

---

1   朱光潜：《从我怎样学国文说起》，《朱光潜全集》第6卷，北京：中华书局，2012年，第116页。

2   朱光潜：《现代中国文学》，《朱光潜全集》第8卷，北京：中华书局，2012年，第161页。

3   朱光潜：《从我怎样学国文说起》，《朱光潜全集》第6卷，北京：中华书局，2012年，第116-117页。

4   朱光潜：《作者与读者》，《朱光潜全集》第6卷，北京：中华书局，2012年，第258页。

艺风气全是少数革命作家所创成的",实际上,"一种新兴作风在社会上能占势力,固然由于有大胆的作者,也由于有同情的读者","一种新风气的成立,表示作者的需要,也表示读者的需要;作者非此不揣摩,读者非此不爱好,于是相习成风,弥漫一时","作者与读者携手,一种风气才能养成",反之亦然,"作者水准高,可以把读者的水准提高","读者的水准高,也可以把作者的水准提高",在朱光潜眼里,他所面临的问题则是"作者们须从提高读者去提高自己"[1]。朱光潜论说文的读者设定主要还是青年学生。现代社会是一个呼唤并创造思想的时代,是一个从古老中国转向青春中国的社会,现代社会青年对各种思想思潮有着强烈的渴求,关注自我成长中的人生与社会改造。可以说,朱光潜的论说文就顺应了社会时代的要求,满足了青年们的愿望,引领了一代文风。朱光潜早年参与创办立达学会、立达学园和开明书店,它们所要争取的对象就是"以中学生为主的青年一代",他自己的"大部分著述"都是"为青年写的",这造就了他"一生的一个主要转折点和后来一些学术活动起点"[2]。后来,他在英法留学8年,大部分时间也花在图书馆,一边读书一边写作,既为挣稿费,也成了他掌握新知识的"学习方法",用写作去"消化"和"深入"新的观念和思想。他的许多著作都在留学时期以这种方式写出来,1929年写下了名重一时的《给青年的十二封信》,很快就成了当时"最畅销的书",从此,他就和"广大青年建立了友好关系"[3],也探索到了论说文的写作路径,为青年而作,为学生而写,引导了社会新思潮,自此朱光潜开始驰声

---

1 朱光潜:《作者与读者》,《朱光潜全集》第6卷,北京:中华书局,2012年,第259页。

2 朱光潜:《作者自传》,《朱光潜全集》第10卷,北京:中华书局,2012年,第5页。

3 朱光潜:《作者自传》,《朱光潜全集》第10卷,北京:中华书局,2012年,第6页。

走誉。舒芜回忆说："抗战前，我在家乡的桐城中学读书的时候，朱光潜先生的《给青年的十二封信》正在全国青年中广泛流传，大受欢迎"，"朱先生用他的清澈条畅的文笔，就当时青年普遍关心的人生、理想、道德等问题，娓娓谈心，深入浅出，恐怕现在重看还会觉得是上乘的散文佳作。三十年代青年知道朱先生的名字，大多数是因为这本《给青年的十二封信》"[1]。罗大冈高中阶段就从《一般》杂志上读到了朱光潜的文章，"这些文章深深地吸引了我，其中广博的学识、明净高洁的文风，给我终生难忘的印象"，并且还决定了他"一辈子的爱好和工作方向"[2]。宗璞也认为，他"从给青年的十二封信开始，便和青年人保持着联系。我们这一批青年人已变为老年了，我想我还有真正的青年朋友。这是毕生从事教育的老先生之福"[3]。自《给青年的十二封信》之后，一发而不可收，朱光潜连续写作了《文艺心理学》《谈美》《孟实文钞》（修订本）《我的文学及其他》《谈文学》《谈修养》等等，它们大抵都与青年读者有关，哪怕到了晚年的《谈美书简》，也是青年学习美学的指南。朱光潜深谙青年读者的阅读趣味，也使自己的著述素受欢迎，因为已拥有相应的社会环境和接受氛围。

将青年学生作为读者对象，这也与朱光潜的教师身份有一定关系。1920年代，朱光潜就在浙江春晖中学和立达学园教书。1930年代，从欧洲回国后，又受聘于北大，同时也在清华大学等多所高校任教，他的踏实、严谨、新鲜的教学风格很受学生喜爱。季羡林

1　舒芜：《敬悼朱光潜先生》，《朱光潜纪念集》，合肥：安徽教育出版社，1987年，第36页。

2　罗大冈：《得尊敬的智力劳动者——赞朱光潜先生的学风》，《朱光潜纪念集》，合肥：安徽教育出版社，1987年，第61页。

3　宗璞：《霞落燕园》，《朱光潜纪念集》，合肥：安徽教育出版社，1987年，第131-132页。

曾回忆朱光潜在清华大学教授《文艺心理学》课程的情形，"这一门课非同凡响，是我最满意的一门课，比那些英美法德等国来的外籍教授所开的课好到不能比的程度"[1]。虽然他不是那种口若悬河会煽情的演说家，但"却没有一句废话，每一句话都清清楚楚。他介绍西方各国流行的文学理论，有时候举一些中国旧诗词作例子，并不牵强附会，我们一听就懂。对那些古里古怪的理论，他确实能讲出一个道理来，我听起来津津有味。我觉得他是一个有学问的人，一个在学术上诚实的人，他不哗众取宠，他不用连自己都不懂的'洋玩意儿'去欺骗、吓唬年轻的中国学生"[2]。他在武汉大学的学生齐邦媛，描述他讲授"英诗"的场景，他上课如同受洗礼，教室成了"我和蓝天之间的一座密室"，"四壁空荡到了庄严的境界"，"心灵回荡，似有乐章从四壁汇流而出，随着朱老师略带安徽腔的英国英文，引我们进入神奇世界。也许是我想象力初启的双耳带着双眼望向窗外浮云的幻象，自此我终生爱恋英文诗的音韵，像山峦起伏或海浪潮涌的绵延不息。英文诗和中国诗词，于我都是感情的乌托邦，即使是绝望的诗也似有一股强劲的生命力。这也是一种缘分，曾在生命某个漂浮的年月，听到一些声音，看到它的意象，把心拴系其上，自此以后终生不能拔出"[3]。他教授一年"英诗"课程，带领学生读原诗，联系古典诗词作比较，在讲授华兹华斯长诗《玛格丽特的悲苦》时，为其悲苦而感伤，他"取下眼镜，

1　季羡林：《他实现了生命的价值——悼念朱光潜先生》，《朱光潜纪念集》，合肥：安徽教育出版社，1987年，第25页。

2　季羡林：《他实现了生命的价值——悼念朱光潜先生》，《朱光潜纪念集》，合肥：安徽教育出版社，1987年，第26页。

3　齐邦媛：《巨流河》，北京：三联书店，2011年，第119页。

眼泪留下双颊，突然把书合上，快步走出教室，留下满室愕然，却无人开口说话"[1]。一向理智的朱光潜在艰难的抗战时代，也会流露真性情。齐邦媛说朱光潜的课让她"一生受用不尽"[2]。他还通过沙龙、编辑等形式，集拢青年，影响学生，希望他们成为有理想，有趣味，有力量的人。在新文学作家群里，朱光潜与朱自清、叶圣陶、夏丏尊一样，都有教师身份，这样的身份也影响到他们的著述有着明白晓畅、通俗易懂，平易朴实的特点。朱光潜也借助特定的青年学生群体，形成了论说文的读者群，在一定程度上，也推动了现代论说文体的成熟，并促进其在现代社会的认可和播散。

1   齐邦媛：《巨流河》，北京：三联书店，2011年，第113页。
2   齐邦媛：《巨流河》，北京：三联书店，2011年，第114页。

《贞元六书》与现代述学文体

　　《贞元六书》是冯友兰"新理学"哲学体系的代表作。1940年代，冯友兰从哲学史转向纯粹哲学研究，实现中国哲学与西方哲学的对话，将中国哲学融入民族国家命运,. 立足中华民族的艰难困境，探索现代中国的思想重建、文化复兴和文体自觉的形式逻辑和内容路径。它既体现出作者的思想锐气和社会时代的学术风气，也显示了现代语体文述学思维的逻辑缜密及其语言表达的生动精当。它所彰显的命意深沉、析理明晰、文风简练等文体特点，可视为现代述学文体的典范之作。

　　1937—1946年间，冯友兰以"为我国家致太平，为亿兆安心立命"的使命感，写作出版了《贞元六书》，创立了他的新理学哲学体系。冯友兰对新理学的评价是，它利用"近代逻辑学的形式主义

和形而上学的思想方法"，对宋明理学中的重要问题加以阐释说明，
"这对于中国哲学的现代化是有益的"，但"其社会效果不甚令人满
意"[1]。后来也有学者批评，说它"远离了真实的生活世界，多少
显得与时代脱节"[2]。事实上，冯友兰有着鲜明的时代写作意图，
《贞元六书》的命名虽来自《周易》"乾卦"卦辞"元亨利贞"之
说，表达春夏秋冬的循环，"贞元之际"即冬春之际，从冬天到春
天，寄托着中华民族历经抗战的艰难困苦而至觉醒复兴之寓意。他
对宋明理学元命题采取"接着讲"，如"理""太极""气""境界"
等，涉及到许多抽象事理，但落脚点还是社会现实，如曹聚仁所
说："一种学术思想，便是那一时代的人，在那一社会环境中，对
社会人生问题的一种新的解说"[3]。《新事论》讨论的思想内容带有
哲学性质，它的问题却有时代特征，它的表达方式及文体形式则有
文学史意义。现代述学文体不仅是语言表达问题，而且还是说理方
式问题，关涉到建构意义的逻辑形式。只是人们并没有充分关注
《贞元六书》的述学文体特点及意义。郜元宝对此论题虽有涉及[4]，
但不属专论。陈平原在《中国现代学术之建立》中主要讨论的是章
太炎和胡适的学术成就。《中国文学研究现代化进程》（二册）主要
讨论的又是文学史家和批评家的学术贡献、学术活动和研究方法。
他的近作《现代中国的述学文体》为本文写作提供了不少启发，它
主要讨论现代述学方法的"引经据典"，"演说""讲演"与现代文

1 冯友兰：《中国现代哲学史》，广州：广东人民出版社，1999年，第213页。

2 张汝伦：《现代中国思想研究》，上海：上海人民出版社，2001年，第403页。

3 曹聚仁：《中国学术思想史随笔》，北京：三联书店，2012年，第214页。

4 郜元宝：《道术必为天下裂，语文尚待弥缝者（上）——中国现代学术的语言认同》，《上海文学》2013年第4期。

章变革，以及蔡元培、章太炎、梁启超、鲁迅、胡适等的述学文体，并没有关注冯友兰《贞元六书》的述学方式，包括抗战时期熊十力的《新唯识论》语体文本，梁漱溟的《中国文化要义》和贺麟的《文化与人生》等经典的文体特点。

一、论说之文：现代述学文的文体确认

中国的学术源远流长，博大精深，历经先秦子学、汉代经学、魏晋玄学、唐代佛学、宋代理学、明代心学和清代小学，直至晚清西学等历史阶段，有思想传承，也有方法更新。但其表述方式的变化却相对缓慢，直到晚清以降，社会文化出现危机，加之西方思潮的强力影响，面临百年之大变局，虽有古文今文经学，或有汉学和宋学的不同偏向，经世致用和说理论道却已成为学术文化风向标。如何传承传统学术，外接西方思想方法，重建现代思想文化秩序，就成了魏源、龚自珍、康有为、梁启超、严复、王国维、章太炎和刘师培等开展学术活动的历史逻辑。与此同时，他们或著书立说，传播思想，或激扬文字，直抒胸臆，也需要面对文言与白话、述学文与文学文的文体选择。实际上，他们对文体已有明确认知。1897年，梁启超将文章分为"传世之文"和"觉世之文"。"传世之文，或务渊懿古茂，或务沉博绝丽，或务瑰奇奥轨，无之不可。觉世之文，则辞达而已矣，当以条理细备，词笔锐达为上，不必求工也。"[1]不同于传世之文的文辞多端，"觉世之文"则有思维敏锐，

1   梁启超：《湖南时务学堂学约十章》，《梁启超全集》第1卷，北京：中国人民大学出版社，2018年，第297页。

文辞通达，条理清楚的特点。梁启超"以觉天下为任"，更偏爱"觉世之文"。章太炎也曾有"学说、文辞所由异者"的区分，认为："学说以启人思，文辞以增人感"[1]。"学说"和"文辞"即文章和文学，它们有重合也有区别，"思"和"感"就有不同的价值功能和文体形式，"思"在说理，"感"在动情。文学趋于想象、感情和审美体验，文章则偏重说理、论析和逻辑推演。

五四新文化运动推动了应用文的普及，其文体身份和定位也更为明确。1916年，陈独秀就对文学之文和应用之文作了区分，他认为："应用之文，以理为主；文学之文，以情为主。"[2]显然，"情""理"之分延续了章太炎"感""思"之论。高举白话大旗的胡适对此也有自己的看法，他不赞成"纯文"和"杂文"的划分，而以"文学"和"非文学"代替，认为："无论什么文（纯文与杂文，韵文与非韵文）都可分作'文学的'与'非文学的'两项。"[3]他主张采用白话写应用文，"我们有志造新文学的人，都该发誓不用文言作文：无论通信，做诗，译文，做笔记，做报馆文章，编学堂讲义，替死人作墓志，替活人上条陈，……都该用白话来做"[4]。这里的"做笔记，做报馆文章，编学堂讲义"就是述学文。相对而言，白话文学发展迅猛，占得了先机，社会反响大，而白话应用文却发展缓慢，乃至在1930年代，林语堂还发现社会现实中依然存

1　章太炎：《国故论衡·文学总略》，《章太炎全集》第5卷，上海：上海人民出版社，2018年，第51页。

2　陈独秀：《答常乃　》，《陈独秀著作选编》第1卷，上海：上海人民出版社，2009年，第273页。

3　胡适：《什么是文学》，《胡适文集》第2卷，北京：北京大学出版社，2013年，第138页。

4　胡适：《建设的文学革命论》，《胡适文集》第2卷，北京：北京大学出版社，2013年，第47页。

在文白并存现象，如学生在学校学白话，在社会上做事却学文言；文人作文用白话，写笔记小札私人函牍用文言；报章小品用白话，新闻社论用文言；学校教书用白话，公文布告用文言[1]。1940年代，朱自清曾说过文言文的存在情形，"报纸是大宗，其次是公文，其次电报和书信"[2]，它表明文言应用文依然比较普遍，即使白话文占领了文学领域，也不能算成功，"非得等到它占领了应用文，它的任务不算完成"[3]。在全社会普及白话的任务非常艰巨，学术领域向来是文言文堡垒，甚至是学者和读者的身份标识，他们熟悉文言，且习惯于那套程式化方式。鲁迅小说《孔乙己》写到"站着喝酒而穿长衫"的孔乙己，常被别人取笑，他以文言回应，说什么"君子固穷"，什么"者乎"之类，"多乎哉？不多也"，教小伙计"回字有四样写法"，引得众人哄笑起来，"店内外充满了快活的空气"。这里的文言不仅是孔乙己的酸腐，也是他的自我防护，在某种意义上，还不无可怜的自尊。

　　尽管应用文变革比较缓慢，但社会生活和思想观念变化却是不可阻拦的。五四新文学革命不但从"人的解放"入手，还从"文"的形式下手，着力语言表达和文体解放，"打破那些束缚精神的枷锁镣铐"[4]，语言文体有一定的限制和束缚作用，对文学文和应用文都是这样，所以主张将文学与文章剥离开来，文学之文变革先

1　林语堂：《与徐君论白话文言书》，《林语堂名著全集》第17卷，长春：东北师范大学出版社，1994年，第279页。

2　朱自清：《中学生的国文程度》，《朱自清全集》第2卷，南京：江苏教育出版社，1996年，第27页。

3　朱自清：《中学生的国文程度》，《朱自清全集》第2卷，南京：江苏教育出版社，1996年，第30页。

4　胡适：《谈新诗》，《胡适文集》第2卷，北京：北京大学出版社，2013年，第122页。

行，应用文随之跟进。刘半农就提出限制文学范围，"不滥用文学，以侵害文字"，可称之为文学者，"惟诗歌戏曲、小说杂文、历史传记三种而已"[1]，运用文字之处反而更多，因为"文字这东西，以适于实用为唯一要义，并不是专讲美观的陈设品"[2]。实际上，述学文的功能也以实用为目的，它主要用在说理上，包括说理的思维方式和表达方式。就此而言，不得不提到胡适的说理文章。陈源曾认为《胡适文存》的文字"明白""有力"，显出了"说理考据文字的特长"，并且预测它"将来在中国文学史里永远有一个地位"，包括他的《水浒传考证》和《红楼梦考证》都是"绝无仅有的著述"[3]。这对胡适文章是一个非常高的评价。的确，就现代说理文，包括学术文章，胡适占有一个重要位置，起到了关键作用，从梁启超到朱光潜，从说理的汪洋恣肆到清晰明白，从语言表达的文白夹杂到白话的干净简洁，胡适的贡献不少，成绩不小。朱自清也有同样的看法，他认为胡适散文"特别是长篇议论文，自成一种风格，成就远在他的白话诗之上"，成为"白话文的一个大成功"标志。胡适文章特点在于清楚明白，属于"标准白话"，讲究情感、对称、严词、排语、比喻，而且有条理，在文章的组织方面，受到了梁启超"新文体"的影响，"笔锋常带情感"，与梁文"有异曲同工之妙"[4]。朱自清用胡适的长篇论文来证明新文学的成就，眼光不同一般，也恰恰说到了新文学和白话文的关键，五四新文学与白话文

1   刘半农：《我之文学改良观》，《新青年》第3卷第3号。

2   刘半农：《复王敬轩书》，《新青年》第4卷第3号。

3   陈西滢：《新文学运动以来的十部著作（上）》，《西滢闲话》，南京：江苏文艺出版社，2010年，第177页。

4   朱自清：《〈胡适文选〉指导大概》，《朱自清全集》第2卷，南京：江苏教育出版社，1996年，第299页。

有融合交叉，也有分离直至并行发展[1]。

朱自清和叶圣陶合作编选《读书指导》，其中《精读指导举隅》和《略读指导举隅》的主要内容，仍以白话文为主，他们也选了《胡适文选》。《胡适文选》是3卷《胡适文存》的精选本，朱自清认为，胡适文章的议论和说明"透澈而干脆，没有一点渣滓"[2]。朱自清还谈到了冯友兰的《贞元六书》，主要是《新世训》，认为："冯友兰先生的《新世训》（开明版）指示生活的方法，可以作一般人的南针；他分析词义的精密，建立理论的谨严，论坛中极少见。他的文字虽不是纯粹的白话文，但不失为上选的说明文和议论文。高中学生一面该将这部书作为课外读物，一面也该节取些收在教材里。"[3] "分析词义的精密，建立理论的谨严"，这是对《贞元六书》表达方式最为精准的评价，有关它的这一特点，在后文还会讨论到。五四白话文因应新文化运动而生长，并借新文学创作实践而深化，它参与社会现实，表达人生经验，或叙事，或抒情，都是不同的表达方式，说理也是一种表达方式，在某种程度上，说理方式更能体现白话文的思想启蒙功能。抒情有想象成分，说理才更显理性。从梁启超"新文体"到鲁迅杂文，再到毛泽东的政论文，显示了现代论说文的发展成绩；从章太炎《国故论衡》到《胡适文存》，再到朱光潜《谈美》《谈文学》，则呈现了现代学术文章的变化轨迹，具有论说的简明精当和逻辑严密等特点，不同于传统校勘、注疏之说。到了1940年代，冯友兰的《贞元六书》，钱穆的《国史大

1　王本朝：《白话文运动中的文章观念》，《中国社会科学》2013年第7期。

2　朱自清：《〈胡适文选〉指导大概》，《朱自清全集》第2卷，南京：江苏教育出版社，1996年，第309页。

3　朱自清：《论教本与写作》，《朱自清全集》第2卷，南京：江苏教育出版社，1996年，第51页。

纲》，贺麟的《文化与人生》、熊十力的《新唯识论》和梁漱溟的《中国文化要义》等一批语体文述学论著，就充分地证明了现代述学文体的从容和成熟。

二、现实与逻辑：
《贞元六书》的思想方式

冯友兰曾将他的学术活动分为四个时期。第一时期是从1919年到1926年，代表作是《人生哲学》；第二时期是从1926年到1935年，代表作是《中国哲学史》；第三时期是从1936年到1948年，代表作是《贞元六书》；第四时期是1949年后的《中国哲学史新编》[1]。写作《贞元六书》，不仅是为了创立"新理学"哲学体系，而且是立足时代精神，实现他的人生宏愿："'为天地立心，为生民立命，为往圣继绝学，为万世开太平'。此哲学家所应自期许者也。况我国家民族，值贞元之会、当绝续之交、通天人之际、达古今之变、明内圣外王之道者，岂可不尽所欲言，以为我国家致太平、我亿兆安心立命之用乎？虽不能至，心向往之。非曰能之，愿学焉"[2]。在这里，冯友兰重申了张载的儒家情怀，"为天地立心，为生民立命，为往圣继绝学，为万世开太平"，具有典型的儒家精神境界。在冯友兰看来，"贞元之际"即是中华民族复兴时期，"日本帝国主义侵略了中国大部分领土，把当时的中国政府和文化机关都赶到西南角上。历史上有过晋、宋、明三朝的南渡。南渡的人都

1　　冯友兰：《三松堂自序》，北京：三联书店，2021年，第187页。

2　　冯友兰：《〈新原人〉自序》，《贞元六书》，上海：华东师范大学出版社，1996年，第515页。

没有能活着回来的。但是这次抗日战争，中国一定要胜利，中华民族一定要复兴，这次'南渡'的人一定要活着回来。这就叫'贞下起元'。这个时期就叫'贞元之际'"[1]。于是，《贞元六书》的写作就藏有深意，它讨论宋明理学，所关注的却是民族国家问题，是中华民族复兴和文化复兴的问题。实际上，冯友兰的学术研究具有极其强烈的社会情怀和时代精神，1930年代，他在写作《中国哲学史》时也提到了社会现实语境，"正在危急之中"，"身处其境，乃真知古人铜驼荆棘之语之悲也。值此存亡绝续之交，吾人重思吾先哲之思想，其感觉当如人疾痛时之见父母也。吾先哲之思想，有不必无错误者，然'为天地立心，为生民立命，为往圣继绝学，为万世开太平'，乃吾一切先哲著书立说之宗旨。无论其派别为何，而其言之字里行间，皆有此精神之弥漫，则善读者可觉而知也。'魂兮归来哀江南'，此书能为巫阳之下招欤？是所望也。"[2]从"是所望也"到"愿学焉"，都延续着将学术文化融于民族存亡的宏伟目标，体现了力挽狂澜于危世的现实情怀。

冯友兰认为，新理学并不是照着宋明理学说的，而是接着讲的。他认为："中国需要现代化，哲学也需要现代化。现代化的中国哲学，并不是凭空创造一个新的中国哲学，那是不可能的。新的现代化的中国哲学，只能是用近代逻辑学的成就，分析中国传统哲学中的概念，使那些似乎是含混不清的概念明确起来。"[3]它讨论传统宋明理学，问题却是现代的，所以才是"接着讲"。具体地说，《贞元六书》中的《新理学》带有哲学原理性质，主要是对"理"

1　冯友兰：《三松堂自序》，北京：三联书店，2021年，第257页。

2　冯友兰：《中国哲学史（上）》，重庆：重庆出版社，2009年，第2页。

3　冯友兰：《中国现代哲学史》，广州：广东人民出版社，1999年，第200页。

"气""体道""大全"等思想范畴的现代解释。《新事论》主要讨论"理在事先"之"事",如"城乡""家国""忠孝""儿女"等等,从宋明理学中引导出中国社会现代化问题,提出以社会生产为本位代替以家庭生产为本位,以组织社会道德取代家庭道德等等。《新世训》讨论功利境界的道德进路,如"理性""忠恕""中庸""中和""情理""诚敬"等。《新原人》主要讨论新理学人生观,如"觉解""心性""自然""功利""道德""天地""学养""死生"等,提出了人生四境界说,即自然境界、功利境界、道德境界和天地境界。《新原道》讨论中国哲学各家各派的发展趋势,"欲述中国哲学主流之进展,批评其得失,以见新理学在中国哲学中之地位"[1]。《新知言》则由西方形而上学之辩证法、反观法、批判法讨论新理学方法论。这样,从"理学""事论"到"世训",从"原人""原道"到"知言",就构成了一个完整的逻辑体系,如李泽厚的评价,冯友兰"以其现代西方哲学方法论和逻辑学的训练,通过严谨的逐步推理,构造出一个纯形式纯逻辑的框架体系",它没有"熊十力体系的活泼流动的冲力,也没有梁漱溟体系强调此在生活的性格,它变得谨严而理知"[2]。说理不仅是指一种表达方式,而且还是一种思想方式。述学之文不仅是表达问题,还涉及思想方式和思维逻辑。逻辑之学,乃是西方之学,也称论理学。《贞元六书》主要运用西方逻辑分析方法,对宋元理学的历史、概念和范畴进行了深入而透彻的分析。

这样,《贞元六书》的入思方式就带有充分的现实依据和严谨

---

1 冯友兰:《〈新原道〉自序》,《贞元六书》,上海:华东师范大学出版社,1996年,第703页。

2 李泽厚:《中国现代思想史论》,北京:东方出版社,1987年,第294页。

的逻辑形式。抗战时期涌动着一股传统复兴及思想重建的文化思潮，当时，"新儒家"和"战国策派"积极反思五四激进主义思潮，纷纷提出各自的文化主张。钱穆的《国史大纲》也批驳了五四反传统思想，提出对民族历史文化应持有"温情与敬意"，而不是"对其本国已往历史抱一种偏激的虚无主义"[1]，他批评人们的"革新"态度，"今人率言'革新'，然革新固当知旧。不识病象，何施刀药？仅为一种凭空抽象之理想，蛮干强为，求其实现，鲁莽灭裂，于现状有破坏无改进。凡对于已往历史抱一种革命的蔑视者，此皆一切真正进步之劲敌也。惟藉过去乃可认识现在，亦惟对现在有真实之认识，乃能对现在有真实之改进"[2]。并且，他认为中国历史文化，"继自今，国运方新，天相我华，国史必有重光之一日，以为我民族国家复兴前途之讬命"[3]。这里，钱穆提出的"藉过去乃可认识现在"与冯友兰写作《贞元六书》的出发点是一致的，他的"自今方新"与冯友兰的"贞元"之寄托也是相近的。抗战时期的梁漱溟在重庆北碚的勉仁书院也写作了《中国文化要义》，他说，他写作此书不是"为学问而学问"，而是"感受中国问题之刺激，切志中国问题之解决，从而跟追到其历史，其文化，不能不用番心，寻个明白"，为其"劳攘奔走"，而希望获得"主见若心得"[4]。他的目的也是"认识老中国，建设新中国"[5]，为了更好地建设社会，才去认识传统文化。冯友兰的"传统"主要集中在宋明理

1　钱穆：《〈国史大纲〉凡读本书请先具下列诸信念》，北京：商务印书馆，1996年，第1页。

2　钱穆：《〈国史大纲〉引论》，北京：商务印书馆，1996年，第2页。

3　钱穆：《〈国史大纲〉引论》，北京：商务印书馆，1996年，第34页。

4　梁漱溟：《〈中国文化要义〉自序》，上海：上海人民出版社，2005年，第2页。

5　梁漱溟：《〈中国文化要义〉自序》，上海：上海人民出版社，2005年，第4页。

学，梁漱溟的传统却非常宽泛。冯友兰理解的社会现实，主要在逻辑学理上，梁漱溟的传统是一面镜子，可作为社会现实的参照和比较。

人们对《贞元六书》的逻辑框架也有不同看法。李慎之曾说，当他1940年代读到《中国哲学史》和《贞元六书》，"一下子就被引进了中国哲学的殿堂而震惊其宏深广大"[1]。"宏深广大"包括"广大"的思想内容和"宏深"的逻辑形式。一般说来，传统文言文不擅长说理，曾国藩曾说："古文之道，无施不可，但不宜说理耳。"[2]文言的说理常用事例，善于举一反三。周作人也曾有"古文不宜于说理"[3]的说法。还在新文学革命初期，朱自清记说："至于说理，论辩，古文实不相宜"，白话却能做到"复杂细密"，"白话之所以盛行，正因为达意达得好"，"新文学运动起来，大半靠《新青年》里那些白话论文（文言的很少），那些达意的文字；新文化运动更靠着达意的文字。这是白话宜于说理论辩的实据"[4]。说理恰是白话文的长处，特别受到了西方逻辑学的影响，但也存在浮浅模糊，甚至流于理念演绎的缠绕和空疏。李泽厚就曾批评过冯友兰的"新理学体系"，说它"只是一个逻辑的空架子，它缺少正是这种现实的历史观念"[5]。金岳霖对此也有相似的看法，认为论理即要"说出一个道理来"，"以论理的方式组织对于各问题的答案"，

1　李慎之：《融汇中西，通释古今》，《读书》1991年第12期。

2　曾国藩：《复吴南屏》，《曾文正公全集》第3册，北京：线装书局，2012年，第213页。

3　周作人：《理想的国语》，《周作人散文全集》第4卷，桂林：广西师范大学出版社，2009年，第288页。

4　朱自清：《文言白话杂论》，《朱自清全集》第4卷，南京：江苏教育出版社，1996年，第349-350页。

5　李泽厚：《中国现代思想史论》，北京：东方出版社，1987年，第296页。

也会带来有多少问题就有多少论理，自然就出现了论理的"空架子与实架子的区别"[1]。这对冯友兰的论理方式也不无批评。当然，哲学史对冯友兰新理学及其逻辑形式已有不少评价，如认为"新理学是中国传统哲学现代化和外国哲学中国化的一种尝试，反映了中国资产阶级企图建立适合自己需要的哲学体系的愿望和要求。新理学是中国哲学大树上开出的一朵不结果的花。我们在总体上否定它时亦应看到它中间有些片面的真理。如强调用逻辑分析方法讲哲学、人生境界说等。新理学为中国古代哲学现代化、外国哲学中国化提供了有益的借鉴"[2]。应该说，此段评语除"资产阶级"一词略显生硬外，其他论断都是比较公允而客观的。

三、精密而谨严：
语体文的说理优势

《贞元六书》采用了语体文的述学方式，思维透彻，语言明晰。语体文合于口语，历代都有，如寒山诗歌、宋儒语录、宋元话本、明清小说都已流行。冯友兰在《新事论》中也认为："自唐宋以来，中国本已有语体文。讲学底人写语录用它，文学家写小说词曲用它，普通人写书信用它"，它"已成为思想家、文学家，以及普通人所普遍地使用"[3]。他说的并不完全是事实。五四时期虽提出了白话文变革，以白话代替文言，还想借助文学创作推广普及白话文，胡适还提出文学的国语和国语的文学主张，1930年代更进一步

---

1   金岳霖：《审查报告》，《中国哲学史》（下），重庆：重庆出版社，2009年，第460页。
2   许全兴、陈战难、宋一秀：《中国现代哲学史》，北京：北京大学出版社，1992年，第421页。
3   冯友兰：《新事论》，《贞元六书》，上海：华东师范大学出版社，1996年，第341页。

提出口语化和大众语之路。但在社会上实践起来却非常困难，白话和文言常常呈现对抗而并行的状态，白话文言难分高下，对此，钱锺书还有文言白话相互激励而互渗的说法，认为："苟自文艺欣赏之观点论之，则文言白话，骖驔比美，正未容轩轾"，"白话文之流行，无形中使文言文增进弹性（elasticity）不少"，反之，白话小品文也存在"专取晋宋以迄于有明之家常体为法，尽量使用文言"的现象，由此，他预言"将来二者未必无由分而合之一境"[1]。钱锺书说出了事实本身的复杂性。在五四时期，白话倡导者也擅长文言，如胡适、钱玄同和鲁迅等，维护文言的并不是不能使用白话，如刘师培、章太炎和章士钊。胡适倡导白话文的《文学改良刍议》和陈独秀的《文学革命论》都是文言体，文言白话并不完全隔绝不相通。自五四倡导白话文开始，就一直伴随对白话文的质疑和批判，与此同时，自然就有对文言的坚守和维护。对此，蔡元培出于兼容并包立场，主张文言白话双轨制。他认为："国文的问题，最重要的，就是白话与文言的竞争"，他又断定"将来白话派一定占优势"[2]，至于"文言是否绝对的被排斥，尚是一个问题"。据他观察，"将来应用文，一定全用白话，但美术文，或者有一部分仍用文言"。理由是应用文主要是"记载与说明"，只要"明白与确实"，"不必加新的色彩，所以宜于白话"，美术文主要有诗歌、小说、剧本三类，特别是偏重形式"均齐"和"节奏调适"的文言美术文，就"不能说毫无价值"[3]。在他的设想中，文言作为美文的语言，不会被废除，白话文则有利于应用文。用白话作应用文，文学文白

1　　钱锺书：《与张君晓峰书》，《钱锺书散文》，杭州：浙江文艺出版社，1997年，第409-410页。

2　　蔡元培：《国文之将来》，《蔡元培全集》第3卷，北京：中华书局，1984年，第357页。

3　　蔡元培：《国文之将来》，《蔡元培全集》第3卷，北京：中华书局，1984年，第358页。

话文言皆可，这算是一种美好的理想，让文言白话并存，一树开两花，结出多种果。但落到社会实践之中，就有相当难度。于是，就有融合文言白话的语体文的复活。林语堂不喜欢白话之文，而偏爱文言之白，倡导白话语录体，"老实说去，一句是一句，两句是两句"[1]，"文言不合写小说，实有此事。然在说理，论辩，作书信，开字条，语录体皆胜于白话。盖语录体简练可如文言，质朴可如白话，有白话之爽利，无白话之噜苏"[2]。语录体成了文言白话的融合，有文言的简练，白话的质朴，却没有白话的浅近和文言的深奥。

语体文也是1940年代述学文的主要方式，冯友兰《贞元六书》，熊十力《新唯识论》语体文本，梁漱溟的《中国文化要义》和贺麟的《文化与人生》等都采用了语体文。当然，他们的语体文有别于林语堂的语录体，而近于朱光潜的主张，继承文言遗产，追求表达的"精准妥帖"[3]，但又不同于朱光潜，不求"适宜程度的欧化"[4]。朱光潜心中理想的语体文范本是朱自清，认为他是"极少数人中的一个，摸上了真正语体文的大路"，"文章简洁精炼不让于上品古文"，"用字"和"语句声调"又确是"日常语言所有的声调"，如"文章""剪裁锤炼"，"字句习惯和节奏"有如生活口语，"任文法家们去推敲它，不会推敲出什么毛病；可是念给一般老百

---

1 林语堂：《论语录体之用》，《林语堂名著全集》第14卷，长春：东北师范大学出版社，1994年，第188页。

2 林语堂：《论语录体之用》，《林语堂名著全集》第14卷，长春：东北师范大学出版社，1994年，第189页。

3 朱光潜：《文学与语文（上）：内容、形式与表现》，《朱光潜全集》第4卷，合肥：安徽教育出版社，1987年，第226页。

4 朱光潜：《从我怎样学国文说起》，《朱光潜全集》第3卷，合肥：安徽教育出版社，1987年，第446页。

姓听，他们也不会感觉有什么别扭"[1]。这应是非常高的语体文境界。冯友兰、熊十力和梁漱溟的述学语体文延续了朱光潜、朱自清语体文的简洁精练，但口语化程度却后退了半步，更趋理性和雅洁。熊十力的文言文本《新唯识论》是1920年代北京大学讲稿，1932年自印出版。抗战时期，他将其改为语体文本，认为："虽是语体文，然与昔人语录不必类似。此为理论的文字，语录只是零碎的记述故。又与今人白话文尤不相近。白话文多模仿西文文法，此则犹秉国文律度故。大抵此等文体不古不今，虽未敢云创格，要自别成一种作风。"[2]"不古不今"的说法，很容易让人想起陈寅恪在审查冯友兰《中国哲学史》的自谦之语，"为不古不今之学，思想囿于咸丰同治之世，议论近乎曾湘乡张南皮之间"[3]，不古不今也是亦古亦今，比传统语录体更加严谨，又不同于五四白话文而更文雅，算得上"别成一种作风"。显然，语体文承认文言与白话并存，并探索文言白话化和白话文言化的可能，在传统语录体的基础上，既继承文言文的精致雅洁，又吸收白话文的清晰明净，而成为别具风格的现代述学文体。

冯友兰《贞元六书》，熊十力《新唯识论》语体文本，梁漱溟的《中国文化要义》和贺麟的《文化与人生》都是哲学或思想著述，照道理，它应是很难懂的，但人们一般读起来并没有任何语言障碍，而且说理深入浅出，表达浅显明白。这首先源于他们的思想

1　朱光潜：《敬悼朱佩弦》，《朱光潜全集》第9卷，合肥：安徽教育出版社，1987年，第491页。

2　熊十力：《初印上中卷序言》，《新唯识论》，北京：中华书局，1985年，第241页。

3　陈寅恪：《冯友兰中国哲学史下册审查报告》，《金明馆丛稿二编》，上海：上海古籍出版社，2020年，第252页。

清晰和思维严谨。语言与思维有关，如何表达也就是如何思考，反之，有什么样的语言方式就有什么样的思维方式。王国维认为："夫言语者，代表国民之思想者也，思想之精粗广狭，视言语之精粗广狭为准，观其言语，而其国民之思想可知矣。"西方长于抽象，精于分类，多用概括和分析，"故言语之多，自然之理也"；而国人所长在实践，"以具体的知识为满足，至分类之事，则除迫于实际之需要外，殆不欲穷究之也"[1]。《贞元六书》主要借鉴了西方逻辑形式方法，既擅长概括又精于分析。"六书"中的《新原人》《新理学》《新事论》《新世训》都具有严谨的逻辑结构，这主要体现在宏观构思上，具体到行文中，也是思维缜密，说理透彻，步步推进，环环相扣。在讨论某一道理或对象，取正向展开，反向延伸，事理互证，把道理说细，说深，说得清楚明白。比如《新事论》中的《评艺文》，从"别共殊"逻辑出发，说明没有中西文化的不同，而有家庭生产和社会生产的文化差别，任何事物都有"类"和"个体"的异同，如生活中张三李四同为工程师，有工程师的相同"类"，至于胖瘦只是他们不同的"异"。由此，提出文学艺术与民族的关系，"各民族有各民族的艺术文学"[2]，一个民族的文学艺术与其语言和生活相关，"一个民族的文学是跟着它的语言来底。一个民族的语言，只有一个民族内底人，才能充分了解。一个民族的语言，是一个民族的整个历史、整个生活所造成"[3]。在这里，冯友兰与鲁迅一样，将"底"和"的"分开使用，"的"表修饰关系，

---

1 王国维：《论新学语之输入》，《王国维论学集》，北京：中国社会科学出版社，1997年，第386页。

2 冯友兰：《新事论》，《贞元六书》，上海：华东师范大学出版社，1996年，第309页。

3 冯友兰：《新事论》，《贞元六书》，上海：华东师范大学出版社，1996年，第313页。

下编   277

"底"表领属关系。最后提出文学艺术既是"自己底"又是"发展的","自己底"是传统,"发展的"是现代化。语言表达也是简洁明了。如它的结语所说:"只有从中国人的历史、中国人的生活中,生出来底文艺,才是中国底,亦惟有这种文艺,对于中国人,才可以是活底。中国人的生活现代化了,所以中国底文艺亦要现代化。现代化并不是欧化。现代化可,欧化不可。"[1]采用短句子,口语化,但并不排斥文言字句,如"可"和"不可"。

《贞元六书》的精简在句式,不在字词,这源于冯友兰厚实的国文修养。冯友兰八九岁时即在母亲监督下背诵古书《易经》《书经》和《左传》,稍长,又读吴汝纶的《桐城吴氏古文读本》,打下了坚实的古文功底。在他谋生做事之初,还在一所名叫"华语学校"开设过一门《庄子》课,每周一次,商务印书馆还出版了他所选译的英语本《庄子》。《庄子》是传统说理文的典型代表,闻一多就服膺《庄子》说理的精妙,他认为:"言情状物要作到文辞与意义兼到,固然不容易,纯粹说理的文做到那地步尤其难,几乎不可能",但《庄子》却达到了如此境地[2],它的思想"精微奥妙",辞句"曲达圆妙",且能"凑巧"地"化合"在一起,分不清"那是思想那是文字,也许什么也不是"[3]。人们阅读《庄子》,已"分不出那是思想的美,那是文字的美。那思想与文字,外型与本质是极端的调和,那种不可琢磨的浑圆的机体,便是文章家的极致"[4]。虽不能说《贞元六书》有《庄子》风范,但至少达到了思想和文字

1   冯友兰:《新事论》,《贞元六书》,上海:华东师范大学出版社,1996年,第319页。
2   闻一多:《庄子》,《闻一多全集》第9卷,武汉:湖北人民出版社,1993年,第12页。
3   闻一多:《庄子》,《闻一多全集》第9卷,武汉:湖北人民出版社,1993年,第12页。
4   闻一多:《庄子》,《闻一多全集》第9卷,武汉:湖北人民出版社,1993年,第11页。

浑然一体的文章境界。

何柄棣曾认为，冯友兰做事"头脑冷静、析理均衡、明辨是非、考虑周全"，实际上，他的文章也带有这样的特点。他"国学根底深厚，文言表达能力特强"[1]，才选择由他撰写《西南联合大学教务会议就教育部课程设置诸问题呈常委会函》和《国立西南联合大学纪念碑》两文。任继愈认为冯友兰的"纪念碑文"，"遣词典丽，文采丰腴，感情激越，命意深沉"。在完成碑文初稿后，"曾分送文史有关专家征求意见，西南联大饱学能文的教授很多，对这篇文章提不出什么修改意见，照原稿刻在碑上"[2]。由此可见，冯友兰思维之缜密，文字功夫之深切！到了晚年，冯友兰还以口授行文，整理即可出书。即使这样，任继愈还是认为冯友兰的文章，"善于化繁为简，逻辑性强，使人读后印象明确。他的观点别人不一定赞同，但不会由于表达不清楚而使读者误解。这是他的功力之所在"[3]，其文章"文风简重，不事雕琢，条理清晰，逻辑严密，文章没有多余字句"[4]。可以说，与"纪念碑文"写于同一时期的《贞元六书》也有文风简洁、析理明晰、命意深沉的语言特点。

1   何柄棣：《读史阅世六十年》，北京：中华书局，2012年，第185页。

2   任继愈：《〈冯友兰先生纪念论文集〉序》，《任继愈学术文化随笔》，北京：中国青年出版社，1996年，第285页。

3   任继愈：《谈学术文章的写作》，《任继愈学术文化随笔》，北京：中国青年出版社，1996年，第216页。

4   任继愈：《〈冯友兰先生纪念论文集〉序》，《任继愈学术文化随笔》，北京：中国青年出版社，1996年，第284页。

论老舍文学创作的民粹思想倾向

老舍文学创作拥有多元并存的文化取向，传统与西方、地域与民族、激进与自由等都同时被老舍所关注和表现。他的文学创作也呈现出一种民粹思想倾向，它主要表现在对资本主义物质文明和道德观念的批判与抗拒，对民间与民众化价值的维护，对现代教育和知识危机的反思。民粹思想的价值观念和思维方式也影响了老舍创作取材底层社会、文体趋向大众形式的艺术特点。由此，还反思了老舍民粹思想倾向的局限性问题。

民粹主义是一个"破碎断裂的概念"[1]，但作为一个思想史概念及其社会背景却是比较清晰的。民粹主义思想是社会现代化的产物，反思资本主义的现代化进程是民粹主义产生的思想根源。随着

---

1   塔格特：《民粹主义》，长春：吉林人民出版社，2005年，第30页。

现代社会矛盾的加大，社会结构的严重分化，起源民间、立足道德的民粹思想就成为一种价值反思方式。它不但否定封建贵族社会，更对资本主义现代化进程进行了激烈而彻底的批判。它与马克思主义一样都是以批判资本主义及其自由主义思想为对象，但在批判资本主义的立场和目标上有所不同，马克思主义着眼于对资本主义制度的否定，民粹主义则偏重于对资本主义伦理道德的批判。尽管有着不同的意义指向，但也有相互通约的地方，如对人民的崇信，对平民价值的坚守，把平民和大众看作社会体制的合法性来源。如同卢梭所说"人民才是真正的道德上的裁判者"[1]，别尔嘉耶夫也认为："把人民看作真理的支柱，这种信念一直是民粹主义的基础"[2]。与平民化价值相对的是对知识分子罪恶感的自我确认，对文化精英主义的鄙薄，对现实文化的轻蔑。

中国的民粹主义常把民间、民众、民主与革命观念融合在一起，形成了与现代中国其他思想共存的混杂状态。它没有俄国那样的自成体系的理论主张，也没有独立的团体组织和实际的社会行动，但它却影响了中国近现代的政治思想和文化观念，尤其是涉及乡村、农民和传统道德问题，现代知识分子自觉或不自觉地呈现出一种民粹价值取向。就老舍个人而言，平民的出身背景是其产生民粹思想倾向的社会基础，也是他能接受或偏向民粹思想的前提条件。老舍与下层民众有着天然的血缘联系，他说："我自己是寒苦出身，所以对苦人有很深的同情。"[3]从小的艰苦生活，使他深深懂

1　卢梭：《论人类不平等的起源和基础》，北京：商务印书馆，1982年，第188页。

2　尼·别尔嘉耶夫：《俄罗斯思想》，北京：三联书店，1998年，第102页。

3　老舍：《〈老舍选集〉自序》，《老舍生活与创作自述》，北京：人民文学出版社，1982年，第113页。

得人民的痛苦，明白世上最伟大的哲学是"生存哲学"。并且，老舍所接受的家庭教育使他相信民间社会拥有自然而美好的道德价值观。他承认："我自幼贫穷，作事又很早，我的理想永远不和目前的事实相距很远，假如使我设想一个地上乐园，大概也和那初民的满地流蜜，河里都是鲜鱼的梦差不多。贫人的空想大概离不开肉馅馒头，我就是如此。"[1]平民身份使老舍始终关注下层人的日常生活，也使他虽留英数年却依然保持着一种传统的伦理情怀，对资本主义文化道德却持批判的态度，感受到的是"工商资本主义的社会的崩溃与罪恶"[2]。如果仅仅停留在对资本主义的批判，这并不能说明他拥有民粹思想，只有在批判资本主义的同时，也把目光投注到底层市民阶层，认为只有它才隐含着道德的美好，由此，怀疑和批判上流社会和知识分子的生存方式，这才能说明老舍创作的民粹思想取向。

中国的现代资本主义击溃了传统的商业经济体系，加剧了社会的贫富差距，促使乡村和城市的底层社会变得更加穷困。小说《牛天赐传》书写洋货挤占市场，连学校的贩卖部"差不多都是东洋货"。牛老者的生意每况愈下，他"一辈子没赔过，这是头一次"，随着他经营30多年"福隆"的被烧，最可靠的源成银号的倒闭，他在绝望之下，一命呜呼。《正红旗下》写到"洋缎、洋布、洋粉、洋取灯儿、洋钟、洋表、还有洋枪，象潮水一般地涌进来"，连向来带卖化妆品，而且自造鹅胰宫皂的古色古香的香烛店也陈列着洋

---

1   老舍：《我怎样写〈赵子曰〉》，《老舍生活与创作自述》，北京：人民文学出版社，1982年，第10页。

2   老舍：《我的几个房东》，《老舍生活与创作自述》，北京：人民文学出版社，1982年，第311页。

粉、洋碱，与洋泅子。《茶馆》第一幕也写到了"洋人侵略势力越来越大，洋货源源而来（包括大量鸦片烟），弄得农村破产，卖儿卖女"[1]。并且，资本主义的经营方式也挤垮了传统的老规矩。传统老字号的经营理念靠的是信誉，讲究的是一个人缘，有着中国传统的道德支撑。新兴的资本主义在经营上则以次充好，鼓励人的消费欲望，以赚钱为唯一目的，体现的是新兴的拜金主义道德观，它对中国传统道德构成了威胁，加速了社会的分化和道德的堕落。

《老字号》叙写老字号"三合祥"绸缎庄在钱掌柜任时奉行传统式的买卖："没打过价钱，抹过零儿，或是张贴广告，或者减价半月"，掌柜合眼坐在大机凳上抽水烟。等周掌柜接任以后，则是扎彩牌，大减价，击鼓吹号，散发传单，给客人送烟递茶，随意说笑，附送赠品，送货上门，卖东洋货，以次充好，一番洋做派。直到钱掌柜回来，周掌柜跳槽到了"天成"字号，尽管钱掌柜刻苦经营，三合祥最终还是被按照新方式经营的天成字号所收购。老舍没有以历史主义眼光来看问题——这是不可避免的阵痛，而流露出一种挽歌情绪。他担心旧式商业的没落带来的是传统道德的式微，老字号依靠的是诚信，新方法则多欺骗，现代商业直接破坏了社会的道德体系和个体的内在良知。道德的没落还催生了一帮毫无廉耻的人，他们毫无道德、唯利是图，深谙社会的权钱术。如《老张的哲学》中的老张，《骆驼祥子》中的老板刘四爷之流。同时，还出现了以洋派青年为代表的新兴市民精神，如小说《离婚》《牛天赐传》和《四世同堂》等作品描绘的那些一味逐新，一味追求洋式生活情调的堕落人物，既有蓝小山、丁约翰等西崽形象，也有张天真、祈

1　　老舍：《谈〈茶馆〉》,《老舍生活与创作自述》, 北京：人民文学出版社, 1982年, 第140页。

瑞丰等纨绔子弟。他们是一群不中不西的废物，处于文化的交错地带。

在对待大众文化的态度上，老舍与西方民粹主义不同，他认同了底层平民的传统精神文化，这里的大众不是洋派青年，而是辛勤劳作的底层平民。民粹主义相信平民与生俱来的自然道德，资本主义文明在加速底层社会破产的同时也助长了社会道德的堕落。因此，老舍的民粹思想就自然隐含着民族主义根子。

仅仅对资本主义文明进行批判还构不成民粹主义。对人民、民众的崇信才是各种色彩和派别的民粹主义最为突出的特点。老舍小说中的"民"主要指下层民众，与其他现代作家相比，老舍有着贯穿一致的下层市民书写，并且坚信下层民众具有强大的道德优势。如《老张的哲学》中的赵四，《离婚》中的丁二爷，《牛天赐传》中的四虎子，他们都是生活在下层的"好人"，体现了老舍的道德诉求，他们所生活的小胡同以及由此形成的街坊道德模式和社会秩序也成为老舍的道德理想。老舍不熟悉农村，他笔下的"底层人民"的范围多是城市平民，有别于其他现代作家以乡村社会作为理想的道德定位。老舍也有浓烈的乡间情感，在他笔下不时出现的片段式、梦幻式的农村世界有着城市没有的清新和美好。《离婚》中的老李在北京财政所工作，一直觉得压抑、憋闷。他"想起些雨后农家的光景，有的地方很脏，有的地方很美，雨后到日落的时候，在田边一伸手就可以捏着个蜻蜓"，乡村唤起了他的诗意，"晴美，新鲜，安静，天真"，他觉得"乡间的美是写意的，更多着一些力量"，最终，老李厌倦了衙门的争斗，选择回到乡村去。小说所展示的乡村自然的美，人们的善良，正好映衬了老舍"往乡间去"的理念，它来自作者对农村的审美想象而不是直接的生活体验。对乡村的审美欲求也是老舍民粹思想的特点，与民粹革命者关注工厂、关注无产阶级，关注学生的思想区别开来。《牛天赐传》借用天赐的眼睛看到了农村人的"穷，可爱，而且豪横；不象城里的人见钱眼开"。纪老者把几个用来卖钱的鸡蛋煮给天赐吃，用仅剩的五个铜子去买茶，不收天赐的一块钱。在牛天赐家庭衰落、财产被抢以后，他想起唯一不骗人的就是纪老者。作品对十六里铺和纪老者的描绘展示了老舍对农村的认识，他们比城市底层更贫穷，但又更善良。类似的作品还有《四世同堂》对常二爷、马家的人等乡村人的叙述："（农村人）随时可能饿死冻死，或被日本人杀死。可是，他们还有礼貌，还有热心肠，还肯帮别人的忙，还不垂头丧气"，"剥去他们的那些破烂污浊的衣服，他们会和尧舜一样圣洁，伟大，坚强"。老舍对农村世界和乡村人的描写虽是零星、散乱的，但也凸显了老舍民粹化的思想倾向和情感色彩。

小说《骆驼祥子》则叙述了一个淳朴勤劳、健壮善良的乡村人在进了城以后，由病态的城市文明而造成人性畸变的故事，由此也暗示乡村人和乡村社会道德的纯美。"生长在乡间"的祥子，由于"失去了父母与几亩薄田，十八岁的时候便跑到城里来"。"带着乡间小伙子的足壮与诚实"，像一棵树一样，"坚壮，沉默，而又有生气"。在祥子进城以后，不得不依靠拉车去讨生活，作为城市里的一名车夫，就自然被强制性地纳入到城市人的生存方式，按照利益优先、权力主宰和蝇营狗苟的方式出牌。于是，祥子就有了一种"欲求而不得"的生存尴尬，在一次又一次的打击之下，逐渐丧失了乡村所赋予他的自然美德，而走向了城市人的"吃""喝""嫖""赌""懒"和"狡猾"，"他没了心"，成了城市里的行尸走肉。尽管小说里说农村人的"北平话说得地道而嘹亮，比城里人的言语更纯朴悦耳",农村人拥有自然而健康的道德,但在资本主义经济发展的冲击之下,它已经为满足物质生活,不得不离开土地而到城市去谋生。由此导致乡村社会道德的崩溃和解体。这里,老舍与俄国民粹派思想者有着相同的关注焦点:由于城市经济的侵袭而导致传统村社的瓦解和乡村道德破产,农村人不得不进入城市,在城市生活的挤压之下,由勤劳变成无赖。从人的生存角度和道德立场琢磨乡村与城市的遭遇,自然天性和市侩无赖的命运,最后留念于乡村道德的美好,这也是老舍民粹思想的又一特点。鲁迅在《故乡》中书写了农民的破产,《社戏》则描绘了乡村人性的纯朴。老舍则将这两个方面结合起来,表现了民粹思想的道德与审美的统一。

现代社会的知识承传主要依靠教育方式,如何对待新式教育和知识人?也从一个侧面敞露出老舍的民粹思想倾向。老舍对待学生运动的看法,饶有意味。发生在现代的爱国学生运动(学潮)一般被看作是带有革命进步性的,但在老舍看来,它们扰乱了教学秩序,没有任何救国救民的意义。并且,老舍还批判了现代的学校教育根本不是正规的科学教育,既没有科学精神,也没有教会学生做人。对待儿童的启蒙教育问题,也能体现老舍的民粹思想痕迹。他认为,所谓的现代文明却毁了人性之"真","偶尔看见个穿小马褂的'小大人',我能难受半天,特别是那种所谓聪明的孩子,让我难过。比如说,一群小孩都在那儿看变戏法儿,我也在那儿,单会有那么一两个七八岁的小老头说:'这都是假的!'这叫我立刻走开,心里堵上一大块。世界确是更'文明'了,小孩也懂事懂得早了,可是我还愿意大家傻一点,特别是小孩。"[1]中国的"小大人"

---

1   老舍:《又是一年芳草绿》,《老舍生活与创作自述》,北京:人民文学出版社,1982年,第347页。

现象在鲁迅那里也经常被提及，他们都批判了形成这种现象的社会机制，表达了对自然天性的坚守。在小说《新爱弥尔》里，老舍以讽刺的笔法仿写了卢梭的《爱弥尔》，批评中国社会以成人标准来教育儿童，扼杀了儿童的天性，最后"杀死"的是人的生命。这从一个侧面反映出老舍对卢梭自然人性思想的认同，而这恰恰是卢梭具有民粹特点的思想。小说《牛天赐传》也揭示了成人世界里的市民文化如何抹杀了小孩自然、美好的天性。对孩童世界"真"的天性的推崇，与对底层民众心灵的真与善的赞美都是一致的，在其背后隐含着民粹化的思想倾向，也就是把眼光向下，返璞归真，反智向纯。

老舍对待所谓的新式知识分子也多取讽刺和批判的眼光，说的主要是新式学生的不学无术，道德失真现象。《文博士》中的文志强博士没有国家观念，仅仅关心金钱、官位和女人。《牺牲》里的毛博士虚伪势利，恬不知耻，崇尚享乐。老舍不但对新式知识分子非常失望，对老式知识分子也难以认同，他们生性酸腐，寡廉鲜耻。如《牛天赐传》里的私塾先生只知道用体罚来强迫学生背书，《火葬》中的王举人以读书人"自傲"，但作起文章来只知道"抄袭"，"把前人说过的再说一遍"。他所说的读书人应辨明利害，明哲保身，忠孝节义，只不过是说说而已，实际上，为了个人安危而附逆。在老舍笔下，老派知识人与新式知识人一样，都缺乏真正知识分子的知识和精神，也没有传统的道德气节。

让老舍心仪的知识者却是带有民粹色彩的知识分子。如《赵子曰》中的李景纯，品性高洁，《二马》中的李子荣，在他的世界，"只有工作，没有理想；只有男女，没有爱情；只有物质，没有玄幻；只有颜色，没有美术！"他赞赏资本主义"器物"文明，拒斥其精神文明。在婚姻上不娶新女性，而依母亲之命，娶了一个能洗会作的乡下姑娘为妻。他说："我有朝一日做了总统，我下令禁止中国人穿西洋衣服！世界上还有比中国服装再大雅，再美的！"在李子荣形象身上，体现了老舍民粹思想的既有实干精神又有道德操守的统一。与此类似的还有《文博士》里的唐振华，《铁牛和病鸭》里的铁牛等人物形象。能体现老舍民粹思想的还有小说《四世同堂》，其中的钱默吟形象是知识人的理想，寄寓了老舍的民粹观念和精神。生活在小羊圈胡同里的钱默吟、牛教授、冠晓荷、祈瑞宣分别代表了四种知识人，牛教授不管国事，不问是非，不管他人，为了保持自己的生活方式而轻易附逆。冠晓荷心无廉耻，趋炎附势，附庸风雅，为了生活的一点甜头极尽蝇营狗苟之能事，主动当了汉奸。祈瑞宣则关心国事，关心抗战，但又犹豫懦弱，多内省少行动。钱默吟本是一个安居独处的传统文人，但却最先走上救国之路。他抓住一切机会鼓动他人参与抗战，组织人们进行地下抗日工作，他自己也采用"暗杀"的方式献身于民族战争。作为理想代表的钱默吟，他的走向民间，走向工厂和商铺，走向战场的思想和行为，既适应了民族战争的要求，也同时有老舍民粹思想的折射。

民粹思想的价值观念和思维方式也影响了老舍文学创作的艺术特点，如小说选材多取自底层社会。他所创造的"北京小市民社会"，具有文学史的开拓价值，也是他对中国现代文学的独特贡献[1]。在一个相当长的时间里，新文学描写城市贫民的作品数量较少，与农民或知识分子题材作品相比，其成就也要低得多，站出来

1   赵园：《老舍——北京市民社会的表现者与批判者》，《论小说十家》，杭州：浙江文艺出版社，1987年，第30页。

打破这种局面的，就是老舍[1]。老舍还由他所熟悉的市民社会延伸到与市民相关的农民阶层，创造了一个"底层"平民世界。他把对农民艰辛生活的描绘与自然道德的展示结合起来，而与京派文人笔下的诗意世界区别开来，它所呈现的恰恰是老舍的民粹思想取向，而不是简单的自由主义观念[2]。对底层生活的熟悉和关注给老舍创作带来了持久的生命力，他创作过程中所经历的几次失误都是借助于市民生活的回归才得以摆脱出来，在写了《大明湖》《猫城记》之后，他转回到熟悉的北京市民生活，有了戏剧《张自忠》的失败，使他再次转入《四世同堂》的写作。新中国成立以后的老舍也是由于对自己创作的不满而转向了《茶馆》的写作。市民社会、民间立场是老舍创作的生长点。在他所创造的人物形象之中，也只有平民形象才显得丰富而独特，从《老张的哲学》到《四世同堂》，他小说中的市民、平民人物各有特征，性格鲜明，王德、李应、赵四各不相同，小羊圈胡同里的下层民众毫不雷同。相对而言，老舍笔下的上层官僚和统治者形象则显得有些漫画化，知识分子和女性形象也有模式化倾向。由民间、乡村而趋向大众形式，老舍还对市民口头艺术、相声评书，如"三翻四抖"、夸张、谐音等表现手法也大胆吸收和积极实践。抗战时期的老舍创作了大量的通俗作品，如鼓词、旧剧、民歌、小调、快板、河南坠子、数来宝等。它们不仅契合了民族战争的吁求，也与老舍的民粹思想倾向相暗合。

　　总的说来，老舍的民粹思想倾向缺乏政治可操作性，甚至也缺乏真正的社会实践性，他自己也没有以其为目标而参与到社会的政

1　　樊骏：《论〈骆驼祥子〉的现实主义》，《文学评论》1979年第1期。

2　　老舍的自由主义思想是可能性的价值存在，但又是非常复杂而深层次的问题，需要做深入的分析和阐释。

治活动之中去。它是一种理想性的审美道德，借助文学写作方式，而对底层市民社会加以美化，对新兴市民文化给予拒斥，对知识分子和上层社会施与批判，在批判社会的现代化进程的同时体现文学的反思功能和批判价值。老舍对民粹思想的认知和表达有一个比较长的时间过程，当他在国外写作《老张的哲学》《赵子曰》《二马》小说时，他将社会理想寄托在平民出身的精英分子，已经显露出一定的民粹思想气息。回国以后，面对着强烈的时代危机和民族危机，他的民粹思想逐渐成型。《猫城记》把理想寄于大鹰和小蝎，正是民粹主义期待英雄的主张，也延续了他对取向于民的期盼。到了《四世同堂》，他的民粹思想趋于坚实，并与民族主义情感相搅拌，而被浇注为民族心理与民粹思想的共同体。民族主义是一个民族赖以生存和发展的带有血缘关系和本土根性的文化精神和情感心理，在民族发生冲突的过程中，它常成为抵抗异族侵略的坚实屏障。民粹主义则是社会结构和文化阶层出现严重矛盾和分化之后的价值选择，是解决社会矛盾和文化危机的一种观念和实践方式。就老舍而言，他的民粹思想是在反思西方社会现代化进程中所带来的道德溃败而进行的一场文化抵抗，是对城市与乡村、贵族与平民、文明与道德出现分裂和矛盾之后的价值确认，由此，他趋向于乡村、平民和道德的淳朴、自然和美好的民粹化价值立场，并以这样的立场去反观历史和时代的变迁，试图以传统的文化、乡村的道德、自然的文明来整合业已分裂的、异化了的现代社会。他既拒斥了资本主义文明，又排斥了上层社会价值观，而取一种既不特别激进又不完全保守的思维态度，实现他对现代性的构想和追求。

老舍的民粹主义只是其复杂思想的一种倾向。也许是由于他对待思想文化的相对宽容的眼光和态度，而使其拥有他人不具有的综合性和中间性特点，也许是处于多重文化背景的滋养，而使其文学创作出现了多元并存的审美局面。可以说，是在传统与西方、地域与民族、激进与自由之间生长了老舍文学这棵大树，同时，又在乡村与城市、文明与道德、上层社会与平民世界的对抗之中，创生了老舍的民粹思想取向。在西方文明的冲击下，它取传统道德思路，在城市社会的矛盾中，它倾向于平民和乡村的诚实、自然与纯朴。显然，在老舍的思想和文学世界里，它们有着独特的审美价值和意义，同时也存在一定的局限性。如对传统道德的理想化而忽略了人的自由性和主体性价值，他在赞美传统道德的人情与和谐时，不自觉地把西方的自由主义、个人主义和利己主义捆绑在一起，轻视了它的正面价值，自然也就对传统道德缺乏彻底的反思与辨别。在小说《月牙儿》里，为了揭示人物悲剧命运，而认为在没有经济基础的前提下，所谓的自由平等和人性解放都是没有意义的。由此，还可以发现，老舍对人的群体性特征表现得比较充分，而对个体生存的境遇、人的道德悖论、文化冲突的互融等方面则欠自由充分的拓展。

也许是由于民粹思想的偏向，老舍还特别凸现实干精神。他认为，如果管理经济的懂经济了，管理银行的懂金融了，中国就有救了。但他又发现这样的想法失之于天真，在《不成问题的问题》和《铁牛和病鸭》里，他笔下的主人公都遭遇了深谙中国"权术"者的暗算和破坏，无法实现微薄的希望。当民粹主义发现"实干"没有用武之地的时候，还容易选取破坏的行为，有一种虚妄的构想——牺牲个体以解决社会的问题。老舍笔下的理想人物有从实用走向了暗杀的，并相信这样的牺牲就可以救助国家，如《四世同堂》中的钱默吟的个人暗杀。寓言体小说《猫城记》能部分说明老舍对社会问题的思考和局限。他自认为《猫城记》是"失败的作品。它毫不留情地揭显出我有块多么平凡的脑子"[1]。至于失败之处到底在哪里，老舍并不十分清楚。实际上是民粹思想本身所呈现的固有局限，主要是实干思想所产生的"埋头拉车"与"抬头看路"之间的矛盾。民粹主义是道德主义者，它要求牺牲个人和私人利益，而"对社会服务事业的绝对服从"[2]。老舍自己就是一个倡导咬紧牙关为社会服务的作家，他说："我的志愿是在作事——那时候我颇自信有些作事的能力"，"现在我还希望去作事"[3]，"我的志愿不大——只求就我所能作的作出一点事来"[4]。只要是他能参与的事情，就是不愿意的事，他也会积极投身其中，哪怕多么繁琐，他也会认真作下去。如抗日战争时期工作，他担任"文协"负责人，从众多的《会务报告》《总务部报告》《总务部帐目公布》等会刊通讯中可以看到他的勤勉和忙碌。新中国成立以后，老舍在参加各种政治运动之外，为了写作"有生活"，他下过工厂，走过街道，上过战场，下过乡，担任过27个团体的30个职务。民粹思想还使他有向后看的思维习惯，这当然不是老舍一个作家的问题。老舍的文学创作反映了所有民粹思想的死结：反思现实，是为了实现一个传统的、道德的和平等的社会，显然，它又是具有乌托邦性质的。有的时候，道德上的高贵并不有助于社会实际问题的解决。老舍的民粹思想在批判资本主义的道德危机时有其深刻的一面，但又

1   老舍：《我怎样写〈猫城记〉》，《老舍生活与创作自述》，北京：人民文学出版社，1982年，第26页。

2   弗兰克：《俄国知识人与精神偶像》，上海：学林出版社，1999年，第56页。

3   老舍：《我怎样写〈老张的哲学〉》，《老舍生活与创作自述》，北京：人民文学出版社，1982年，第3-4页。

4   老舍：《自述》，《老舍生活与创作自述》，北京：人民文学出版社，1982年，第361页。

容易把道德理想化，并视为核心价值，不自觉地滑入了道德中心主义。在描绘城市与乡村的对抗，平民与上层社会的对立，自然与文明的冲突时，他所取的向"下"、退"后"的民粹观念也显然带有明显的理想成分，是一种非历史主义的态度。

由此可见，民粹主义是老舍文学创作的一种思想倾向，也是一种极富理想性和审美性的价值构想。民粹主义是对社会矛盾和时代危机的反映和折射。作为一种带有世界性的文化思潮，在进入中国以后，与其他思想发生博弈、交融和重合，渗透进了中国现代的思想和文学，包括李大钊、巴金和朱自清等都受到过一定的影响。老舍与民粹主义也具有一定的历史和价值关联，在我看来，由此解读老舍的文学创作，也不失为一种研究维度。

重审老舍与传统文化的关系

老舍与传统文化是一个老话题，很难说出新意，但面临新的社会语境和学术背景，它却又不断生发出新的意义，在确认历史联系的基础上，还可以进一步讨论它们之间的意义范式问题。老舍是传统文化和文学孕育的产物，保持有鲜明的传统文化和文学印记。没有传统文化的传承和转化也就不可能形成老舍特有的思想观念和精神心理，更不可能创造出老舍文学语言的干净与简练。但老舍之所以是现代的老舍，与他批判和超越了传统有关联，由此才生成了现代的审美个性和独特的艺术风格。

一、老舍的学问与文学创作

我想从老舍的学问讨论老舍与传统文化的关系。老舍有没有学问呢？这是一个问题。记得还在1980年代初，王蒙就对中国当代文学作家的非学者化现象提出过批评，主张作家学者化。在他看来，作家不一定是学者，但中国现代文学史上的一些大作家确是非常有学问的，如鲁迅、郭沫若、茅盾、叶圣陶、巴金、曹禺、谢冰心等，"哪一位不是文通古今，学贯中西的呢？"[1] 不知何故，王蒙没有提到老舍。有人说，五四是一个没有学者的时代，只有思想启蒙和反启蒙[2]。实际上，五四时代也有学术大师和学术命题，梁启超、章太炎、王国维等自不必多说，就是五四新文化和新文学主将中的胡适、鲁迅、郭沫若、周作人和钱玄同等，也是接受过严格的学术训练，拥有扎实的传统功底，只不过当时出现了"思想"凸显、"学术"边缘的社会取向而已。老舍的学术功底就要薄弱得多。鲁迅自称有"十四年"的读经经历，可见浸淫传统典籍之深，从《中国小说史略》《汉文学史纲要》和鲁迅其他文章里，我们也能见其学问冰山之一角。郭沫若的蒙学就相当扎实，背诵了《唐诗三百首》《千家诗》《易经》《书经》《周礼》《仪礼》等经典，后还研读《古文尚书》《春秋》《史记》和《礼记》等[3]。由此建构的旧学功底，显然可为郭沫若的学术研究和文学创作提供坚实基础。胡适也算学问家，兼修国学和西学，从小"读过《诗经》《书经》《礼记》"[4]。相对而言，老舍的经史子集功底就要薄弱一些，多偏于文学读物。他说自己，"幼读三百千，不求甚解"[5]，"我不能不说

1　王蒙：《一个值得探讨的问题——谈我国作家的非学者化》，《读书》1982年第11期。

2　林贤治：《五四之魂：中国知识分子精神史》，桂林：漓江出版社，2012年，第120页。

3　郭沫若：《我的童年》，《郭沫若全集》（文学编）第11卷，北京：人民文学出版社，1992年，第411页。

4　胡适：《四十自述》，《胡适文集》第1卷，北京：北京大学出版社，1998年，第66页。

5　老舍：《小型的复活》，《老舍全集》第15卷，北京：人民文学出版社，2008年，第355页。

我比一般的小学生多念背几篇古文，因为在学堂——那时候确是叫作学堂——下课后，我还到私塾去读《古文观止》。《诗经》我也读过，一点也不瞎吹"[1]。这虽不无老舍的幽默和自谦，但的确所涉旧学知识比较零散、单一，"在私塾里读书，而且时常挨打，十来岁的时候，才进学校，因为读过古书较多，所以国文成绩比较好些。课余之暇，仍然读习古文"[2]。也许是由于家庭贫穷和个人兴趣，老舍感受和记忆深刻的主要是传统通俗小说。他在怀念小学同学罗常培时说："下午放学后，我们每每一同到小茶馆里去听评讲《小五义》或《施公案》"[3]，痴迷于武侠小说，"有一阵很想当'黄天霸'。每逢四顾无人，便掏出瓦块或碎砖，回头轻喊：看镖！有一天，把醋瓶也这样出了手，几乎挨了顿打。这是听《五女七贞》的结果"[4]。在这绘声绘色的描述里，可见老舍拥有真切的民间化和大众化经验，偏爱《今古奇观》《儿女英雄传》《儒林外史》和《红楼梦》等小说。严格说来，这都不算真正的旧学问。老舍中学时代所就读的北京师范学校也比较重视古文教育，也培养了老舍对古典诗词的浓厚兴趣，老舍个人对《离骚》《十八家诗抄》和《陆放翁诗集》也爱不释手，当其他同学在课上演题或记单字的时候，他却在阅读诗词和古文，还尝试写诗作赋；写文章学习桐城派，作诗模仿陆放翁和吴梅村。这些知识和经历都有老舍个人兴趣

1 老舍：《我的创作经验（讲演稿）》，《老舍全集》第17卷，北京：人民文学出版社，2008年，第67页。

2 老舍：《我的创作经验——在市立中学之讲演》，《老舍全集》第17卷，北京：人民文学出版社，2008年，第59页。

3 老舍：《悼念罗常培先生》，《老舍全集》第15卷，北京：人民文学出版社，2008年，第10页。

4 老舍：《习惯》，《老舍全集》第15卷，北京：人民文学出版社，2008年，第246页。

在里面，没有其他作家那样的精神紧张和心理压力，他对传统的看法也就少了对抗和张力，没有为倒脏水连同小孩一起倒出去，反而是多了些温情和稳健。周作人就曾说过，"我们生在这个好而又坏的时代，得以自由的创作，却又因为传统的压力太重，以至有非连着小孩一起便不能把盆水倒掉的情形。"可见传统压力之重，以至于出现"只在表示反抗而非建立"[1]的结局。为了反抗而不得不如此，也就成了五四新文化运动的批判策略，老舍却没有这样大的传统压力，他的活动空间及自由度也就大多了。

显然，老舍并不是真正意义上的学问家，不长于经史之学，也缺乏长期浸染的学习经验。我们从他撰写的《唐代的爱情小说》《〈红楼梦〉并不是梦》《中国现代小说》等文章里，也能看到他的知识边界和兴趣爱好。他担任过大学教席，在齐鲁大学主讲"文学概论"课程，其中"中国历代文说"章节，也大量引用了《说文》《易》《论语》《诗经》《楚辞》《文赋》《诗品》《文心雕龙》《古文辞类纂》《经史百家杂钞》等文献资料，说明他对传统文体、文章学知识的驾轻就熟。总的说来，老舍熟悉和接受的传统不是系统性、知识化的传统，而是生活化、经验性的传统，自然也就有了个人化特征。这对老舍确未必是一件坏事。老舍曾经说过，"从我一生下来直到如今，没人盼望我成个学者"[2]，"学问渊博并不见得必是幸福"[3]。没有传统学识的束缚和压力，也就没有了反传统的决绝和急迫，也许文学创作的体验性和想象力反而会变得更加舒展而

1   周作人：《旧梦》，《自己的园地》，石家庄：河北教育出版社，2002年，第117页。

2   老舍：《读书》，《老舍全集》第15卷，北京：人民文学出版社，2008年，第256页。

3   老舍：《鲁迅先生逝世二周年纪念》，《老舍全集》第17卷，北京：人民文学出版社，2008年，第164页。

丰富了，也有了更加自由的表达空间。对搞创作的作家而言，学问是一种能量，也是一份负担，老舍没有这样的负担。但是，老舍并不贬低有学问的人，虽然他与"咬言咂字的学者"没有缘分，因为他"看不惯"[1]，但他对鲁迅、郭沫若和许地山等有学问的现代作家却给予了高度评价。如他评价鲁迅没有采取思想启蒙和精神人格视角，反而是肯定了鲁迅的学问对他的文学创作的影响，认为鲁迅是"时代的纪念碑"和"十字路口的警察，指挥着全部的交通"，拥有渊博的知识和学问，"大概没人敢说：这不是个渊博的人"，但他并没有"牺牲"在学术"研究"之中，没有被"博通古今中外"的"学问"所"吓住"，没有因"对旧物的探索而阻碍对新物的创造"，而"永远不被任何东西迷住心"，"随时研究，随时判断"[2]，直至融合古今而出神入化。老舍的结论是："他的旧学问好，新知识广博，他能由旧而新，随手拾掇极精确的字与词，得到惊人的效果"，"用创造的能力把古今的距离缩短，而成为他独有的东西。长于古文古诗，又博览东西的文艺"，"把最简单的言语（中国话），调动得（极难调动）跌宕多姿，永远新鲜，永远清新，永远软中带硬，永远厉害而不粗鄙"[3]。老舍这里谈到了鲁迅的学问，最终转向了语言文字的运用。这也是老舍所走的路子，传统不仅仅是思想观念和价值取向，更是一种生活形态和语言方式。老舍也非常尊敬郭沫若的学问，也有很高的评价，说"他的考古学的成就，我只知

1　　老舍：《习惯》，《老舍全集》第15卷，北京：人民文学出版社，2008年，第247页。

2　　老舍：《鲁迅先生逝世二周年纪念》，《老舍全集》第17卷，北京：人民文学出版社，2008年，第164页。

3　　老舍：《鲁迅先生逝世二周年纪念》，《老舍全集》第17卷，北京：人民文学出版社，2008年，第167页。

道：遇有机会，我总是小学生似的恭听他讲说古史或古文字"[1]。他在评价许地山时，谈到了学识和创作的结合，"地山的学识，使我们感到自己的空虚。我们应当学他。我们不能专靠没有被学识滋润过的聪明与才力去支持写作"，"我们不必成为学者，但必须有丰富的学识。地山先生在学问方面给了我们很好一个示范，我们应当以他的勤学好学的榜样去充实自己，而且要以学术为创作的柱梁，正像生活经验那样地去建造起文艺的美厦华堂来。"[2] "以学术为创作的柱梁"，这是一个很有价值的命题，可见，有学问也并不是坏事，而是将其融入时代感知和生命体验之中，文学创作才不会被其所累，否则，创作就会变成"炫弄学问"，而"典故与学识"恰恰是"文字的累赘"[3]。有了这份清醒，让老舍在面对传统时多了轻松和自如，也多了一份自足和幽默。

二、老舍的反传统：绕不开的"五四"

讨论五四新文学与传统的关系，自然绕不开五四新文化运动，老舍与传统文化的关系也与五四有关。众所共知，五四时期的激进主义对传统文化采取了抨击和反抗方式，而他们恰恰又是现代中国最富于传统文化素养的知识分子，在童年时代就接受了严格的蒙学教育，受到了传统文化的洗礼和熏陶，由此建构了他们的传统知识

1　老舍：《我所认识的沫若先生》，《老舍全集》第14卷，北京：人民文学出版社，2008年，第273页。

2　老舍：《敬悼许地山先生》，《老舍全集》第14卷，北京：人民文学出版社，2008年，第296页。

3　老舍：《言语与风格》，《老舍全集》第16卷，北京：人民文学出版社，2008年，第232页。

结构和文学兴趣。在他们接受西方文化观念的影响之后，有了现代价值之镜，对传统文化有了清醒的反思，自然也容易反戈一击，切中要害。但也可能使他们更加亲近传统，或使他们处于现代与传统的夹缝之中，成了思想和行为的"二面黄"。

老舍对传统的认识也与五四经验有关。他说过："没有'五四'，我不可能变成个作家。'五四'给我创造了当作家的条件"，是"'五四'运动送给了我一双新眼睛"。老舍具体而生动地描述了他对五四运动的感受，"'五四'运动是反封建的。这样，以前我以为对的，变成了不对。我幼年入私塾，第一天就先给孔圣人的木牌行三跪九叩的大礼；后来，每天上学下学都要向那牌位作揖。到了'五四'，孔圣人的地位大为动摇。既可以否定孔圣人，那么还有什么不可否定的呢？他是大成至圣先师啊！这一下子就打乱了二千年来的老规矩。这可真不简单！我还是我，可是我的心灵变了，变得敢于怀疑孔圣人了！这还了得！假若没有这一招，不管我怎么爱好文艺，我也不会想到跟才子佳人、鸳鸯蝴蝶有所不同的题材，也不敢对老人老事有任何批判。"[1]五四让老舍有了打倒偶像，怀疑"圣人"，批判"老人老事"的思想认识，这也就是人们所说的反封建，他"体会到人的尊严，人不该作礼教的奴隶"，五四运动的爱国主义也让他"感到中国人的尊严，中国人不该再作洋奴"。于是，有了做一个人和做中国人的价值认同，所以，他要"感谢'五四'"让他"变成了作家"[2]。他所描述的"五四"主要是五四

1   老舍:《"五四"给了我什么》,《老舍全集》第14卷，北京：人民文学出版社，2008年，第636页。

2   老舍:《"五四"给了我什么》,《老舍全集》第14卷，北京：人民文学出版社，2008年，第637页。

学生运动，而不完全是新文化运动。新文化运动的内涵和意义要复杂丰富得多。老舍并不是五四新文化运动的直接参与者，而是五四运动的旁观者，"五四运动时，我已在做事，不在学生里面，那时出的新书，我也买了些看，并不觉得惊奇"[1]，"'五四'运动，我并没有在里面"[2]。老舍没有参加五四新文化运动和学生运动，但新文化运动却给了他思想指引。有意思的是，作为五四新文化运动旁观者的老舍，却在潮流之外拥有了一份冷静和理性，因为他远离了五四新文化运动在批判传统时的极端化和情绪化语境，而有了不在此山中的距离感，使他对新与旧的感受和判断，对传统与现代的分析也就没有了简单的对抗性思维和眼光，而多了旁观者的宽容和超脱。五四新文化运动给予了老舍"一双新眼睛"，这是不容置疑的，没有五四也就没有老舍，只是老舍的"五四"既不同于陈独秀和鲁迅的"五四"，也不同于胡适和周作人的"五四"。

五四运动教会老舍敢于怀疑传统，反思传统而趋新，后来的英伦讲学经历及对西方文化的熟悉，又让老舍有了一面反观传统的镜子，他发现了所谓新派事物的伪善和丑陋。新与旧并不是截然分开的，新事物中也有旧成分。于是，老舍在文学创作里既批判旧观念，又嘲弄新事物；既延续新文学"改造国民性"主题，又不赶尽杀绝，给传统留条活路。小说《老张的哲学》《二马》《赵子曰》揭示各种社会病象及弱国地位，反思传统文化弱点，有批判但无锋芒，多含温和与幽默之风。老舍看待任何事物多持两面或多面眼

---

1   老舍：《我的创作经验——在市立中学之讲演》，《老舍全集》第17卷，北京：人民文学出版社，2008年，第59页。

2   老舍：《我的创作经验（讲演稿）》，《老舍全集》第17卷，北京：人民文学出版社，2008年，第68页。

光。小说《二马》塑造的老马形象懒散、爱面子，带有精神胜利特点，但他也有善良的同情心。1940年代，随着民族战争的展开，传统文化被看成民族凝聚力和向心力的源泉，老舍看到了民族精神气节，也不忽略传统文化的病根，如小说《四世同堂》既呈现了传统文化"杀身成仁""舍生取义"的精神品格，肯定"四世同堂"的传统美德，但也批判了传统文化里好死不如赖活的无是非观念，特别是延续在现实生活里的汉奸现象。在1920、1930年代新文学作家中，对新思想、新事物持嘲弄态度和立场的大作家并不多，除鲁迅、沈从文外，恐怕就是老舍了。老舍对新时代、新思想、新人物和新潮流等"新派"事物多有质疑和不信任，《老张的哲学》写到的老张是骗子加流氓。《赵子曰》写新式学堂的大学生们每天干的事不是骂老师，打校长，闹学潮，就是喝酒，打麻将，大学成了骗钱的机构，"新诗人"也有神经质，写一些无病呻吟的"新诗"。《文博士》里的文博士虽留过学但也如同江湖骗子。《猫城记》更是新事物的寓言小说，表现了新思潮、新事物等中的种种"胡闹"现象，特别是现代政治与革命、教育与文化、学生与学潮、文化与知识以及各种新思想都成了荒诞的笑话。政党闹"哄哄"，大学教育在制造无用的文凭，革命是"大家夫斯基主义"，新知识成了谁也不懂的"斯基"……由此可见，老舍骨子里对现代新事物抱有怀疑，新的外来的所谓好的东西都在社会现实里被扭曲、变形和抽空了，成了种种游戏和笑话，包括现代的"政治""革命""启蒙""进步""知识"和"学生运动"都显得有些荒诞不经。老舍对传统文明和现代文明也没有绝对的肯定或否定，传统和现代都存在价值弊端，也有合理性的一面，传统文明与现代文明是矛盾的，也是可以统一的。

对待传统文化和西方文化，老舍没有剑拔弩张，不将传统与现代进行简单归类，或作善恶二分，而持一种稳健的融合思路。在传统与现代之间，他站在中间位置，比反传统者而近于传统，比传统者而又反传统，而呈现"调适的传统"和"稳健的现代"特点。对旧文化、旧文艺，老舍说过："对于旧的文艺，应有相当的认识，不错，因为它们自有它们的价值。但是不可认识古物而走入迷古；事事以古代的为准则，便是因沿，便是消失了自身。"[1]传统虽"自有它的价值"，但也不能以其为现代的准则，那样就"消失"了自身。老舍抗战时期在重庆看画展，他"虽不懂画事"，却"很喜欢看画"，他看了关良、李平、赵望云和关山月等画家的画，感到他们的作品"既非中国画，也非西洋画"，于是他称它们是"新中国画"。什么是新中国画？也就是中西调和的画。由此，他谈到了文化的调和，认为："中华民族是最善于调和的民族"，并使用调和创造新事物，"他们的建筑，文艺，音乐，戏剧，服装，武器……都在改变"，"他们的自尊自傲使他们舍不得脱去长衫，他们的并不顽固又使他们不反对换上西装，而且调合一下便创出了中山装"，"明白了这一点，便明白了中国的新文化。猛一看起来，它未免有点乱七八糟，不成样子。但是，请你放心，它必会慢慢把固有的与外来的东西细细揉弄，揉成个圆圆的珠子来"[2]。在这里，老舍说到了新文化，它表面上杂乱不堪，但终将成为"新珠子"。这也是老舍对待传统文化艺术和西方文化艺术的态度和方法，文化调和不同于五四时期激进主义的文化焦虑，而有文化创造的冷静和自信。也许正因如此，老舍在传统与反传统的夹缝里，做到了化合中西，汇通而成新的自我。

1　　老舍：《论创作》，《老舍全集》第17卷，北京：人民文学出版社，2008年，第5页。

2　　老舍：《观画偶感》，《老舍全集》第17卷，北京：人民文学出版社，2008年，第390页。

三、简明有力：老舍的白话文传统

对老舍来说，传统文化不是知识论意义上的存在物，而是生活方式和行为实践，是道德伦理的自觉。他既没有传统文化的压力，也没有反传统的诱惑。五四运动给予老舍精神心理的解放以及理性的价值联系。那么，传统如何进入老舍的创作资源呢？在我看来，老舍与传统文化的关系，主要体现在民族国家意识的坚守，表现在伦理道德站位，还在于白话文对古文传统的继承与发扬。有关民族国家意识和伦理道德已有不少成果论述，在这里，我想讨论老舍的白话文创作与古文传统的关系。

应该说，五四新文化运动的贡献是多方面的，新文学运动是其重要内容，特别是白话文的普遍兴起并成为其现代意识表达的主要工具，也是新文化运动的结果。老舍认为，白话的贡献是"打断了文人腕上的锁铐——文言"，但如果"只运用白话并不能解决问题。没有新思想，新感情，用白话也可以写出非常陈腐的东西。新的心灵得到新的表现工具，才能产生内容与形式一致新颖的作品"，语言不只是简单的表达工具，它与人的思想和心理相关。因为老舍拥有了"新的心灵"，他的创作才有了"新的文学语言"[1]。五四白话文与晚清白话和古白话的区别在于拥有现代思想和心灵的支撑。并且，现代白话文创作拥有一个不断变化、演进的过程，包括白话文理论的建构和创作实践的探索。一般文学史认为，老舍的白话文贡

---

1 老舍：《"五四"给了我什么》，《老舍全集》第14卷，北京：人民文学出版社，2008年，第637页。

献在于明白晓畅，老舍继鲁迅、胡适、周作人之后探索实践了白话文的多种可能性，他的特点在于发扬白话文的简明而有力量，显示了白话文的魅力和劲道。

相对于文言文，白话文的确拥有俗白和自由优势，但它也容易陷入种种弊端，或因近口语而流于浅显、粗疏，或趋于欧化而拗峭、繁复。老舍的白话文却完全摆脱了这样的毛病。老舍继承发扬了文言文遗产，坚守了白话文的汉语特性。如何接受文学遗产，老舍有自己的回答："用世界文艺名著来启发，用中国文字去练习，这是我的意见。""中国文字"是中国文学最大的遗产，这恰恰容易被人忽略掉，因为"中国老的作品，并不是与我们毫无关系。我们现在既还用方块字作我们表现的工具"，"方块字"就是我们与传统联系的桥梁，这座桥梁上已经走过了许多人，"文字在前人的手里真称得起千锤百炼，值得我们去学习。我觉得，能练习练习旧体文，与旧体诗词，对我们并不是件白费功夫的事"[1]。在这里，老舍特别强调新文学对文言文的继承和发扬，并将其视作中国文学遗产的主要内容，"语言是一代传给一代的东西，不能一笔勾销，从新另造"，虽然"今天的人应当说今天的话"，但是，"语言的系统则有定形，且不易变"，比如汉语有"声音"特点，传统古诗也有音乐之美，今天的白话文也"逃不出那个圈儿去"，因为"新与旧原是同根，故不能以桃代李，硬造出另一套"[2]。这就是老舍朴实的看法，于是，他大力倡导多读古典作品，从中体会汉语之美，提

1   老舍：《如何接受文学遗产》，《老舍全集》第17卷，北京：人民文学出版社，2008年，第350页。

2   老舍：《文学遗产应怎样接受》，《老舍全集》第17卷，北京：人民文学出版社，2008年，第410页。

高汉语的表达能力。"文字平庸是个毛病。为医治这个毛病，读些古典文学著作是大有好处的"[1]。只有体悟到"古典文字的神髓"，才可以"创造自己的文字风格"，它"绝对不限于借用几个古雅的词汇"而已，而是对文言与白话进行"天衣无缝"的融合，像鲁迅那样，"把文言与白话精巧地结合在一处"，为白话文"开辟一条新路"[2]。老舍反复地表达同样的意思，"语言是不能割断历史的"[3]，白话文创作应重视文言文。"写白话文，只是掌握了白话还不行。"[4]"古、今是分不开的，许多古代语言还活着，当然有一些是没有人引用了，我认为有些新拼凑的东西还不如运用古代的语言好，现代的语言还不能完全替代古代的语言。语言是慢慢发展起来的，不是一刀两断的，不要把它们对立起来，互不侵犯。"[5]传统文言文"让人念起来简而明，它既简单而又明白，能感动人，人家说一千个字，我们说三百个字就够了，这就是我们的本领"[6]。

胡适倡导白话文，从古白话那里找到资源，行走俗白、明白的口语化之路。鲁迅转化文言传统，将文言直接嵌入白话句式，形成白话文的文言化路径。老舍介乎他们之间，不取白话之简单直白，而又不失白话之清楚明晰，不走文言之精简，但又有文言的简练和

---

1   老舍：《古为今用》，《老舍全集》第18卷，北京：人民文学出版社，2008年，第38页。

2   老舍：《古为今用》，《老舍全集》第18卷，北京：人民文学出版社，2008年，第41页。

3   老舍：《勤学苦练，提高作品质量》，《老舍全集》第18卷，北京：人民文学出版社，2008年，第157页。

4   老舍：《在中共中央党校谈文学语言问题》，《老舍全集》第18卷，北京：人民文学出版社，2008年，第132-133页。

5   老舍：《在中共中央党校谈文学语言问题》，《老舍全集》第18卷，北京：人民文学出版社，2008年，第132页。

6   老舍：《勤学苦练，提高作品质量》，《老舍全集》第18卷，北京：人民文学出版社，2008年，第157-158页。

含蓄。老舍接纳转化文言传统，不在文字词汇，而在句式与声音，在内在结构和整体感受。老舍学习并领会了汉语表达的精髓，感悟到汉语的特点和本质，"中国的语言，是最简练的语言"[1]，"汉语的本质"在于"简练"和"含蓄"[2]，简练有如"机枪似的，哒，哒……这是汉语的本质"[3]。他把"简而明"看作汉语特色和"民族风格"[4]。汉语不但有简练的特点，还有"声音"情调之美，"语言是有声音的"，写文章要考虑"声音好不好听呢?"，"一句话就是一个完整的意思，顿住了再往下写。这样跟着贯穿下去，让人念起来逻辑性很强，声音很美，这才是好的白话文"[5]。简练、明晰，合声调，才能体现汉语表达的"锐利，有风格，有力量"[6]。简明，有力不是简单的文字组合，而是词语与句式的精雕细刻，"写一句像一句"，多用短句，把"句子组织好"，"立得住"，注重"句与句之间的变化"，长短句式与声调相结合，将"声音与意义"处理得"恰当"而妥帖，顺畅而舒服[7]。这样的白话文才是简练、明晰、生动而有力量的。

1   老舍：《关于文学的语言问题》，《老舍全集》第16卷，北京：人民文学出版社，2008年，第368页。

2   老舍：《在中共中央党校谈文学语言问题》，《老舍全集》第18卷，北京：人民文学出版社，2008年，第134-135页。

3   老舍：《在中央戏剧学院谈话剧语言》，《老舍全集》第18卷，北京：人民文学出版社，2008年，第137页。

4   老舍：《文学创作和语言》，《老舍全集》第18卷，北京：人民文学出版社，2008年，第226页。

5   老舍：《勤学苦练，提高作品质量》，《老舍全集》第18卷，北京：人民文学出版社，2008年，第159页。

6   老舍：《文学创作和语言》，《老舍全集》第18卷，北京：人民文学出版社，2008年，第227页。

7   老舍：《怎样写文章》，《老舍全集》第17卷，北京：人民文学出版社，2008年，第452-455页。

老舍的文学创作不断在这方面作努力，并成为白话文的表率。老舍在新文学史上没有深邃思想的自豪，没有无限激情的炫耀，却有其他作家难有的白话文自信和野心。他认为："在文字上不下一番工夫，作品便不会高贵。我们应有作八股文的态度，字字句句要细心配对，我们的作品，要成为文字的结晶，要使读者不再想引用古句，而引用我们自己的话。我们不能改定过去，但将来的历史是由我们造成的！使将来的人们忘了《离骚》、诸子，而引据我们，是我们应有的野心。"[1]老舍的白话文创作就实现了这样的目标。他采用地道的白话文写作《骆驼祥子》，体现了白话的原味儿，简洁而生动，既保留了生活口语的活泼与生动，又吸纳了文言的简练与精醇，没有五四新文学语言的苍白，也没有戏台语的做作和欧化的冗长，一切都显得是那样平易，自然纯粹，直白，干净，有味道。例如叙述人物："他忽然想起来，今年是二十二岁。因为父母死得早，他忘了生日是在哪一天。自从到城里来，他没有过一次生日。好吧，今天买上了新车，就算是生日吧，人的也是车的……"简洁明快，有古代话本和评书的味道，不但读得懂，听起来也有声调。写自然："风，土，雨，混在一处，联成一片，横着竖着都灰茫茫冷飕飕，一切的东西都被裹在里面，辨不清哪是树，哪是地，哪是云，四面八方全乱，全响，全迷糊。风过去了，只剩下直的雨道，扯天扯地的垂落，看不清一条条的，只是那么一片，一阵，地上射起了无数的箭头，房屋上落下万千条瀑布。"一个单字、一个词语、一个短句均可成句，好似下雨的雨点，落在读者心里，干净明了，虽用作修饰，但一点也不繁复、冗杂，毫无叠屋架梁的欧化毛病。

1　　老舍：《论创作》，《老舍全集》第17卷，北京：人民文学出版社，2008年，第8页。

同样写自然，老舍的语言也不止一个路数。如《微神》的开篇：
"清明已过了，大概是；海棠花不是都快开齐了吗？今年的节气自
然是晚了一些，蝴蝶们还很弱；蜂儿可是一出世就那么挺拔，好象
世界确是甜蜜可喜的。天上只有三四块不大也不笨重的白云，燕儿
们给白云上钉小黑丁字玩呢。没有什么风，可是柳枝似乎故意地轻
摆，象逗弄着四处的绿意。田中的清绿轻轻地上了小山，因为娇弱
怕累得慌，似乎是，越高绿色越浅了些；山顶上还是些黄多于绿的
纹缕呢。山腰中的树，就是不绿的也显出柔嫩来，山后的蓝天也是
暖和的，不然，大雁们为何唱着向那边排着队去呢？石凹藏着些怪
害羞的三月兰，叶儿还赶不上花朵大。"且不说它的丰富而贴切的
比喻，文中大量使用了"大概是""不是""可是""似乎是""也
是""还是""就是"等判断语词，也让人不得不佩服老舍对汉语声
音感悟的精当和巧妙。再如《断魂枪》的结尾："夜静人稀，沙子
龙关好了小门，一气把六十四枪刺下来；而后，挂着枪，望着天上
的群星，想起当年在野店荒林的威风。叹一口气，用手指慢慢摸着
凉滑的枪身，又微微一笑，'不传！不传！'"将自然环境、人物动
作、心理及神态融合贯注，字字精准，有少一个字不明，多一个字
又嫌累赘之境界。

　　如果说，鲁迅的白话文体现了现代白话与文言的综合与平衡，
那么，老舍则将文言之精髓，主要是简练和韵律化成了白话文表
达，它不在字、词、句之外形，而在白话文的神采和风格，体现了
汉语的精气神，简劲、生动而有力。另外，老舍常将新文学之小
说、散文等都统称为文章。在老舍眼里，它们都有文章属性。文章
与文学是两个有不同含义的概念，也有不同的文体属性。文章是古
代文论概念，新文学中的文学特别是小说、诗歌、戏剧等文体受西

方文学影响较大，长于想象与创造，注重审美的虚构与变化，文无定法，体无定则，有别于传统文章学意义上的记叙、议论、说明和实用等体式规则。老舍以文章概念称呼新文学，表明他对文章体式的追求，实现传统文体的现代转化。有关问题，可以另文讨论。

总之，老舍与传统文化的关系既不是简单的情绪对抗，也不是双方的观念对接，而与他的个人经验、知识构成、社会语境有关，与文学的手段，审美的肌体——语言表达密切相连。可以说，白话文是联接老舍文学创作与传统之间最为独特而有效的桥梁。

论老舍小说的叙事伦理

　　老舍是新文学史上伟大的伦理型作家，他的小说叙事具有博大浑厚的伦理情怀，这种伦理情怀成为他小说叙事的中心力量。他的小说除表现个人、家庭等伦理意识以外，还传达了对民族国家新的伦理态度，从最初的《老张的哲学》到《月牙儿》和《四世同堂》，呈现了现代社会的一个个伦理矛盾和困境，着重揭示人的生存需要与伦理秩序的复杂关系，对传统与现代、金钱与政治、善恶与生死等伦理问题进行了深刻的反思。可以说，在鲁迅以思想者身份完成启蒙叙事之后，老舍以伦理叙事保持了新文学与传统叙事的对接和对话，又以平等与同情的叙事伦理扩大了新文学在现代社会中的阵地和影响。

一、生存与伦理：现代社会的困境

众所周知，现代中国是一个颠覆与重估价值的时代，伦理秩序和伦理意识发生了大变化。新文化运动倡导以新道德取代旧道德，新文学是伦理变革的急先锋，以爱情的自由与婚姻的自主彰显了个人本位伦理观，批判社会现实，同情劳苦大众，显示了它的人道主义伦理情怀，宣泄自我情绪和欲望，张扬了生命至上的伦理意识。总之，新文学有着丰富的现代伦理意识。有学者认为，新文学作家中茅盾的小说人物是政治，巴金的小说人物是激情，老舍的小说人物是习俗。在我看来，老舍的小说人物更是伦理的，从伦理叙事角度去审视老舍小说，能够发现他小说的独特价值和艺术魅力。

老舍小说对现代社会的生存与伦理关系进行了深刻的剖析。生存是人的第一需要，活着是人和社会发展的前提和基础，但如果人仅仅是为了活着，又会使"活着"本身失去意义。它需要有伦理秩序和规范里的生活，知善恶，懂生死，活得有"人"样。老舍小说直接逼视人的生活及其意义。伴随传统道德的解体，现代伦理的混乱，各种社会矛盾的加大，它使现代社会释放出众多的"恶"，特别是金钱和政治的罪恶，破坏甚至是毁灭了伦理之"善"，传统伦理与现代社会发生了种种冲突和矛盾。《老张的哲学》中的老张信奉"钱本位而三位一体"的人生哲学，经商、当兵、办学堂都是为了钱，把钱看得比什么都重要，连打骂学童也会计算一笔账，"打人要费力气，费力气就要多吃饭，多吃饭就要费钱"。他一心想往官场里混，目的也是得到更多的实惠。老张的哲学是市井无赖与商业社会的产物，有流氓的影子，还有从传统伦理社会向现代经济社会转变的痕迹。老张"有十个银行，八个交易所，五个煤矿"，显然，他是一个有经济头脑和实力的人，但他为了钱不择手段。作者将他的哲学漫画化，呈现了金钱道德的负面性。置身于西方社会，并有传统观念的老舍，对老张的金钱哲学显得非常敏感。小说里的蓝小山也散发出金钱的腐臭气息，他哄骗青年，伪造新闻，坑蒙钱财，玩弄女性，喜新厌旧，无恶不作。小说叙述的是一个"没钱不算人"的社会，"有钱便是好汉，没有钱的便是土匪"。

小说还写到了在金钱面前，一个"好人"伦理的瓦解。赵姑母的侄女李静姐弟父母双亡，她力所能及地关心他们的生活，给了他们母爱。但是，她却不同意侄女与青年王德的爱情，而将她送给了老张做妾，去替自己抵债，并振振有辞地说："我爱我侄女和亲生的女儿一样，我就不能看着她轻易把自己毁了！我就不许她有什么心目中人，那不成一句话！"她的理由非常简单而充分，有强大的传统伦理支持，"我们小的时候，父母怎样管束我们来着？父母许咱们自己定亲吗？"显然，她有一套习以为常的传统伦理，长辈对待晚辈既关心、爱护，也有生杀予夺的大权。她还有自己的一套生活经验，"作姑母的能有心害你吗！有吃有穿，就是你的造化"。的确，她没有想去伤害侄女，而是理所当然地决定侄女的婚姻，也许正因如此，才说明传统伦理的根深蒂固，已经渗透到了人的无意识领域。当侄女的婚事因老张的原因而没有成功，她也认为是侄女拂逆了自己的"美意"，不再念及伦理亲情，与侄女断绝了任何联系，让她在孤立无缘中走上了绝路。赵姑母是一个好人，她有自然亲情，但在她的亲情背后却有金钱的控制和自私的欲望。所谓"好人"的伦理已被金钱的铜臭以及阴暗的自私所腐蚀，亲情伦理也让位于个人威权和金钱的欲望。

《牛天赐传》以"传记"方式叙述了人的成长与伦理文化的矛盾和困境，揭示了权力伦理和利益伦理如何影响到个人的成长。牛天赐本是一名弃婴，被牛家所收养后，就如关进笼中的鸟，养父母按照自己的价值伦理去对他进行塑造。他的养父是一个有着若干店铺和房产的商人，有商人的利益伦理观念，在他眼里，"钱是顶好的东西"。而养母又出身官宦之家，一门心思想把孩子引入读书入仕之路。在这样一个殷实的家庭里，牛天赐接受了两种伦理观的熏陶，但他却无所作为，盲从，敷衍而瞎混，成了一个"废物"。牛天赐之所以无所适从，"什么本事也没有"，就是因为传统伦理压抑了他的个性，成了生命的束缚，成了人的拖累。小说还写到了牛天赐从家庭教师赵先生那里学会了好面子，在养父母双亡后，为了自己的面子，他不愿去做小买卖，到了不得不摆水果摊以敷口的时候，他还要穷讲究。面子是中国传统独特的伦理文化，牵涉到人的地位、身份和名望，隐含有中国人的思维方式和心理特点。鲁迅、周作人和林语堂等都曾以杂文方式揭示了"面子"文化的弊端和危害，以小说叙事揭示面子与生活的困境，老舍有其独创性。《二马》里的老马也好面子，守旧，即使是吃了亏，也要顾及自己的面子。"中国的事情全在'面子'底下蹲着呢，面子过得去，好啦，谁管事实呢！"

如果说《牛天赐传》叙述的是传统伦理制约着人的生活，《猫城记》则以寓言方式叙述了动物化生存的伦理缺失问题。猫国国民"糊涂，老实，愚笨，可怜，贫苦，随遇而安"，只关心自己的事，对他人不闻不问，无情无义。从一生下来，就掉入了"浊秽，疾病，乱七八糟，糊涂，黑暗"的世界，相互争斗，自相残杀，他们食用迷叶，如同动物般的活着，没有伦理的规范和提升。维系他们的也只有一件事，那就是"金钱"。但猫国却有自己的政治伦理，也是污浊不堪，衙门多，政客多，如设立什么妓女部，留洋部，肉菜厅等。做官的如同地痞流氓，横行霸道，作威作福。显然，小说对猫国的想象和叙述带有强烈的政治讽刺，但也显露了作者伦理叙事的拓展，除了延续其他小说关注的自私、糊涂、无原则的伦理内涵以外，还将个体伦理与群氓伦理，生存伦理与政治伦理结合起来，深入地揭示了群氓伦理的根源，那就是自私而倾轧的人性，以及社会的无道和政治的昏暗。在群氓伦理之下，人就成了动物。小说从动物生存与伦理价值的关系，思考了中国社会和人性问题，并给予彻底的批判和否定。小说虽是荒诞的，但寓意却非常深刻。

《月牙儿》则是拷问生存与伦理矛盾的经典之作。月牙儿7岁就死了父亲，她的母亲典当了家什，又替他人洗补衣裳，但还是无以度日，只好重新改嫁，但新丈夫又失了踪迹，不得不卖淫为生。自尊而好强的月牙儿相信世间还有很多活命的路，她想自找生路，先到学校做了抄写员，不久就被辞退，还被一有妇之夫所诱骗，她愤而离去，到了饭馆做招待，又被客人想拿她作玩物，不得不再次辞了职。她已没有了新的路，陷入了饥饿的煎熬里，也走向母亲同样的路。不再"为谁负着什么道德的责任"，认识到"什么体面不体面，钱是无情的"的道理。生存一步步地将月牙儿逼到了生活的边缘，她的善良、自尊和美丽的消损和沦落也折射出现代社会的罪恶。小说叙事是对人的生存与伦理的拷问，像人一样地活着，是多么地艰难！伦理是人之为人的道德规范，按《圣经》的说法，它起于人对身体的羞耻。亚当和夏娃在伊甸园里被蛇引诱而偷吃了智慧树上的禁果，他们对自己赤裸的身体感到羞耻，于是，用叶片盖住身体的羞处。这样，人的伦理意识发生了，羞耻成了它的源头。小说叙事大胆而直接地触及人的伦理底线，生存需要与伦理意识发生着直接的冲突，如果依了伦理，人就无法活下去，要想活下去，就必须让自己的身体"上市"，就得抛弃伦理。这么严酷的事实却让柔弱的母女去做选择，这是命运的安排，也是作者的伦理追问。小说没有让母女俩重复传统女性饿死事小，失节事大的老路，也没有将她们欲望化，如同郁达夫的零余者叙事，而是近乎"残忍"地将她们置于生存与伦理的两难困境，像外科手术医生那样，用手术刀慢慢地在生存与伦理的矛盾里游走。老舍将伦理叙事推向了一个让人难以企及的高度，由此产生了动人心魄的审美效果。

二、传统与现代：家族与国家伦理

中国传统伦理主要是以血缘关系为基础而建立起来的家族伦理，在个人权利和公共利益，特别是民族国家的义务和责任上还缺乏成熟的伦理规范。老舍是五四新文学的产儿，他接受了五四新文化民主科学的洗礼，但他对个人主义思想的表现没有在人道主义和民族国家伦理上的思考那么深入而执着。老舍小说表现了传统家族伦理与现代民族国家的复杂关系。《二马》就叙述了传统伦理与现代商业伦理之间的不适应和矛盾，讨论了伦理与环境的关系问题，也就是中国伦理的现代性问题。传统伦理既应有所承传，但也应随环境变化而有发展，以适应现代世界特别是商业经济和民族国家的需要。老马的哥哥在英国留下了一家古玩店，需要他去继承，这本身就是一种家族伦理，但老马却用老中国儿女为人处理的方式去经商，不得不显露出种种尴尬，既不适应现代商业运作，又没有国家概念。他的儿子马威在异域环境下却有着强烈的民族国家观念，为了民族国家的尊严，他可以大胆地回击英国人的挑衅。小说里的李子荣为了报效祖国而到欧洲留学，埋头学习西方，养成了商业头脑，很快就融入进西方社会，并掌握了经商的本领，既不坑人，也不施舍，懂得市场交换的伦理原则。

短篇小说是老舍苦心经营的文体，他将小说的"魂"也系在了人物伦理的绳扣上，反思传统伦理在现代社会的种种弊端，表现历史与道德的矛盾，特别是传统伦理在现代社会的下滑和解体，由此也探讨了传统伦理的现代意义。《开市大吉》里的几个没有医德的骗子，"凑了点钱"，开办了一家"大众医院"，目的是"赚大众的钱"。在他们看来，"这个年月""不赚大众的钱，赚谁的？"于是，他们大做广告，标榜"为大众而牺牲，为同胞谋幸福。一切科学化，一切平民化，沟通中西医术，打破阶级思想"，但给患者注射的是"香片茶加点盐"的针剂，做痔疮手术，割一刀就加一笔钱。为了吸引更多的患者，他们还掏钱为医院挂了块"匾"，上面写的是"仁心仁术"。小说叙述他们为了金钱而失了道德，传统伦理主张弃利求义，现代社会却主张利益至上。《老字号》展示了历史与道德的二律背反问题，传统道德在历史前进中变得落伍而无助。"三合洋"是多年的老字号，钱掌柜和他的大徒弟辛德治信守传统道德和经营理念，继承历史经验，讲究君子之风，一切都讲"老手，老字号，老规矩"，不作广告，也不减价，靠的是牌子和货色。但他们却无法经营下去，于是，请来了周掌柜。他改换门面，大作广告，以降价扩大销售，甚至以次充好。他获得了成功却赶到了"天成"商号去了。钱掌柜重新回到了"三合洋"，恢复了过去的老规矩，生意却变得萧条下去，最后被周掌柜的"天成"商号所收购。小说的结局近乎残酷，传统的德性伦理被现代商业伦理所取代，从传统伦理看，"现代"是不合伦理的，但它却顺应了历史发展，应了进化论的"物竞天择，适者生存"的道理。传统伦理虽然美丽，但却如纸糊的桂冠，遇见风雨就易破碎。孰优孰劣，难以判断，这也就是历史和道德的二律背反。

社会结构的转型和矛盾的变化也会带来伦理规范的失序、混乱和虚无化，甚至是殖民化。《离婚》塑造的京城恶少小赵，他"没有宗教信仰"，"没有道德观念"，"不信什么主义"，"不承认人有良心"，"不向任何人负任何责任"。信仰、道德、良心和责任都应该是人的伦理属性，如果一个人没有伦理的存在，也就会使他失去人的意义。《柳家大院》里的老王"混着洋事"，"在洋人家里剪草皮"，自己却感觉高人一等。《且说屋里》里的包善卿有着典型的洋奴心理："洋人也好，中国人也好，无论是谁，只要给他事作，他就应当去拥护。"《新韩穆烈德》也表现了传统诚信伦理被殖民入侵所瓦解。《哀启》里的房老板自己的房子被外国绑匪租去，拒绝给他房租。他自己虽曾做过公安局科长，但却不敢去索要房钱，而是提高中国房客的租金。"能够用势力压人，和会避免挨打，在他，是人生最高的智慧"，活脱脱的一副仗势欺人的奴才嘴脸。自己做了奴才，还为自己的奴颜媚骨找到振振有词的理由，这让拥有深厚民族伦理情怀的老舍进一步思考了民族国家的伦理问题，批判了他们有奶便是娘的奴才伦理和好死不如赖活的活命哲学。

在1930、40年代特定的历史背景下，老舍从善恶的德行伦理进而思考以生死为中心的责任伦理。《黑白李》写黑白两兄弟，哥哥黑李有古人的君子风范，什么事都会让着弟弟白李，害怕与弟弟闹翻脸，既对不起先人，有失了做哥哥的身份。这里，黑李身上有一种伦理责任。弟弟白李则敢说敢干，为了革命，不惜与哥哥一刀两断。白李为了给人力车夫的生计，组织人马去砸电车被跟踪，黑李扮成白李赴死，让白李得以脱身。黑李的死让传统伦理中的杀身成仁、舍生取义焕发出无限的光彩。《断魂枪》中的沙子龙一生拥有高强的武艺，但在"火车与快枪""通商与恐怖"的时代，他不再将"五虎断魂枪"传之于人，只是在夜深人静，一个人耍弄一遍，发出"不传"的喟叹。由于古风不再，道德缺失，他宁愿将传统武艺带进坟墓也不再传授，历史与道德的矛盾带来了怎样的悲凉？

《四世同堂》复杂地叙述了一个民族"被征服的经历"，并对民族"国民心理弱势"进行了深刻的反思[1]。小说丰富地展示了传统家族伦理，如婚嫁、礼俗、时令、寿诞、交际、丧葬以及商贾等伦理秩序和意识，主要是以血缘、家族为核心建立起来的一套伦理规范如何影响和制约现代人的生活和心理。家族伦理是中国伦理精神的核心，它以孝与忠为基本内涵，以由亲及疏，亲亲尊尊为思维方式，以"血缘"和"家族"之"亲"为价值标准。家族伦理是家庭结构的纽带，但对民族国家而言，却是"灾难性的"，它忽略了人的"社会职责"，"家庭成了有围墙的城堡，城墙之外的任何东西都可以是合法的掠夺物"[2]。抗战爆发，北平沦陷，做了"亡国奴"的北平人随时都有可能面临死亡，"北平已不是北平人的北平了。在苍松与金瓦的上面，悬着的是日本旗！"北平人感觉最深的是民族的耻辱，但他们却在殖民者的驱使下过着奴隶般的生活。他们息事宁人，能忍就忍，少惹事，虽对生活有"惶惑"，更多的则是苟安"偷生"，做"顺民"，把传统伦理化为生活的智慧。"别管天下

1   关纪新：《老舍评传》，重庆：重庆出版社，1998年，第354页。
2   林语堂：《中国人》，杭州：浙江人民出版社，1988年，第155页。

怎么乱，咱们北平人绝不能忘了礼节！"他们尽孝道，顾着自己的小家，民族国家意识却非常淡薄，却有强烈的家庭伦理观念，恋家护家，父慈子孝，四世同堂。身为长孙的祁瑞宣虽然懂得"天下兴亡，匹夫有责"的道理，但却以家族利益至上，留在北平城里挣钱养家。祁家老二瑞丰做了汉奸，老三瑞全却以民族国家利益为重，离家参加抗战。小说写到了钱默吟的抗争，成为民族国家伦理的代表。小说表现了家族伦理、生存伦理与民族国家三者之间的矛盾，既对传统家庭伦理和生存伦理进行了反省和批判，还揭示了民族国家伦理意识的觉醒与生长。

三、叙事伦理：平等与同情

老舍是温和的，他没有鲁迅的深刻，没有郭沫若的激情，也没有茅盾的理性。他的温和表现在小说叙述上成为一种叙事伦理，就是叙事小说人物的伦理态度，具体说来，就是"爱与同情"和"一视同仁"。老舍曾将"一视同仁"说成是"幽默的心态"，"把人都看成兄弟"，笑骂而不赶尽杀绝，"和颜悦色，心宽气朗"[1]，用同情和悲悯的眼光观察和体会世间的人与事，与小说人物息息相通，包容和宽忍人性的弱点，这也就是老舍小说的叙事伦理。

老舍以温厚善良的眼光和态度注视着老中国儿女的欢喜与悲怨，笔尖里虽浸透了血与泪，但依然有爱与理解，笑中含有泪，泪中也有笑。《二马》里的老马是典型的老中国儿女的代表，始终践行传统的伦理观念，固守传统伦理的尊卑有序，但又心地善良，为

1　　老舍：《谈幽默》，《老舍文集》第5卷，北京：人民文学出版社，1990年，第235页。

人和气，有正义感。短篇小说《牺牲》刻画了一个从国外回来的"毛博士"形象，口里说"牺牲"，骨子里却非常吝啬，为了满足自己性欲而结婚，却不顾妻子的生活。一句"立合同的时候是美国精神，不守合同的时候便是中国精神"，将毛博士的价值观转化成了一句灰色幽默，把这个崇洋媚外又有点自私的小市民的感受，刻画得淋漓尽致，也让读者发出会意的笑和隐隐的怜悯，也许还有酸咸苦辣一齐被搅起的感慨。

老舍小说对旧时代小人物的叙事始终杂糅温情和讥讽。《离婚》将日常生活与官僚机构结合起来，叙述了几个小职员的家庭故事，展示了市民社会的灰色人生和苟安心理。小说里的张大哥一生要完成的使命就是"做媒和反对离婚"，他不反对自由恋爱，积极为他人说媒，又反对婚姻破裂，力劝他人不离婚。在他看来，婚姻乃社会稳定的基础，维持了婚姻也就稳定了社会，他是一个好人，周旋于人际关系，热心帮忙，似乎很有能耐。最后，他的儿子被诬陷是"共产党"而被捕，同事们恐殃及池鱼，纷纷离他而去，他自己也丢了职位，卖掉了房产，还差一点被骗走女儿。平时似乎很有能耐的他不得不承认自己"没有办法"，有了这样的哀叹："我帮了人家一辈子忙，到我有事了，大家都哈哈笑！"小说里的"婚姻"有丰富的寓意，意味着社会的常态、恒定和安稳，"离婚"却是变化、无常和矛盾，会使社会失去正常的秩序和轨道。这样的观念就是典型的传统伦理，张大哥反对离婚，苦心经营人际关系，证明他也是传统伦理的典型代表。张大哥的能耐不过是喜欢维护家庭的伦理秩序，善于处理男女关系而已，一旦遇见大事，特别是超出家庭伦理范围，如小说中的政治陷害，他一样毫无办法。他的同事和朋友们一听说他的儿子被诬陷为共产党，避之唯恐不及，哪敢站出来帮忙，何况他的儿子已被"全能的机关"所逮捕。他们是一群小人物，是没有任何权力的人，在权力面前也是无力的，当然，这一方面说明了人的自私，朋友的不道德，另一方面更说出一个残酷的事实，那就是社会政治远远大于家庭伦理，政治伦理是权力大小和利益多少的博弈。在政治伦理面前，无钱而无势的张大哥们，只有哀叹和躲避，除此以外，他们还能做什么呢？当然，张大哥的同事和朋友们只是一群仅仅懂得获取而没有给予，只知小恩小惠而无大德大义的小人物，在由小人物构成的世界里，自保而生存下去是他们的第一伦理，至于生存的意义，如从善，有道义那是更高的要求。小说除张大哥以外，还写到了有是非、讲义气、有梦想的老李，他想追求自己喜欢的爱情，但又没有抛弃乡下小脚女人的勇气，只好在婚姻秩序里做着诗样的美梦，传统伦理和生存意志所围成的生命的牢笼，让他动弹不得。当得知自己曾经喜爱过的离了婚的邻居要与前夫破镜重圆，他辞了职，回乡下去了。老舍始终以包容、理解的眼光和同情的心理去叙述和评价他笔下的人物，有苦笑，更有温厚而怜悯，这样的叙事伦理有别于新文学的启蒙叙事，虽然老舍也有鲜明的启蒙意识，有改造国民性的艺术追求，严格说来，他的小说不同于以鲁迅为代表的启蒙叙事，没有居高临下的道德优势，也没有自我中心主义，而是将叙述者与叙述对象放置在同一水平，同一伦理尺度。由于老舍自己对人生也多持有悲观的看法，他的叙述就成了"一半恨一半笑的去看世界"[1]，看到的也多是他们的可怜和可悲之处。

---

[1]　老舍：《我怎样写〈老张的哲学〉》，《老舍文集》第15卷，北京：人民文学出版社，1990年，第166页。

老舍对道德伪善者的叙述也多以这样的视角，他没有一概否定富人的善，也没有遮蔽穷人的恶，突破以德报怨、善有善报的传统伦理，也没有道德理想主义的虚妄，而是冷静而理性地表现善恶的相对性和人的不完善性。如《柳屯的》中的"柳屯的"有着善恶两副面孔。《善人》写了"慈善家"也有不慈善，在家庭教师丧妻之时还将他解雇。小说《歪毛儿》里说："有时候一个人正和你讲道德仁义，你能看见他的眼中有张活的春画在动。那嘴，露着牙喷粪的时节单要笑一笑！越是上等人越可恶。没受过教育的好些，也可恶，可是可恶得明显一些：上等人会遮掩。"说着仁义道德又想着"春画"，对道德伪善的善意提醒，一针见血但又有人性的理解。时时掺杂着苦笑，但又不将内心的苦直接倾诉出来，而转化为一种抒情性的叙事风格。《大悲寺外》是一篇诗化小说，近似鲁迅的《伤逝》风格。小说里的黄学监仁爱宽厚、勤勉敬业，但却被丁庚害死。死去的"在死里活着"，在人的心里得到了"永生"。活着的却永远背负着不安和恐惧。这不但是一个善与恶的伦理问题，还牵涉到生与死的人生哲学。对人的生死进行伦理思考，呈现了老舍小说伦理叙事的变迁和提升。一般说来，以善恶为中心，实现人的"善"而合乎道德目的性，这是一种德性伦理，承担应有的社会责任和义务，这是一种责任伦理，责任伦理最大者莫过于人的生死选择。

老舍曾反复表白说："假如我有点长处的话，必定不在思想"，"我的见解总是平凡"，"不假思索便把最普通的、浮浅的见解拿过来"[1]，自己"并没有绝高的见解"[2]。这不是作者的谦虚，说的都是事实。老舍最擅长的是伦理叙事，是小说表达的伦理内涵，包括不同伦理的文化选择和道德判断。这使他的小说具有某种道德功能，保持了与传统小说叙事的对接与对话。老舍小说还具有包容性的叙事态度，他严肃认真而又有厚德载物的眼光，将可笑的看作可笑，可悲的看作可悲，庄谐相间，悲喜融合，使他的小说拥有独特的审美润滑剂，实现了新文学的雅俗共赏，受到了不同阶层读者的喜爱，进而扩大了新文学的阵地和影响。

1　　老舍：《我怎样写〈老张的哲学〉》，《老舍文集》第15卷，北京：人民文学出版社，1990年，第166页。

2　　老舍：《我怎样写〈赵子曰〉》，《老舍文集》第15卷，北京：人民文学出版社，1990年，第171页。

论抗战时期老舍的戏剧创作

老舍是一位伟大的小说家，又是一位优秀的剧作家。这里的"优秀"是经老舍抗战时期不断学习、试验、探索和失败之后才获得的成功，可以说，没有抗战时期的戏剧实验，也就没有老舍共和国时代的戏剧辉煌，更没有《龙须沟》和《茶馆》等经典的出现。因此，老舍抗战时期的戏剧创作具有独特的价值和意义，它呈现了老舍与抗战文艺的复杂关系，包括对战争、抗战文艺和作家身份的清醒认识，对戏剧和小说文体边界的深切感知，特别是老舍在戏剧创作上虽身体力行而又力不从心的困惑与矛盾处境。

从1939年到1943年的4年间，老舍创作了《国家至上》（与宋之的合作）、《张自忠》、《面子问题》、《大地龙蛇》、《归去来兮》、《谁先到了重庆》、《王老虎》（又名《虎啸》，与萧亦武、赵清阁合作)、《桃李春风》（又名《金声玉振》，与赵清阁合作）等戏剧。但老舍对自己抗战时期的戏剧创作评价并不高，且多是负面评价，如："剧本倒写了不少，可是也没有一本像样子的"[1]，还说"将来我若出一本全集，或者不应把现在所写的剧本收入"[2]。老舍抗战时期不断写作戏剧，也不断在自我质疑和否定。这是为什么？

一、文人总是有良心的：
老舍与戏剧的相遇

老舍之所以创作戏剧，不同于曹禺的爱好和兴趣，不同于郭沫若的政治追求，也有别于田汉、洪深、欧阳予倩的职业需求，而是特定历史时期的时代选择和理性认知的结果，是老舍这个人与那个时代，戏剧文体与环境情势的合力所成。1937年，抗日战争全面爆发，老舍被抛入这个因抗战而来的"流离""忙乱""疾病"和"贫穷"的世界，并主动选择以笔为刀，投身于抗战。该年的12月1日，老舍在《宇宙风》发表了《大时代与写家》，这可说是老舍与抗战签订的一份责任书。文章一开篇就说："每逢社会上起了严重的变动，每逢国家遇到了灾患与危险，文艺就必然想充分的尽到她对人生实际上的责任，以证实她是时代的产儿，从而精诚的报答她的父母。在这种时候，她必呼喊出'大时代到了'，然后她比谁也着急的要先抓住这个时代，证实她自己是如何热烈与伟大——大时代须有伟大作品。"[3]这是一份责任，"社会"出现大"变动"，"国家"

1　　老舍：《习作二十年》，《老舍全集》第17卷，北京：人民文学出版社，2008年，第418页。

2　　老舍：《读与写》，《老舍全集》第17卷，北京：人民文学出版社，2008年，第407页。

3　　老舍：《大时代与写家》，《老舍全集》第17卷，北京：人民文学出版社，2008年，第110页。

有了大"灾患"的"大时代"，作为"时代产儿"的"文艺"就应尽"报答她的父母"的责任。那么，应如何去报答呢？就是"抓住这个时代"，创作出"伟大作品"。文学与社会和国家被老舍看作"儿女"与"父母"关系，既应有"回报"的责任之心，也要有"证实"自己的伟大行为。因此，老舍才说："救国是我们的天职，文艺是我们的本领，这二者必须并在一起，以救国的工作产生救国的文章。"[1]在老舍那里，"战争"是什么？"作家"是谁？以及"文学"有什么用？它们的含义、身份和功能及关系，从来都是清晰而坚定的，没有任何模糊和游移。我们可以用老舍的三句话来表述，那就是"战争是枪对枪，刀对刀的事，也是精神对精神的事"[2]；"文人总是有良心的"[3]；"抗战文学是战斗精神的发动机"[4]。它们之间是前提与基础、目的与方式的关系，战争是力量的对决，是物质与精神的对抗；作家呢？不仅是文学艺术的创造者，更是人类良心的守护者；抗战文学就是鼓动人们参与抗战的精神发动机。

这是抗战时期老舍的信仰，"有笔的人确是有这个信仰"[5]。老舍的选择是"有多大力气便拿出多大力气，本着天良与热诚，写一个字即有一个字的用处。我们必先对得起民族与国家；有了国家，才有文艺者，才有文艺。国亡，纵有莎士比亚与歌德，依然是奴

1 老舍：《大时代与写家》，《老舍全集》第17卷，北京：人民文学出版社，2008年，第113页。

1 老舍：《大时代与写家》，《老舍全集》第17卷，北京：人民文学出版社，2008年，第113页。

2 老舍：《新气象新气度新生活》，《老舍全集》第14卷，北京：人民文学出版社，2008年，第137页。

3 老舍：《血点》，《老舍全集》第14卷，北京：人民文学出版社，2008年，第201页。

4 老舍：《文章下乡，文章入伍》，《老舍全集》第17卷，北京：人民文学出版社，2008年，第314页。

5 老舍：《这一年的笔》，《老舍全集》第14卷，北京：人民文学出版社，2008年，第158页。

隶"[1]。抗战全面爆发以后，"戏剧已与战争结为无可分离的密友"[2]，成为"抗战中最发达的一种，因为它是活人表现活人，有直接感动人的效果"[3]。戏剧因其现场感和大众性而适于抗战的宣传和召唤。"戏剧在宣传抗战，教育民众上"可以尽"极大的力量"[4]。问题还在于，抗战前的戏剧"总是在都市里打圈子"，"热闹过几天便又依然沉寂"，"抗战以后，戏剧要负起唤起民众的责任，于是就四面八方地活动起来，到今天已经是抗战需要戏剧，戏剧必须抗战，二者相依相成，无可分离"[5]。人们"普遍认识了戏剧的宣传力量"，"戏剧已成为抗战宣传最得力的东西"，"大家都认识了戏的效力，都极度热心的组织剧团"[6]。这样，戏剧成了抗战文艺中能够发挥独特作用的艺术形式，或者说，戏剧就是一种抗战文体，其功能不在戏剧文学，而在戏剧的表演。由此，老舍也与戏剧相遇了，因为抗战时期的前后方都出现了剧本荒，呼唤着新的剧本、剧作家和戏剧导演。"一个新剧本出来，各处都饿狼扑食似想得到，演出，饥不择食也。"[7]"没有剧本"，"这个灾荒要是无法救

---

1   老舍：《努力，努力，再努力！》，《老舍全集》第14卷，北京：人民文学出版社，2008年，第213页。

2   老舍：《文艺成绩》，《老舍全集》第14卷，北京：人民文学出版社，2008年，第235页。

3   老舍：《抗战以来文艺发展的情形》，《老舍全集》第17卷，北京：人民文学出版社，2008年，第369页。

4   老舍：《不要饿死剧作家》，《老舍全集》第14卷，北京：人民文学出版社，2008年，第338页。

5   老舍：《抗战戏剧的发展与困难》，《老舍全集》第17卷，北京：人民文学出版社，2008年，第233页。

6   老舍：《由〈残雾〉演出想到剧本荒》，《老舍全集》第17卷，北京：人民文学出版社，2008年，第241页。

7   老舍：《由〈残雾〉演出想到剧本荒》，《老舍全集》第17卷，北京：人民文学出版社，2008年，第242页。

济，广大的抗战戏剧运动大概很有塌台的危险"[1]。不仅如此，老舍这时对小说的功能也有了新的认识，如曹禺所说："在抗战时的重庆，'前方吃紧，后方紧吃'的时候，他似乎感到小说还不够有'劲'，不够直接，不够快。他挥戈投入话剧队伍。"[2]他离开了熟悉的北平，"那里的人、事、风景、味道和卖酸梅汤、杏儿茶的吆喝的声音，我全熟悉。一闭眼我的北平就完整的，像一张彩色鲜明的图画浮立在我的心中。我敢放胆的描画它。它是条清溪，我一探手，就摸上条活泼泼的鱼儿来"[3]，"流亡"到了"生地方"，因不熟悉"不敢写"，但他又不能不写，既不能"装聋卖傻"，也不能去"骗人""胡写"，怎么办？老舍选择了第三条写作之路，那就是"暂时""放弃小说"而学习写作其他文体样式。于是，写了通俗读物的大鼓书、河南坠子、数来宝，让"旧瓶装新酒"[4]，但他却深深感受到"制作通俗文艺的苦痛"[5]，不得不放弃通俗文艺的写作。恰在这时，文协要演戏，推他写剧本。

老舍进入戏剧创作，却被他自己描述成了一段有责任感又有偶然性的故事。1939年，他创作了他的第一部话剧《残雾》。他说："我没写过剧本。《残雾》是我的首次试作。为何试作？其原因倒不

1　老舍：《抗战戏剧的发展与困难》，《老舍全集》第17卷，北京：人民文学出版社，2008年，第233页。

2　曹禺：《〈老舍的话剧艺术〉序》，《曹禺全集》第5卷，石家庄：花山文艺出版社，1996年，第305页。

3　老舍：《三年写作自述》，《老舍全集》第17卷，北京：人民文学出版社，2008年，第273-274页。

4　老舍：《三年写作自述》，《老舍全集》第17卷，北京：人民文学出版社，2008年，第274-275页。

5　老舍：《制作通俗文艺的苦痛》，《老舍全集》第17卷，北京：人民文学出版社，2008年，第155页。

是想不出小说而想跳行。"事实是文协拟演剧筹款，共推他执笔，他不会写，得到"写完了大家给改正"的"集团创作"的承诺后，于是就"放开胆子写"，"连想故事带写，共费时两个星期"，自认"不懂剧作法"，"写的乱七八糟"[1]，只因大轰炸和参加战地访问团，没有时间作修改。这里主要提到了"文协"组织的推举，而他被动接受，个人的"胆子大"，因为有朋友们帮助修改的承诺。一句话，是主观受制于外在环境的人事因素。后来，老舍就将其叙述成了一个更有情节性的故事。"文协为筹点款而想演戏。大家说，这次写个讽刺剧吧，换换口味。谁写呢？大家看我。并不是我会写剧本，而是因为或者我会讽刺。我觉得，第一，义不容辞；第二，拼命试写一次也不无好处。不晓得一位作家须要几分天才，几分功力。我只晓得努力必定没错。于是，我答应了半个月交出一本四幕剧来。虽然没写过剧本，可是听说过一个完好的剧本须要花两年的工夫写成。我要只用半个月，太不知好歹。不过，也有起因，文协愿将此剧在五月里演出，故非快不可。再说，有写剧与演戏经验的朋友们，如应云卫、章泯、宋之的、赵清阁、周柏勋诸先生都答应给我出主意，并改正。我就放大了胆，每天平均要写出三千多字来。'五四'大轰炸那天，我把它写完。"[2]有时间、人物、对话和场景，绘声绘色，如同一台戏，主角却变成老舍自己，"我"在其中有了"会讽刺"的本领，有了一些学习写作戏剧的"想法"，有了写作的"努力"。1945年抗战胜利后，老舍写作了《八方风雨》，这是一份被老舍自己称为抗战生活的"简单的纪实"和"一个平凡

1   老舍：《由〈残雾〉演出想到剧本荒》，《老舍全集》第17卷，北京：人民文学出版社，2008年，第238页。

2   老舍：《记写〈残雾〉》，《老舍全集》第17卷，北京：人民文学出版社，2008年，第260页。

人的平凡生活报告"[1]。带有总结性，行文也比较冷静、客观。文章里是这样说的："二十八年之春，我开始学写话剧剧本。对戏剧，我是十成十的外行，根本不晓得小说与剧本有什么分别。不过，和戏剧界的朋友有了来往，看他们写剧，导剧，演剧，很好玩，我也就见猎心喜，决定瞎碰一碰。好在，什么事情莫不是由试验而走到成功呢。我开始写《残雾》。"[2]这里用了"见猎心喜"一词，意思是看见别人所做之事正是自己过去所喜好的，不由心动，也想试一试，说明旧习难忘，一旦见其所好，便跃跃欲试。众多说法间既有相似之处，也有角度的不同取舍。

毋庸置疑，抗战时期老舍的写戏或多或少也有朋友和社会组织的盛情邀约，如《残雾》演出的成功，马宗融封老舍为剧作家，邀请老舍写《国家至上》[3]；受朋友之托写《张自忠》，受东方文化协会委托写《大地龙蛇》，等等；他说："我为什么改行写戏呢？一来是为学习学习；二来是社会上要求我，指定我去写，我没法推辞。"[4]当然，也有因战时环境的变化而不得不写戏的选择。抗战时期老舍的生活"忙乱混杂"，"今夜睡床，明夜睡板凳，今天吃三顿，明天吃半餐，白天咬烂了稿纸，夜晚臭虫想把我拖了走"，"实在安不下心去写长篇小说"，而"只好写剧本"，剧本虽有"限制"，但老舍却想"不管好坏"，"能写成就高兴"，并且，剧本也有比小说"容易的地方"，有"舞台""来帮忙"，他甚至认为："可以因兴

1　老舍：《八方风雨》，《老舍全集》第14卷，北京：人民文学出版社，2008年，第378页。

2　老舍：《八方风雨》，《老舍全集》第14卷，北京：人民文学出版社，2008年，第396-397页。

3　老舍：《闲话我的七个话剧》，《老舍全集》第17卷，北京：人民文学出版社，2008年，第375页。

4　老舍：《致西南的文艺青年书》，《老舍全集》第15卷，北京：人民文学出版社，2008年，第572页。

之所至写成一个剧本，而绝对不能草率的写成一部小说"，因为"马马虎虎"写小说，会"招人耻笑"，马马虎虎写"不像样子的剧本"，却"不怕人家耻笑"，因为他是"初学乍练"[1]。无论是抱着学习的目的，还是不得不写戏剧，都摆脱不掉抗战的社会现实。因为，哪怕是写"不像戏剧的戏剧"，也如"拿两个鸡蛋为与献粮万石者"去"献给抗战"，"礼物虽轻，心倒是火热的"，所以，他"不后悔试写过鼓词，也不后悔练习过话剧"[2]，只要"有裨于抗战，便心满意足了"[3]。这的确是老舍写作戏剧的真实想法，但也有另外一种声音，那就是虽不断写作却为不懂戏而困惑。

二、熟悉与陌生：
老舍戏剧创作的困惑

老舍自己将他抗战时期创作的戏剧分成了三类：第一类是《残雾》和《张自忠》，"不管舞台上需要的是什么，我只按照小说的写法写我的。我的写小说的一点本领，都在这二剧中显露出来，虽然不是好戏，而有些好的文章。它们几乎完全没有技巧"。第二类是《面子问题》和《大地龙蛇》，"它们都是小玩艺儿"，"丝毫不顾及舞台，而只凭着一时的高兴把它们写成"。第三类是《国家至上》和《归去来兮》，"《国家至上》演出过了，已证明它颇完整，每一闭幕，都有点效果，每人下场都多少有点交待；它的确像一出戏"。《归去来兮》"是四平八稳"，"没有专顾文字而遗忘了技巧，虽然我

1 　　老舍：《答客问》，《老舍全集》第17卷，北京：人民文学出版社，2008年，第347页。

2 　　老舍：《三年写作自述》，《老舍全集》第17卷，北京：人民文学出版社，2008年，第273页。

3 　　老舍：《小报告一则》，《老舍全集》第14卷，北京：人民文学出版社，2008年，第310页。

也没太重视技巧"[1]。老舍是从小说与戏剧，剧本和舞台角度划分的，一是有小说无戏剧的小说化戏剧，二是可读不可演的案头型戏剧，三是既有文学性又有可演性的戏剧。

1939年，老舍创作了他的第一部话剧《残雾》。后来，他细致而精彩地描述了《残雾》的写作过程，如同妇科医生观察女人生产一样。他说，"写剧本，我完全是个外行，小说，写不好，但是我敢写"，因为它"有很大的伸缩，给作者以相当的自由"，"世上有不少毛病显然而不失为伟大的小说"。"诗，写不好，但是我敢写"，主要"把握得住文字，足以达情达意"，能让心中的"事，物"和"稍纵即逝的感情""画在纸上"，就能感觉到"写诗实在是件最开心的事"，"音节自由，结构自由，长短自由，处处创造，前无古人"[2]。但"写剧本，初一动手，仿佛比什么都容易：文字不像诗那么难；论描写，也用不着像小说那么细腻。头一幕简直毫不费力就写成了，而且自己觉得相当的好。噢，原来如此，这有什么了不得呢！"[3]"到了第二幕，坏了！一方面须和第一幕搭上碴，一方面还能给第三幕开开路"，就出现写不去了，发现"剧本是另一种东西，决不是小说诗歌的姊妹，而是了一家人"，"一边咬牙写第二幕，一边还得给第一幕贴膏药！"特别是到了"生死关头"的"第三幕"，"人物老不肯动"，"全呆如木鸡"，因为"前半平平"，也就没法"把绸子大衫改成西装"，没法子让剧中人物"都自自然然的在戏剧中活动发展，没有漏洞们，没有敷衍，没有拼凑"。到了第

1　　老舍：《闲话我的七个话剧》，《老舍全集》第17卷，北京：人民文学出版社，2008年，第379页。

2　　老舍：《记写〈残雾〉》，《老舍全集》第17卷，北京：人民文学出版社，2008年，第258页。

3　　老舍：《记写〈残雾〉》，《老舍全集》第17卷，北京：人民文学出版社，2008年，第258页。

四幕，"简直没法落笔了"，"显得乱七八糟"[1]。写一个剧本"出的汗比写的字多着许多"，"整整的受了半个月的苦刑"[2]。于是感到"剧本难写，剧本难写，在文艺的大圈儿里，改行也不容易呀！"在有机会试演以前，决定"不敢再写剧本"[3]。写完后，他即去西北参加劳军，"回到重庆，看到许多关于《残雾》的批评，十之六七是大骂特骂"[4]。后来，老舍明白了戏剧之所以为戏剧，不是对话体小说，正如诗不是分行散文一样，《残雾》的毛病在于"缺乏舞台上的知识"，有"对话"，而少"行动"[5]。1940年，老舍与宋之的合写了《国家至上》。他们对剧中生活和人物都比较熟悉，在和宋之的商量好人物、情节之后，老舍写了前两幕，宋之的写后两幕，写好后就到"回教协会"去朗读，再作修改。后来，该剧获得了成功，老舍也积累了两条经验，一是"没有冗长的对话"，"句句想着剧情的发展"；二是用一个人物"支配着控制着"其他人物，突出人物中心。由此，老舍对戏剧"略知门径"，"个人的收获是相当大的"[6]。

老舍不无"得意"，为《国家至上》完成了"宣传的任务"而欣喜。同年，老舍又写作了《张自忠》，他虽然"卖了很大的力气"，但"并没能写好"，问题出在"不明白舞台那个神秘东西"，"老是以小说的方法去述说，而舞台上需要的是'打架'。我能创造性格，而老忘了'打架'"，但吴祖光从文学性角度却认为"是一

1　老舍：《记写〈残雾〉》，《老舍全集》第17卷，北京：人民文学出版社，2008年，第258-260页。
2　老舍：《记写〈残雾〉》，《老舍全集》第17卷，北京：人民文学出版社，2008年，第260页。
3　老舍：《记写〈残雾〉》，《老舍全集》第17卷，北京：人民文学出版社，2008年，第261页。
4　老舍：《三年写作自述》，《老舍全集》第17卷，北京：人民文学出版社，2008年，第276页。
5　老舍：《三年写作自述》，《老舍全集》第17卷，北京：人民文学出版社，2008年，第277页。
6　老舍：《三年写作自述》，《老舍全集》第17卷，北京：人民文学出版社，2008年，第278页。

本好戏"[1]。1941年，写作了《面子问题》和《大地龙蛇》。写《面子问题》老舍非常认真，也做了修改，但还是没"有戏"，只适宜放到一个小舞台上，"演员们从容的说，听众们细细的听"，不幸却"摆在一个大戏院里"，"演员们扯着嗓子喊，而听众们既听不到，又看不见动作"。到了《大地龙蛇》，老舍为其立意费尽了"心血去思索"，但还是没有写好，只能放在"案头上"。老舍认为它"读起来也许相当的有趣，放在舞台上，十之八九是要失败"[2]。剧中人物成了文化观念的"傀儡"，这就"不大高明"了[3]。1942年，创作了《归去来兮》和《谁先到了重庆》，并与萧亦武、赵清阁合作写了《王老虎》。《归去来兮》人物性格不鲜明，情节不集中，但老舍则将其当作文艺作品看，"它是我最好的东西"，"讽刺""深刻"，由"人与人、事与事的对照而来"，所刻画的人物——"老画家"和"疯妇人"也比较成功，"文字相当的美丽"，"拿它当作一本案头剧去读者玩，我敢说它是颇有趣的"[4]。

老舍写戏不得不面临着小说与戏剧两种文体的矛盾。他在谈到自己戏剧创作时，多次提到是戏剧的外行，特别是对戏剧舞台的陌生，过去写小说的经验影响到他的戏剧创作。《残雾》的写作是"不会煮饭的能煮得很快，因为还没熟就捞出来了"，由于不知道戏

1　老舍：《闲话我的七个话剧》，《老舍全集》第17卷，北京：人民文学出版社，2008年，第376页。

2　老舍：《闲话我的七个话剧》，《老舍全集》第17卷，北京：人民文学出版社，2008年，第377页。

3　老舍：《闲话我的七个话剧》，《老舍全集》第17卷，北京：人民文学出版社，2008年，第378页。

4　老舍：《闲话我的七个话剧》，《老舍全集》第17卷，北京：人民文学出版社，2008年，第379页。

剧和小说的区别，而按小说方式写了剧本，"丝毫也没感到还有舞台那么个东西"，"没有顾虑到剧本与舞台的结合，我愿意有某件事，就发生某件事；我愿意教某人出来，就教他上场"[1]。后来"剧本既能被演出，而且并没惨败"，其中"多少有点好处"，一是"对话中有些地方颇具文艺性"，"时时露出一点机智来"，二是"人物的性格相当的明显，因为我写过小说，对人物创造略知一二"[2]。这实际上就是老舍熟悉的小说经验，或者说是戏剧创作的小说笔法。可以说，老舍的小说经验既支持了他的戏剧创作，如人物性格刻画、故事的营造和对话的精致和恰当，也同时限制或解构了他的戏剧创作，至少是干扰了他的戏剧，如同第三只手总在他眼前晃来晃去，写着写着不自觉就会回到小说那里去。这也是个人创作经验的双重性问题。老舍的小说创作有助于他对戏剧文学性的感受，却对戏剧的舞台性却有一定的隔膜。人们常说，爱一行，干一行。一旦干一行后，就会有了一行的经验，从此，再干其他行都会带着此行的习惯和路数。可以说，老舍戏剧的成功有着小说经验的支付，烙上了小说的印记，他的难以成功或者说实践过程的痛苦和折磨也或多或少与小说经验的潜在干扰有关。戏剧作为舞台表演艺术，它有剧本和剧场的双重性，文学剧本的写作不可避免要受到舞台演出的制约。由于戏剧观和舞台感的不同，剧作家对舞台有不相同的认识，由此也建立起了不同的戏剧体系和流派。对戏剧家而言，作为表演艺术的戏剧与舞台时空密切相关，它对戏剧的结构、台词和动

---

1   老舍：《闲话我的七个话剧》，《老舍全集》第17卷，北京：人民文学出版社，2008年，第374页。

2   老舍：《闲话我的七个话剧》，《老舍全集》第17卷，北京：人民文学出版社，2008年，第375页。

中国现当代文学
思想史论丛

作都有一定的支配作用，对人物、情节和语言都有潜在的牵制，可以说，舞台是戏剧创作的第三者，隐藏其间，时时干扰或诱导戏剧的创作。戏剧创作不但要靠舞台表演，角色分担，还要考虑观众的观看和体验，诸如此类，都是戏剧家需要把握和体验到的创作前提和条件。当然，戏剧创作既要受舞台表演的制约，遵循舞台规律，也需要超越舞台的局限，扩大舞台空间的表现力，在不断征服观众过程中完成艺术的创造。这应该是一个伟大的戏剧家的目标。问题是，抗战时期的老舍虽有这样的认识，却没有这样的能力。

这一点，老舍自己是十分清醒的。他"自己从来少念剧本"，而"剧本与舞台关系"又"深"，更缺乏"舞台的经验"，"写出的剧本只能放在桌上念，不能适用在舞台上，当然不算好剧本"[1]。他感觉："戏剧比小说难写"，在文字上，"只以对话支持故事，故文字非极有工夫"，"对人世间生活非极富经验，不能删繁剔冗，探得其源"，除此之外，还要有"舞台的条件"[2]，懂得"戏剧之有舞台的限制"[3]。从以小说笔法写戏剧，到只顾人物塑造而忽略舞台，从眼睛盯住舞台，但又忽略了人物和对话。如写作《谁先到了重庆》，老舍"注意到舞台"，但在人物和对话上却比先前的几个话剧有不足。老舍写戏剧如同一个人坐跷跷板，这头压下去，那边又抬起来了，总没有找到戏剧与舞台之间的平衡。于是，他有了这样的感叹："剧本是多么难写的东西啊！动作少，失之呆滞；动作多，失之芜乱。文字好，话剧不真；文字劣，又不甘心。顾舞台，失了文艺性；顾文艺，丢了舞台"，"写剧太不痛快了！处处有限制，腕

1　老舍：《读与写》，《老舍全集》第17卷，北京：人民文学出版社，2008年，第407页。

2　老舍：《诗·话剧·小说》，《老舍全集》第17卷，北京：人民文学出版社，2008年，第381页。

3　老舍：《诗·话剧·小说》，《老舍全集》第17卷，北京：人民文学出版社，2008年，第382页。

上如戴铁镣，简直是自找苦头吃"，"还是去写小说吧"[1]。本来，小说与戏剧拥有融合的可能，新文学的小说、诗歌和散文文体打破了单一和纯粹性，而形成跨文体现象，如鲁迅、郁达夫、废名、沈从文、萧红的散文化小说或者说诗化小说。新文学也有诗化戏剧，如顾一樵的《荆轲》《项羽》，袁昌英的《孔雀东南飞》，欧阳予倩的《潘金莲》，等等。但抗战时期的戏剧创作却以剧场演出为目标，需要搬上舞台，直接发挥其鼓动、宣传的作用，不能仅仅停留在可供阅读的剧本文学。这恰恰是老舍戏剧创作不尽如人意或者说相形见绌的地方。

三、力不从心：
老舍戏剧创作的矛盾处境

实际上，抗战时期的老舍一直为戏剧写作而困惑。他虽不为抗战写戏而后悔，却为缺少舞台经验，不懂戏而自责。他承认《残雾》"是一本乱账"，"有人说它不错，有人说它要不得，有人说它罪该万死。闹得我自己也不晓得它是好是坏。不过，放下别人的意见，而单凭着我自己的良心来说呢，我以为它不好。因为，这是我初次写剧本，而且写完并没来得及修改，我就离开了陪都有半年之久。假若剧本可以随便一写就成功的话，我们似乎就用不着尊敬易卜生和萧伯纳了"[2]。特别是他辛辛苦苦写作的剧本，却被导演

1　老舍：《闲话我的七个话剧》，《老舍全集》第17卷，北京：人民文学出版社，2008年，第380页。

2　老舍：《一点点写剧本的经验》，《老舍全集》第17卷，北京：人民文学出版社，2008年，第337页。

"不能演"而待字闺中。他的9个戏剧大多没有被上演[1]，这对他的创作激情和创作心理都有相当大的打击。如从舞台演出角度，他这样描述自己的戏剧创作，《国家至上》"在宣传剧中，它可以算作一本成功的作品"，《张自忠》"没有在大都市上演，因为它不大像戏"，《面子问题》"在渝上演，成绩欠佳。毛病在对话好，而动作少"，《大地龙蛇》"还没上演过，我也不望它上演，因场面大，用人多，势必赔钱，拿它当作一个小玩艺儿读着吧，也许怪有意思罢了"[2]。

老舍能够理解抗战戏剧因时间紧迫和生活忙乱而不得不速成，但他又为粗制滥造而痛苦。1939年1月8日，老舍到内江沱江中学讲演，其中谈到抗战以来的戏剧创作，说它"尽了很大的力量，比别的更多"，但"所写出来的剧本"，却"没有多少好的"。因为一个剧本本身至少要写两年，但"为了抗战宣传，只要三四天就写出一个，当然不好，这是普遍现象"。"剧本是最难写的东西"，因时间短而出现"公式化"，但因与抗战有关系，"要原谅他们"[3]。但他又认为，在抗战中写的几千行诗、剧本，"从质上说，这些作品中没有一篇能使我自己满意的"，"一个较好的剧本，或是几十行好诗，也许就应写一年；而我竟敢于一年中写成几千行诗与三个剧本，其为胡来也未可知矣！""十年写一部小说，五年写一本戏剧，并不算少，不算慢！在抗战中，我们的确写出了不少东西来，但是有几篇真好呢？这值得我们深思一下！不错，为了应战，我们不能

1　如《残雾》1939年被怒潮剧社上演，导演马彦祥；《国家至上》1940年在重庆被中国万岁剧团上演，导演马彦祥；《面子问题》1941年被中华剧艺社上演，导演应云卫；《桃李春风》1943年被中电剧团上演，导演吴永刚；等等。

2　老舍：《小报告一则》，《老舍全集》第14卷，北京：人民文学出版社，2008年，第309页。

3　老舍：《抗战以来的中国文艺》，《老舍全集》第17卷，北京：人民文学出版社，2008年，第196页。

极度冷静的写作，我们是以笔代枪，要马上投奔前去；但是，我们也晓得抗战是与建国齐进的，我们也应于混战一场之外，去从事建设伟大的文艺，使文艺在抗战中发出万丈光芒来！"[1]抗战时期的生活压力，也让戏剧创作失去了精益求精的可能。1940年9月9日，老舍在给南泉文协的信中谈到《张自忠》的写作情形，他写完后就到赖家桥土场去看马彦祥，住了两夜，在已修改了三次的基础上再作了修改，但马彦祥读后还是觉得"不好排"，老舍一听心就"凉"了。虽然，他也知道一个优秀的剧本要写一两年，甚至三五年，但他面临的现实是，"这个剧本的收入"不能让他"够吃一年"，"自己的肚子天天有三次对我不客气的示威"，饥饿"逼迫着文艺良心投降"，于是感到"文人最大的仇敌就是他自己肚子"，他不得不赶着修改，赶快交给公司或书店出版换钱。[2]

老舍虽为抗战戏剧的宣传性而亢奋，但也为其弱于艺术性而不得其解。一方面，他认为："文艺者"应"义不容辞，责无旁贷的，须为士卒与民众写作。戏剧，诗歌，就都必不可避免的成为宣传文艺"[3]。"在这时代，才力的伟大与否，艺术的成就如何，倒似乎在其次，最要紧的还是以个人的才力——不管多么小——与艺术——不管成就怎样——配备着抗战的一切，作成今天管今天的，敌人来到便放枪的事实"[4]。他主张："我们既是为'宣传'，我们就应该

1   老舍：《致西南的文艺青年书》，《老舍全集》第15卷，北京：人民文学出版社，2008年，第573页。

2   老舍：《致南泉"文协"诸友》，《老舍全集》第15卷，北京：人民文学出版社，2008年，第561-562页。

3   老舍：《一年来之文艺》，《老舍全集》第14卷，北京：人民文学出版社，2008年，第153-154页。

4   老舍：《这一年的笔》，《老舍全集》第14卷，北京：人民文学出版社，2008年，第157页。

放下'艺术不艺术'这个问题"，甚至"不要以戏迷的意见为主，要以民众的意见为主"[1]。他呼吁："写吧，只要写出来就有人看，好坏是次要的事，首要的是大家须先拿出东西来；没有枪使的是刀"，要"在抗战中把自己锻炼成个武装的文艺者"，"在抗战中，文艺宣传不能专在'质'上讲究，也当顾忌散播的'量'，多写，多写，多少民众等着看一张壁报啊！"[2]为了让戏剧去冲锋陷阵，发挥鼓动作用，那就不得不强调戏剧的宣传，但戏剧毕竟是艺术，应具备一定的艺术性。这一点，已是著名小说家的老舍不是不知道，但他又很无奈。他曾发出这样的质问："艺术都含有宣传性。偏重宣传又被称为八股。怎办好？"[3]没有答案。

最后，老舍虽然不断努力，却饱受批评，他为无法写出令自己和他人满意的作品而焦虑。1944年，已临近抗战结束，老舍放弃了戏剧写作而转入到写作长篇小说《四世同堂》，他还在那里作自我检讨："我之写剧，多半是为练习，成绩很坏。"[4]"剧本倒写了不少，可是也没有一本像样子的：目的在学习，写得不好也不后悔。"[5]《残雾》"乱七八糟"，《国家至上》"还好"，但功在宋之的，《面子问题》"分量太轻，压不住台"，《张自忠》《大地龙蛇》与《归去来兮》"全坏得出奇"[6]。1941年，是老舍受非议和批评最多

1   老舍：《战时文化工作诸问题》，《老舍全集》第17卷，北京：人民文学出版社，2008年，第213页。

2   老舍：《致榆林的文艺工作朋友们》，《老舍全集》第15卷，北京：人民文学出版社，2008年，第571页。

3   老舍：《未成熟的谷粒》，《老舍全集》第14卷，北京：人民文学出版社，2008年，第243页。

4   老舍：《三言两语》，《老舍全集》第17卷，北京：人民文学出版社，2008年，第414页。

5   老舍：《习作二十年》，《老舍全集》第17卷，北京：人民文学出版社，2008年，第418页。

6   老舍：《习作二十年》，《老舍全集》第17卷，北京：人民文学出版社，2008年，第418页。

的一年，他对自己抗战以来的创作也有诸多的不满意，于是写《自述》和《自谴》自我申辩。1942年，还以"答客问"的方式作解释，文中的"客人"虽是虚拟的，但事实却是可能的。如有客人问："你的剧本""实在不高明"，为什么不写小说？这至少是当时社会上和文学批评界存在的看法，不然，老舍不会将它设置为问题来回答，他的回答是因战乱无法写小说，"等到太平的时候，恢复了安静生活，再好好的去写一两个像样子的剧本"[1]。这很容易让我们想到解放后创作的《龙须沟》和《茶馆》，实际上，老舍是早就有写作"像样"的剧本的想法了。

老舍明知自己没有写好戏剧，但依然坚持创作，其中肯定有他坚持的理由。如同有人劝鲁迅不要写杂文这样的短评一样，鲁迅的回答是："要做这样的东西的时候，恐怕也还要做这样的东西，我以为如果艺术之宫里有这么麻烦的禁令，倒不如不进去；还是站在沙漠上，看看飞沙走石，乐则大笑，悲则大叫，愤则大骂，即使被砂砾打得遍身粗糙，头破血流，而时时抚摸自己的凝血，觉得若有花纹，也未必不及跟着中国的文士们去陪莎士比亚吃黄油面包之有趣。"[2]鲁迅的杂文写作是因为他感到有"要做这样的东西的时候"，且不说社会时代的需求，就是他自己也获得了其他文体创作不具备的"真切"与"自由"。抗战时期老舍创作戏剧，除了前文所说戏剧已是一种抗战文体之外，在不能写小说的前提下，戏剧不失为一种有效选择，实际上，它可以满足老舍更大的文化理想。1944年2月，老舍说："我有个志愿——希望能写出一本好的剧本来。"要写出好

1   老舍：《答客问》，《老舍全集》第17卷，北京：人民文学出版社，2008年，第347页。

2   鲁迅：《华盖集·题记》，《鲁迅全集》第3卷，北京：人民文学出版社，2005年，第4页。

剧本，就需要去读书和看戏，需要做演员和学演戏的经验。"人，从一个意义来说，是活在记忆中的。他记得过去，才关切将来。否则他们活在虚无缥缈中，不知自己从何而来，和要往哪里去。"文艺就是人类的记忆，它不会死亡，"文艺出丧的日子，也就是文化死亡的时候"[1]。等到文化发展到一定程度，"人们——受宗教的或社会行动的催动——才发明了戏剧"，于是，戏剧就成了人类文化的象征。"戏剧把当时的文化整个的活现在人的眼前"，"文化有多么高，多么大，它也就有多么高，多么大"，"有了戏剧的民族，不会再返归野蛮"，戏剧不仅是艺术，还是文化！"文化滋养艺术，艺术又翻回头来领导文化，建设文化"，戏剧吸取了"艺术全部的养分"，而"综合艺术各部门而求其总效果"[2]。

这是老舍的文艺观和文化观，也是他的戏剧观，比他1930年代在《文学概论讲义》中讨论的有关戏剧理论高明深刻多了。戏剧是人类文化的符号。要写好它，谈何容易！即使是戴着镣铐跳舞，老舍也要跳下去。写到这里，抗战时期老舍在戏剧创作上的亢奋与失落、困惑与矛盾、焦虑与痛苦等也就豁然有解了。

---

1   老舍：《我有一个志愿》，《老舍全集》第14卷，北京：人民文学出版社，2008年，第355页。

2   老舍：《我有一个志愿》，《老舍全集》第14卷，北京：人民文学出版社，2008年，第355-356页。

中国现当代散文的人文情怀

　　1920年，周作人提出了"美文"概念，标志着散文文体走向了独立的艺术时代，即"美文"时代。应该说，它是继小说之后艺术成就最高的一种文体。它关注并表达了20世纪中国社会现实和人的存在状态，拥有丰富的人文情怀内涵。中国现当代散文总是围绕"物—事—人"内容结构展开，体现出鲜明的人文关怀。"自然""社会"和"文化"始终是散文关注的对象，现代散文与传统散文之不同在于"人"的不同，隐藏在对象世界背后始终有着一双忧郁的眼睛和痛苦的灵魂，是感受者和体验者的身份、心境和个性发生了重大变化，他们无法完全拥有传统的隐士情怀和隐逸心理，难以建立起一个"世外桃源"。也许他们有过传统名士的梦幻，但都被现实击得粉碎，而多了一份沉重的孤独与无奈。可以说，他们是土地的忧郁者，是实实在在生活着的普通人，能真切感受到时间的流逝，自然的变迁和生活的盐茶酱醋。它有生活的琐屑，日子的流年，做人做事的体验和真性情。同时，他们又是思想者，有着独立的精神人格，在传统与现代、个人与社会的转换和冲突中，因感受的敏锐、思想的睿智而与社会时代撞出了思想的火花，留下了时代的真实声音。思想和思想者是人类一份永不枯竭的精神资源。一个民族因拥有自己的思想而变得伟大，一个时代因产生了思想者而被历史所缅怀。

我们不能说现当代散文家都有自己独立的思想，但他们的真切感受、独立判断却是令人敬佩和欣羡的。现当代中国是一个呼唤思想和思想者的时代。它的开端并不是由于一个历史时间和历史事件的出现，而是出现了现代思想和现代思想的承载体——现代知识分子。"五四"运动首先是一场思想启蒙运动，《新青年》知识群体是现代思想的先锋者，陈独秀、胡适、鲁迅……开启了中国思想的一个新时代。陈独秀的《敬告青年》如同一个思想的炸弹，炸醒了青年沉睡的心。《偶像破坏论》更是为国人的思想松绑，破除一切迷信、偶像，信仰当以"真实的合理为标准"。胡适的《个人自由与社会进步》最有价值的地方，在于极力维护五四思想启蒙运动中的"思想解放"和"个性解放"两大主题。先有思想的解放，才有个性解放，思想解放是个性解放的前提，个人解放是思想解放的目的，二者密不可分。尽管胡适并没有说出更多的新思想，但为五四辩护本身却是五四精神的延续和体现。闻一多和殷海光都可说是"五四之子"，是"喝着五四的乳汁长大的"。闻一多的《五四断想》进一步强调了五四的变化思想，为五四思想寻找历史的合法性和必然性。殷海光的《怎样才算是知识分子》所提的问题也让我们心里发虚，无论是以"思想为生活"，还是以"知识为生活"，都是我们这个时代所欠缺的，知识分子对时代的责任和道德也有被虚拟化和表演化的趋势。我想，应该在殷海光追问的前提下接着提问："怎样才算是真正的知识分子？"张承志是1980年代文学中的"精神界之战士"，他在《清洁的精神》一文中所发出的呼喊，使他成为鲁迅的精神兄弟，也成了上个世纪末的一道风景。周国平以理想主义的情怀和眼光写下了他的《人是要有一点精神的》，在一个崇尚物质和技术的时代，它如同空谷足音。

人文情怀是人类所追求和建立的"以人为本"的价值观念和文化理想，它是人类的自我关怀，表现为对人的意义、命运的思考和关切，对人类精神文化的高度重视，对人的全面发展的充分肯定，对人类生存困境的解释和期盼。无论是在西方还是中国，"人文"一词都有两方面的涵义："人"和"文"。一是关于理想的"人"、理想的"人性"观念；二是培养这种理想的人（性）所需要的"文"。汉语的"人文"最早出现在《易经·贲》之中，它说："观乎天文以察时变，观乎人文以化成天下。"这里的人文有教化之意。"人文"中的"人"和"文"往往因话语语境的不同而有不同的意义内涵，但作为人文内涵中第一意义的"人"的理念应更为重要，居于中心地位，"文"是实现或完成"人"的方式和途径。

现当代散文倾听自然，描摹人生，书写历史，关注文化，拥有博大而深沉的人文情怀。大自然是散文家最容易上手写作的对象，有谁没有临摹过大自然的声音、韵律和节奏变化呢？可以说，自然世界是散文的自留地，但散文又不能只停留在自然世界。李大钊的《自然与人生》从自然谈到人生，人生中的轻与重、大与小、生与死，跃然纸上。徐志摩的《翡冷翠山居闲话》落脚在"自然是最伟大的一部书"，摆脱世俗的羁绊，跃入自然而自由的澄明之境，获得一份悠闲而空灵的情趣，当是每个人都向往的人生理想。林语堂是现代散文大家，自成一品。《记性灵》可看作是他的散文观，"自抒胸臆，发抒己见"，说出了散文写作的真谛。扎西达娃的《聆听西藏》借助三幅画面的切换，解答西藏文化的神奇与奥秘，给读者以魔幻之感。大自然是千差万别的，有什么样的眼睛就会看到什么样的自然，体会到什么样的性情和精神。万事万物终究归为一个"真"字，有真性灵才有真自然。在汪曾祺的笔下，似乎无事不可成文，无物不可表情达意。他书写着自然界的小生命，心与物游、心物统一，在人与物的关照中凸显着生命的交流。他追求的不是为文的深刻，而是人与自然、人与自己内心的和谐。

人既是物质的，同时也是精神的。人在物欲之外天生需要精神慰藉，需要理想的寄托。大地，这是一个容易让人产生亲近和遐想的语词，可是，它却有了种种"事情"。在一个由技术而催生的工业化时代，人逐渐远离大地，远离自然，走向商品的物质世界，生活在钢筋水泥的高楼里。诗人和文学家却沐浴着自然的恩赐，追求在大地上诗意地栖居。何其芳是大地的忧郁者，有唯美化的艺术倾向，《独语》蕴藏着一份哀怨、沉郁的孤独和语言的精致和华丽。余光中以诗著名，他的散文也自成一家，《听听那冷雨》以诗的语言，创造出诗的意境，化古典为现代，游走于文化与自然之间，有着幻美的瑰丽和神奇。李长之的《大自然的礼赞》独辟蹊径，既礼赞大自然的永恒、伟大和庄严，又提出了人在自然中的限度问题。刘亮程的《寒风吹彻》由自然的寒风联想到生命的寒风，有对当下城市化进程以剥夺自然为代价的忧思，呼唤着人间的悲悯和关爱。周涛的《大树和我们的生活》把人的生命、智慧和情感融入对大树的想象和书写，它告诉我们这样一个道理："一棵大树，那就是人的亲人和老师。"人类一直视自己为主宰，时时摆出一副居高临下的样子，殊不知在茫茫苍穹间，人的力量实在是渺小得很，生命极其短暂，所知相当有限。"人一生都在说话，声嘶力竭，奔走呼号"，树却不言语，如一位智者，观望和冥思，任时间如长河般滔滔流逝。它目睹帝王骄奢，权势更迭和世态炎凉，看尽世间愁苦和喜悦，用年轮"一圈一圈"悄然记录历史，用自己的生命完成对万物生命的领悟。在树面前，人疲于奔命，由一个欲望所指引的目标奔向下一个目标。步履匆匆，困倦不堪。苇岸是中国的亨利·梭罗，他的散文犹如梭罗的《瓦尔登湖》一样，思考着大地上的事情。他不是站在大地之上想象大地，而是融入大地之中，成为大地的一部分，聆听大地的声音，思考大地上的鸟儿和植物等事情，他是一个自然主义者，读他的文字，如喝了大地的乳汁，有着质朴的醇香和美感。

大地是有生命的，所以，人应善待大地，善待大地上的一切生命。读张晓风的文字，总能感觉到大悲悯和大惊喜。她自称是"被送来这世界观光的客人"，以"惊奇和喜悦看青山绿水，看生命和知识"。她在自然中体悟人生，体验生命的力量，倾听神性的声音。汪曾祺的散文似叙事，似说理，也似抒情，饱含情趣，各有禅机。他的《昆虫备忘录》娓娓而谈的都是自然界一些不起眼甚至有时令人讨厌的小昆虫，以及有关小昆虫的人情俗事。有复眼的苍蝇、蜻蜓；有尖头和方头的蚂蚱；有叫"花大姐"的瓢虫；有力气很大的独角牛、会磕头的磕头虫；也有食量惊人的蝇虎和让人讨厌的狗蝇。用笔简约，语言纯净，不事结构，少雕饰，不矜持作态，幽默而富有童趣，突出了日常生活的平淡与真实，表现一种文人的品位与感悟。汪曾祺的散文追求一种平淡而家常的风格。

文化是人类的精神居所。德国哲学家恩斯特·卡西尔在《人论》中认为："作为一个整体的人类文化，可以被称之为人不断自我解放的历程。"人类追求和创造文化的过程不但是一个脱离自然状态进入自由、自觉境界的解放过程，同时也带来自我束缚、自我遮蔽。人类与文化的关系既是一种相互提升与创造的关系，同时也存在着挣扎、撕裂的矛盾冲突，人类不断反叛着旧文化，创造新文化，甚至走向反文化，皈依自然和心灵。对现代中国人而言，对"人与文化"之关系作纯粹本体论意义上的反思，似乎还不那么迫切，而感受更深的则是现代中国文化发展中的现实问题，诸如传统与现代、西方与东方以及文化各门类之间的复杂关系。郭沫若的《我们的文化》充满着文化创造的浪漫想象，追求民族复兴与文化复兴的大统一，"世界是我们的，未来的世界文化是我们的"。重读这句话，让我们体验到了那一代人所拥有的豪迈而令人尊重的文化理想！林风眠的《东西艺术之前途》所讨论的问题在今天仍继续讨论着，随着经济全球化时代浪潮的到来，东西方文化和艺术的命运如何？林风眠提出和坚持"介绍西洋艺术，整理中国艺术，调合中西艺术，创造时代艺术"的主张，在今天依然具有指导性意义。王蒙认为，在生活的大海上，每个人都应当作一次明朗的航行。他的《在声音的世界里》表达了对音乐的共鸣，因为热爱，所以倾听。王富仁是一位研究中国现代文学的学者，学术理性与人生体验让他的《墙与门》充满了独特的睿智和个性，体现了学者散文的智性风格。肖川的《教育永恒的支柱：历史与文学》无疑对当下教育有着启示意义，它所提出的"历史和文学应成为教育永恒的支撑"，值得教育者和受教育者做深刻的反思和警醒。文化即人化，文化问题说到底还是人的问题。无论是对文化的想象与设计，还是对文化所指涉的现实的忧思，最终都会落脚在人的现实体验，落脚到人的安身立命之处。

人文情怀始终是社会人生的价值向度。仁者见仁，智者见智。朱光潜提倡人生艺术化和情趣化。"人生本来就是一种广义的艺术"。艺术化的人生即处于一种自由自在的状态，"解除心与物的对立"，摆脱物欲的羁绊，"无所为而为"。通过培养与丰富人的情趣，超越狭隘的功利性，持有一种"慢慢走，欣赏啊"的人生态度。中国现当代散文内涵丰富，写人、写事、写物都有，从自然到文化，从写实到回忆，不拘一格，形式多样。人文情怀又是一种基于人之为人的反思态度和批判精神，是对人之所以为人所持守的价值目标，如人的尊严、理想、美德和自由等。在一个物质至上的时代，人如果仅仅追逐着物质的疯狂，就会行走在没有阳光的通道里。科学技术无法完全解决人的生存的意义问题，它能够告诉我们如何有效地解决问题，但不能告诉我们为什么要解决这个问题，或者说它为什么成了一个问题，诸如人生的痛苦、欢乐、不幸、爱与幸福，科学都无法做出最终的解释。社会和人生的意义还来自文化传统，需要历史的传承和参与，需要精神的调适和平衡。散文不过是它的一种言说方式而已。

《受戒》与一九八〇年代的文化寓言

在 1980 年代，文学思潮流派不断更替，作家呈现群体化，汪曾祺却是一个难以归类的作家。有人说他是中国"最后一个士大夫"[1]，也有说他是先锋派作家；有的把他放在寻根文学里，也有的将他看作是乡土文学作家。他的代表作《受戒》在《北京文学》1980 年 10 月号发表后，凭借其小说的散文化、诗化的风俗描写和潜意识心理的流动等文体实验获得了文学评论家们的高度赞赏，又以反抗禁忌，彰显和尚的七情六欲以及爱情的美丽等美好人性而得到了社会读者广泛的喜爱和认同。但对它的归类也是颇让文学史踌躇的。陈思和主编的《中国当代文学史教程》把《受戒》与邓友梅

---

[1]　陈红军：《汪曾祺作品研讨会纪要》，《北京文学》1989 年第 1 期。

的《烟壶》放在"乡土市井"小说里面，但又采用一个诗一般的标题："大地上涌动着人生的欢乐"，显然是不一致的[1]。吴秀明却将它放在"寻根文学"里面，与《棋王》《爸爸爸》《小鲍庄》《红高粱》一个系列[2]。孟繁华将它放在"主潮之外"，却给它一个"东方风情"的标题和命名[3]，感觉有些枘凿不合。杨匡汉选出共和国文学60年60部代表性作品，《受戒》被作为1980年的代表作[4]。由此可见，《受戒》是一部不可忽视但又难以准确定位的经典之作。

小说既传承了传统艺术的表现手法和传统文化的精神底蕴，又吸收了西方现代小说的创作技巧，比如意识流手法的运用，有故事但又淡化情节，打破线性发展、因果对应的传统叙事逻辑等，在1980年代热闹而喧嚣的文坛，以其静寂和独特而引人注目。它不同于当时流行的伤痕文学和反思文学的写作路径，而将故事拉回到作者"四十三年前的一个梦"，但《受戒》的发表、传播和影响却有特定的历史背景，那是一个被王蒙成称为"要快乐，也要小心"的年代[5]。汪曾祺自己也感觉得到，"发表这样的作品需要勇气"，但他又特别自信，或者说是申明自己："我的作品的内在的情绪是欢乐的"，"是引人向上的，是可以增加人对于生活的信心的"[6]。显然，《受戒》的发表对当时的文学思想和文学形式有着一定的"破戒"作用。

1　陈思和：《中国当代文学史教程》，上海：复旦大学出版社，1999年，第247页。

2　吴秀明：《当代中国文学六十年》，杭州：浙江文艺出版社，2009年，第206页。

3　孟繁华：《中国当代文学通论》，沈阳：辽宁人民出版社，2009年，第251页。

4　杨匡汉、杨早：《六十年与六十部》，北京：三联书店，2009年。

5　王蒙：《王蒙自传·大块文章》，广州：花城出版社，2007年，第5页。

6　汪曾祺：《关于〈受戒〉》，《汪曾祺全集》第9卷，北京：人民文学出版社，2019年，第147页。

小说营造了一种自然纯朴、自在洒脱、赏心悦目的"桃花源"世界，庵赵庄的自然风光亲切而美丽，寺庙和农家生活悠闲而温馨，这是一个诗意的世界。特别是小说中性与情欲的自然流露、世俗生活对宗教戒律的破除，给那个时代以强大的诱惑与反叛力量。小说表现了"出家"即居家，僧人即俗人，庙里庙外都有快乐的生活。当和尚成了一种谋生的职业，与俗人没什么不同，可以自如地享受尘世之乐，可以娶妻、找情人、谈恋爱，还可以赌钱、杀猪、吃肉喝酒、放焰口，可以唱"姐儿生得漂漂的，两个奶子翘翘的。有心上去摸一把，心里有点跳跳的"这些勾人遐想的小调山歌。一场大焰口过后，总会有一个两个大姑娘、小媳妇失踪——跟和尚跑了。小明子的家乡出和尚，如同有的地方出劁猪的，有的地方出织席子的，有的地方出弹棉花的，有的地方出画匠，有的地方出婊子一样。佛门没有任何清规戒律，虽然有"大肚能容容天下难容之事，开颜一笑笑世间可笑之人"和"一花一世界，三藐三菩提"的对联，有开山门、烧香、磕头、敲磬、撞钟、唱经等佛家生活，吃斋、化缘、受戒、放焰口等也还带些法事的味道，但扫地、挑水、喂猪、画绣稿、打谷子、踏水车、唱山歌、喊号子已完全是世俗生活了。

小说里的寺庙和乡村都是一个有诗性而无神性，有信心而无信仰的世界，它有恬适而美丽、悠闲而快乐的生活景象，有浪漫而抒情，充实而自足的生活方式，有着典型的世俗社会的伦理特点。小明子当和尚是他爹、他娘就和当和尚的舅舅商议、决定的，"他当时在旁边，觉得这实在是在情在理，没有理由反对"。所在的"情"和"理"就是他家的田少，已够老大、老二、老三种的了，他是老四，没有地了。再就是当和尚还有许多好处，可以吃现成饭，可以攒钱娶亲买田。世上有这等好事，何乐而不为呢？小说里还有一个细节，当小英子的母亲赵大娘看了明海画的画，说"你真聪明！你给我当一个干儿子吧！"于是，小明子跪在地下磕了一个头，从此就叫小英子的娘做干娘。拜干亲也是伦理社会的特点。荸荠庵里有佛像，有和尚，却没有虔诚的信徒。汪曾祺说："和尚也是一种人，他们的生活也是一种生活。凡作为人的七情六欲，他们皆不缺少，只是表现方式不同而已。"[1]的确，小说最令人惊羡的是出家和尚依然尽情享受着世俗生活的美好，体验着人性本真的自由和快乐，没有任何清规戒律的束缚，世俗和寺庙之间没有阻隔，表现了"对神的嘲弄，对人的自然情感与生活权利的肯定"[2]。小说写了一个法名普照的老和尚，"是个很枯寂的人"，一天关在房里，但也"看不见他念佛，只是那么一声不响地坐着"。

庙里的和尚如此，当地的居民也是这样。英子一家有田有地，有鸡鸭，有手艺，男耕女织，温饱无忧，"日子过得很兴旺"。"房檐下一边种着一棵石榴树，一边种着一棵栀子花……栀子花香得冲鼻子。顺风的时候，在荸荠庵都闻得见。"周边的人们栽秧割稻，相互帮助，不收工钱，两头见肉，顿顿有酒。干活时，还敲锣打鼓，唱着歌；农闲时，各忙各的，没有紧张。他们过的是一种世外桃源式的生活，富有诗意和梦幻色彩。他们的住处紧挨着荸荠庵，但并不去拜神信佛。他们没有道德的约束，享受着自然的天性和生活的馈赠。一次，小英子和明海看萤火虫飞来飞去，看天上的流星。小英子说"忘了在裤带上打一个结！"，因为这里的人相信，在

1   汪曾祺：《关于〈受戒〉》，《汪曾祺全集》第9卷，北京：人民文学出版社，2019年，第145页。

2   季红真：《传统的生活与文化铸造的性格》，《北京文学》1983年第2期。

流星掉下来的时候在裤带上打一个结，心里想什么好事，就能如愿。这可说是小说里唯一写到的生活"禁忌"，却成了表达爱情的许愿。

小说里最为美丽而动人的地方是小明子和小英子的爱情。小明子与小英子初次相见，小英子就询问"当和尚要烧戒疤呕！你不怕？"小明子还有些羞怯，小英子就大方地说："明子！我叫小英子！我们是邻居。我家挨着荸荠庵。——给你！"英子把吃剩的半个莲蓬扔给了明海。后来，当小英子在烂泥里踩荸荠的时候，"老是故意用自己的光脚去踩明子的脚"，"她挎着一篮子荸荠回去了，在柔软的田埂上留了一串脚印。明海看着她的脚印，傻了。五个小小的趾头，脚掌平平的，脚跟细细的，脚弓部分缺了一块。明海身上有一种从来没有过的感觉，他觉得心里痒痒的。这一串美丽的脚印把小和尚的心搞乱了。"这里不乏"性"的暗示，但写得非常美而脱俗。当得知小明子要去"受戒"时，他们有简单的问答："我划船送你去。""好。"在"受戒"中，"我来接你！""好！""受戒"之后，在回家的船上，有一场大胆而直白的交流。小英子把桨放下，走到船尾，趴在小明子的耳朵旁边，小声地说："我给你当老婆，你要不要？"小明子先是惊奇、诧异，后来大胆地说出了"要——！"两只桨飞快地划起来，划进了芦花荡。

在这里，小说所要渲染的是和尚明海与农家少女小英子之间所萌发的纯真无邪的爱情，由此赞美人性的纯洁和世俗生活的美好。受戒本来是佛教信徒出家为僧尼，需在一定的仪式下接受戒律。如不杀生、不偷盗、不邪淫、不妄语、不饮酒等五戒，是佛教的基本戒律。但小说所写的"受戒"形同虚设，破除戒律没有任何顾虑和思量。也许小说试图将佛教的世俗化和人情化统一起来，表明

"佛"在生活之中，合乎人情人性也是符合"神性"的。小说以"受戒"为题，所隐含的是"谁戒谁"或"谁受谁的戒"的寓意。二师父仁海可以接师母住在荸荠庵里消夏，三师父仁渡因会飞铙的绝技而有着不止一两个相好的，就连资深的老方丈也藏着一个19岁的小老婆。在这样的环境里，明海与小英子的恋情也就没有什么清规戒律可"受"、可"破"的了，而是多么自然、合情合理的事了。

让我们重新玩味和反思的却是作者欣赏而赞叹的情感态度。它有作者个人的情感想象，也有渎神时代自娱的快乐。我想，汪曾祺将人指向了诗性的美丽和生活的自适，说不定正好领悟到了渎神背后的馈赠，为了抚平心灵的焦灼而放低思想的头颅，是否也是1980年代的文化寓言？在神权政治被解构之后，人的各种生活欲望都有了释放的合理性。作者说，这是他的一个"梦"，"四十多年前的事，我是用一个八十年代的人的感情来写的。《受戒》的产生，是我这样一个八十年代的中国人的各种感情的一个总和"[1]。我们可以反问的是，这是否有现代启蒙精神的撤退和掩藏？因神的缺席，可否由诗性去填充和代替？像中国传统诗学和美学所做的那样。当佛陀或神性隐入幽暗之时，人的世俗欲望是否有了妄行的理由？这是对佛陀的叛离，还是承纳了神性的默契？我不知道。这是不是小说的奥秘？我也说不准。

有一个名叫麦高温的英国传教士，当他在中国的寺庙里看到了这样的景象：人们一边抽烟，"一边说笑"，"丝毫没有意识到他们

1　　汪曾祺：《关于〈受戒〉》，《汪曾祺全集》第9卷，北京：人民文学出版社，2019年，第149页。

对带着慈祥温和的面孔俯视他们的'观音菩萨'有什么不恭之处"，由"荒诞滑稽的笑话"引出了的"说笑声回荡在寺院上空"[1]。于是，他感叹道："中国人对信仰绝对缺乏崇敬，缺乏感情或者叫做奉献精神。"[2]晚清年间的另一位传教士杨格非也在给教会的报告中说："中国人似乎是我所见到和了解到的最漠不关心、最冷淡、最无情、最不要宗教的民族。"[3]这也让我想起了鲁迅。鲁迅从宗教的信仰里看到了中国人的"没有'坚信'"，"无特操"，认为中国人"有迷信，也有'信'，但好像很少'坚信'"，"崇孔的名儒，一面拜佛，信甲的战士，明天信丁"[4]。他得出的结论是："吃教"两字，"真是提出了教徒的'精神'。"[5]由这里鲁迅看到了"做戏"的"虚无党"，"对于神，宗教，传统的权威"，"善于变化，毫无特操，是什么也不信从的，但总要摆出和内心两样的架子来"[6]。当然，鲁迅在这里主要批评的是"中国的一些人，至少是上等人"，实际上大部分中国人都有这样的特点，"天地大戏场"，有着"普遍的做戏者"[7]。鲁迅深深懂得宗教对于一个民族的意义，他从希伯来民族那里得到过启示："希伯来之民，大观天然，怀不思之义，则神来之事与接神之术兴，后之宗教，即以萌蘖。虽中国志士谓之迷，而吾则谓此乃向上之民，欲离是有限相对之现世，以趣无限绝对之

1　［英］麦高温：《中国人生活的明与暗》，北京：时事出版社，1998年，第151页。

2　［英］麦高温：《中国人生活的明与暗》，北京：时事出版社，1998年，第152页。

3　顾长声：《从马礼逊到司徒雷登——来华新教传教士评传》，上海：上海人民出版社，1985年，第189页。

4　鲁迅：《运命》，《鲁迅全集》第6卷，北京：人民文学出版社，1981年，第131页。

5　鲁迅：《吃教》，《鲁迅全集》第5卷，北京：人民文学出版社，1981年，第310页。

6　鲁迅：《马上支日记》，《鲁迅全集》第3卷，北京：人民文学出版社，1981年，第328页。

7　鲁迅：《宣传与做戏》，《鲁迅全集》第4卷，北京：人民文学出版社，1981年，第338页。

至上者也。人心必有所冯依，非信无以立，宗教之作，不可已矣。"[1]宗教不同于迷信，迷信是虚妄的、盲目的，宗教却是人类"达观"态度、"向上"精神和"绝对"意志的体现。反观中国却是"本根剥丧，神气旁皇"[2]，所崇拜的"不在无形而在实体，不在一宰而在百昌，斯其信崇，即为迷妄"[3]。鲁迅为无信仰的中国，为无"特操"的中国人而深感忧虑，因为信仰是一个民族的"本根"和"神气"，有了它们才不会去"崇信"带有利益的"实体"，才不会陷入"迷信"和"虚妄"。

汪曾祺曾经说起过，写作《受戒》是受了沈从文《边城》的启发。实际上，《受戒》所描写的寺庙生活与鲁迅的散文《我的第一个师父》有非常相似的内容，不知《受戒》是否也受了鲁迅潜移默化的影响？小时候，鲁迅拜了一个和尚"龙师父"，他"平常不念经，只管着寺里的琐屑事"，"不说戒律，不谈教理"，"穿起袈裟来做大和尚"，"戴上毗卢帽放焰口"。在鲁迅眼里，"他不过是一个剃光了头发的俗人"。他娶了老婆，还生了四个小孩，住在庙里，都成了和尚，也有了自己的老婆。但在鲁迅叙述自己的"师父"和"师兄"时，时有揶揄，有着鲜明的讽刺特点，比如说"大和尚的儿子做小和尚，我那时倒并不觉得怎么稀奇"，"以为和尚只记得释迦牟尼或弥勒菩萨，乃是未曾拜和尚为师，或与和尚为友的世俗的谬见"，"我所熟识的，都是有女人，或声明想女人，吃荤，或声明想吃荤的和尚"[4]。鲁迅不无幽默地多次提到三师兄的"不地道"，

1   鲁迅：《破恶声论》，《鲁迅全集》第8卷，北京：人民文学出版社，1981年，第27页。
2   鲁迅：《破恶声论》，《鲁迅全集》第8卷，北京：人民文学出版社，1981年，第23页。
3   鲁迅：《破恶声论》，《鲁迅全集》第8卷，北京：人民文学出版社，1981年，第28页。
4   鲁迅：《我的第一个师父》，《鲁迅全集》第6卷，北京：人民文学出版社，1981年，第579页。

没有师父的坦诚，不愿意说自己有了老婆。文章最后写道："我"的三师兄有了三个家："寺院""父母的家"和"他自己和女人的家"[1]，隐含其间的依然是鲁迅一贯的冷幽默所展现的批判眼光。

汪曾祺在《受戒》里对荸荠庵的世俗生活给予充分肯定，字里行间不无称赞和欣赏。如写和尚们经常在寺庙里"打牌"："这是个打牌的好地方。把大殿上吃饭的方桌往门口一搭，斜放着，就是牌桌。桌子一放好，仁山就从他的方丈里把筹码拿出来，哗啦一声倒在桌上。斗纸牌的时候多，搓麻将的时候少。牌客除了师兄弟三人，常来的是一个收鸭毛的，一个打兔子兼偷鸡的，都是正经人。"在这一段里，一开始就说这是个打牌的"好地方"，又说打兔子兼偷鸡的，都是"正经人"，既然是偷鸡摸狗，怎么会是正经人？让人难以理解，但作者却采用了一副赞赏的叙述语气，有着直露的欣喜情感。小说写了和尚们"吃肉不瞒人。年下也杀猪"，一切都和在家人一样。并且把杀猪的过程细节化，什么"开水、木桶、尖刀"，"捆猪的时候，猪也是没命地叫"。跟在家人不同的是多了一道仪式，给即将升天的猪念了一道"往生咒"，神情虽然很"庄重"，但实际上却有戏谑效果，什么"一切胎生、卵生、息生，来从虚空来，还归虚空去，往生再世，皆当欢喜。南无阿弥陀佛！"最后是三师父仁渡一刀子下去，鲜红的猪血就带着很多沫子喷出来。这样细致入微的描写着实让人能真切感受到出家人的"在家"生活，也许还有独特风情的展示，但也有让人不可理解的地方，作这样赞赏式的细节描写，包括对放焰口拐跑女人等情节，自然有其生动的地方，有风土人情的魅力，也许的确是真实的情形。但作者

1　　鲁迅：《我的第一个师父》，《鲁迅全集》第6卷，北京：人民文学出版社，1981年，第581页。

隐含在叙述里的赞许和欣赏眼光，却让人感受到启蒙价值的迷失，有值得反思和警醒的地方。

的确，中国人的信仰常常将现实伦理与日常生活融入其中，还渗透着迷信和巫术，具有鲜明的功利性和泛神论特点，甚至还有些渎神的倾向，如《受戒》里的杀猪、吃肉、赌钱、养老婆、唱花调等，显然不是严格意义上的和尚行为，有渎神的嫌疑，至少是不敬和轻慢之举。同时也要注意到，如马克斯·韦伯在《儒教与道教》里所指出的，中国的宗教"都是此岸性的"，比起任何地方、任何时期的宗教，它的"此岸性都要强烈得多"[1]。中国人出于实际生活的目的，如祛病、去灾、除祟、辟邪和求子等，就去烧香拜佛、许愿还愿，想借助宗教来解决具体的生活问题。他们并不是把神灵看作是彼岸的世界，也不是作为道德修养和灵魂得救的方式。他们不在乎宗教的教义和教派，甚至是笼统地信仰，如同多个朋友多条路，多个神灵有帮助一样。可以不懂得因缘、轮回学说，但可以相信佛陀。不理解虚空无为，却可以是道教的信者。他们把观音称作菩萨，也把女人乃至妓女叫作观音的。沈从文在《一个多情水手与一个多情妇人》里就写到了一个妓女被称作"观音"的话，说"夭夭，夭夭，你打扮得真像个观音"[2]。沈从文的小说《哨兵》也有这样的描述："庙宇的发达同巫师的富有，都能给外路人一个颇大的惊愕。地方通俗教育，都全是鬼话：大人们在孩子还很小的时候，就带进庙里去拜菩萨，喊观音为干妈，又回头为干爹老和尚磕

1　［德］马克斯·韦伯：《儒教与道教》，北京：商务印书馆，1995年，第195页。
2　沈从文：《一个多情水手与一个多情妇人》，《沈从文全集》第11卷，太原：北岳文艺出版社，2002年，第265页。

头。"[1]从这个意义讲，《受戒》所表现的荸荠庵是中国人信仰世界的真实写照，是一种既僧又俗，不僧不俗的生活方式，有着无佛即佛的精神状态。但作者应该有自己恰切而适宜的立场，应该拥有五四新文化以来所确立的理性精神和启蒙眼光。

中国现代抒情小说，从鲁迅的《故乡》《伤逝》《在酒楼上》《孤独者》等到沈从文的《边城》，废名的《桥》，冯至的《伍子胥》以及萧红的《呼兰河传》，芦焚的《果园城记》等，都以其"诗性"显示出丰富的艺术魅力。它们表现了人性的淳朴和美丽，自然的和谐与神性，却有着特定的时代背景和现实感受，废名以小说方式写出了传统社会溃败的挽歌，沈从文则希望借助小说重建现代人的道德和理想。我想，如果将《受戒》看作是1980年代的文化寓言，也许会更接近作者的意图。它是对被时代扭曲的一个"梦"的回忆和召唤，是中国社会的"生活"与"信仰"关系的世俗性还原。

1 沈从文：《哨兵》，《沈从文全集》第2卷，太原：北岳文艺出版社，2002年，第378页。

《穆斯林的葬礼》与一九八〇年代现实主义的美学装置

　　《穆斯林的葬礼》是一部拥有现实主义特征但又近于模式化的小说。它虽拥有茅盾文学奖的声誉，但也承受着文学史经典化书写的考验。它所建构的悲剧爱情及其文化内涵，对普通读者具有相当的吸引力；它所呈现的人性真实和批判意识，具有1980年代现实主义文学装置的典型特征。与此同时，它的故事设计、细节刻画和语言表达也存在刻板、重复和浮泛现象，显露出现实主义文学特点和局限。

　　重读《穆斯林的葬礼》，主要来自20年前的记忆。当时正值思考和写作中国文学与基督教文化关系问题，大量阅读书写宗教文化的作家作品，《穆斯林的葬礼》就成了阅读对象，当时我就被小说跌宕起伏的故事情节和变幻曲折的人物命运所打动，今天重读小说，却产生了一定的不适和隔膜。《穆斯林的葬礼》1987年初版，1991年荣获第三届茅盾文学奖，2012年再版。它以一个北京穆斯林家族为对象，通过对1917年到1979年家族三代人生活的叙述，展现社会历史变迁和人物命运的沉浮，表达传统文化记忆和民族身份认同，以及对美好爱情的向往和真实人性的叩问。《穆斯林的葬礼》可说是1980年代现实主义文学标准文本，既比较完美地体现了现实主义创作的典型性、史诗化和批判性特征，又显露出1980年代现实主义的创作困境。讨论中国当代文学问题，现实主义就是一个无法回避的话题，因为它牵涉文学与社会现实关系，以及创作方法和作家精神限度等问题。人们将现实主义回归看作是1980年代思想解放的产物，以文学"真实性""客观性"和"反思性"为原则，回应社会现实和思想文化诉求，创作出具有典型性、史诗性和审美性的文学世界。《穆斯林的葬礼》就拥有这样的现实主义美学装置，同时也带有现实主义局限及其创新期待。

一、身份认同与现实主义的文化拓展

《穆斯林的葬礼》对历史创伤、文化记忆和民族身份的书写超越了同时期长篇小说，建立了自己的创作特色和优势。作者霍达这样概括小说内容："写一个穆斯林家族从1919年到1979年这60年间的变迁兴衰，三代人的命运沉浮，两个发生在不同时代却又交错扭结的爱情悲剧"[1]。这里的"家族兴衰""时代沉浮"和"爱情悲剧"三个关键词就落入了现实主义的创作俗套，如表现"家族"和

1　　霍达：《我为什么而写作》，《霍达文集》第6卷，北京：北京十月出版社，1999年，第55页。

"时代"悲剧，实际上也是现代小说主题，巴金的《家》《春》《秋》，老舍的《四世同堂》，端木蕻良的《科尔沁旗草原》和路翎的《财主的儿女们》等都有这样的内容设计，《穆斯林的葬礼》的独特性是在"家族""时代"的"悲剧"故事里巧妙地植入文化记忆和民族认同，为小说赋值文化身份，在书写历史和现实中着力打造小说的文化品格。小说中韩子奇和梁君璧是作者精心刻画的人物形象。小说将韩子奇置于战争与革命、政治与家庭的矛盾以及传统文化和伊斯兰文化的融合。他本身是一个孤儿，在流浪中被穆斯林家庭收养，留在家里做玉器学徒，后来与师傅的女儿结婚，为生活和命运而挣扎，却始终不忘发扬博大精深的玉文化。他为人谦和善良，"用勤奋的双手、恭顺的笑容、和善的言语，求得自己的生存和别人的容忍"[1]。他的妻子梁君璧一生坚守穆斯林宗教信仰，忍辱负重，善良而执着。小说以大量篇幅书写玉文化和伊斯兰文化，表达出强烈的民族文化认同。"文化认同"也是小说的重要主题，包括物质文化之玉和宗教文化穆斯林，小说主要就是表达韩子奇和梁君璧对玉文化和穆斯林的执着信仰及其身份认同。这也是1980年代长篇小说不同于过往之处，通向文化也是1980年代现实主义文学自我突围的抓手，寻根文学就是重要例证，就是《钟鼓楼》《浮躁》《古船》《活动变人形》等也拥有相当丰富的文化含量。

小说采用双线并行结构，着墨最多的是"玉"文化和穆斯林文化。以"玉"之名的章节主要叙述"博雅"宅玉器家二代传人梁亦清与白氏，韩子奇与梁君璧、梁冰玉两姐妹的人生悲剧；以"月"之名的章节主要书写韩家第三代韩天星和韩新月的爱情悲剧。小说

1   霍达：《穆斯林的葬礼》，北京：北京十月文艺出版社，2012年，第110页。

中的"玉"赋意丰富，既指人物形象品质高洁，也指文化精神的高贵，拥有丰富的文化寓意。"玉"在中国文化传统里也素有美好品德和君子风范之意。《世说新语》记有庾亮去世，扬州刺史何充亲临葬礼，"埋玉树著土中，使人情何能意已已"[1]。将庾亮比作玉树，说明他姿容美丽而有才干。玉器还别作为珍贵礼物赠送亲友，表达友情和爱情的纯真。《诗经》曰："我送舅氏，悠悠我思。何以赠之？琼瑰玉佩。"[2]也有"投我以木瓜，报之以琼琚"，"投我以木桃，报之以琼瑶"，"投我以木李，报之以琼玖"，[3]"琼琚""琼瑶"和"琼玖"都是女子回赠男子的美玉，寄托男女"永以为好"的纯洁爱情。《穆斯林的葬礼》中韩子奇出身低微，却立志振兴玉器，弘扬玉文化，为玉而生，为玉而死，终成一代"玉王"，显然不无理想化或者说理念化的形象塑造痕迹。小说还津津乐道于各种穆斯林文化习俗，包括穆斯林的历史演变、婚丧嫁娶、礼拜和祷告以及饮食起居，等等。如写梁君璧和韩子奇，韩天星和陈淑彦的婚礼，从器具到排场，从教规仪式到心领神会，既写现实场景又引经据典。小说名为"葬礼"，就特别细致地描写了两次穆斯林葬礼，一次是梁亦清的葬礼，写他老实本分，手艺精湛，不善变通，最终含恨而死。他的葬礼也很简朴严肃，八个穆斯林小伙将其抬出家门，一路泥符，走向墓地，在《古兰经》诵声中，用新土填平深坑，葬礼就此结束。另一次是韩新月的葬礼，也成了小说的高潮。气氛肃穆，哀悼默默，洗礼庄重，一路肃然。从临终前"清真言"到最后的试坑、守葬、诵经等，严格遵守伊斯兰的丧葬礼仪，体现了速

1   余嘉锡：《世说新语笺疏》，北京：中华书局，2011年，第554页。
2   《诗经·秦风·渭阳》，《十三经直解》第一卷，南昌：江西人民出版社，1993年，第591页。
3   《诗经·卫风·木瓜》，《十三经直解》第一卷，南昌：江西人民出版社，1993年，第545页。

葬、土葬和薄葬等特点。

文化塑造人，如同卡西尔《人论》所说，人是文化符号的动物，"只有这样，我们才能指明人的独特之处，也才能理解对人开放的新路——通向文化之路"[1]。小说主要借助梁君璧这个人物形象展示文化的意义，反思其弊端。梁君璧虔诚信奉伊斯兰教，定时做礼拜，严守教规，甚至以教规约束他人，最终导致姐妹失和及其儿女婚姻的悲剧。她虽然聪慧能干，但又独断专横，坚韧刚烈却又冷酷无情，隐忍倔强而又刚愎自用，既信仰真主又有门第观念，既有坚定的宗教信仰又相信"钱是人的血脉"，"有钱，人才能在人前直起腰来"，呈现出文化性格的复杂性与丰富性。韩子奇和梁君璧的婚姻是社会历史悲剧，也是文化悲剧。韩子奇出于报恩而与梁君璧结婚，在英国又与梁君璧的妹妹梁冰玉相爱，并且生下了女儿韩新月，伊斯兰教义不允许娶两姐妹为妻，梁冰玉只得长期流落海外。1949年后，韩新月在大学里又爱上了老师楚雁潮，也遭到梁君璧的报复。梁君璧的儿子韩天星与师妹相爱，也被她拆散，因为在她眼里，"男婚女嫁，历来都找回回人家，不能跟汉人做亲"。文化意识带来人物悲剧命运，这也就深化了小说的文化内涵。小说还设计了一条文化线索，叙述伊斯兰文化和华夏文化的撞击和融合，表现中华民族的文化共同体意识，借助文化认同和身份反思呈现小说的思想向度，只是在叙述时不得不小心翼翼时而左支右绌。如对"春节"的叙述，说"春节是华夏族的新年，按说没有穆斯林的事儿；《古兰经》里找不到这个词儿"。依照穆斯林的传统，他们最重要的节日是斋月结束时的"开斋节"和朝觐结束时的"宰牲节"，

1　　［德］恩斯·特卡西尔：《人论》，上海：上海译文出版社，1985年，第34页。

"其规模之盛大、气氛之热烈，决不亚于汉人的春节和西方的圣诞"。小说写道："北京的穆斯林毕竟长期生活在汉人占绝大多数的燕京古都，说汉语，用汉字，甚至连衣着也已经和汉人没有多少差别，他们不仅过自己的节，而且渐渐地对汉人的节日也不再漠然旁观了，六月初一，八月十五……尤其是春节，也就当成了他们的节日。"特别是和汉人子女一起长大的孩子们。但是，穆斯林的春节又与汉人不完全相同："鞭炮是不放的，年初一是不吃饺子的，改为年糕和卤面。"这样就出现了"逐渐汉化而又惟恐全盘汉化"的艰难状态，于是，小说特别说明，它们是"北京的穆斯林约定俗成的自我调整和自我约束"，"到了宁夏、新疆、大厂、云南……的穆斯林聚居区，则又不同了"[1]。小说大量书写北京地方的民风民俗，同时兼顾民族特色，也要考虑民族大家庭的相融性。这样，作者的顾虑就多了，包括对韩子奇迷恋玉文化，梁君璧的性格转变，作者都试图从传统文化和伊斯兰文化里找到答案，但又语焉不详，不得不模糊化处理。尤其是韩子奇的身份也让作者左右为难，初版本韩子奇在临终时透露自己是汉人，修改本却有意模糊了韩子奇的民族身份。初版本韩子奇临死时很恐惧："我……能算是个……穆斯林吗？"他心中保守着一个秘密，"他终于以颤抖的、嘶哑的声音交出自己的秘密！""我……是汉人的孤儿，吐罗耶定巴巴收养了我，可是我欺骗了他，也欺骗了师傅，欺骗了……你！我一直……不敢说，我怕……"，韩太太和儿子儿媳目瞪口呆，"韩家的后代身上原来是流着回、汉两个民族的血液"[2]。韩太太不敢相信，认为他一

1　　霍达：《穆斯林的葬礼》，北京：北京十月出版社，1988年，第162页。
2　　霍达：《穆斯林的葬礼》，北京：北京十月出版社，1988年，第735页。

辈子谨守规矩，做了大事业，一辈子都遵从真主的旨意，她也原谅了他与妹妹的事，"他是个真正的回回，真正的穆斯林决不能让他在最后的时刻毁了一生的善功！"[1]她叫他向主"讨白"，赎清一辈子罪孽。修改本韩子奇在临死之际为自己虽信仰真主，但没有完全遵行《圣训》的"念、拜、课、斋、朝"基本义务而深感愧疚和恐惧，于是虔诚地念诵清真言而向黑暗走去。文化不仅仅是观念性存在，更是在历史中建构和实践，它既给人安全感，也束缚着人们的思想观念。文化无高低，文明是指向，只有融入人类文明的问候才有永久生命力，文明才代表着人类的终极价值。当然，如果文明离开了文化形式和现实实践，它也就成了一句空洞的口号。

二、爱情悲歌与现实主义历史书写

众所周知，现实主义追求真实性原则，确立文学与现实密切关系，强调一切从生活出发，真实地再现历史，并且，因为真实，所以感人。就一般读者，《穆斯林的葬礼》是一本拿起来就放不下的小说，它最能打动读者的是小说描写爱情婚姻的悲欢离合。小说主要写了父女两代人的爱情悲剧，父辈韩子奇与梁君璧和梁冰玉两姐妹的感情悲剧，女儿韩新月与楚雁潮荡气回肠的爱情悲剧，它们都是能留住读者的地方。韩子奇与梁君璧是一个俗套的爱情与恩情故事，为了担负振兴奇珍斋重任，徒弟韩子奇与师傅女儿梁君璧结了婚，两人开始同心协力，历经种种磨难，终让奇珍斋再获新生，韩

1　　霍达：《穆斯林的葬礼》，北京：北京十月出版社，1988年，第736页。

中国现当代文学
思想史论丛

子奇名满京城。由于民族战争爆发，为了保住视若生命的玉器，韩子奇抛妻弃子，出走英伦。他在异国他乡举办玉展，传播中国文化，还与妻子妹妹梁冰玉发生了不伦之恋，生下了女儿韩新月。抗战胜利后，他带着女儿韩新月和梁冰玉回到国内，梁君璧知道了丈夫和妹妹私情，虽还保持了家庭婚姻，但感情已出现裂痕，人性经受考验，乖张不近人情，人性和伦理出现冲突。梁冰玉主动选择离开，韩子奇则以隐忍沉默赎罪。作为"玉器梁"第三代的韩天星和韩新月，生活在新社会，对爱情也有美好向往。作为母亲的梁君璧却将自己婚姻的不幸有意无意地转移到儿女身上，并且，还以宗教信仰及身份名目，阻碍并拆散儿女们的自由恋爱，带给他们爱情悲剧和人生悲苦。儿子韩天星与初恋女友荣桂芳因梁君璧从中作梗而分手，最终与陈淑彦走入无爱的婚姻，女儿韩新月与大学老师楚雁潮相恋，也被梁君璧以不同宗教身份而拆散，乃至生死相隔。小说里每个人似乎都是好人，都非大恶大奸之人，如巴金《寒夜》中汪文宣和曾树生一样，好人制造了好人的悲剧，情感和伦理有着不可调和的矛盾。《穆斯林的葬礼》真实而丰富地表现了伦理和情感之间的矛盾，包括人性的褊狭、乖张、包容和悲悯，伦理有传统伦理、宗教伦理和政治伦理，情感有爱情、亲情和友情等。

这里，就涉及人道主义及人性问题。小说主要展示了爱情婚姻的美好，也表现爱情婚姻的痛苦和悲剧。梁冰玉因爱情和亲情冲突而出走，韩子奇也挣扎于伦理责任与个人情感之间，韩天星和韩新月都因宗教伦理、家族伦理与爱情冲突而痛苦。爱情与婚姻家庭，爱情婚姻和宗教伦理都有冲突，由此带来人物的悲剧命运。这样的故事显然有些老套，但它对爱情婚姻的书写也试图抵达人性的丰富，彰显出人性的真实与真切，并且确立了人性与社会历史互动共生的美学原则。人性既是具体的又是普遍的，更是真实的。众所周知，1980年代是一个价值重构的时代，"人性"问题成为文学的重要命题。1980年代的社会文化思潮经历从反叛到重建的过程，重建人和社会的个人性和文化性，在其背后有个人主义和人道主义思潮，现实主义创作就是个人主义和人道主义思想的美学表达。卢卡奇就认为："真正的现实主义和人道主义是不可分地结合在一起的。"[1]胡风也认为现实主义传统的宝贵成果就是"过去的伟大的现实主义都是伟大的人道主义者"[2]，孙犁也说过："凡是伟大的作家，都是伟大的人道主义者"[3]，并且，"只有真正的现实主义作家，才能成为真正的人道主义者"[4]。所以，1980年代文学现实主义的回归也是人道主义思想的回归，它既是对极左政治的批判，是对封建主义的斗争，也是社会主义价值理想的完善，继承了人道主义和传统思想。它肯定了人的现实性，特别是人之七情六欲的合理性，从人的神化走向了人的日常化和普通化，同时高扬人的价值尊严，把人当人，关怀、同情和理解人。1979年，朱光潜就认为："当前文艺界的最大课题就是解放思想，冲破禁区"，"首先就是'人性论'这个禁区"[5]以及与"人性论"相联系的"壁垒森严的

1　　卢卡奇：《卢卡奇文学论文集》（一），北京：中国社会科学出版社，1980年，第300页。

2　　胡风：《关于解放以来的文艺实践情况的报告》，《胡风全集》第6卷，武汉：湖北人民出版社，1999年，第169页。

3　　孙犁：《文学和生活的路——同〈文艺报〉记者谈话》，《孙犁全集》第5卷，北京：人民文学出版社，2004年，第242页。

4　　孙犁：《文学和生活的路——同〈文艺报〉记者谈话》，《孙犁全集》第5卷，北京：人民文学出版社，2004年，第252页。

5　　朱光潜：《关于人性、人道主义、人情味和共同美问题》，《朱光潜全集》第5卷，合肥：安徽教育出版社，1989年，第388-390页。

'人道主义'禁区"[1]。文学关注普通人，表达人的欲望感情，文学是人学，由此，情感世界和人性世界就成了1980年代现实主义文学的美学装置。

1980年代文学现实主义打破文学本质论，追求文学真实论，并且有从近到远、从外到内、从单一到多样的艺术变革。从"近"到"远"即从当下现实到历史文化，从"外"到"内"则是从现实世界到人性情感，从"单一"到"多样"主要是指创作方法和艺术形式从单一到丰富。《穆斯林的葬礼》表现爱情与伦理冲突，主要还是放在文学与社会现实之间，它并没有建立一个思想历史深度，虽直面真实的人性，所呈现的历史和现实却带有模式化、假定性和偶然性，对历史细节的处理也比较粗略。有评论说它"一方面曲折动人的，情节跌宕起伏，角色关系复杂，悲欢离合，情感纠葛，很有股传奇色彩：另一方面，又过分的故事化，偶然性、巧合性、悲剧性集中于一起，编织于一起，倒仿佛成了一部'准通俗小说'"[2]。这显然有过分贬抑成分，但也并非没有道理。小说人物设计、细节描写和环境设置都有些简单、重复，甚而带有概念化倾向。小说写作过程也是先有了题目再开始写作，作者先以口头方式向家人、他人和朋友讲述故事，"讲述经常被哭声打断"，"我并不想'赚'别人的眼泪，眼泪也不是评价文学作品的唯一标准，但它至少说明，我的讲述引起了别人的共鸣"[3]。作者还特别说明小说中的民族色

1 朱光潜：《关于人性、人道主义、人情味和共同美问题》，《朱光潜全集》第5卷，合肥：安徽教育出版社，1989年，第390页。

2 李子迟：《〈穆斯林的葬礼〉与茅盾文学奖》，《海南师院学报》1998年第4期。

3 霍达：《〈穆斯林的葬礼〉后记》，《穆斯林的葬礼》，北京：北京十月出版社，2012年，第603页。

彩、职业特点和主题技巧都是"无意识"的，写作"只是把心中要说的话说出来"，被作品主宰，体验到"历史无情"，与人物、故事"一起生活"[1]，这是典型的传统现实主义写法，既感动自己也感动读者，但仅有"感动"还是远远不够的。小说多次写人物流泪细节，如陈淑彦探望病中的韩新月，"深情地注视着安睡中的新月，泪珠滴在洁白的床单上"[2]。小说人物的泪点极低，说两句就会哭出来，见面哭，离别哭，回忆过去时流泪，展望未来也流泪。小说在写历史细节时也比较粗糙雷同。如写韩新月考入北京大学西语系，入学见到班主任楚雁潮，对上学过程包括她哥哥的陪送、班主任的迎接以及到寝室房间的描写非常琐碎细致，虽带现实主义笔法特点，但也近于无事找事。写韩子奇1935年举办"览玉盛会"，说各种精美玉器应有尽有，也经不起推敲，民国时期，逢年必乱，哪来这些珍贵的玉器？这也让人不得不生疑。写韩天星与陈淑彦结婚，为了展示穆斯林的结婚风俗，描写饭菜非常细致，如果放在1950年代社会背景下，显然有些脱离时代，属于多余叙述。小说将韩子奇在伦敦与韩冰玉的相爱归罪于历史，也有些牵强。小说围绕韩新月病情介绍许多病情和医学知识，与人物和故事关系都不甚紧密。

小说对历史背景的描述，无论是国内国外，是抗战还是解放后，都缺乏历史的真实发现，多流于模式化表达。小说写玉器作坊奇珍斋的变迁兴衰，借助传统玉文化和伊斯兰文化将三代人物的命运拴在一起，演绎出恩怨情仇，社会历史成了一种陪衬。从"玉器

1　霍达：《〈穆斯林的葬礼〉后记》，《穆斯林的葬礼》，北京：北京十月出版社，2012年，第606页。

2　霍达：《穆斯林的葬礼》，北京：北京十月出版社，2012年，第224页。

梁"第一代梁亦清写起，自民国八年经营玉器行以来，兢兢业业地操持玉器坊。因其手艺精湛，汇远斋的蒲绶昌与他做一桩买卖，要在三年时间制作玉雕《郑和航海图》。梁亦清也感念三宝太监郑和的"回回"身份，虽然知其困难，但仍接下任务。在宝船快近成功时却功亏一篑，梁亦清因劳累过度玉毁人亡，三年心血付诸东流，留下妻子和两个女儿。蒲绶昌按照合同搬走了梁家玉器，"玉器梁"陷入绝境。徒弟韩子奇剑走偏锋，主动提出到蒲绶昌店里学艺。大女儿梁君璧带领母亲和妹妹靠卖大碗茶维持生计，三年后与师兄韩子奇结了婚。两人同心协力，使奇珍斋重获振兴，韩子奇成了一代"玉王"。民族战争爆发，韩子奇抛妻弃子，远走英伦，与梁冰玉生情产女韩新月，抗战胜利后带着女儿和梁冰玉回国，家庭冷战持续到解放后。小说写到韩新月解放后上了大学，韩子奇在运动中承受恐慌，这些历史情景都趋于概念化，缺乏真实独特的感受和发现。客观性一旦被抽空，所谓的历史性就成了一张面具，小说的史诗性也缺少支撑，因为细节真实和历史客观性才是现实主义的重要特征。有关生活真实与本质真实在过去曾发生争论，因先在性地确立了本质真实而指责和批判文学真实。文学真实不是对现实真实的修改，也不是现实真实的逃离，而是对现实真实的重构，或说是对现实真实的强化和凸现，拥有作家的主观想象和真切感受。

三、抒情议论与现实主义的诗意装置

《穆斯林的葬礼》曾获第三届茅盾文学奖。说起来这次评奖还颇为曲折，用时两年多，原定在1889年10月举行，1988年12月组成了22人读书班，1989年6月中断，到了年底又继续开展工作，并将评奖范围由1985—1987年延至1988年，直至1991年3月，最终评出5部作品。除《穆斯林的葬礼》，还有路遥的《平凡的世界》，刘白羽的《第二个太阳》，孙力、余小惠的《都市风流》，凌力的《少年天子》。另外，还设荣誉奖，由萧克的《浴血罗霄》和徐兴业的《金瓯缺》获得。"评委会鉴于这两部作品的庄重、严肃和历史意义，特授予荣誉奖。"[1]以今天的眼光看，《平凡的世界》水平最高，《穆斯林的葬礼》还差强人意，其他几部作品则处于低一层次水平。实际上，在第三届茅盾文学奖评选时段内的1985—1988年，也是有相当优秀长篇作品的，如张炜的《古船》，贾平凹的《浮躁》，张承志的《金牧场》，杨绛的《洗澡》，王蒙的《活动变人形》，张抗抗的《隐形伴侣》，铁凝的《玫瑰门》等，都没有入选。众所周知，获茅奖的都是现实主义作品，特别是历史题材和革命题材必占重头戏。《穆斯林的葬礼》之所以入选，拥有现实主义创作特征，还与其作家身份、题材选择和文化融合主题有关系。

让人有些意外的是，《穆斯林的葬礼》却较少出现在当代文学史中。我想，其中有一个原因应是它游离在新时期文学思潮之外，从1970年代末到80年代，相继出现了伤痕文学、反思文学、寻根文学和先锋文学等文学思潮，就小说而言，也有寻根文学、新写实小说和先锋小说。一般文学史却是按文学思潮叙述的，《穆斯林的葬礼》却没有融入这些文学思潮，更不是它们的代表作，文学史也自

1　　杨志今、刘新风：《新时期文坛风云录》，长春：吉林人民出版社，1999年，第558页。

然忽略或怠慢着它的存在¹。尽管也有评论说它"称得上是一部佳作、一部大作、一部奇作，它对任何一个读者而言，既是一部历史与民族的悲剧，又是宗教与爱情的悲剧"²，认为它"以突破创新的锐意与实践，走出传统，重塑'史诗'，以新的美学内容拓宽了史诗性题材的小说创作"³，"写出了回回民族诞生七百年来伊斯兰文化和华夏文化的撞击与融合，震颤与嬗变"⁴。它所坚守的现实主义创作本色，表达传统文化反思，呼唤着人性和爱情，以及对悲剧命运的感叹和悲悯，对当代"极左"思潮的批判，在某种程度上也是对1980年代文学思潮的共鸣和回应。1980年代初的《将军吟》《冬天里的春天》《芙蓉镇》和《许茂和他的女儿们》等长篇小说，有伤痕文学和反思文学性质，标志着现实主义文学传统的回归。在1980年代中后期则出现了《钟鼓楼》《浮躁》《古船》《活动变人形》等作品，也显示了现实主义的深度和广度，特别是对文化主题和人性深度的开掘及其对叙事艺术变革的追求，也将文学推向了一个新的高度。《穆斯林的葬礼》就出现在这样的文学史背景下，它以家族叙事、文化意蕴和宗教色彩显露特色，属于几头都不沾的路数。

1　就目前几种代表性的当代文学史，如洪子诚的《中国当代文学史》（北京：北京大学出版社，2007年），董健等的《中国当代文学史新稿》（北京：人民文学出版社，2005年）和陈晓明的《中国当代文学主潮》（北京：北京大学出版社，2013年）均没有提及《穆斯林的葬礼》，就是在丁帆、许志英主编的皇皇巨著《中国新时期小说主潮》也仅提及篇名，认为它与相关小说"站在人性解放的立场上为婚外恋辩护"（北京：人民文学出版社，2002年）第1020页。於可训在《中国当代文学概论》以短短的50字提到它"表现了主人公对于真善美的人生境界的执著追求，具有深厚的文化意蕴和浓郁的宗教色彩"（武汉：武汉大学出版社，2009年，第174页）。

2　王晓云：《〈穆斯林的葬礼〉的悲与奇》，《湖南科技学院学报》2005年第6期。

3　李树江：《回族文学纵与横》，银川：宁夏人民出版社，1998年，第157页。

4　尹世玮：《一部成功展示回族精神世界的心史》，《天津财经学院学报》1994年第1期。

到了1980年代后期，又出现了文学商品化和现代主义浪潮，有了《白鹿原》《心灵史》《尘埃落定》《马桥词典》《务虚笔记》《废都》《九月寓言》《长恨歌》《在细雨中呼喊》《活着》《许三观卖血记》等作品的出现，相比这些作品，《穆斯林的葬礼》无论其思想力度还是艺术创新都有些捉襟见肘，或者说就有些过于中规中矩。

何况《穆斯林的葬礼》本身在史诗品格、人物环境和抒情方式等方面也存在理念先行、修辞重复等问题。小说自始至终都洋溢着一股炽热、昂扬、真挚的抒情氛围，虽能产生一定的艺术感染力，却会影响到它的史诗品格，特别是过分的抒情和议论，如同点缀和装置，而使行文拖泥带水，甚至节外生枝，直接影响到叙述进程。《穆斯林的葬礼》第二章写："天黑下来了，'伏天儿'还在悠然地鸣唱，但白天的炎热已经消退了，微风吹来，让人感到一丝凉意。夏夜的晴空，撒满了无数的星斗，闪烁着清冷的光芒。西南天际，一道弯弯的新月，浮在远处的树梢上空，浮在黑黢黢的房舍上空，它是那么细小、玲珑，像衬在黑丝绒上的一枚象牙，像沉落水中仅仅露出边缘的一只白璧，像漂在水面上的一条小船，这小船驶向何方？"[1]虽有"这小船驶向何方？"的暗示性描写，但总体描写还是冗杂多余了。第三章写梁亦清，作为一个艺人，"把活儿当作自个儿的命，自个儿的心"，忘我投入，劳累而死，在交货前"生命在迅雷不及掩耳的一瞬中结束了，他倒在那残破的宝船上，滚热的鲜血把琢玉人和碎玉连成一体！"[2]这样的感叹式叙述不如"生命一瞬间结束了"来得干净直接。写谢秋思在未名湖畔想找楚雁潮谈恋

1   霍达：《穆斯林的葬礼》，北京：北京十月出版社，2012年，第33-34页。
2   霍达：《穆斯林的葬礼》，北京：北京十月出版社，2012年，第67页。

爱，"雪花飘飘。小亭周围的雪地上，两双脚留下两串印痕。周而复始，各人踏着自己的脚印。一男一女，谈论着一个并非存在于他们之间的、虚虚幻幻而又实实在在的神物：爱情。"[1]写韩新月被楚雁潮送来的小提琴协奏曲《梁祝》所感动，作者发出这样的感叹："一个古老的、家喻户晓的故事，为什么会有如此巨大的魅力？它被改编成戏曲、电影，下里巴人，奔走相告；它被谱成乐章，阳春白雪，举国而和！人们并不关心历史上是否真的有一对梁山伯和祝英台，拨动人们心弦的恰恰是活着的人们自己的感情，人类的子子孙孙啊，世世代代重复着常读常新的一部仅有一个字的书——情！"[2]写韩子奇从伦敦回国，面对妻子无法交代，他来到熟悉的院落，"走到院子里，外边是幽幽的夜色。没有月亮，没有星星，黑沉沉的天井中，只有窗纸透过来的一点黯淡灯光，海棠和石榴的枯枝把窗纸切成'炸瓷'似的碎纹。檐下的游廊，廊下的石阶，阶下的甬路，路又连着石阶，木雕影壁，垂华门，这一切都是他所熟悉的、铭记在心的，即使没有任何光亮，他也了如指掌。他抚摸着廊柱，抚摸着黄杨木雕影壁上四扇不同月色的浮雕。以为要失去的，却留下来了，付出的只是：岁月。岁月是留不住的。岁月留给人的是创伤，在伦敦，在北平。北平并没有经受伦敦那样的轰炸，所以'博雅'宅还在，这令他有一种失而复得的感慨。但是，奇珍斋却失去了，为什么会失去呢？"[3]可以说，这些叙述和议论都无助于表达人物的痛苦，也无助于故事的发展。小说中还有多处描述和议论，如对回族生活中各种习俗不厌其烦的描述和解释，这些与小说

1   霍达：《穆斯林的葬礼》，北京：北京十月出版社，2012年，第413页。

2   霍达：《穆斯林的葬礼》，北京：北京十月出版社，2012年，第422页。

3   霍达：《穆斯林的葬礼》，北京：北京十月出版社，2012年，第494页。

的情节并没有必然联系。作者试图从民俗展现回族文化，凸显民俗文化的独特性，形成特有的文化气氛，但又缺乏深入的理解和感受，反而显得有些多余和累赘。虽然小说带有伊斯兰文化符号，但并没有承载多少集体记忆，文化风俗和故事情节并无必然联系，多停留在介绍、议论和抒情上面，小说中的伊斯兰文化给人以被置入的感觉，如同在连续剧中插播广告，虽有一定的吸引力，也有文化的装置性，如同一件文化衫。小说中的文化内容主要借助作者的议论和说明，而不是通过人物性格和命运自然而然地显露出来，换句话说，没有将文化内涵丰富而复杂地融入人物的日常生活、性格特点和命运变迁。

这些浓郁的抒情和直白的议论形成抒情和议论外溢现象，虽说增添了不少诗性和说理成分，但也搅混了主观和客观的界限，弱化了叙事的客观性和真实性。现实主义要求严格区分主客体，并把客体看作不依赖于主体而独立存在的对象，尽可能精确地反映客观事物的客观面目，最大限度地接近于客观本身，同时也不失创作主体的感知和体验。如雷·威廉斯所说："在最高级的现实主义作品中，我们基本上是根据个人来认识社会，通过社会关系来认识个人的。这种一体化是居于支配地位的，不过它并非想要达到就能达到的。如果它终于实现了，那将是一种创造的发现，或许只能在现实主义小说的结构和内容方面创造出这种记录。"[1]抒情是个人化的，现实主义对个人抒情当有一定的抑制，不然就会失去某种平衡，特别会影响到小说社会化表达的广度和深度。

1　雷·威廉斯：《现实主义与当代小说》，《西方马克思主义美学文选》，陆梅林选编，桂林：漓江出版社，1988年，第659页。

《穆斯林的葬礼》的抒情议论显然是传统现实主义笔法，没有在创作上有大的突破创新。现实主义虽一直作为当代中国文学思潮的主潮和主旋律，保持着旺盛的鲜活的生命力，同时它也应鼓舞创新探索，吸纳内化其他思潮和流派的合理的有价值的艺术手法，如叙述学、语言学、心理学的丰富营养。现实主义不应封闭自己，不应拒绝现代主义，应该吸收现代主义的长处，扩充现实主义叙事的可能性，由此，现实主义文学才可能获得更大的艺术魅力。当代文学中的现实主义被赋予了政治、文化和文学等多重功能，拥有文学精神、文学思潮、创作方法和艺术风格等多重涵义。就创作而言，它要求文学直接与社会现实发生勾连，成为映照社会的一面镜子，希望作家能将笔触伸向广阔天地，表现全景式、史诗化的生活面貌。从恢弘壮阔的历史变迁，到幽深精微的内心世界；从波诡云谲的政治斗争，到日常生活的琐碎细节；从实在的现实生活，到虚幻的理想世界，成为无所不包的容器，成为容纳万事万物的口袋。它还希望成为社会历史的探测器，可以通过文学把握历史动向，探究历史规律，发掘社会本质。显然，《穆斯林的葬礼》不符合这样的现实主义目标，也没有充分体现1980年代文学现实主义的思想深度和精神高度，虽然它拥有现实主义典型性、客观性和史诗性意义装置。

　　总体上，小说在文化叙事、人性悲悯和诗意修辞上多有斩获，确立了自己的特色。只是文化叙事本身就是一把双刃剑，它既可以帮助文学摆脱意识形态束缚，同时也会削弱文学的批判立场。社会人性也只有在民族国家中展开，才可抵达劫难和人性的幽深处。小说的诗意化虽然有助于增强艺术感染力，如果掌控失当，也会带来拖沓冗杂之弊。

后 记

　　中国现当代文学思想史，是文学史和思想史研究的重要内容和
应有之义。中国古代文学思想史研究蔚然成风，成果丰硕，中国现
当代文学思想史研究则有些沉寂，著述萧索。人们常以文学思潮史
代替文学思想史，何况近百年文学思想史本身亦多杂乱重叠，这似
乎是难以言说或欲说还休的理由。在我看来，文学思想史是以社会
思想、作家创作、文学作品和理论批评为对象，关注作家与作品、
理论与批评、内容与形式的思想内涵和历史演进，实现思想史与文
学史互动共生的述史理念。在方法论上，它将文学体制、观念认
知、生命体验和文本形式结合起来，并加以立体化和复杂化阐释，
将文学体制、文学观念和语言形式纳入研究视野，力求还原历史，
回到思想现场，建构中国现当代文学思想史的学术体系和话语体
系。这样，写作中国现当代文学思想史就是一项十分困难的工作。
当然，任何事情总是一步一步去做才会有结果，研究百年文学思想

史也应如此。它有不同于古代文学思想史的对象、理念和方法，有自己的文学思想内涵和特征，无论是文学表达思想，还是在思想中创作，文学思想的丰富性和独特性都是显而易见的事实。比如鲁迅是现代杰出的文学家，也是现代伟大的思想家，文学家是其身份，思想家是其本色，或者说，文学是他的入思方式，思想才是他的精神灵魂。二者缺其一都不是鲁迅。郭沫若、钱玄同、老舍和汪曾祺也是如此。从宏观到微观，从思潮到作家，从作品到语言，近百年中国文学都飞扬着思想的旗帜，流露出思绪的痕迹。现代汉语不同于古代汉语，白话文区别于文言文，不在于语言而在于话语，在于它是有思想的语言，有意味的文体。正因为这样，文学思想史研究需要坚持学术和思想并重，文献与逻辑相融，言必有据，言必有己，既不能套用社会思想史，也不应拘泥于文学主题学。中国现当代文学历史及其批评和研究，都一向以"现实感"和"思想力"为标识。如果我们将文学研究变成手艺活或道具术，排挤鲜活的生存体验和思想情感的进入，而停留在演绎笼统的大道理，推算玄妙的文学性，所谓的学科和学术也将失去强劲的生命力。

本集所收录文章为近年我对中国现当代文学思想史的个人思考和积极回应，均在杂志上刊发过，有的还被《新华文摘》《中国社会科学文摘》《社会科学文摘》和中国人民大学书报料中心全文转载。问题虽被提出来了，却因文献众多，课题重大，深恐如野人献曝，识见凡浅，于是，恳请行家多多赐教。我想，只要思在途中，行在路上，不断地向前走，即使到达不了目的地，至少也离出发点很远了，于是欣然前往。这也是我结集出版的原因。

作者

2022年11月1日

参考文献

艾青：《艾青全集》，石家庄：花山文艺出版社，1994年。

巴金：《巴金全集》，北京：人民文学出版社，2000年。

北京大学等：《文学运动史料选》，上海：上海教育出版社，1979年。

曹聚仁：《中国学术思想史随笔》，北京：三联书店，2012年。

曹禺：《曹禺全集》，石家庄：花山文艺出版社，1996年。

蔡元培：《蔡元培全集》，北京：中华书局，1984年。

蔡元培：《蔡元培哲学论著》，石家庄：河北人民出版社，1985年。

蔡元培：《蔡元培美学文选》，北京：北京大学出版社，1983年。

常乃惪：《中国思想小史》，上海：上海古籍出版社，2005年。

陈独秀：《陈独秀著作选编》，上海：上海人民出版社，2009年。

陈西滢：《西滢闲话》，南京：江苏文艺出版社，2010年。

陈子展：《中国近代文学之变迁》，上海：上海古籍出版社，2000年。

陈旭麓：《近代中国社会的新陈代谢》，北京：三联书店，2017年。

陈思和：《中国当代文学史教程》，上海：复旦大学出版社，1999年。

陈晓明：《中国当代文学主潮》，北京：北京大学出版社，2013年。

陈离：《在"我"与"世界"之间》，上海：东方出版中心，2006年。

川岛：《和鲁迅相处的日子》，成都：四川人民出版社，1979年。

董健等：《中国当代文学史新稿》，北京：人民文学出版社，2005年。

傅斯年：《傅斯年文集》，北京：中华书局，2017年。

冯友兰：《三松堂自序》，北京：三联书店，2021年。

冯友兰：《贞元六书》，上海：华东师范大学出版社，1996年。

冯友兰：《中国哲学史》，重庆：重庆出版社，2009年。

冯友兰：《中国现代哲学史》，广州：广东人民出版社，1999年。

冯乃超：《冯乃超文集》，广州：中山大学出版社，1991年。

郭沫若：《郭沫若论创作》，上海：上海文艺出版社，1983年。

郭沫若：《郭沫若全集》（文学编），北京：人民文学出版社，1990年。

郭廷以：《近代中国史纲》（第三版），上海：上海人民出版社，2012年。

郭湛波：《近五十年中国思想史》，上海：上海古籍出版社，2005年。

顾毓琇：《顾毓琇全集》，沈阳：辽宁教育出版社，2000年。

顾长声：《从马礼逊到司徒雷登——来华新教传教士评传》，上海：上海人民出版社，1985年。

葛兆光：《思想史研究课堂讲录》（增订版），北京：三联书店，2019年。

葛兆光：《中国思想史》，上海：复旦大学出版社，1998年。

高瑞泉：《中国现代精神传统——中国的现代性观念谱系》，上海：上海古籍出版社，2005年。

关纪新：《老舍评传》，重庆：重庆出版社，1998年。

甘阳：《古今中西之争》，北京：三联书店，2006年。

贺麟：《五十年来的中国哲学》，上海：上海人民出版社，2019年。

何其芳：《何其芳全集》，石家庄：河北人民出版社，2000年。

何柄棣：《读史阅世六十年》，北京：中华书局，2012年。

胡适：《胡适文集》，北京：北京大学出版社，2013年。

胡适：《胡适全集》，合肥：安徽教育出版社，2003年。

胡适：《胡适来往书信选》，北京：中华书局，1979年。

胡适：《中国的文艺复兴》，欧阳哲生、刘红中编，北京：外语教学与研究出版社，2001年。

胡风：《胡风全集》，武汉：湖北人民出版社，1999年。

胡传吉：《未完成的现代性：20世纪中国文学思想史论》，广州：中山大学出版社，2019年。

胡继华：《思想的制序：中国现代文论的多元取向》，北京：北京师范大学出版社，2019年。

洪子诚：《中国当代文学史》，北京：北京大学出版社，2007年。

韩毓海：《20世纪的中国：学术与社会·文学卷》，济南：山东人民出版社，2001年。

霍达：《霍达文集》，北京：北京十月文艺出版社，1999年。

霍达：《穆斯林的葬礼》，北京：北京十月文艺出版社，2012年。

黄淳浩：《郭沫若书信集》，北京：中国社会科学出版社，1992年。

黄夏年：《中国近代思想家文库·朱谦之卷》，北京：中国人民大学出版社，2015年。

贾植芳等：《文学研究会资料》，郑州：河南人民出版社，1985年。

贾植芳：《中国现代文学社团流派》，南京：江苏教育出版社，1989年。

蒋寅：《古典诗学的现代诠释》（增订本），北京：中华书局，2009年。

金观涛、刘青峰：《观念史研究：中国现代重要政治术语的形成》，北京：

法律出版社，2009年。

金观涛、刘青峰：《开放中的变迁：再论中国社会超稳定结构》，北京：法律出版社，2011年。

蒋梦麟：《过渡时代之思想与教育》，北京：商务印书馆，1933年。

鲁迅：《鲁迅全集》，北京：人民文学出版社，2005年。

鲁迅：《鲁迅著译编年全集》，北京：人民出版社，2009年。

老舍：《老舍全集》，北京：人民文学出版社，2013年。

老舍：《老舍文集》，北京：人民文学出版社，1991年。

老舍：《老舍自述》，北京：京华出版社，2005年。

老舍：《老舍生活与创作自述》，北京：人民文学出版社，1982年。

梁启超：《论中国学术思想变迁之大势》，上海：上海古籍出版社，2006年。

梁启超：《梁启超全集》，北京：北京出版社，1999年。

梁漱溟：《东西文化及其哲学》，上海：上海人民出版社，2006年。

梁漱溟：《梁漱溟全集》，济南：山东人民出版社，1991年。

梁漱溟：《中国文化要义》，上海：上海人民出版社，2005年。

梁实秋：《梁实秋自传》，南京：江苏文艺出版社，1996年。

林语堂：《林语堂名著全集》，长春：东北师范大学出版社，1994年。

林语堂：《中国人》，杭州：浙江人民出版社，1988年。

李大钊：《李大钊全集》，北京：人民出版社，2006年。

李长之：《迎中国的文艺复兴》，北京：商务印书馆，2013年。

李长之：《鲁迅批判》，北京：北京出版社，2011年。

李泽厚：《中国现代思想史论》，北京：东方出版社，1987年。

李麦麦：《中国文化问题导言》，上海：上海辛垦书店，1936年。

李怡：《词语的历史与思想的嬗变——追问中国现代文学的批评概念》，成都：巴蜀书社，2013年。

李树汉：《回族文学纵与横》，银川：宁夏人民出版社，1998年。

林毓生：《中国传统的创造性转化》（增订本），北京：三联书店，2011年。

罗宗强：《隋唐五代文学思想史》，北京：中华书局，2016年。

罗宗强：《明代文学思想史》，北京：中华书局，2019年。

罗宗强：《魏晋南北朝文学思想史》，北京：中华书局，2019年。

罗志田：《权势转移：近代中国的思想、社会与学术》，武汉：湖北人民出版社，1999年。

吕若涵：《"论语派"论》，上海：上海三联书店，2002年。

陆梅林：《西方马克思主义美学文选》，桂林：漓江出版社，1988年。

刘忠：《思想史视野中的中国现当代文学》，上海：上海人民出版社，2006年。

刘龙心：《知识生产与传播：近代中国史学的转型》，北京：三联书店，2021年。

茅盾：《茅盾全集》，北京：人民文学出版社，1989年。

茅盾：《我走过的道路》，北京：人民文学出版社，1984年。

茅盾：《茅盾文艺杂论集》，上海：上海文艺出版社，1981年。

敏泽：《中国文学思想史》，长沙：湖南教育出版社，2004年。

穆旦：《穆旦诗文集》，北京：人民文学出版社，2006年。

孟繁华：《中国当代文学通论》，沈阳：辽宁人民出版社，2009年。

马勇：《现代中国的展开：以五四运动为基点》，太原：山西人民出版社，2019年。

瞿秋白：《瞿秋白文集》，北京：人民文学出版社，1989年。

瞿秋白：《瞿秋白文集（政治理论编）》，北京：人民出版社，2013年。

钱玄同：《钱玄同文集》，北京：中国人民大学出版社，1999年。

钱玄同：《钱玄同日记》，北京：北京大学出版社，2014年。

钱穆：《中国文学论丛》，北京：三联书店，2002年。

钱穆：《现代中国学术论衡》，北京：三联书店，2001年。

钱穆：《国史大纲》，北京：商务印书馆，1996年。

钱锺书：《钱钟书散文》，杭州：浙江文艺出版社，1997年。

钱理群：《丰富的痛苦——"堂吉诃德"与"哈姆雷特"的东移》，长春：时代文艺出版社，1993年。

钱理群：《对话与漫游》，上海：上海文艺出版社，1999年。

齐邦媛：《巨流河》，北京：三联书店，2011年。

启良：《20世纪中国思想史》，广州：花城出版社，2009年。

任继愈：《任继愈学术文化随笔》，北京：中国青年出版社，1996年。

孙中山：《孙中山文集》，北京：中华书局，1981年。

孙犁：《孙犁全集》，北京：人民文学出版社，2004年。

沈从文：《沈从文全集》，太原：北岳文艺出版社，2002年。

邵荃麟：《邵荃麟全集》，武汉：武汉出版社，2013年。

施建伟：《林语堂传》，北京：北京十月出版社，1999年。

谭丕模：《清代思想史纲》，长沙：岳麓书社，2011年。

汤晨光：《老舍与现代中国》，长沙：湖南师范大学出版社，2002年。

田汉：《田汉全集》，石家庄：花山文艺出版社，2000年。

王锦厚：《百家论郭沫若》，成都：成都出版社，1992年。

王富仁：《中国的文艺复兴》，桂林：广西师范大学出版社，2003年。

王晓明：《王晓明自选集》，桂林：广西师范大学出版社，1997年。

王国维：《王国维文学美学论著集》，太原：北岳文艺出版社，1987年。

王国维：《王国维论学集》，北京：中国社会科学出版社，1997年。

王蒙：《王蒙自传·大块文章》，广州：花城出版社，2007年。

王汎森：《执拗的低音：一些历史思考的方式》，北京：三联书店，2020年。

王汎森：《思想是生活的一种方式：中国近代思想史的再思考》，北京：北京大学出版社，2018年。

王汎森：《晚明清初思想十论》（增订版），北京：北京师范大学出版社，2020年。

王汎森：《中国近代思想与学术的系谱》（增订版），上海：上海三联书店，2018年。

王汎森：《权力的毛细血管：清代的思想、学术与心态》，北京：北京大学出版社，2015年。

王锐：《中国现代思想史十讲》，桂林：广西师范大学出版社，2021年。

汪曾祺：《汪曾祺全集》，北京：人民文学出版社，2019年。

汪晖：《现代中国思想的兴起》，北京：三联书店，2015年。

万平近：《林语堂论》，西安：陕西人民出版社，1987年。

闻一多：《闻一多全集》，武汉：湖北人民出版社，1993年。

温儒敏、丁晓萍编：《时代之波——战国策派文化论著辑要》，北京：中国广播电视出版社，1995年。

吴立昌：《文学的消解与反消解——中国现代文学派别论争史论》，上海：复旦大学出版社，2004年。

吴秀明：《当代中国文学六十年》，杭州：浙江文艺出版社，2009年。

熊十力：《新唯识论》，北京：中华书局，1985年。

许纪霖：《启蒙如何起死回生：现代中国知识分子的思想困境》，北京：北京大学出版社，2010年。

许纪霖：《二十世纪中国思想史论》，上海：东方出版中心，2000年。

徐朗西：《艺术与社会》，上海：上海现代书局，1932年。

徐迟：《徐迟文集》，北京：作家出版社，2014年。

徐中玉：《中国古代文艺理论专题资料丛刊》，北京：中国社会科学出版社，2013年。

徐艳：《中国中世文学思想史——以文学语言观念的发展为中心》，上海：上海古籍出版社，2012年。

许全兴、陈战难、宋一秀：《中国现代哲学史》，北京：北京大学出版社，1992年。

许结：《汉代文学思想史》，北京：人民文学出版社，2010年。

咸立强：《寻找归宿的流浪者——创造社研究》，上海：东方出版中心，2006年。

郁达夫：《郁达夫全集》，杭州：浙江大学出版社，2007年。

余嘉锡：《世说新语笺疏》，北京：中华书局，1983年。

於可训：《中国当代文学概论》，武汉：武汉大学出版社，2009年。

杨国强：《晚清的士人与世相》，北京：三联书店，2017年。

杨国荣：《现代化过程的人文向度》，上海：上海古籍出版社，2006年。

杨春时：《百年文心——20世纪中国文学思想史》，哈尔滨：黑龙江人民出版社，2000年。

杨匡汉、杨早：《六十年与六十部》，北京：三联书店，2009年。

杨志今、刘新风：《新时期文坛风云录》，长春：吉林人民出版社，1999年。

叶维廉：《中国诗学》，北京：三联书店，1992年。

张宝明：《启蒙中国：近代中国知识精英的思想苦旅》，北京：中国社会科学出版社，2015年。

张宝明、王中江：《回眸〈新青年〉·哲学思想卷》，郑州：河南文艺出版社，1997年。

张枬、王忍之：《辛亥革命前十年间时论选集》，北京：三联书店，1978年。

张汝伦：《现代中国思想研究》，上海：上海人民出版社，2001年。

张太原：《从思想发现历史——重寻"五四"以后的中国》，北京：中华书局，2016年。

张毅：《宋元文艺思想史》，北京：中华书局，2019年。

赵家璧：《中国新文学大系导论集》，长沙：岳麓书社，2011年。

赵家璧等：《编辑生涯忆鲁迅》，石家庄：河北教育出版社，2000年。

赵园：《论小说十家》，杭州：浙江文艺出版社，1987年版。

章太炎：《章太炎政论选集》，北京：中华书局，1977年。

章太炎：《章太炎全集》，上海：上海人民出版社，2014年。

章士钊：《章士钊全集》第3卷，上海：文汇出版社，2000年。

周作人：《周作人散文全集》桂林：广西师范大学出版社，2009年。

周策纵：《五四运动史》，长沙：岳麓书社，1999年。

周群：《中国文学思想史》，南京：南京大学出版社，2019年。

朱安群：《十三经直解》，南昌：江西人民出版社，1993年。

朱光潜：《我与文学及其他》，北京：中华书局，2012年。

朱光潜：《朱光潜全集》，北京：中华书局，2012年。

朱光潜：《朱光潜纪念集》，合肥：安徽教育出版社，1987年。

朱自清：《朱自清全集》，南京：江苏教育出版社，1996年。

朱寿桐：《中国现代文学社团文学史》，北京：人民文学出版社，2004年。

祖保泉：《文心雕龙解说》，合肥：安徽教育出版社，2009年。

郑振铎：《郑振铎全集》，石家庄：花山文艺出版社，1998年。

曾国藩：《曾文正公全集》，北京：线装书局，2012年。

曾广灿：《老舍与二十世纪》，天津：天津人民出版社，2000年。

查晓英：《中国近代思想家文库·常乃惪卷》，北京：中国人民大学出版社，2015年。

中国社科院文学所：《"革命文学"论争资料选编》，北京：知识产权出版社，2010年。

中国社科院文学所外国文学研究所：《卢卡奇文学论文集》，北京：中国社会科学出版社，1980年。

中国社会科学院外国文学研究所：《莎士比亚评论汇编》，北京：中国社会科学出版社，1979年。

[德] 阿多诺：《美学理论》，王柯平译，上海：上海人民出版社，2020年。

[德] 本雅明：《发达资本主义时代的抒情诗人》，张旭东、魏文生译，北京：

三联书店，1992年。

［德］恩斯·特卡西尔：《人论》，甘阳译，上海：上海译文出版社，1985年。

［德］顾彬：《二十世纪中国文学史》，范劲等译，上海：华东师范大学出版社，2008年。

［德］黑格尔：《美学》，朱光潜译，北京：商务印书馆，1979年。

［德］马克斯·韦伯：《儒教与道教》，王容芬译，上海：商务印书馆，1995年。

［德］尼采：《重估一切价值》，林笳译，上海：华东师范大学出版社，2013年。

［俄］别尔嘉耶夫：《人的奴役与自由》，徐黎明译，贵阳：贵州人民出版社，1994年。

［俄］弗兰克：《俄国知识人与精神偶像》，徐凤林译，上海：学林出版社，1999年。

［俄］尼·别尔嘉耶夫：《俄罗斯思想》，雷永生、邱守娟译，北京：三联书店，1998年。

［美］包弼德：《斯文：唐宋思想的转型》，刘宁译，南京：江苏人民出版社，2017年。

［美］勒内·韦勒克，奥斯汀·沃伦：《文学理论》，刘向愚、邢培明、陈圣生等译，南京：江苏教育出版社，2006年。

［美］格里德：《胡适与中国的文艺复兴》，鲁奇译，南京：江苏人民出版社，1996年。

［美］杜赞奇：《从民族国家拯救历史：民族主义话语与中国现代史研究》，王宪明等译，南京：江苏人民出版社，2009年。

［美］哈罗德·布鲁姆：《西方正典》，江宁康译，南京：译林出版社，2005年。

［美］哈罗德·布鲁姆：《影响的剖析：文学作为生活方式》，金雯译，南京：译林出版社，2016年。

［美］小威廉·休厄尔：《历史的逻辑——社会理论与社会转型》，朱联璧、费滢译，上海：上海人民出版社，2021年。

［美］徐中约：《中国近代史：1600——2000》，计秋枫、朱庆葆译，北京：世界图书出版公司北京公司，2013年。

［英］塔格特：《民粹主义》，袁明旭译，长春：吉林人民出版社，2005年。

［英］麦高温：《中国人生活的明与暗》，朱涛、倪静译，北京：时事出版社，1998年。

［英］彼得·沃森：《思想史：从火到弗洛伊德》，胡翠娥译，南京：译林出版社，2018年。

［英］彼得·沃森：《20世纪思想史：从弗洛伊德到互联网》，张凤、杨阳译，南京：译林出版社，2019年。

［英］J.B.伯里：《思想自由史》，周颖如译，北京：商务印书馆，2012年。

［法］卢梭：《论人类不平等的起源和基础》，李常山译，北京：商务印书馆，1982年。

［英］以赛亚·伯林：《现实感》，潘荣荣、林茂译，南京：译林出版社，2004年。

［英］以赛亚·伯林：《俄国思想家》（第二版），彭淮栋译，南京：译林出版社，2003年。

［英］以赛亚·伯林：《观念的力量》，胡自信、魏钊凌译，南京：译林出版社，2019年。

［英］以赛亚·伯林：《卡尔·马克思》，李寅译，南京：译林出版社，2018年。

［英］以赛亚·伯林：《苏联的心灵》，潘永强、刘北成译，南京：译林出版社，2010年。

［法］安托万·普罗斯特：《历史学十二讲》（增订本），王春华译，北京：北京大学出版社，2018年。

［法］保罗·韦纳：《人如何书写历史》，韩一宇译，上海：华东师范大学出版社，2018年。

［法］程艾蓝：《中国思想史》，冬一、戎恒颖译，开封：河南大学出版社，2018年。

［瑞士］雅各布·布克哈特：《意大利文艺复兴时期的文化》，何新译，北京：商务印书馆，1979年。

［日］柄谷行人：《日本现代文学的起源》，赵京华译，北京：三联书店，2003年。